LE TOMBEAU D'ALEXANDRE

William Petre

Traduit de l'anglais par Anne-Carole Grillot

FIRST Editions

LE TOMBEAU D'ALEXANDRE

ISBN : 978-2-7540-0364-3

Dépôt légal : 2e trimestre 2007
Imprimé en France
Édition : Élodie Le Joubioux
Mise en page : **MADmac**
Conception couverture : Bleu T

Nous nous efforçons de publier des ouvrages qui correspondent à vos attentes et votre satisfaction est pour nous une priorité. Alors, n'hésitez pas à nous faire part de vos commentaires :

Éditions First
27, rue Cassette
75006 Paris – France
Tél. : 01 45 49 60 00
Fax : 01 45 49 60 01
e-mail : firstinfo@efirst.com

Après sa mort à Babylone en 323 avant Jésus-Christ, Alexandre le Grand fut porté dans une somptueuse procession jusqu'en Égypte afin de reposer à Alexandrie, où sa dépouille demeura exposée environ six cents ans.

Le mausolée d'Alexandre était considéré comme un des joyaux de l'humanité. Plusieurs empereurs romains, dont Jules César, Auguste et Caracalla, y effectuèrent des pèlerinages. Mais une succession de tremblements de terre, d'incendies et de guerres précipita Alexandrie dans le déclin et le tombeau disparut.

Malgré de nombreuses fouilles, il n'a jamais été retrouvé.

Prologue

Le désert Libyque, 318 avant Jésus-Christ

Une source d'eau douce délimitait le fond de la grotte comme un ongle noir au bout d'une jambe tordue, calcinée et mutilée. Une couche épaisse de lichens et d'algues stagnait à la surface, qui n'avait interrompu des siècles de repos que pour se rider et ondoyer au contact d'un des innombrables insectes de ses commensaux, ou pour laisser éclater les bulles de gaz éructées par un vaste réservoir d'eau douce profondément enfoui sous le désert environnant. Mais cette quiétude n'allait pas durer.

La membrane se déchira brusquement et la tête puis les épaules d'un homme émergèrent de l'eau. Le visage était tourné vers le haut et la bouche, ouverte avant même d'avoir rompu la surface. L'homme aspira immédiatement de grandes bouffées d'air vivifiantes à travers ses narines dilatées et entres ses lèvres arrondies, comme s'il était resté sous l'eau plus longtemps qu'il ne pouvait le supporter. Sa respiration ne s'apaisait pas avec le temps ; au contraire, elle était de plus en plus désespérée et son cœur semblait sur le point d'éclater dans sa poitrine. Au bout du compte, il atteignit le paroxysme de la suffocation, et commença à récupérer lentement.

La grotte était dans l'obscurité totale ; l'eau ne réfléchissait pas la moindre phosphorescence. S'il avait d'abord éprouvé, de façon à la fois vague et incohérente, un certain soulagement pour avoir survécu à sa fuite sous l'eau, l'homme replongea aussitôt dans la détresse en constatant qu'il avait échappé à la mort pour retomber à nouveau dans ses griffes. Il se dirigea à tâtons jusqu'à la paroi rocheuse et sentit un petit rebord. Il se hissa hors de l'eau et se retourna. Il ramena ses pieds sous lui et chercha machinalement sous sa tunique trempée et déchirée le manche de sa dague mais, en réalité, il ne risquait guère d'être poursuivi. Le passage par lequel il s'était enfui se rétrécissait en une gorge si étroite qu'il avait dû se tortiller tout du long et se débattre de toutes ses forces pour s'en extraire. S'il essayait de le suivre, l'immonde porc qui voulait lui transpercer le corps de son épée y resterait bloqué et n'en sortirait pas sans y laisser des lambeaux de chair.

Jusqu'à ce jour, Kalonymos ne s'était jamais réjoui de sa maigreur ni de sa petite taille, qui lui avaient valu de nombreuses railleries et humiliations, et même des avances au fil du temps. Pourtant, c'était ce qui lui avait sauvé la vie. Cela le rassura, comme si tout avait une raison et un but dans le monde, et il remercia sincèrement les dieux.

Soudain, quelque chose bruissa et lui effleura doucement la joue. Il cria de terreur et se protégea le visage des deux mains. Son cri résonna et se propagea tout autour de lui. L'écho était étrangement lent, profond et sonore. Il en déduisit qu'il se trouvait dans une grotte beaucoup plus grande qu'il ne le pensait.

Il sentit à nouveau quelque chose passer devant lui. On aurait dit un oiseau, mais il ne connaissait aucun oiseau capable de voler dans cette obscurité. Une chauve-souris, peut-être. Oui, il avait déjà vu, à la tombée de la nuit, des chauves-souris décrire des cercles au-dessus des vergers de l'oasis comme des moustiques. Il reprit espoir. Si c'étaient des chauves-souris, les mêmes que celles qu'il avait vues dans les vergers, alors il y avait forcément un moyen de sortir de cette grotte.

Il fit le tour de la paroi rocheuse et entreprit d'escalader la pente la moins escarpée. Ce n'était pas un athlète et cette ascension dans le noir était cauchemardesque, mais les prises ne manquaient pas. Il finit par atteindre un endroit à partir duquel il ne pouvait plus progresser. À plusieurs reprises, il dut revenir en arrière dans l'espoir de trouver un autre chemin. Les heures passèrent. Interminablement. Il était fatigué et commençait à avoir faim. Seule la crainte de voir cette grotte devenir sa tombe lui donnait le courage de continuer. Lors d'une de ses tentatives, il lâcha prise avec un hurlement de terreur et chuta en dégringolant le long de la paroi jusqu'à son point de départ. Une fracture de la jambe lui aurait été aussi fatale qu'à une mule, mais ce fut sa tête qui heurta la roche la première et il plongea instantanément dans les ténèbres.

Lorsqu'il revint à lui, il eut la brève consolation de ne plus savoir où il était ni comment il était arrivé là. Puis, les souvenirs ressurgissant, il fut si désespéré qu'il envisagea un instant de rebrousser chemin. Mais il ne se sentait pas capable de refaire un tel parcours sous l'eau. Non, il devait persévérer. Il tenta à nouveau d'escalader la paroi rocheuse. Encore et encore. À la quatrième tentative, il atteignit une saillie étroite, loin au-dessus du plancher de la grotte, juste assez large pour qu'il puisse s'agenouiller. Il décida de ramper devant lui, puis vers le haut, sans jamais oublier que le moindre faux mouvement pouvait le précipiter vers une mort certaine. La conscience du danger ne le paralysait pas ; au contraire, elle renforçait sa concentration.

Au bout d'un moment, il constata que la saillie s'était refermée autour de lui et qu'il rampait dans les entrailles d'un serpent de pierre. L'obscurité n'était plus d'un noir aussi pur qu'auparavant. Il faisait presque jour dans le tunnel lorsqu'il arriva à la sortie et émergea en état de choc dans le soleil couchant. Après cette longue période de cécité, la lumière lui parut si éblouissante qu'il se cacha les yeux derrière son avant-bras pour s'en protéger. Le soleil couchant ! Cela signifiait que plus d'une journée avait passé depuis l'embuscade de Ptolémée. Lorsqu'il recouvra la vue, il regarda vers le bas. Il ne vit rien sous ses pieds, excepté des éclats de roche et la mort qui le guettait. Il recula en frissonnant et préféra regarder vers le haut. La pente était raide, mais il y arriverait.

Le soleil ne tarderait pas à disparaître. Kalonymos n'hésita pas une seconde. Il tourna face à la falaise et commença à l'escalader. Sans regarder en haut ni en bas, il déplaçait chacune de ses mains et chacun de ses pieds tour à tour en privilégiant la progression à la rapidité. Sa patience le récompensa. La falaise était en grès et, plus d'une fois, lorsqu'il avait fait porter son faible poids sur une prise apparemment sûre, celle-ci s'était effritée dans sa main ou sous son pied. Le soleil se coucha et la nuit tomba tandis qu'il arrivait enfin au sommet en surplomb de la colline. Il se hissa sur ses coudes, lança une jambe, puis l'autre et roula sur le dos, les yeux rivés sur le ciel nocturne.

Kalonymos n'avait jamais prétendu être courageux. Il était architecte, artiste, homme de médecine et de savoir. Et c'était précisément pour cette raison que son frère l'avait recruté pour cette mission.

Pourtant, autour de lui, il sentait les ombres lui reprocher de ne pas avoir rejoint ses compagnons, comme il en avait fait le serment. Unis dans la vie ; unis dans la mort. Quand ils avaient compris qu'ils ne pourraient pas échapper à Ptolémée et à son armée, les autres avaient tous pris sans réticence la décoction de feuilles de laurier-cerise qu'il avait préparée pour eux de peur que la torture ne leur délie la langue. Mais Kalonymos, lui, s'était dérobé lorsqu'il avait débouché sa fiole. Il avait soudain éprouvé une angoisse terrible à l'idée de perdre tout cela avant le moment venu, ce merveilleux don de la vie, la vue, l'odorat, le toucher, le goût, cette merveilleuse aptitude à penser. Ne plus jamais revoir les grandes collines de son pays natal, le bord luxuriant des rivières, les forêts de pins et de sapins argentés ! Ne plus jamais écouter les sages au marché. Ne plus jamais tenir sa mère dans ses bras, taquiner sa sœur ni jouer avec ses deux neveux ! Alors il avait fait semblant de boire son poison. Et puis, après que les autres avaient expiré, il s'était enfui en s'enfonçant dans les grottes.

La lune vint éclairer sa descente. Il ne vit que du sable et prit conscience de son extrême solitude. Il avait toujours pu compter sur son frère et ses camarades, les meilleurs soldats d'Alexandre, les seigneurs les plus intrépides du monde. Nulle part il n'avait été davantage en sécurité qu'en leur compagnie. Sans eux, c'était un homme faible et fragile, perdu dans un territoire inconnu où l'on parlait des langues incompréhensibles. Il descendit la colline, de plus en plus vite. La crainte de Pan grandissait en lui et il se mit à courir comme si tous les démons de la terre le poursuivaient. Fuyant tête baissée, il finit par trébucher dans une ornière. Il se tordit la cheville, s'effondra sur les genoux et roula sur le sable dur.

Il se releva et reprit sa course en direction des vergers et des lacs de l'oasis. Devant lui, des ombres se dessinaient dans l'obscurité. Au clair de lune, il ne discernait que des formes. Lorsqu'il comprit de quoi il s'agissait, il se mit à sangloter. Il arriva devant la première paire de croix. Bilip, qui l'avait porté sur ses épaules quand il avait cru ne jamais pouvoir atteindre Areg. Iatroclès, qui lui avait raconté de merveilleuses histoires sur des terres lointaines. Les suivants étaient Cléoménès et Héraclès. Le poison les avait déjà tués, mais la crucifixion était le châtiment que les Macédoniens réservaient aux criminels et aux traîtres. Ptolémée avait voulu faire savoir que c'était ainsi qu'il les considérait. Pourtant, c'était lui le criminel et le traître.

C'était lui qui avait désobéi aux ordres d'Alexandre. Ces hommes n'avaient fait que les respecter.

Quelque chose dans la symétrie des croix attira l'attention de Kalonymos. Elles allaient par paires de part et d'autre du chemin. Jusqu'au bout, elles étaient disposées par deux. Pourtant, ils étaient trente-quatre : ses trente-trois compagnons et lui. Il devait donc y avoir un nombre impair de croix. Comment pouvaient-elles toutes aller par paires ? L'espoir lui souleva légèrement la poitrine. Peut-être quelqu'un d'autre s'était-il échappé. Il se mit à marcher plus rapidement le long de cette sinistre avenue de la mort. Tous ses vieux amis étaient là, oui, mais pas son frère. Vingt-quatre croix déjà et toujours aucune trace de son frère. Vingt-six. Il pria les dieux en silence avec un espoir grandissant. Vingt-huit. Trente. Trente-deux. Et aucune trace de son frère. Il n'y avait pas d'autre croix. L'espace d'un instant, il fut submergé par un sentiment d'euphorie mais cela ne dura pas. Lorsqu'il comprit ce que Ptolémée avait fait, il eut l'impression de recevoir un coup de couteau dans le ventre. Dans un cri de rage mêlée d'angoisse, il tomba à genoux sur le sable.

Le temps que sa colère passe, Kalonymos était déjà devenu un autre homme, un homme déterminé à atteindre son objectif. Il avait déjà rompu son serment une fois. Il se jura de ne plus jamais le rompre. Unis dans la vie ; unis dans la mort. Oui, quel qu'en soit le prix. Quel qu'en soit le prix !

Chapitre 1

Les récifs de Ras Mohammed, Sinaï, Égypte

I

Daniel Knox somnolait paisiblement sur la proue quand la fille se campa avec provocation entre lui et le soleil de l'après-midi. Il ouvrit les yeux et resta sur ses gardes lorsqu'il vit de qui il s'agissait, car Max lui avait fait comprendre qu'elle était à Hassan al-Assyuti pour la journée. Or, Hassan avait l'arrogante réputation, amplement méritée, d'être violent, en particulier avec ceux qui avaient l'audace de marcher sur ses plates-bandes.

– Oui ? demanda-t-il.

– C'est vrai que vous êtes bédouin ? commença-t-elle. C'est ce type, Max, qui m'a dit que vous étiez genre bédouin, mais on dirait pas. Enfin je veux dire, si, un peu, genre le teint, les cheveux et les sourcils, mais…

Il n'était pas surprenant qu'elle ait attiré l'attention d'al-Assyuti, songea Knox pendant qu'elle soliloquait. Hassan avait un penchant notoire pour les jeunes blondes élancées et celle-ci avait un sourire enjôleur, des yeux turquoise saisissants, un teint flatteur, quelques taches de rousseur discrètes et une ou deux traces roses d'acné sur la peau, ainsi qu'une silhouette juvénile parfaitement mise en valeur par son bikini vert et jaune citron.

– La mère de mon père était bédouine, dit-il pour couper court à ce monologue confus. C'est tout.

– Wouah ! Une grand-mère bédouine !

Elle prit cette confidence pour une invitation à s'asseoir.

– Et elle, elle était comment ? poursuivit-elle.

Knox se redressa sur un coude en plissant les yeux dans le soleil.

– Elle est morte avant ma naissance.

– Oh, je suis désolée.

Une boucle blonde encore mouillée lui tomba sur la joue. Elle se tira les cheveux en arrière des deux mains et les maintint en queue de cheval en bombant légèrement la poitrine.

– Vous avez grandi ici, alors ? Dans le désert ?

Il regarda autour de lui. Ils se trouvaient sur le pont du bateau de plongée de Max Strati, qui était amarré à un mouillage fixe au large du rivage de la mer Rouge.

– Le désert ?

– Ça va, se défendit-elle en le gratifiant d'une petite tape sur la poitrine, vous voyez ce que je veux dire !

– Je suis anglais.

– J'aime bien votre tatouage, lui avoua-t-elle en suivant du doigt les contours de l'étoile à seize branches dessinée dans des tons bleu et or sur son biceps droit. C'est quoi ?

– C'est l'étoile de Vergina, le symbole des Argéades.

– Des quoi ?

– L'ancienne famille royale de Macédoine.

– Comment ça ? Genre Alexandre le Grand ?

– Bravo...

– Quoi, vous êtes fan ? demanda-t-elle en fronçant le nez. J'ai toujours entendu dire que c'était une brute ivrogne.

– On vous aura mal renseignée.

Elle sourit, heureuse d'être contredite.

– Allez-y, alors. Racontez-moi.

Knox se renfrogna. Par où devait-on commencer pour décrire un homme comme Alexandre ? Malgré une mort prématurée, celui-ci avait fait de la Macédoine, première puissance du monde grec, le centre d'un empire dominant de façon incontestée l'ensemble du monde connu.

– Il y avait une ville appelée Multan en Inde. C'était vers la fin des campagnes d'Alexandre. Ses hommes en avaient assez de combattre. Ils avaient envie de rentrer chez eux. Mais il ne voulait rien entendre. Il a été le premier à gravir les remparts. Les défenseurs sont parvenus à pousser les échelles des autres assaillants, si bien qu'il s'est retrouvé seul. N'importe quel homme aurait sauté pour sauver sa peau. Mais vous savez ce qu'il a fait ?

– Quoi ?

– Il a sauté à l'intérieur des remparts. Seul. C'était la seule façon d'obliger ses hommes à le suivre.

Et ils l'avaient suivi. Dévastant la citadelle pour le sauver, ils étaient parvenus jusqu'à lui juste à temps. La blessure au poumon qu'il avait reçue ce jour-là avait probablement contribué à sa mort, mais aussi à sa légende.

– Il se vantait d'avoir des cicatrices sur tout le corps, excepté sur le dos, poursuivit Knox.

– Il avait l'air complètement dingue ! s'exclama-t-elle en riant.

Alexandre n'était pas un saint mais, dans le contexte de son époque, il avait été meilleur que la plupart de ses contemporains.

– C'était un autre temps. Vous savez, lorsqu'il a vaincu l'empereur perse Darius à Issos, il a capturé sa mère Sisygambis et l'a placée sous sa protection personnelle. Quand il est mort, elle a été si bouleversée qu'elle s'est laissée mourir de faim. Pas quand son propre fils est mort, quand Alexandre est mort. On ne fait pas ça pour un dingue.

– Mouais…

Apparemment, elle en avait assez entendu sur Alexandre. Elle s'agenouilla, posa la main gauche à plat sur le pont et passa par-dessus Knox pour attraper la glacière rouge et blanc. Elle ouvrit le couvercle et goûta à toutes les bouteilles gardées au frais. Elle prit son temps ; ses seins, qu'elle savait mettre en valeur, se balançaient librement dans son bikini un peu lâche et ses mamelons étaient roses comme des pétales. Knox eut soudain l'impression d'avoir la bouche sèche. Ce n'est pas parce qu'on sait que c'est de la provocation que l'effet n'est pas le même. Mais ce petit jeu lui fit penser à Hassan. Il fronça les sourcils et regarda ailleurs. Elle se rassit en se laissant tomber, une bouteille ouverte à la main et un sourire malicieux aux lèvres.

– Vous en voulez ?

– Non, merci.

Elle haussa les épaules et but une gorgée.

– Vous connaissez Hassan depuis longtemps ?

– Non.

– Mais vous êtes un ami à lui ?

– Je fais partie du personnel, chérie. C'est tout.

– Mais il est casher, hein ?
– Drôle de mot pour désigner un musulman.
– Vous voyez ce que je veux dire…

Knox haussa les épaules. Il était trop tard pour y penser. Hassan l'avait ramassée dans une boîte, pas au catéchisme. S'il ne lui plaisait pas, elle aurait dû dire non ; c'était aussi simple que cela. On pouvait être naïve sans être stupide. De plus, elle savait parfaitement quel jeu elle jouait avec son corps.

À cet instant, Max Strati apparut devant la rangée de cabines. Il marchait vers eux d'un bon pas.

– Qu'est-ce que tu fous ? demanda-t-il à Knox, le regard perçant.

Il était venu passer ses vacances à Charm el-Cheikh vingt ans auparavant et n'était jamais rentré chez lui. Il s'était fait une place en Égypte et ne voulait pas la compromettre en mettant Hassan hors de lui.

– On discute, répondit Knox.
– Pas pendant le travail, s'il te plaît. Monsieur al-Assyuti veut offrir une dernière plongée à ses invités.

Knox se leva.

– Je vais m'occuper du matériel.

La fille bondit en battant des mains pour feindre l'enthousiasme.

– Super ! Je ne pensais pas qu'on allait redescendre.
– Je crains que tu ne sois pas de la partie, Fiona, l'interrompit Max froidement. Nous n'avons pas assez de bouteilles. Tu vas rester ici avec monsieur al-Assyuti.
– Oh !

Elle sembla soudain effrayée, comme un enfant, et posa timidement la main sur l'avant-bras de Knox. Il la repoussa avant de se diriger avec colère vers la poupe, où les combinaisons de plongée, les palmes, les lunettes et tout le reste du matériel étaient rangés dans des caisses en plastique près du râtelier à bouteilles. Un rapide coup d'œil suffit à lui confirmer ce qu'il savait déjà : il y avait de nombreuses bouteilles pleines. Le poids de la responsabilité lui donna des frissons dans la nuque. Mais sentant le regard brûlant de Max sur lui, il s'efforça de ne pas se retourner. Cette fille, ce n'était pas son problème. Elle était assez grande pour se débrouiller toute seule. Il n'avait aucun lien avec elle, aucune obligation. Il en avait bavé pour s'intégrer dans cette ville ; il n'allait pas tout gâcher à cause d'une gosse qui avait mal évalué le prix de cette petite virée. Cependant, il avait beau essayer de se justifier, il n'était pas fier. Écœuré, il s'accroupit devant les caisses et commença à vérifier le matériel.

II

Chantier de fouilles de la Fondation archéologique macédonienne dans le delta du Nil, Égypte du Nord

Une pluie de sable s'abattit dans le carré de fouille dont Gaëlle Bonnard brisait la surface à l'aide d'un marteau de géologue. La jeune femme leva les yeux et vit Kristos debout sur la berme, les mains sur les hanches.

– Qu'y a-t-il ?

– Elena veut te voir, répondit Kristos.

– Où est-elle ? demanda Gaëlle avant d'éponger la sueur qui perlait sur son front.

– Près du dépôt.

Gaëlle hocha la tête avec lassitude, posa son marteau de géologue et sortit du carré. L'équipe était répartie sur deux sites différents, situés à quinze minutes de marche l'un de l'autre : le cimetière, où elle avait été affectée, et ce qu'on appelait le site du temple, auquel seuls Elena, la responsable des fouilles de la Fondation archéologique macédonienne, ses fouilleurs grecs et Qasim, le représentant local du Conseil suprême des Antiquités, avaient accès. Mais Elena lui demandait sans cesse de venir examiner quelque ostracon qu'elle venait de trouver, généralement une prière adressée aux dieux dans une version locale idiosyncrasique du grec ancien. Elle lui réclamait alors un « deuxième avis » sur la traduction d'un certain mot ou groupe de mots, avant d'affirmer avec brusquerie que c'était exactement le résultat auquel elle avait elle-même abouti. Puis elle la renvoyait aussitôt, si bien que Gaëlle avait l'impression de passer la moitié de sa journée en transit.

Tandis qu'elle marchait sous le couvert des arbres, au sommet de la colline, Gaëlle tira sur sa chemise blanche en coton pour la décoller de sa poitrine et de ses bras. Il faisait si humide dans le delta du Nil que c'était presque devenu un tic nerveux chez elle. Elle quitta également ses sandales pour en retirer le sable tout en sachant qu'elle n'obtiendrait qu'un court répit avant qu'elles ne se remplissent à nouveau.

En général, Elena l'attendait à l'une des deux tables situées dans la véranda du dépôt, sur lesquelles tous les artefacts étaient provisoirement stockés avant que le CSA n'en prenne possession. Mais aujourd'hui, elle n'était pas là. Il n'y avait personne. Aucune trace non plus du pick-up. Plus étrange encore, la porte en acier de la cabane en brique donnant accès au puits de fouille était légèrement entrebâillée, alors qu'elle était toujours verrouillée, du moins en la présence de Gaëlle.

La jeune femme l'entrouvrit timidement et appela Elena. Pas de réponse. Elle l'ouvrit davantage. Un puits carré et sombre s'ouvrait dans le sol et laissait dépasser le haut d'une échelle en bois. Le long des murs, lampes torches, marteaux, pioches, paniers et autres outils étaient empilés sur des étagères. Gaëlle fut parcourue d'un léger frisson. Elle ferma la porte et fit un tour sur le site, mais Elena resta introuvable. Elle l'appela en frappant bruyamment à la porte, mais toujours rien. Alors elle rouvrit la porte d'acier, s'accroupit devant le puits et appela à nouveau les mains en porte-voix. Aucune réponse, à l'exception de l'écho étouffé de sa propre voix. Elle attendit quelques secondes et appela encore. Rien. Inquiète, elle se releva, les mains sur les hanches.

Elena faisait partie de ces responsables qui considèrent tous les membres de leur équipe comme des incapables et préfèrent tout faire eux-mêmes. Elle courait constamment d'une tâche à l'autre. Peut-être cela expliquait-il son absence. À moins qu'il y ait eu une erreur dans le message transmis à Gaëlle. Kristos n'avait pas inventé le fil à couper le beurre. De toute façon, avec Elena, il n'y avait pas moyen de bien faire. Quand on venait la rejoindre, elle aurait préféré qu'on reste sur place. Et quand on restait sur place, elle aurait préféré qu'on vienne la rejoindre.

Gaëlle s'accroupit à nouveau, les cuisses et les mollets endoloris par la déshydratation et une longue journée de travail. Elle appela pour la troisième fois. Elle commençait à s'inquiéter. Et si Elena était tombée ? Elle alluma une des lampes torches, mais le puits était profond et le faisceau de lumière se perdait dans l'obscurité, si bien qu'elle ne voyait quasiment pas le fond. Quel mal y avait-il à descendre pour jeter un coup d'œil, pensa-t-elle. Après tout, c'était Kristos qui l'avait envoyée ici. Elle inspira profondément, posa la main en haut de l'échelle, un pied sur le premier barreau, puis l'autre, en veillant à garder l'équilibre. Et elle commença à descendre. Le puits était plus profond qu'elle ne l'avait imaginé. Le fond se trouvait peut-être à huit mètres. Normalement, on ne pouvait pas descendre aussi profondément dans le Delta sans rencontrer la nappe phréatique, mais le site se trouvait près du sommet d'une petite colline, à l'abri de la crue annuelle du Nil, ce qui expliquait en partie pourquoi il avait été occupé dans l'Antiquité. L'échelle craqua, ainsi que les cordes qui la reliaient aux pitons fixés à la paroi du puits. Gaëlle s'arrêta à mi-chemin et appela à nouveau Elena. Elle n'entendit que le silence, rompu par sa seule respiration, amplifiée par l'étroitesse de son environnement. Un filet de sable dégringola devant elle. La curiosité finit par prendre le pas sur l'appréhension. Tous les fouilleurs connaissaient cet endroit, bien sûr, mais personne n'avait jamais parlé de ce qui se trouvait à l'intérieur. Gaëlle atterrit sur des éclats de basalte, de granite et de quartzite, autant de monuments et de stèles brisés en mille morceaux qui tapissaient le sol.

Elle orienta sa lampe vers une galerie étroite qui s'ouvrait sur sa gauche. Elle appela Elena mais moins fort, cette fois, dans l'espoir de pouvoir explorer les lieux en l'absence de réponse. Le faisceau lumineux se mit à vaciller, sans doute en raison d'un faux contact. Elle tapa doucement la torche contre la paroi et la lumière inonda l'espace. Elle s'engagea alors avec précaution dans la galerie, tandis que les éclats de pierre s'effritaient sous ses pieds. Une peinture, dont les couleurs étaient étonnamment vives, ornait le mur de gauche. De toute évidence, elle avait été nettoyée, peut-être même retouchée. C'était un personnage humanoïde stylisé, vêtu d'un uniforme de soldat, mais avec une tête et une crinière de loup gris. Il tenait une massue à la main gauche et, à la main droite, un étendard militaire planté entre ses pieds, un drapeau écarlate se déployant à côté de son épaule droite, devant un ciel turquoise.

Les divinités égyptiennes ne faisaient pas partie des spécialités de Gaëlle, mais elle en savait suffisamment pour reconnaître Oupouaout, le dieu loup qui, avec d'autres, avait fini par former Anubis le chacal. Ce dieu, essentiellement perçu comme une sorte d'éclaireur, avait souvent été représenté sur le *chedched* – l'étendard militaire égyptien qu'il avait à la main. Oupouaout signifiait « Celui qui ouvre le chemin », raison pour laquelle le robot miniature conçu pour explorer les mystérieux conduits d'aération de la Grande Pyramide avait été baptisé Upuaut, version anglaise de son nom. Il était également devenu, de même qu'Anubis, un dieu de la mort. D'après les lointains souvenirs de Gaëlle, il était tombé en désuétude pendant le Moyen Empire, vers 1600 avant Jésus-Christ. Par conséquent, en toute logique, cette peinture aurait dû avoir plus de trois mille ans et demi. Pourtant, le *chedched* que portait Oupouaout ne cadrait pas avec cette datation. Sur le drapeau, étaient clairement représentés la tête et les épaules d'un beau jeune homme au sourire radieux, incliné vers la gauche comme une Madone de la Renaissance. Quand on voyait un portrait d'Alexandre le Grand, il était difficile d'être absolument certain qu'il s'agissait bien de lui. L'influence du personnage sur l'iconographie avait été telle que, pendant des siècles, les hommes avaient tout fait pour lui ressembler. Des artistes obséquieux leur avaient fait prendre les mêmes poses et leur avaient donné des expressions et des traits identiques. Mais si ce n'était pas Alexandre lui-même, il avait incontestablement inspiré ce portrait, ce qui signifiait que celui-ci ne pouvait pas être antérieur à 332 avant Jésus-Christ. Mais pourquoi diable avait-il été représenté sur un étendard tenu par Oupouaout, plus d'un millénaire après la déchéance de cette divinité ?

Gaëlle mit cette énigme de côté et poursuivit son chemin en continuant à murmurer le nom d'Elena en guise de prétexte au cas où elle rencontrerait quelqu'un, ce qui semblait peu probable dans ce silence obscur. Sa lampe torche se mit à vaciller de nouveau, puis s'éteignit brusquement. Gaëlle était dans le noir complet. Elle regarda derrière elle et vit la faible lueur qui provenait de l'entrée du puits. Elle tapa une nouvelle fois la lampe contre le mur et la lumière se répandit pour éclairer une autre peinture. Autant qu'elle pouvait en juger, celle-ci était identique à la précédente mais n'avait pas été entièrement restaurée. Flacons, chiffons et brosses étaient encore éparpillés par terre sur une bâche blanche. Gaëlle continua à avancer. Les murs montraient peu à peu des signes de carbonisation et de forte chaleur, comme si un grand incendie avait jadis fait rage. Lorsqu'ils avaient creusé de nouveaux puits sur l'autre site, les membres de l'équipe avaient trouvé des stries noires et grises au milieu d'un orange pâle verdâtre indiquant la présence d'édifices anciens, des assises de pisé séparées par des couches de roseaux selon un mode de construction typiquement égyptien. Ces édifices avaient tous été détruits lors d'un vaste incendie. Peut-être ce site avait-il été frappé par le même fléau.

Un peu plus loin, Gaëlle fut attirée par l'éclat d'une structure en marbre blanc : un portail avec, de chaque côté, une immense sculpture en calcaire représentant un loup couché mais vigilant et légèrement menaçant. Encore des loups... Une idée lui vint immédiatement à l'esprit. Quand ils s'étaient emparés de l'Égypte, les Macédoniens avaient rebaptisé de nombreuses cités pour des raisons administratives. Très souvent, les noms grecs qu'ils leur avaient donnés avaient été inspirés de divinités locales. Si Oupouaout était, comme cela semblait être le cas, le dieu culte de ces lieux, alors il ne pouvait s'agir que de...

– Gaëlle ! Gaëlle ! cria Elena depuis l'entrée du puits. Vous êtes en bas ? Gaëlle !

Gaëlle hésita. Un instant, la curiosité le disputa à la peur, puis la peur l'emporta. Elle rebroussa chemin en courant.

– Elena ? C'est vous ?

– Qu'est-ce qui vous a pris de descendre là-dedans ? hurla Elena.

– J'ai cru que vous étiez tombée. J'ai eu peur que vous ayez eu un problème.

– Sortez ! ordonna Elena d'un ton furieux. Immédiatement !

Gaëlle remonta en retenant sa respiration jusqu'à ce qu'elle arrive en haut et s'empressa de se justifier.

– Kristos m'a dit que vous vouliez...

– Combien de fois vous ai-je dit qu'il s'agissait d'une zone réservée ? Combien de fois ? insista Elena en la regardant droit dans les yeux.

– Je suis désolée, madame Koloktronis, mais...

– Pour qui vous prenez-vous ? poursuivit Elena, le visage rouge et les tendons du cou saillants comme ceux d'un cheval de course en plein effort. Comment avez-vous osé descendre ? Comment avez-vous osé ?

– J'ai cru que vous étiez tombée, répéta Gaëlle désespérément. Je me suis dit que vous aviez peut-être besoin d'aide.

– Je vous défends de m'interrompre quand je vous parle.

– Je ne...

– Taisez-vous ! Taisez-vous !

Gaëlle se figea. L'espace d'une seconde, elle fut tentée de répondre. Après tout, cela faisait à peine trois semaines qu'Elena lui avait téléphoné sans crier gare pour la supplier, la *supplier*, de se retirer pendant un mois du projet de dictionnaire de démotique de la Sorbonne afin de remplacer son assistante en langues anciennes, qui était tombée gravement malade du jour au lendemain. Mais elle savait qu'elle ne faisait pas le poids. La première fois qu'Elena s'était mise dans cet état, elle s'était renseignée auprès de ses nouveaux collègues. Ils avaient haussé les épaules en lui racontant qu'Elena avait jadis été aimable et radieuse, jusqu'au jour où elle avait perdu son mari. Depuis, elle bouillonnait de rage comme un volcan et explosait parfois avec une violence spectaculaire, sans raison apparente et de façon totalement imprévisible. C'était désormais devenu la routine. On craignait sa colère comme le courroux des dieux anciens. Alors, pendant que sa chef lui faisait remarquer avec brutalité son incompétence, son ingratitude, le tort que tout cela causerait à sa carrière, même si elle allait faire de son mieux, bien sûr, pour la protéger, Gaëlle se contenta d'encaisser en silence.

– Je suis désolée, madame Koloktronis, souffla-t-elle lorsque l'éruption sembla enfin toucher à sa fin. Kristos m'a dit que vous vouliez me voir.

– Je lui ai dit de vous dire que j'arrivais.

– Ce n'est pas ce qu'il m'a dit. Je voulais juste voir si vous n'étiez pas tombée.

– Où êtes-vous allée ?

– Nulle part. J'ai juste regardé au fond.

– Bien, articula Elena à contrecœur avant de retrouver son calme. Alors n'en parlons plus. Mais évitez de faire part de cet incident à Qasim, car je ne pourrais pas vous défendre.

– Oui, madame Koloktronis.

Qasim, le représentant local du Conseil suprême, était tout aussi secret qu'Elena concernant ce site. Celle-ci aurait sans aucun doute été embarrassée de devoir admettre devant lui qu'elle avait laissé la porte ouverte sans surveillance.

– Venez avec moi, reprit Elena en fermant la porte d'acier à l'aide de deux gros cadenas, avant de mettre les clés dans sa poche. J'aimerais votre opinion sur un ostracon. Je suis sûre de sa traduction à quatre-vingt-dix-neuf virgule neuf pour cent. Peut-être pourrez-vous m'éclairer sur le dixième qui reste.

– Oui, madame Koloktronis, acquiesça Gaëlle humblement. Merci.

III

– T'es complètement dingue ! s'exclama Max, qui avait suivi Knox jusqu'à la poupe du bateau de plongée. T'as des envies de suicide ou quoi ? Je t'avais dit de laisser cette fille tranquille.

– C'est elle qui est venue me parler. Je suis poli, c'est tout.

– Tu flirtais avec elle.

– C'est elle qui flirtait avec moi.

– C'est encore pire ! Bon Dieu !

Max regarda autour de lui, le visage crispé par la peur. C'est ce qui arrivait quand on travaillait pour Hassan.

– Je suis désolé, dit Knox, je garderai mes distances.

– T'as intérêt. Je ne sais pas ce que vous complotez, ton pote Rick et toi, mais crois-moi, si tu te fais mal voir, vous pourrez dire adieu à votre petit projet.

– Parle moins fort.

– Je préfère te prévenir.

Max leva le doigt, comme s'il allait ajouter quelque chose, mais fit demi-tour et s'en alla.

Knox le regarda partir. Il n'aimait pas Max et c'était réciproque, mais ils partageaient des intérêts bien compris. Max dirigeait une école de plongée. Knox, quant à lui, était un bon moniteur, fiable. Il savait se faire apprécier des touristes, qui n'hésitaient pas à le recommander à leurs amis. De plus, il travaillait pour trois fois rien. En échange, il pouvait emprunter le bateau et le sonar latéral de Max pour ce que celui-ci appelait avec mépris son *petit* projet. Il esquissa un sourire goguenard. S'il savait ce que Rick et lui cherchaient, Max n'emploierait pas cet adjectif.

Knox était arrivé à Charm près de trois ans auparavant. À peine trois semaines plus tard, il avait fait une rencontre extraordinaire, grâce au tatouage dont il venait de parler avec Fiona. Un soir, un robuste Australien était venu le rejoindre alors qu'il buvait une bière sur le front de mer.

– Je peux m'asseoir ? avait-il demandé.

– Vas-y.

– Je m'appelle Rick.

– Daniel, mais tout le monde m'appelle Knox.

– Oui, c'est ce qu'on m'a dit.

– Ah bon, tu t'es renseigné ?

– Il paraît que tu es archéologue.

– Je l'étais.

– Tu as laissé tomber pour devenir moniteur de plongée ? s'enquit Rick d'un air sceptique.

– C'est l'archéologie qui m'a laissé tomber. Je suis brouillé avec les autorités.

– Ah... Intéressant, ce tatouage, observa Rick en se penchant en avant.

– Tu trouves ?

– Si je te montre quelque chose, tu le garderas pour toi ?

– Bien sûr, répondit Knox en haussant les épaules.

Rick plongea la main dans sa poche et en sortit une boîte d'allumettes dans laquelle se trouvait, posée sur un lit de coton, une grosse goutte dorée d'environ deux centimètres de long, dotée d'un œillet pour l'ajout d'un fermoir ou d'une chaîne. D'après les petits points roses désormais visibles, elle avait été taillée dans le corail. En outre, elle était ornée d'une étoile à seize branches discrètement gravée à la base.

– Je l'ai trouvée il y a quelques années, déclara Rick. Je me suis dit que tu pourrais peut-être m'en dire plus. C'est le symbole d'Alexandre, non ?

– Oui, où est-ce que tu l'as trouvée ?

– Ouais, c'est ça ! s'exclama Rick en reprenant la goutte, qu'il rangea jalousement dans son écrin de fortune pour l'enfouir à nouveau dans sa poche. Comme si j'allais te le dire ! Alors, une idée ?

– Ça peut être n'importe quoi. Une pampille pour un vêtement, quelque chose comme ça. Une boucle d'oreille.

– Quoi ? Alexandre portait des boucles d'oreilles ?

– L'étoile signifie que cet objet appartenait à sa cour. Il n'était pas forcément à lui.

– Oh… se renfrogna Rick d'un air déçu.

– Tu l'as trouvé dans les récifs, c'est ça ?

– Oui, pourquoi ?

– Pour rien, c'est juste bizarre. Alexandre n'est jamais venu dans le coin. Et ses hommes non plus.

– Et tu prétends avoir été archéologue ! ricana Rick. Même moi, je sais qu'il est venu en Égypte. Il est allé je ne sais plus où dans le désert.

– Il est allé consulter l'oracle d'Amon, dans l'oasis de Siwa, c'est vrai. Mais il n'a pas vu Charm, ni de près ni de loin, tu peux me croire. Il a longé la côte nord.

– Il n'a pas fait d'autre séjour en Égypte ?

– Non, sauf…

Knox sentit son cœur s'emballer dans sa poitrine. Il venait d'avoir une idée délirante.

– Nom de Dieu ! murmura-t-il.

– Quoi ? demanda Rick, qui lisait sur son visage.

– Non, non. C'est impossible.

– Quoi ? Dis-moi.

– Non, rien, insista Knox.

– Allez, vieux. Accouche !

– À condition que tu me dises où tu as trouvé ça.

– Tu crois qu'il y a autre chose sur place ? demanda Rick d'un air perspicace. C'est à ça que tu penses, hein ?

– Pas vraiment. Mais c'est possible.

Rick hésita.

– Tu es plongeur, c'est ça ?

– Oui.

– Ça ne me déplairait pas d'avoir un partenaire. C'est un endroit où je n'ai pas envie de plonger seul. Si je te le dis, on ira voir ensemble, d'accord ?

– Bien sûr.

– Bon, alors mets-toi à table.

– D'accord. Mais c'est une simple hypothèse. Il n'y a qu'une chance sur…

– J'ai compris. Accouche.

– Je vais droit au but ou tu veux les détails ?

– J'ai tout mon temps.

– Alors je te donne le contexte. Alexandre n'est venu qu'une seule fois en Égypte, où il n'a passé que quelques mois. Il est allé jusqu'au Nil en traversant le nord du Sinaï et il est descendu à Memphis, l'ancienne capitale située au sud du Caire, où il a été couronné. Ensuite il est remonté au nord pour fonder Alexandrie, il a longé la côte vers l'ouest jusqu'à Paraetonium, l'actuelle Marsa Matrouh, puis il s'est enfoncé dans le désert, au sud, pour gagner Siwa. D'après la légende, ses hommes et lui seraient morts de soif si deux serpents doués de parole ne les avaient pas guidés jusqu'à l'oasis.

– Ces serpents parlants, toujours là quand on a besoin d'eux !

– Aristobule a rapporté un récit plus plausible, selon lequel Alexandre aurait suivi un couple de corbeaux. Quand on passe un peu de temps dans le désert, on est quasiment sûr de voir des corbeaux bruns. Ce sont à peu près les seuls oiseaux qui y vivent. Ils voyagent souvent par deux. De vrais emmerdeurs, d'ailleurs. Quand ils ne trouvent pas de serpents ni de locustes, ils n'hésitent pas à fouiller les campements pour manger les restes, avant de retourner à l'oasis la plus proche. Donc, si on les suit…

– Ils ouvrent la route comme des dauphins dans la Grande Mer de sable.

– Exactement. Bref, ils ont conduit Alexandre à Siwa, où il a consulté l'oracle. Ensuite il a de nouveau traversé le désert mais, cette fois, il a suivi les pistes des caravanes, vers l'est, jusqu'à l'oasis de Bahariya. Puis il est revenu à Memphis. C'est à peu près tout ce qu'il a vu de l'Égypte avant de retourner mettre la pâtée aux Perses. Mais après sa mort, il a été ramené dans ce pays pour y être enterré.

– Et tu penses que notre affaire se situe à ce moment-là.

– C'est possible. Il ne faut pas oublier qui était Alexandre le Grand. Il a franchi l'Hellespont avec trente mille Macédoniens pour se venger de Xerxès, qui avait envahi la Grèce. Pourtant, il savait qu'il serait confronté à des armées dix fois plus importantes. Il a battu les Perses à plate couture, pas une fois, ni deux, mais trois fois. Et il ne s'est pas arrêté là. Il a mené d'innombrables batailles, qu'il n'a jamais perdues. Bien qu'il n'ait pas vécu plus de trente-deux ans, il a été l'homme le plus riche, le plus puissant et le plus admiré du monde. Quand son ami Héphaïstion est mort, il lui a fait faire un superbe bûcher funéraire, magnifiquement sculpté, de quatre-vingts mètres de haut. C'est comme si on construisait l'opéra de Sydney avant d'y mettre le feu, uniquement pour le plaisir de voir les flammes. Alors tu imagines, quand Alexandre est mort à son tour, ses hommes ont dû vouloir lui rendre un hommage vraiment particulier.

– Je comprends.

– Le bûcher funéraire était hors de question. La dépouille d'Alexandre était bien trop précieuse pour être brûlée. Le premier devoir d'un nouveau roi macédonien consistait à enterrer son prédécesseur. Par conséquent, quiconque entrerait en possession de la dépouille aurait de grandes chances de pouvoir prétendre au trône, d'autant qu'Alexandre n'avait laissé aucun successeur prévisible et que tout le monde jouait des coudes pour s'emparer du pouvoir.

Rick désigna du menton le verre vide de Knox.

– T'en veux une autre ?

– Oui, merci.

– Deux bières, cria Rick au barman. Pardon, tu disais, tout le monde jouait des coudes…

– Oui, les prétendants au trône étaient nombreux. Alexandre avait un frère, mais celui-ci était simple d'esprit. Sa femme Roxane était enceinte, mais personne ne pouvait être sûr qu'elle aurait un fils. Et de toute façon, elle était barbare et les Macédoniens n'avaient pas conquis le monde pour être dirigés par un métis. L'armée s'est donc rassemblée à Babylone pour finalement parvenir à un compromis. Le frère simple d'esprit et l'enfant à naître, s'il s'agissait d'un garçon, ce qui fut le cas avec Alexandre IV, régneraient conjointement, mais les différentes régions de l'empire seraient administrées par un certain nombre de satrapes, tous placés sous l'autorité d'un triumvirat. Tu me suis ?

– Oui.

– Parmi les généraux d'Alexandre, il faut distinguer Ptolémée. C'est lui qui avait prétendu qu'Alexandre avait été conduit à Siwa par des serpents doués de parole. Mais il ne faut pas le sous-estimer pour autant. C'était un homme très habile et très rusé. Il a compris que, sans Alexandre pour en maintenir l'intégrité, l'empire serait nécessairement morcelé et, lui, il voulait l'Égypte. C'était une terre riche, isolée, qui ne serait pas entraînée dans les conflits des autres. Il s'en est donc fait nommer satrape et il y a assis son pouvoir jusqu'à ce qu'il devienne pharaon pour fonder la dynastie ptolémaïque, qui s'est terminée avec Cléopâtre.

Leurs bières arrivèrent et ils trinquèrent.

– Continue, dit Rick.

– Ça n'a pas été facile pour Ptolémée de devenir pharaon. Ce statut n'était pas accessible à n'importe qui. Les Égyptiens attachaient beaucoup d'importance à la légitimité. Avec Alexandre, c'était différent. C'était un dieu vivant, incontestablement de sang royal, qui avait chassé leurs ennemis perses. Il avait toutes les qualités requises pour régner. Mais en Égypte, Ptolémée n'était personne. Par conséquent, il avait besoin d'un symbole de royauté.

– Ah ! s'exclama Rick en essuyant ses lèvres pleines de mousse. La dépouille d'Alexandre...

– Absolument. Ptolémée voulait s'emparer de la dépouille, mais il n'était pas le seul. Le chef du triumvirat macédonien, Perdiccas, avait ses propres ambitions. Il entendait ramener le corps d'Alexandre en Macédoine pour inhumer celui-ci aux côtés de son père, Philippe, dans la nécropole royale d'Aigai, dans le nord de la Grèce. Mais ramener Alexandre de Babylone n'était pas chose facile. On ne pouvait pas le charger sur le premier bateau venu. Il devait faire un retour en grande pompe.

– Je suis comme ça, moi aussi.

– Un historien, Diodore de Sicile, a rapporté une description très détaillée du convoi funèbre. La dépouille d'Alexandre a été embaumée, déposée dans un cercueil doré à la feuille d'or et recouverte d'épices odorantes très onéreuses. Un catafalque, un char funèbre pour les profanes, a été commandité. Il était si spectaculaire qu'il a fallu plus d'un an pour le réaliser. C'était un temple doré, monté sur roues, de six mètres de long et quatre mètres de large. Des colonnes ioniques dorées, ornées de feuilles d'acanthe, supportaient un toit d'écailles d'or voûté, serti de pierres précieuses. Un mât doré, qui s'élevait depuis le centre du toit, étincelait dans le soleil comme un éclair. À chaque angle du temple se dressait une statue dorée de Nikè, la déesse de la Victoire, qui brandissait un trophée. La corniche d'or était agrémentée de têtes de bouquetins en relief tenant des anneaux d'or, dans lesquels passait une guirlande multicolore et chatoyante. Entre les colonnes, un voile doré avait été tendu pour protéger le cercueil du soleil de plomb et des pluies occasionnelles. L'entrée du temple était gardée par des lions dorés.

– Ça fait un sacré paquet d'or, fit remarquer Rick d'un air sceptique.

– Alexandre était immensément riche. Ses trésors perses représentaient à eux seuls plus de sept mille tonnes d'or et d'argent. Il fallait plus de vingt mille mulets et cinq mille chameaux pour les déplacer. Tu sais comment il les stockait ?

– Comment ?

– Le métal était fondu et versé dans des jarres. Ensuite, il suffisait de casser la terre cuite.

– Nom de Dieu ! J'aimerais bien trouver une de ces jarres.

– Oui, les généraux n'ont pas osé lésiner sur la marchandise. Alexandre était un dieu pour les troupes macédoniennes. S'ils avaient été chiches, ils auraient perdu leur loyauté. Bref, le catafalque a fini par être prêt, mais il était si lourd que les constructeurs ont dû inventer un système d'amortisseurs. De plus, le chemin devait être préparé à l'avance par une équipe de constructeurs routiers. Il a fallu soixante-quatre mulets pour tirer le char.

Knox prit le temps de boire une gorgée de bière.

– Soixante-quatre mulets, répéta-t-il. Chacun d'eux portait une couronne dorée, un collier incrusté de pierres précieuses et une clochette dorée de chaque côté de la tête. Et chacune de ces clochettes avait un battant doré tout à fait identique à l'objet que tu caches dans ta boîte d'allumettes.

– Tu te fous de moi ! s'écria Rick visiblement sous le choc.

– Et pour en venir au fait, conclut Knox en souriant, l'ensemble du catafalque, tout cet or, a disparu de l'Histoire sans laisser de trace.

Chapitre 2

Site de construction d'un hôtel, Alexandrie

I

Mohammed el-Dahab avait une photo de sa fille Leila sur son bureau. Le cliché avait été pris deux ans auparavant, juste avant que celle-ci ne tombe malade. Il avait l'habitude, pendant qu'il travaillait, de la regarder de temps à autre. Parfois, voir ce petit visage lui faisait du bien. Mais désormais, la plupart du temps, cela lui donnait le cafard. Il se pinça l'arête du nez entre le pouce et l'index et murmura une courte mais fervente prière. Il priait ainsi pour sa fille peut-être trente fois par jour, ainsi que pendant ses *reka'as*. Jusqu'à présent, ses prières n'avaient pas servi à grand-chose. Mais c'était ça, la foi. Sans épreuve, elle ne signifiait rien.

Un vacarme inattendu retentit au-dehors : des rires et des cris de jubilation. Irrité, Mohammed regarda par la fenêtre de son bureau. Tout le monde avait arrêté le travail pour se rassembler dans un coin du site de construction. Ahmed dansait comme un derviche à un *mouled*. Mohammed sortit dans un grand mouvement de colère. Allah l'avait affligé de l'équipe la plus paresseuse de toute l'Égypte. Toutes les excuses étaient bonnes. Il prit une mine de circonstance pour remonter les bretelles à ses hommes mais, lorsqu'il arriva sur place et découvrit ce qui avait semé l'agitation, il oublia sa mauvaise humeur. La pelleteuse avait creusé un énorme trou dans le sol et mis au jour un escalier en colimaçon encore couvert d'une couche épaisse de poussière, qui s'enroulait autour d'un puits profond et obscur. Jauni, sombre, il semblait vieux, aussi vieux que la ville.

Mohammed leva les yeux vers ses hommes. Ils se regardaient tous avec la même idée en tête. Depuis combien de temps cet escalier était-il enseveli ? À quel trésor pouvait-il conduire ? Alexandrie n'était pas seulement une des plus grandes cités de l'Antiquité. Elle recélait un trésor perdu, connu dans le monde entier. Y avait-il un seul homme parmi eux qui n'eût pas rêvé de découvrir le sarcophage doré du fondateur de la cité, Iskandar al-Akbar, Alexandre le Grand ? Les petits garçons creusaient des trous dans les jardins publics ; les femmes parlaient à leurs amies des échos étranges qu'elles entendaient lorsqu'elles tapaient sur les murs de leur cave ; les pilleurs s'introduisaient dans les anciennes citernes et dans les sous-sols des temples et des mosquées. Mais si la dépouille se trouvait à Alexandrie, c'était forcément ici, en plein cœur de l'ancien quartier royal de la cité. Mohammed n'avait pas l'habitude de se monter la tête mais, tandis qu'il fixait le fond du puits, sa gorge se serra d'émotion.

Était-ce le miracle qu'il attendait ?

Il emprunta la torche de Fahd et posa lentement le pied gauche sur la première marche. C'était un homme corpulent et son cœur se mit à battre la chamade lorsqu'il fit porter tout son poids sur la pierre abîmée, mais celle-ci tint bon. Il descendit encore quelques marches en tournant le dos au mur extérieur en calcaire brut. La paroi interne, qui séparait l'escalier en colimaçon du grand puits central, se composait de briques effritées, dont beaucoup étaient tombées en ne laissant qu'un trou noir. Mohammed se pencha pour ramasser un caillou. Il le jeta par un trou et retint sa respiration jusqu'à ce qu'il tombe au fond, quatre battements de cœur plus tard. Tandis que la spirale se refermait au-dessus de lui, il constata que l'ensemble de l'escalier était taillé dans le roc. Il s'agissait donc d'une sculpture plutôt que d'une construction. Cela le rassura et il poursuivit sa descente en tournant, jusqu'à ce que l'escalier devienne droit pour se prolonger en sens inverse, sous un portail arqué, et débouche dans une vaste pièce circulaire, dont le sol était recouvert d'une couche épaisse de sable, de roche et de briques tombées. Au centre, quatre solides piliers entouraient la base ouverte du puits central. La faible lumière du jour ricochait sur les parois. Elle était chargée de particules de calcaire, qui tourbillonnaient lentement comme des astres et venaient se déposer en un baume sur les lèvres de Mohammed pour lui chatouiller la gorge. C'était un endroit frais et merveilleusement calme, comparé au site de construction éternellement bruyant.

Quatre portes arquées, en comptant celle qui donnait sur l'escalier, encerclaient cette rotonde aux quatre points cardinaux. Des bancs curvilignes surmontés d'une coquille d'huître étaient taillés dans les murs de calcaire, ornés de magnifiques sculptures de dieux qui caracolaient au beau milieu de têtes de Méduse sifflantes, de taureaux rampants, d'oiseaux en plein vol, de fleurs écloses et de tentures de lierre. Au-delà de la première porte, un couloir sombre légèrement en pente laissait entrevoir un lit de décombres et de poussière. Mohammed, en proie à la fois au dégoût et à un sentiment de prémonition, déchira le voile de toiles d'araignées qui obstruait le passage. Une petite galerie secondaire se détachait du couloir pour conduire à une salle vaste et haute, dont les murs étaient percés de rangées de niches carrées. Des catacombes. Mohammed se dirigea vers le mur de gauche, éclaira un crâne jaune et poussiéreux, puis écarta légèrement la calotte d'un doigt. Une petite pièce noircie tomba de la mâchoire. Il la ramassa, l'examina et la reposa. Il orienta sa torche vers l'intérieur de la niche. Celle-ci mesurait un peu moins de deux mètres de profondeur. Tout un tas de crânes et d'ossements avait été poussé au fond pour faire de la place au dernier occupant. Mohammed frémit et retourna dans le couloir principal pour poursuivre son inspection. Il passa devant quatre autres salles et descendit une douzaine de marches, puis cinq autres, avant d'arriver en haut d'un nouvel escalier, submergé par la nappe phréatique. Il rebroussa chemin en direction de la rotonde. Ahmed, Husni et Fahd l'avaient suivi et grattaient la terre à quatre pattes. Il s'étonnait qu'ils ne soient pas allés plus loin, lorsqu'il se rappela avoir pris leur unique torche. La lumière naturelle n'éclairait pas plus loin.

– Qu'est-ce que c'est ? demanda Ahmed. Qu'est-ce que j'ai trouvé ?

– Une nécropole, répondit Mohammed d'un ton neutre. Une cité des morts.

Vaguement contrarié par leur présence, il franchit un deuxième portail et entra dans une grande salle bordée de blocs de calcaire. La salle des banquets, peut-être, où les proches venaient chaque année rendre hommage aux défunts. Un petit escalier menait du dernier portail à une espèce d'avant-cour. Sur une grande marche, entre deux paires de colonnes scellées, une immense porte à clous noircie, ornée de deux poignées hexagonales, se dressait au milieu d'un mur composé de blocs de marbre blanc. Mohammed tira sur la poignée de gauche et un battant s'ouvrit dans un long grincement. Il se faufila dans l'entrebâillement et pénétra dans une vaste antichambre vide. Des morceaux de plâtre étaient tombés par endroits pour laisser apparaître le calcaire brut des murs. Deux rangées de personnages grecs, que Mohammed ne connaissait pas, étaient sculptées dans le linteau surmontant la porte arquée du mur d'en face. Celle-ci ouvrait sur une deuxième salle, de même largeur et de même hauteur mais deux fois plus longue que la précédente. Un socle de deux mètres de long et d'un mètre de large, à hauteur de genou, se trouvait au centre du sol, comme s'il avait jadis servi de support à un objet de valeur, un sarcophage peut-être. Si cela avait été le cas, ce trésor avait disparu depuis longtemps.

Un bouclier en bronze terni était fixé au mur, à droite de la porte. Ahmed s'en approcha et tenta de le décrocher.

– Arrête ! cria Mohammed. Tu es fou ou quoi ? Tu veux prendre dix ans à Damanhour pour un vieux bouclier et une poignée de pots cassés ?

– Nous serons les seuls à le savoir, rétorqua Ahmed. Qui sait quels trésors nous pouvons trouver ? Il y en a assez pour nous tous.

– Cet endroit a été pillé il y a des siècles.

– Pas complètement, fit remarquer Fahd. Les touristes sont prêts à payer une fortune pour ce genre de camelote. Mon cousin a un étal rue Nabi Daniel. Il connaît la valeur de ces trucs-là. Si on le fait venir ici…

– Écoutez-moi bien, l'interrompit Mohammed. Écoutez-moi tous. Vous n'allez rien toucher ni rien dire à personne.

– De quel droit prenez-vous les décisions ? demanda Fahd. C'est Ahmed qui a trouvé cet endroit, pas vous.

– Mais c'est moi le patron. C'est mon chantier, pas le vôtre. Si jamais vous parlez, vous aurez à faire à moi. C'est compris ?

Mohammed les défia du regard, un par un, jusqu'à ce qu'ils baissent les yeux et tournent les talons. Il n'était pas tranquille. Confier un secret à des hommes comme eux, c'était comme transporter de l'eau dans un panier. Les bas quartiers d'Alexandrie grouillaient de voyous qui, sur une simple rumeur, n'hésiteraient pas à égorger vingt personnes. Mais Mohammed ne reviendrait pas sur sa position. Toute sa vie, il s'était efforcé d'être vertueux. Et la vertu avait été pour lui une grande source de satisfaction. Lorsqu'il s'était montré particulièrement généreux ou judicieux, il avait toujours imaginé avec délectation l'admiration qu'il avait dû susciter. Mais Leila était tombée malade et ce que les gens pensaient de lui n'avait plus aucune importance. Il n'avait plus qu'un seul but : la guérison de sa fille. Son seul souci était donc de trouver un moyen d'utiliser cette découverte à cette fin. Le pillage n'était pas une solution. Contrairement à ce qu'Ahmed pensait, il n'y en avait pas pour tout le monde. Et s'il essayait de doubler les autres, ils le donneraient à la police. Cela lui coûterait cher. En tant que responsable du site, il était légalement tenu de faire part de cette découverte au Conseil suprême des Antiquités. Si on apprenait qu'il avait gardé le secret pour piller les lieux, il n'aurait plus le droit d'exercer son métier et finirait presque certainement en prison. Il ne pouvait pas prendre ce risque. Son revenu était dérisoire mais c'était tout ce qu'il avait pour éviter le pire à Leila.

La solution, lorsqu'il finit par la trouver, s'avéra si simple qu'il ne comprit pas pourquoi il n'y avait pas pensé plus tôt.

II

– Excusez-moi, vous pouvez me donner un coup de main ?

Knox leva les yeux du matériel et vit Roland Hinz qui tenait son énorme combinaison de plongée.

– Bien sûr, répondit-il en souriant. Pardon, j'étais ailleurs.

Il se campa derrière le gros Allemand pour le retenir au cas où il tomberait en essayant d'enfiler sa combinaison. L'opération s'annonçait délicate. Roland était banquier à Stuttgart et envisageait d'investir dans la dernière entreprise d'Hassan dans le Sinaï. Cette journée avait été essentiellement organisée en son honneur. Ivre de champagne et bourré de cocaïne, il en profitait au maximum en tapant sur les nerfs de son entourage. À vrai dire, il n'aurait pas dû être autorisé à plonger, même dans une piscine, mais Hassan payait pour repousser les limites du règlement – et des combinaisons. Knox avait l'impression d'essayer de faire rentrer une couette dans sa housse. Roland n'en finissait pas de déborder aux endroits les plus inattendus. Et il trouvait cela irrésistiblement drôle. Tout l'amusait. Dans une énième tentative de se donner en spectacle, il fit semblant de trébucher et éclata d'un rire hystérique, tandis que Knox s'évertuait en vain à le maintenir debout. Les deux hommes finirent par tomber sous son poids. Étendu de tout son long sur le pont, il se tourna vers les autres invités comme s'il s'attendait à recevoir un tonnerre d'applaudissements.

Knox l'aida à se relever avec un sourire forcé et s'agenouilla à ses pieds pour lui mettre ses bottes de plongée. L'Allemand avait des pieds gras, rose et jaunâtre, avec de la crasse entre les orteils, comme s'il ne se les était pas lavés depuis des années. Knox oublia l'ingratitude de sa tâche en s'absorbant une nouvelle fois dans ses souvenirs. L'enthousiasme de Rick n'avait pas duré longtemps.

– Et ce catafalque a traversé le Sinaï ? avait-il demandé.

– Non, aucune source ne l'affirme.

– C'est pas vrai ! Tu m'as fait marcher !

Rick s'adossa brusquement à sa chaise avec colère.

– Tu veux que je te dise ce que nous savons ? proposa Knox.

– Vas-y, répliqua Rick encore contrarié. Dis toujours.

– Il faut d'abord que tu saches que nos sources sont très peu fiables. Nous n'avons aucun témoignage direct concernant la vie ou les campagnes d'Alexandre. Tout ce que nous savons nous vient d'historiens qui le tenaient eux-mêmes de récits de seconde, troisième, voire quatrième main.

– Je vois, le téléphone arabe…

– Exactement. Mais ce n'est pas tout. Quand l'empire d'Alexandre a été morcelé, chaque faction a voulu se mettre en avant au détriment des autres. Il y a donc eu beaucoup de propagande. Et à l'époque romaine, Alexandre est devenu une figure très emblématique. Les Césars le vénéraient ; les républicains le haïssaient. Les historiens ont donc fait un travail très sélectif, selon le camp qu'ils défendaient. D'une façon ou d'une autre, la plupart de nos sources sont extrêmement partiales. Il est très difficile de démêler le vrai du faux.

– Je comprends.

– Mais nous sommes presque sûrs que le catafalque a suivi l'Euphrate en direction du nord, de Babylone à Opis, avant de longer le Tigre vers le nord-ouest. C'était une procession magnifique et les curieux ont apparemment fait des centaines de kilomètres à pied pour la voir passer. Vers 322 ou 321 avant Jésus-Christ, elle est arrivée en Syrie. Mais à partir de là, on ne sait pas trop ce qui s'est passé. Il faut considérer deux choses totalement distinctes : d'une part, le corps embaumé d'Alexandre, allongé dans son cercueil doré, et, d'autre part, le char funèbre. Tu me suis ?

– Oui.

– Nous avons une idée assez précise de ce qui est arrivé au cercueil d'Alexandre. Ptolémée a conduit ou envoyé un détachement de ses soldats auprès du défunt dans le but d'intercepter le catafalque et d'emmener la dépouille à Memphis, avec ou sans la collaboration du commandant d'escorte. Ce que nous ne savons pas, c'est ce qu'est devenu le char funèbre. Diodore, l'historien dont je t'ai parlé tout à l'heure, affirme qu'Alexandre a été emmené à Memphis, puis à Alexandrie, dans le catafalque. Mais son récit est confus et il semble qu'il se réfère en réalité au cercueil. La description la plus vivante de cet épisode est celle d'un dénommé Ælien. Celui-ci raconte que Ptolémée craignait que Perdiccas, le chef du triumvirat, désireux de ramener la dépouille d'Alexandre en Macédoine, ne le poursuive avec son armée pour récupérer le corps. Le satrape d'Égypte aurait donc tendu un piège à son rival. Il aurait vêtu un sosie d'Alexandre d'une tenue royale avant de l'envelopper dans un linceul d'une grande qualité et de le déposer sur un char perse, somptueusement orné d'argent, d'or et d'ivoire. Perdiccas aurait ainsi suivi ce faux convoi funèbre pendant que Ptolémée emmenait la dépouille d'Alexandre en Égypte en suivant un autre itinéraire.

– Alors Ptolémée a laissé le catafalque sur place ?

– C'est ce qu'Ælien laisse entendre. Le principal trésor était le corps d'Alexandre. Ptolémée devait le ramener en Égypte au plus vite et on ne pouvait pas voyager rapidement avec un catafalque. On estime que celui-ci parcourait au maximum dix kilomètres par jour, et ce avec une grande équipe de sapeurs qui préparaient la route. Il aurait fallu des mois pour regagner Memphis et l'opération n'aurait pas été très discrète. Quoi qu'il en soit, aucun témoignage ne prouve que le catafalque ait quitté la Syrie pour se diriger vers le Nil en traversant le Liban, Israël et le Sinaï. Or, quelqu'un aurait sûrement aperçu le convoi.

– Alors Ptolémée a laissé tomber le catafalque ?

– C'est possible. Mais il n'a pas dû l'abandonner complètement. C'était un véritable trésor de richesses. Mets-toi à sa place. Qu'est-ce que tu aurais fait, toi ?

Rick réfléchit un instant.

– J'aurais formé deux groupes, annonça-t-il. Le premier aurait filé avec le corps et l'autre aurait pris un itinéraire différent avec le catafalque.

– C'est ce que j'aurais fait aussi, dit Knox en souriant. Nous n'avons aucune preuve, bien sûr. Mais c'est une question de bon sens. Dans ce cas, comment Ptolémée aurait-il pu s'y prendre ? La Syrie, par exemple, se trouve en bordure méditerranéenne. Il aurait pu transporter le catafalque par bateau. Mais la Méditerranée était infestée de pirates et il aurait fallu qu'il ait des navires à disposition. Si ce moyen de transport avait été envisageable, il l'aurait également utilisé pour la dépouille d'Alexandre. Or, nous sommes quasiment sûrs qu'il ne l'a pas fait.

– Quelles sont les autres possibilités ?

– Si l'on part du principe qu'il n'a pas pu déplacer le catafalque d'un seul bloc, il a pu le dépecer et le faire transporter par une caravane vers le sud-ouest, le long de la côte d'Israël et du Sinaï. Mais c'est sans doute l'itinéraire qu'il a lui-même emprunté avec la dépouille d'Alexandre et, par conséquent, celui que Perdiccas risquait de suivre avec son armée. Mais il y a une troisième possibilité : il a pu faire acheminer le chargement vers le sud jusqu'au golfe d'Aqaba et le faire transporter par bateau autour de la péninsule du Sinaï.

– La péninsule du Sinaï ! s'écria Rick. Tu veux dire le long de ces récifs ?

– De ces récifs très dangereux, confirma Knox.

Rick éclata de rire et leva son verre pour trinquer.

– Alors, allons décrocher le gros lot !

Et c'était exactement ce qu'ils essayaient de faire depuis. Dans un premier temps, Knox avait craint que Rick ne s'intéresse qu'à l'or, d'une part parce qu'il était peu probable qu'ils en trouvent et, d'autre part, parce qu'ils auraient été en désaccord s'ils en avaient trouvé. Il n'avait évidemment pas l'intention de s'approprier un quelconque trésor. Mais plus ils cherchaient et plus Rick se prenait au jeu. Il avait été plongeur démineur dans la marine australienne pendant plusieurs années et donc membre des forces spéciales. À Charm el-Cheikh, il avait pu continuer à plonger mais n'avait plus aucun but. Leur quête commune lui en avait redonné un. Il avait même repris les études pour faire carrière dans l'archéologie sous-marine. Non content d'avoir emprunté les livres de Knox, il le harcelait de questions.

Roland avait ses deux bottes aux pieds. Knox se releva, l'aida à attacher son gilet stabilisateur et procéda aux contrôles de sécurité. Puis il entendit des bruits de pas sur la passerelle, au-dessus de lui. Hassan arriva avec nonchalance. Il posa les coudes sur la rambarde et regarda en bas.

– Messieurs, amusez-vous bien ! dit-il.

– Comptez sur nous, répondit Roland avec enthousiasme. On s'amuse comme des fous !

– Prenez tout votre temps, ajouta Hassan en souriant.

Il tendit la main derrière lui et Fiona s'approcha avec réticence, les bras croisés, tremblante de froid ou de nervosité. Elle avait enfilé un pantalon en toile et un tee-shirt blanc, comme si une tenue plus modeste pouvait la protéger. Le haut de son bikini, encore humide, avait rendu son tee-shirt transparent et ses mamelons pointaient, hérissés de peur. Hassan vit Knox la regarder. Il sourit voracement et posa la main sur l'épaule de la jeune fille pour marquer son territoire, dans une attitude de défi.

À Charm el-Cheikh, on racontait qu'Hassan avait égorgé un de ses cousins pour avoir couché avec une femme sur laquelle il avait jeté son dévolu.

Knox baissa les yeux et regarda autour de lui dans l'espoir de trouver un allié avec qui partager le poids de la responsabilité. Max et Nessim, l'athlétique chef de la sécurité à qui rien n'échappait, vérifiaient mutuellement leur matériel. Il ne tirerait rien d'eux. Plus loin, Ingrid et Birgit, deux blondes scandinaves que Max avait ramenées pour le bon plaisir de Roland, étaient déjà en tenue de plongée, prêtes à descendre l'échelle de la poupe. Knox essaya d'accrocher le regard d'Ingrid, mais celle-ci se garda bien de se tourner vers lui.

Il leva de nouveau les yeux vers la passerelle. Hassan le regardait toujours. Il semblait savoir exactement ce à quoi il pensait. C'était le mâle dans toute sa splendeur, qui savourait le défi. Son sourire s'élargit. Il laissa descendre sa main jusqu'à la taille de Fiona et lui empoigna fermement la croupe. Il était parti de rien pour devenir l'agent maritime le plus puissant du canal de Suez dès l'âge de trente ans. Pour réaliser une telle ascension, il n'avait pas dû être tendre avec les autres. Désormais, profitant de la crise immobilière consécutive aux récentes attaques terroristes, il essayait d'étendre son empire au secteur touristique en rachetant des propriétés en front de mer pour une bouchée de pain.

Dans les rues de Charm, on disait aussi qu'il avait frappé un touriste américain, jusqu'à ce que celui-ci tombe dans le coma, pour avoir protesté lorsqu'il avait fait des avances à sa femme.

Roland était enfin prêt. Knox l'aida à prendre l'échelle qui descendait dans la mer Rouge et s'agenouilla pour lui passer ses palmes afin qu'il puisse les mettre dans l'eau. Le gros Allemand bascula en arrière comme une roue hydraulique et revint à la surface dans un grand jet d'éclaboussures en riant comme un dément.

– Attendez-moi, lui dit Knox. J'en ai pour une seconde.

Il enfila rapidement sa combinaison, attacha son gilet stabilisateur et ses bouteilles, mit ses lunettes autour du cou et prit ses palmes à la main. Il commença à descendre l'échelle et, juste avant de la lâcher, jeta un dernier coup d'œil à la passerelle. Hassan le regardait toujours. À côté de lui, Fiona, les bras croisés sur la poitrine avec angoisse, les épaules rentrées, les cheveux en désordre, faisait subitement son âge. Celui d'une gamine qui avait rencontré un Égyptien sympathique dans un bar et pensait lui avoir soutiré une petite virée à l'œil, avec la certitude d'échapper à ses éventuelles attentes simplement en se trémoussant un peu. Elle avait les yeux grands ouverts, le regard perdu et apeuré mais pas encore désespéré, comme si elle se disait que tout se passerait bien parce que, dans le fond, les gens étaient gentils.

L'espace d'un instant, Knox imagina qu'il s'agissait de sa sœur, Bee.

Il secoua la tête avec colère. Cette fille n'avait rien à voir avec Bee. Elle était adulte. Responsable de ses choix. La prochaine fois, elle saurait à quoi s'en tenir. Il se retourna pour s'assurer que la voie était libre. Puis il mit le détendeur dans sa bouche, serra les dents et se jeta en arrière pour aller se réchauffer dans les eaux utérines de la mer Rouge.

Il imposa un rythme modéré et ne descendit pas au-delà de quatre mètres pour que Roland puisse remonter rapidement à la surface en cas de problème. Des poissons tropicaux divers et variés les regardèrent nager vers le récif, sans la moindre crainte. Parfois, il était difficile de dire où était le spectacle et qui étaient les spectateurs. Un poisson Napoléon, entouré de poissons anges et de labres, passa devant les plongeurs avec une nonchalance royale. Knox le montra à Roland avec une gestuelle de plongée extravagante, car les débutants apprécient toujours d'être traités en initiés.

Ils atteignirent enfin le récif. Plus bas, la roche ocre et mauve se perdait dans des profondeurs vertigineuses. L'eau était immobile, limpide, et la visibilité, exceptionnelle. En regardant autour de lui, Knox aperçut loin au-dessous d'eux la silhouette menaçante d'un gros poisson. Soudain, il eut un flash. Il se revit au chevet de sa sœur dans un hôpital de Thessalonique Il fut si secoué par ce souvenir douloureux qu'il s'arrêta.

Dix ans auparavant, alors qu'ils traversaient le nord de la Grèce en voiture, ses parents et sa sœur étaient sortis d'une route de montagne. Sa mère, son père et le conducteur avaient été tués sur le coup, mais sa sœur avait survécu. Knox avait pris le premier avion. Sur place, il avait été accueilli par un policier plein de sollicitude, qui l'avait emmené d'abord à la morgue, puis à l'hôpital. Un médecin l'avait conduit le long des couloirs blancs jusqu'à sa sœur, admise au service des soins intensifs, où se mêlaient le halètement du respirateur artificiel, le souffle régulier des ventilateurs, le battement monotone et précaire des moniteurs, et les murmures du personnel et des visiteurs, aussi respectueux que dans un funérarium. Le médecin était une femme. Elle avait essayé de le préparer mais, lorsqu'il avait vu Bee reliée à une sonde gastrique et à tout un tas d'appareils, il était resté sous le choc. Bouleversé, il avait eu l'impression d'être le spectateur d'une pièce de théâtre plutôt que l'acteur d'un événement réel. Il avait été frappé par la pâleur bleue de Bee et se souvenait encore de son teint cireux, de cette mollesse qui ne lui ressemblait pas. Jusqu'à ce jour-là, il n'avait jamais remarqué toutes les taches de rousseur qu'elle avait autour des yeux. Il n'avait pas su quoi faire. Il avait regardé le médecin, qui l'avait invité à s'asseoir à son chevet. Lorsqu'il avait posé la main sur celles de sa sœur, il s'était senti mal à l'aise. Dans sa famille, on n'avait pas l'habitude de se toucher. Il avait serré sa main froide et éprouvé une angoisse intense et saisissante, proche de celle d'un père. Puis il l'avait portée à ses lèvres en se souvenant de l'époque où il racontait à ses amis à quel point c'était barbant de devoir s'occuper d'une petite sœur.

Il tapa sur le bras de Roland et pointa le pouce vers le haut. Ils remontèrent ensemble à la surface. Le bateau était environ soixante mètres plus loin. Apparemment, il n'y avait personne sur le pont. Knox sentit la colère monter en lui. Son cœur avait parlé avant sa raison. Il retira le détendeur de sa bouche.

– Restez ici, dit-il à Roland.

Et il traversa à grandes brassées l'eau claire comme du cristal.

III

Mohammed el-Dahab serra instinctivement son attaché-case contre sa poitrine lorsque la femme le conduisit jusqu'au bureau d'Ibrahim Beyumi, le directeur du Conseil suprême des Antiquités d'Alexandrie. Elle frappa une fois à la porte, puis l'ouvrit en faisant signe au visiteur d'entrer avec elle. Un homme fringant d'allure assez efféminée était assis derrière un bureau en pin. Il leva les yeux de ses dossiers.

– Oui, Maha ? demanda-t-il.

– Monsieur el-Dahab est entrepreneur. Il affirme avoir trouvé quelque chose sur un site de construction.

– De quoi s'agit-il ?

– Peut-être vous l'expliquera-t-il mieux lui-même.

– Soit, consentit Ibrahim dans un soupir.

Il invita Mohammed à s'asseoir à son bureau d'angle. Mohammed regarda autour de lui et, découragé, examina avec un œil de connaisseur les lambris gondolés des murs, le plafond fissuré auquel manquaient des morceaux de plâtre, et les gravures des monuments d'Alexandrie, piquées par l'humidité. Si le bureau du premier archéologue d'Alexandrie était dans cet état, il n'y avait pas autant d'argent qu'il l'avait espéré dans le secteur des antiquités.

Ibrahim lut dans ses pensées.

– Je sais, se plaignit-il. Mais qu'y puis-je ? Qu'est-ce qui compte le plus, les fouilles ou mon propre confort ?

Mohammed haussa les épaules. Ibrahim vint s'asseoir à côté de lui. Lui, au moins, il avait l'air riche : costume chic, bagues en or à tous les doigts, bracelet en argent au poignet droit. Il posa les mains sur ses genoux d'un air guindé.

– Ainsi, vous avez trouvé quelque chose ?

– Oui.

– Voulez-vous me dire de quoi il s'agit ?

Mohammed sentit sa gorge se serrer. C'était un homme imposant, que les menaces physiques n'impressionnaient pas, mais les personnes instruites l'intimidaient. Cela dit, le directeur paraissait bienveillant et inspirait confiance. Mohammed posa son attaché-case sur la table, l'ouvrit et en sortit sa photo de Leila pour la poser en face d'Ibrahim. En voyant cette photo, en la touchant, il reprit courage.

– C'est ma fille, déclara-t-il. Elle s'appelle Leila.

Ibrahim le regarda en biais sans comprendre.

– Allah vous a comblé.

– Oui, merci. Malheureusement, Leila est malade.

– Ah, dit Ibrahim en s'adossant à sa chaise. Vous m'en voyez désolé.

– Ils appellent ça le lymphome de Burkitt. C'est apparu dans son estomac comme un grain de raisin, puis comme une mangue sous la peau. Les chirurgiens l'ont enlevé. Elle a eu de la chimiothérapie. On pensait qu'elle était sauvée.

Ibrahim se racla la gorge.

– Maha a dit que vous aviez trouvé quelque chose…

– Ses médecins font tout ce qu'ils peuvent. Mais ils sont surchargés et sous-équipés. Ils n'ont pas d'argent. Ils attendent que…

– Excusez-moi, mais Maha a dit que vous aviez trouvé…

– Ils attendent que la maladie progresse jusqu'à un stade où ils ne pourront plus rien faire.

Mohammed se pencha en avant.

– Nous n'en sommes pas encore là, ajouta-t-il d'une voix douce mais ferme. Il reste une solution.

Ibrahim hésita un instant.

– Laquelle ? demanda-t-il à contrecœur.

– Une greffe de moelle osseuse.

Ibrahim prit un visage peiné de circonstance.

– Mais n'est-ce pas horriblement cher ?

– Notre Institut de recherche médicale a un programme de transplantation financé par l'État mais ne prend en compte que les patients qui ont déjà un donneur. D'un autre côté, pour trouver un donneur, le patient doit déjà faire partie du programme.

– Évidemment, cela rend les choses impossibles.

– C'est leur façon de sélectionner sans avoir l'air de le faire. Si je ne parviens pas à financer les tests destinés à trouver un donneur, ma fille va mourir.

– Vous ne pouvez pas espérer, commença Ibrahim à voix basse, que le CSA…

– Ces tests ne coûtent pas cher, s'empressa de préciser Mohammed. Seulement, les chances de trouver un donneur sont faibles. Ma femme et moi, nos parents les plus proches, nos amis avons tous effectué les tests mais en vain. Je pourrais convaincre des cousins éloignés ou des amis de mes amis de les faire, mais il faudrait que je paie leur voyage. J'ai essayé d'emprunter de l'argent partout, mais je me suis déjà tellement endetté à cause de cette maladie…

Mohammed sentit les larmes lui monter aux yeux. Il s'interrompit et baissa la tête pour qu'Ibrahim ne le voie pas pleurer.

Après un long silence, Ibrahim reprit la parole dans un murmure.

– Maha a dit que vous aviez trouvé quelque chose sur un site de construction.

– Oui.

– Dois-je comprendre que vous voulez de l'argent en échange de ce que vous avez à me dire ?

– Oui.

– Vous savez que la loi vous oblige à m'en informer quoi qu'il en soit.

– Oui.

– Que vous risquez la prison si vous ne le faites pas.

Mohammed se redressa et soutint le regard d'Ibrahim avec le plus grand calme.

– Oui.

Ibrahim hocha la tête et fit le tour de son bureau miteux.

– Je ne peux rien vous promettre, vous en êtes conscient ?

– Oui.

– Très bien. Alors dites-moi ce que vous avez trouvé.

Chapitre 3

I

Knox atteignit rapidement le bateau. Il retira ses palmes, les jeta à bord et grimpa sur le pont. Il ne vit ni Fiona ni Hassan. Les cabines étaient alignées à bâbord. Maintenant qu'il était là, il ne savait pas quoi faire. Il se sentit stupide, comme si tout le monde le regardait. Il retira son gilet stabilisateur, le garda à la main et traversa le pont sans bruit jusqu'aux cabines. Il les ouvrit une par une pour regarder à l'intérieur. Finalement, il en trouva une qui était verrouillée. Il secoua la porte et entendit un cri étouffé. Puis plus rien. Si certaines personnes aimaient et recherchaient la violence, ce n'était pas le cas de Knox. Il eut soudain une vision de lui-même debout devant cette cabine et perdit toute contenance. Il tourna les talons et s'en alla. Mais il entendit la porte s'ouvrir derrière lui.

– Oui ? demanda Hassan.

– Je suis désolé, dit Knox sans chercher à le regarder. Je me suis trompé.

– Revenez ici ! ordonna Hassan irrité. Oui, vous, le gars de Max. C'est à vous que je parle. Venez ici immédiatement.

Knox revint sur ses pas avec réticence, les yeux baissés en signe de soumission. Hassan n'ayant pas pris la peine de pousser la porte, il vit Fiona allongée sur le lit, les bras croisés sur ses seins nus, son pantalon en toile baissé jusqu'aux genoux, qu'elle avait relevés et serrés. Elle avait une coupure au-dessus de l'œil droit ; sa lèvre supérieure saignait. Son tee-shirt blanc déchiré avait été jeté par terre.

– Eh bien ? insista Hassan. Qu'est-ce que vous vouliez ?

Knox regarda Fiona à nouveau. Elle hocha la tête pour lui dire que tout allait bien, qu'elle pouvait se débrouiller, qu'il valait mieux qu'il ne s'en mêle pas. Ce petit geste provoqua une réaction totalement inattendue chez lui, un accès de rage. Il lança son gilet stabilisateur comme un boulet de démolition sur Hassan. Touché au niveau du plexus solaire, celui-ci se plia en deux. Puis Knox lui décocha un coup de poing à la mâchoire avant de le pousser en arrière. Maintenant qu'il était lancé, il ne pouvait plus s'arrêter. Il frappa Hassan encore et encore, jusqu'à ce que celui-ci s'effondre sur le pont. Ce ne fut que lorsque Fiona essaya de le retenir qu'il recouvra ses esprits.

Hassan était inconscient, le visage et la poitrine tachés de sang. Il avait l'air si mal en point que Knox s'agenouilla à côté de lui. Par chance, son pouls battait encore dans sa gorge.

– Vite ! s'écria Fiona en tirant Knox par la main. Les autres reviennent.

Ils sortirent de la cabine en courant. Max et Nessim nageaient vers le bateau. Furieux, ils crièrent lorsqu'ils aperçurent Knox. Celui-ci courut jusqu'à la passerelle, arracha les câbles de la radio bidirectionnelle et du contact. Toutes les clés étaient rangées dans un tube en plastique, dont il s'empara. Le hors-bord était amarré à la poupe par un simple bout. Il descendit l'échelle, approcha le hors-bord, aida Fiona à embarquer, sauta, défit le nœud du câble de remorquage, bondit sur le siège du conducteur et mit la clé sur le contact juste au moment où Max et Nessim, qui les avaient rejoints, montaient à bord. Il lança le moteur et vira brusquement en accélérant. Le mouvement de l'eau déstabilisa Max. Nessim, en revanche, parvint à s'accrocher et à se hisser à bord. C'était un homme robuste, dont la force était décuplée par la colère, mais il était gêné par son matériel de plongée. Knox vira une nouvelle fois d'un coup sec et l'envoya valser dans les airs.

Il redressa la barre en direction de Charm et fit rugir le moteur. Il s'en voulait terriblement. Qu'est-ce qui lui avait pris ? Maintenant, il fallait qu'il arrive à sa jeep avant qu'Hassan et Nessim n'ébruitent ce qui s'était passé. S'ils mettaient la main sur lui… Il préférait ne pas penser à ce qui se passerait. Il fallait qu'il quitte Charm, le Sinaï, l'Égypte tout entière. Dès ce soir. Il regarda derrière lui. Fiona était assise à l'arrière, la tête baissée. Une serviette bleue enroulée autour de ses épaules tremblantes, elle claquait des dents. Il n'arrivait pas à croire qu'elle ait pu lui rappeler Bee. Il frappa le tableau de bord du plat de la main, en colère contre lui-même. S'il y avait une chose qu'il détestait, c'était bien les souvenirs. On travaillait comme un forçat pour se faire une place dans un endroit qui n'avait aucun lien avec notre passé ; pas d'amis, pas de famille, rien qui nous mine. Mais ça ne suffisait pas. On emmenait ses souvenirs partout, où qu'on aille, et ils nous foutaient dans la merde en un clin d'œil !

II

Ibrahim Beyumi raccompagna Mohammed, le remercia et le regarda disparaître au coin de la rue. Il aurait pu le suivre, bien sûr, et découvrir l'emplacement du site de construction. Mais l'histoire de cet homme l'avait touché, d'autant que celui-ci avait placé sa carrière et sa liberté entre ses mains. Il avait toujours eu à cœur d'être digne de la confiance des autres. Et puis, l'entrepreneur ayant laissé un numéro de téléphone où le joindre, il serait facile à retrouver, le cas échéant.

Maha fit mine de se lever tandis qu'Ibrahim retournait à son bureau. Il l'arrêta d'un geste de la main et examina la grande carte d'Alexandrie fixée au mur derrière elle. Comme toujours, cela l'emplit de fierté et de mélancolie. On y voyait tous les monuments antiques de sa chère ville, la colonne de Pompée, le palais de Ras el-Tin, les cimetières latins, l'amphithéâtre romain, le fort de Qaït Bay, autant de sites superbes qu'il promouvait avec enthousiasme. Mais il savait au fond de lui qu'aucun d'eux ne figurait parmi les plus prisés d'Égypte. Il n'y avait à Alexandrie ni pyramides, ni Karnak, ni Abou Simbel, ni Vallée des Rois. Et pourtant, deux mille ans auparavant, la cité avait renfermé de véritables joyaux. Le phare avait compté parmi les huit merveilles du monde. Le Muséion avait été le premier foyer mondial d'apprentissage et de culture. Le temple de Sérapis avait fasciné les fidèles par sa splendeur et ses statues animées par de savants artifices. Les palais de Cléopâtre étaient restés empreints d'un romantisme extraordinaire. Et surtout, Alexandrie avait abrité le mausolée de son patriarche, Alexandre le Grand. Si un seul de ces joyaux avait survécu, aujourd'hui, elle rivaliserait sûrement avec Louxor ou Gizeh sur l'échelle touristique. Mais il n'en restait aucun.

– Cet homme, dit Ibrahim.

– Oui ?

– Il a trouvé une nécropole.

Maha se retourna.

– Vous a-t-il dit où ?

– Dans l'ancien quartier royal.

Ibrahim traça du doigt les contours approximatifs de ce quartier puis indiqua un point en plein centre. On ne pouvait pas déterminer avec certitude l'étendue de la cité ancienne et encore moins l'emplacement des rues et des bâtiments. Tous les sites avaient été victimes des limites géographiques d'Alexandrie. Avec la Méditerranée au nord, le lac Mariout au sud et à l'ouest, et le delta marécageux du Nil à l'est, toute expansion avait été impossible. Quand il avait fallu construire de nouveaux bâtiments, les anciens avaient été démolis pour faire de la place. Le fort de Qaït Bay avait été bâti sur les fondations en ruine du phare. Et les blocs de calcaire des palais ptolémaïques avaient été recyclés dans des temples romains, des églises chrétiennes et des mosquées islamiques pour refléter les différentes époques de la cité.

Ibrahim regarda Maha avec un sourire espiègle.

– Savez-vous qu'Alexandre a tracé lui-même les remparts de notre ville ?

– Oui, monsieur, répondit-elle docilement sans lever les yeux.

– Il a répandu une traînée de farine, mais des oiseaux de toutes les couleurs et de toutes les tailles sont venus s'en repaître. Certaines personnes auraient pu se décourager. Pas Alexandre.

– Non, monsieur.

– Il en a déduit que notre ville abriterait et nourrirait les hommes et les femmes de toutes les nations. Et il ne s'est pas trompé. Non, il ne s'est pas trompé.

– Non, monsieur.

– Je vous ennuie.

– Vous avez dit que vous vouliez que ces lettres partent aujourd'hui même, monsieur.

– C'est vrai, Maha, en effet.

Alexandre était mort avant que sa cité ne soit bâtie. C'était Ptolémée qui en avait bénéficié. Après avoir pris le contrôle de l'Égypte, il avait fondé la dynastie ptolémaïque, qui avait régné avec une autorité décroissante pendant près de trois siècles jusqu'à ce que Cléopâtre joue sa fortune avec Jules César, puis avec Marc Antoine, et perde à deux reprises. La domination romaine et byzantine avait duré jusqu'à la conquête arabe de 641 après Jésus-Christ. La capitale administrative avait été transférée au sud, à Fustat d'abord, puis au Caire. Le commerce avec l'Europe avait diminué et il était devenu inutile d'avoir un port méditerranéen. Le delta du Nil s'était ensablé ; les canaux d'eau douce étaient tombés en désuétude. Alexandrie avait inexorablement poursuivi son déclin après la conquête turque et, lorsque Napoléon avait débarqué, à la fin du XVIIIe siècle, elle ne comptait plus que six mille habitants. Mais elle avait su rebondir et, aujourd'hui, environ quatre millions de personnes étaient entassées dans des immeubles qui rendaient les fouilles systématiques de la vieille ville impossibles. Par conséquent, les archéologues comme Ibrahim étaient totalement à la merci des promoteurs, qui continuaient à démolir les anciens bâtiments pour en construire de nouveaux. Et à chaque démolition, les chances de trouver quelque chose d'extraordinaire étaient infimes.

– Il a décrit un site en détail, reprit Ibrahim. Une avant-cour et une porte à clous en bronze ouvrant sur une antichambre et une salle principale. Qu'est-ce que cela vous évoque ?

– Une tombe ? risqua Maha. Ptolémaïque ?

– Le début de l'époque ptolémaïque. Le tout début.

Ibrahim respira profondément.

– En réalité, ajouta-t-il, on dirait la tombe d'un roi macédonien.

Maha se leva, les doigts en éventail sur son bureau.

– Vous ne pensez quand même pas à… Je croyais qu'Alexandre avait été enterré dans un grand mausolée.

Ibrahim garda le silence pendant quelques secondes, gagné par l'excitation de Maha. Il ne savait pas s'il devait la décevoir ou prendre le risque de lui confier ses espoirs les plus fous. Il préféra la première option.

– Oui, vous avez raison. C'était le *Sema,* ce qui signifie « tombe » en grec. Ou peut-être *Sôma,* c'est-à-dire « corps ».

– Oh… Ce n'est pas Alexandre, alors ?

– Non.

– Mais de quoi s'agit-il ?

Ibrahim haussa les épaules.

– Il va falloir faire des fouilles pour le savoir.

– Comment ? Je croyais qu'on n'avait plus d'argent.

C'était bien le problème. Ibrahim avait déjà affecté l'ensemble du budget dont il disposait. Il avait demandé aux Français et aux Américains le maximum de ce qu'ils pouvaient donner. Tout se passait comme ça, ici, précisément parce que les fouilles n'étaient pas systématiques. Si trop de sites intéressants étaient découverts au cours du même exercice budgétaire, il ne pouvait tout simplement pas les prendre en charge. Il fallait trier. Or, tous les archéologues de terrain travaillaient déjà directement ou indirectement sur de multiples projets dans la vieille ville. Pour fouiller ce nouveau site, il faudrait donc davantage de crédits, de spécialistes et de personnel. Ibrahim ne pouvait pas le mettre en attente jusqu'au prochain exercice. La cage d'escalier se trouvait au beau milieu du futur parking d'un hôtel. Mohammed pourrait s'accommoder de quelques semaines de fouilles mais, au-delà, tout son calendrier serait chamboulé. C'était très ennuyeux. La mise au jour de l'ancienne Alexandrie dépendait presque entièrement de la volonté des promoteurs immobiliers et des entrepreneurs à faire part de leurs découvertes. S'il devenait difficile de travailler avec le directeur d'Alexandrie, ceux-ci cesseraient tout simplement d'informer le CSA, quelles que soient leurs obligations légales. D'un certain côté, ce nouveau site était un véritable casse-tête dont Ibrahim se serait bien passé. Mais c'était aussi une tombe du début de l'époque macédonienne, peut-être une découverte capitale, qu'on ne pouvait pas laisser passer, vraiment pas.

Ibrahim avait la bouche sèche et avala sa salive avant de parler.

– Cet homme d'affaires grec qui nous propose sans cesse de nous sponsoriser…

– Vous ne pensez tout de même pas à Nicolas Dragoumis ?

– Si, justement.

– Mais vous disiez que c'était un…

Maha croisa le regard d'Ibrahim et laissa sa phrase en suspens.

– C'est vrai, mais vous avez une meilleure idée ?

– Non, monsieur.

La première fois que Nicolas Dragoumis l'avait contacté, Ibrahim avait été ravi. Les sponsors étaient toujours les bienvenus. Pourtant, quelque chose dans les manières de cet homme lui avait déplu. Après avoir raccroché le téléphone, il s'était immédiatement rendu sur le site web du groupe Dragoumis, qui comportait de nombreux liens vers ses filiales dans les secteurs du transport maritime, de l'assurance, de la construction, des médias, de l'import-export, de l'électronique, de l'aérospatiale, de l'immobilier, du tourisme, de la sécurité et plus encore. Il avait trouvé une rubrique sur le mécénat expliquant que le groupe Dragoumis ne soutenait que les projets susceptibles de démontrer la grandeur historique de la Macédoine et de contribuer à restaurer l'indépendance de la Macédoine égéenne en la libérant du joug grec. Il ne suivait pas vraiment l'actualité politique de la Grèce, mais il en savait assez pour éviter toute relation avec des séparatistes macédoniens.

Sur le site web, il avait trouvé une photo de groupe des cadres. Nicolas Dragoumis était grand, sec, bel homme et élégant. Mais c'était l'homme situé au milieu, au premier plan, qui avait troublé Ibrahim : Philippe Dragoumis, fondateur du groupe et directeur général, teint basané, légèrement barbu, avec une grande tache de vin au-dessus de la pommette gauche, une expression redoutable et un regard incroyablement pénétrant, même sur une photo. Un homme dont on n'avait pas envie de croiser le chemin. Mais Ibrahim n'avait pas le choix. Son cœur se mit à battre plus vite, comme s'il se trouvait au bord d'une falaise.

– Bien. Pouvez-vous me trouver son numéro de téléphone, s'il vous plaît ?

III

Knox échoua le hors-bord près de sa jeep et regagna le rivage à pied. Fiona s'était ressaisie et voulait retourner à son hôtel. D'après sa façon d'éviter le regard de Knox, elle semblait avoir compris que la colère d'Hassan s'abattrait sur lui, non sur elle, et qu'elle avait donc tout intérêt à s'éloigner de lui. Pas si bête, finalement. Knox démarra brusquement sa jeep. Il était content de ne pas avoir à s'occuper d'elle, mais furieux quand même. Son passeport, son argent liquide et sa carte bancaire étaient dans sa ceinture portefeuille. Son ordinateur portable, ses vêtements et toutes ses recherches se trouvaient dans sa chambre d'hôtel, mais il n'osa pas retourner les chercher.

Une fois sur la route principale, il dut prendre sa première décision importante. Il avait le choix entre le nord-est, en direction de la frontière israélienne, et la côte ouest, qui menait au territoire principal de l'Égypte. Israël était une destination plus sûre, mais la route était en mauvais état et le trafic, ralenti par les postes de contrôle de l'armée. L'ouest, alors. Il était arrivé en Égypte par bateau, à Port-Saïd, neuf ans auparavant. Il aurait également pu repartir de là, mais Port-Saïd se trouvait sur le canal de Suez. Et le Suez appartenait à Hassan. Non, il devait quitter le Sinaï. Il fallait qu'il gagne un aéroport international. Le Caire, Alexandrie, Louxor.

Il coinça son téléphone portable contre son oreille tout en conduisant pour dire à Rick et à ses autres amis de faire attention à Hassan. Puis il l'éteignit, de peur qu'on ne le suive à la trace. Il poussa sa vieille jeep au maximum de ce qu'elle pouvait donner. Des feux de pétrole bleus scintillaient comme les enfers sur le golfe de Suez, comme la rage dans ses yeux. Il roulait depuis moins d'une heure lorsqu'il aperçut un poste de contrôle, quelques blocs de béton entre deux cabanes en bois. Il résista à l'envie de faire demi-tour. Les postes de contrôle étaient nombreux dans le Sinaï ; il n'y avait pas de quoi s'alarmer. On lui fit signe de s'arrêter sur le bas-côté. Lorsqu'il quitta la route, il fut d'abord secoué par les cahots, puis sentit le sable doux sous ses roues. Un officier s'approcha d'un air bravache. C'était un homme petit, trapu, avec un regard arrogant sous des paupières tombantes ; le genre à harceler les plus faibles jusqu'à ce qu'ils craquent et réagissent pour pouvoir les tabasser en faisant mine de ne pas les avoir provoqués. Il tendit la main pour prendre le passeport de Knox et l'emporta avec lui. Il n'y avait pas beaucoup de circulation. Les autres soldats bavardaient autour d'une radio, leur fusil mitrailleur nonchalamment suspendu en bandoulière. Knox garda la tête baissée. Il y en avait toujours un qui venait se vanter de parler anglais.

Un grand insecte vert marchait lentement sur le rebord de sa vitre baissée. Une chenille. Non, un mille-pattes. Knox posa le doigt en travers de sa route et l'animal grimpa sans hésiter en lui chatouillant la peau avec les pattes. Il leva la main au niveau de ses yeux pour le regarder avancer. Le mille-pattes ne s'était pas rendu compte qu'il avait été détourné, inconscient de la précarité de sa situation. Knox le considéra avec un sentiment de fraternité tandis qu'il tournait autour de son poignet. En Égypte ancienne, les mille-pattes avaient joué un rôle très symbolique. Ils étaient associés à la mort, mais de façon positive, car ils mangeaient les insectes microscopiques qui se nourrissaient de cadavres. Ils étaient donc considérés comme les protecteurs du corps humain, qu'ils préservaient de la décomposition, un des attributs d'Osiris lui-même. Mais ce n'était pas là leur seule vertu. On leur reconnaissait aussi le mérite de fertiliser les terres, qui, sans eux, auraient été abandonnées aux vers de terre. Et comme ils piquaient, ils étaient invoqués contre les serpents, les scorpions et autres créatures venimeuses. Knox tapa doucement la main contre la portière de sa jeep et l'animal tomba par terre. Puis il se pencha par la fenêtre pour le regarder ramper, jusqu'à ce qu'il en perde la trace dans l'obscurité.

Dans la cabane, l'officier lisait son passeport et communiquait les renseignements par téléphone. Il raccrocha le combiné, assis sur son bureau, et attendit qu'on le rappelle. Plusieurs minutes passèrent. Knox regarda autour de lui. Personne d'autre n'était retenu ; juste une inspection rapide et un geste de la main en signe de laissez-passer. Le téléphone finit par sonner. Knox observa avec appréhension l'officier, qui décrocha pour répondre.

Chapitre 4

Une église, au nord de Thessalonique, Grèce du Nord

I

– *Le bélier que tu as vu, et qui avait des cornes, ce sont les rois des Mèdes et des Perses*, psalmodia le vieux prêtre, qui lisait la Bible à voix haute depuis sa chaire. *Le bouc, c'est le roi de Javan. La grande corne entre ses yeux, c'est le premier roi.*

Il marqua un temps d'arrêt et enveloppa les nombreux fidèles du regard.

– Tous les exégètes vous diront la même chose, affirma-t-il en se penchant légèrement en avant et en baissant la voix, comme pour faire une confidence à son auditoire. Le bélier dont parle Daniel est le roi perse Darius. Et le roi de Javan est Alexandre le Grand. Ces versets évoquent la défaite des Perses face à Alexandre. Savez-vous quand Daniel les a écrits ? Six cents ans avant la naissance du Christ, deux cent cinquante ans avant la naissance d'Alexandre lui-même. Deux cent cinquante ans ! Pouvez-vous ne serait-ce qu'imaginer ce qui va se passer dans le monde dans deux cent cinquante ans ? Daniel, lui, l'a su.

Nicolas Dragoumis écoutait en hochant la tête. Il connaissait le texte du vieux prêtre mot pour mot. Il en avait écrit une bonne partie et ils avaient répété ensemble jusqu'à ce que chaque mot soit parfait. Mais on ne pouvait jamais savoir quelle portée aurait un texte avant de le soumettre à son auditoire. C'était leur première soirée et, pour le moment, tout se passait bien. L'ambiance était primordiale. C'était pour cette raison qu'ils avaient choisi cette vieille église, bien qu'il ne s'agisse pas d'un service religieux officiel. La lumière de la lune traversait les vitraux ; une chouette hululait dans les chevrons ; une porte épaisse séparait l'assistance du monde extérieur. L'encens saisissait les narines et couvrait l'odeur de sueur des honnêtes travailleurs. Le seul éclairage provenait d'une rangée de cierges blancs. Il faisait juste assez clair pour que les fidèles puissent vérifier dans leur propre bible que ces versets figuraient bien au chapitre 8 du livre de Daniel, comme le prêtre le leur avait dit, mais suffisamment sombre pour préserver une impression de sacré, d'inconnu. Dans cette région du monde, on savait que les choses étaient plus étranges et plus complexes que la science essayait de le faire croire. On comprenait, comme Nicolas, la notion de mystère.

Nicolas balaya les bancs du regard. Les fidèles à l'œil hagard. Vieux avant l'heure, ils menaient une vie condensée. Ils commençaient à travailler à quatorze ans, devenaient parents à seize, grands-parents à trente-cinq et dépassaient rarement la cinquantaine. Mal rasés, les traits tirés par la fatigue, le regard amer, les hommes avaient la peau cuite et brunie par le soleil, les mains calleuses à force de lutter continuellement contre la faim. Leur pauvreté et les impôts dissuasifs qu'ils payaient sur le peu qu'ils gagnaient leur inspiraient de la colère. Et la colère avait du bon. Elle les rendait réceptifs aux idées extrémistes.

Le prêtre se redressa, laissa retomber ses épaules et reprit sa lecture.

– *Les quatre cornes qui se sont élevées pour remplacer cette corne brisée, ce sont quatre royaumes qui s'élèveront de cette nation, mais qui n'auront pas autant de force.*

Il scruta l'assemblée avec le regard presque hystérique d'un fou ou d'un prophète. Nicolas l'avait bien choisi.

– *Cette corne brisée*, répéta le prêtre, cette métaphore fait référence à la mort d'Alexandre. *Ce sont quatre royaumes qui s'élèveront de cette nation.* Ici, Daniel annonce le morcellement de l'Empire macédonien. Comme vous le savez, celui-ci a été divisé en quatre parties par les successeurs d'Alexandre : Ptolémée, Antigone, Cassandre et Séleucos. Et souvenez-vous, cette prophétie a été faite près de trois cents ans plus tôt.

L'agitation et la colère ne suffisaient pas, songeait Nicolas. La pauvreté entraînait toujours l'agitation et la colère, mais pas nécessairement la révolution. Ces sentiments régnaient en Macédoine depuis deux millénaires. Le peuple avait été opprimé par les Romains, les Byzantins puis les Ottomans. Et à chaque fois qu'il s'était battu pour se libérer d'un joug, il s'en était fait imposer un autre. Il y avait de cela une centaine d'années, l'avenir avait enfin semblé lui sourire. L'insurrection d'Ilinden, en 1903, avait été brutalement réprimée. Mais en 1912, cent mille Macédoniens avaient combattu aux côtés des Grecs, des Bulgares et des Serbes pour chasser les Turcs. Cette date aurait dû marquer la naissance de l'État indépendant de Macédoine. Mais ils avaient été trahis. Leurs anciens alliés s'étaient retournés contre eux et les prétendues grandes puissances avaient collaboré à cette infamie. Le maudit traité de Bucarest avait morcelé la Macédoine en trois parties. La Macédoine égéenne avait été attribuée à la Grèce, la Macédoine du Vardar à la Serbie et la Macédoine du Pirin à la Bulgarie.

– *De l'une d'elles sortit une petite corne, qui s'agrandit beaucoup vers le midi, vers l'orient, et vers le plus beau des pays*. Cette petite corne représente Démétrios. Pour ceux d'entre vous qui ne s'en souviendraient pas, Démétrios était le fils d'Antigone et s'était lui-même proclamé roi de Macédoine, bien qu'il ne fût pas de la lignée d'Alexandre.

Le traité de Bucarest ! Rien que d'y penser, Nicolas était au supplice. Depuis près d'un siècle, les frontières que ce traité avait définies n'avaient guère changé. Et les Grecs, les Serbes et les Bulgares avaient tout fait pour éradiquer l'histoire, la langue et la culture de la Macédoine. Ils avaient mis fin à la liberté de parole et emprisonné toute personne ayant le moindre geste de défi. Ils s'étaient approprié les terres des agriculteurs macédoniens pour y établir des étrangers. Ils avaient rasé les villages, orchestré des massacres et des viols, fait des Macédoniens leurs esclaves pour les exploiter jusqu'à ce que mort s'ensuive. Ils avaient pratiqué la purification ethnique à grande échelle et la communauté internationale n'avait pas levé le petit doigt. Mais ils avaient échoué. Le sentiment d'identité nationale était encore vivace. La langue, la culture et la religion macédoniennes avaient survécu dans les salles paroissiales, dans les congrégations de toute la région, grâce aux sacrifices glorieux que les fidèles avaient faits et feraient encore pour le bien de tous. Un jour, ce cher pays serait enfin libre.

– *Elle s'éleva jusqu'à l'armée des cieux, elle fit tomber à terre une partie de cette armée et des étoiles, et elle les foula. Elle s'éleva jusqu'au chef de l'armée, lui enleva le sacrifice perpétuel, et renversa le lieu de son sanctuaire.* Ce sanctuaire, c'est ici. C'est la Macédoine. La terre où vous êtes nés. C'est Démétrios qui a provoqué le chaos dans lequel la Macédoine a sombré. Démétrios. En 293 avant Jésus-Christ. Retenez cette date. Retenez-la bien. 293 avant Jésus-Christ.

Nicolas sentit son portable vibrer dans sa poche. Seul son père et Katerina avaient ce numéro et Katerina avait reçu la consigne stricte de n'appeler qu'en cas d'urgence. Il se leva discrètement et longea les bancs jusqu'à la porte du fond.

– Oui ? demanda-t-il.

– Ibrahim Beyumi est en ligne, dit Katerina.

– Qui ?

– Vous savez, l'archéologue d'Alexandrie. Il ne veut pas vous déranger, mais il dit qu'il a trouvé quelque chose et qu'il a besoin d'une réponse immédiatement.

– Passez-le-moi.

– Bien, monsieur.

Katerina transféra l'appel et une autre voix parvint à l'oreille de Nicolas.

– Monsieur Dragoumis. Ici Ibrahim Beyumi. Du Conseil suprême des…

– Je sais qui vous êtes. Qu'est-ce que vous voulez ?

– Vous avez eu la générosité de nous proposer votre soutien dans certains…

– Vous avez trouvé quelque chose ?

– Une nécropole. Une tombe. Une tombe macédonienne.

Ibrahim respira profondément.

– D'après la description qu'on m'en a faite, ajouta-t-il, elle ressemble à la nécropole royale d'Aigai.

Nicolas serra son téléphone entre ses doigts et tourna le dos à l'église.

– Vous avez trouvé une tombe royale macédonienne ?

– Non, s'empressa de répondre Ibrahim. Tout ce que j'ai pour le moment, c'est une description fournie par un entrepreneur. Je ne saurai ce dont il s'agit vraiment que lorsque je me serai rendu sur place.

– Quand allez-vous le faire ?

– Dès demain matin. Du moins, si j'obtiens un financement.

Dans l'église, le prêtre continuait son prêche.

– *J'entendis parler un saint ; et un autre saint dit à celui qui parlait : pendant combien de temps s'accomplira la vision sur le sacrifice perpétuel et sur le péché dévastateur ? Jusques à quand le sanctuaire et l'armée seront-ils foulés ?* Pendant combien de temps la Macédoine et les Macédoniens devront-ils être foulés aux pieds ? Pendant combien de temps devrons-nous payer le prix du péché de Démétrios ? N'oubliez pas que ce texte a été écrit trois cents ans avant le péché de Démétrios, qui a eu lieu en 293 avant Jésus-Christ !

Nicolas posa la main sur son oreille pour mieux se concentrer.

– Il vous faut un financement *avant* de vous rendre sur les lieux ? demanda-t-il avec un ricanement sardonique.

– La situation est un peu particulière, expliqua Ibrahim. L'homme qui m'a fait part de cette découverte a une fille très malade. Il ne parlera que si on le paie.

– Ah ! L'inévitable bakchich ! Combien ? Pour le tout.

– En termes financiers ?

Agacé, Nicolas serra les poings. *Quel guignol !*

– Oui, répondit-il avec une patience exagérée, en termes financiers.

– Cela dépend de la grandeur du site, du temps dont nous disposons, du genre d'artefacts…

– En dollars américains. Mille, dix mille, cent mille ?

– Oh, en général, il faut compter six à sept mille dollars américains par semaine pour une fouille urgente comme celle-ci.

– Combien de temps ?

– Cela dépend de…

– Une semaine ? Cinq ? Dix ?

– Deux. Trois, idéalement.

– Bien. Vous connaissez Elena Koloktronis ?

– L'archéologue ? Nous nous sommes croisés une fois ou deux. Pourquoi ?

– Elle travaille sur un site dans le Delta. Katerina vous donnera ses coordonnées. Dites-lui de vous rejoindre demain. Si elle confirme qu'il s'agit d'une importante tombe macédonienne, le groupe Dragoumis financera cette fouille à hauteur de vingt mille dollars. Je pense que cela couvrira vos frais, y compris ceux d'autres enfants malades susceptibles de faire irruption.

– Merci. C'est très généreux de votre part.

– Katerina vous précisera nos conditions.

– Vos conditions ?

– Vous ne pensiez tout de même pas que nous allions débloquer une telle somme sans conditions.

– Mais…

– Voyez cela avec Katerina, insista Nicolas.

Et il ferma son portable.

– *Et il me dit : deux mille trois cents soirs et matins ; puis le sanctuaire sera purifié*, scanda le prêtre. Deux mille trois cents jours ! Mais ce n'est pas ce que dit le texte original. Le texte en hébreu précise « soirs et matins de sacrifices ». Or, ces sacrifices avaient lieu une fois par an. Deux mille trois cents soirs et matins ne signifie pas deux mille trois cents jours ! Cela signifie deux mille trois cents ans ! Et quelqu'un peut-il me dire à quelle année correspondent deux mille trois cents ans après le péché de Démétrios ? Personne ? Alors je vais vous le dire. À l'année deux mille sept. C'est cette année. Aujourd'hui ! Maintenant ! Notre temps est venu. Le temps où notre sanctuaire va être purifié. Oui ! Il est dit ici, dans la Bible, que l'armée macédonienne va se soulever. Et souvenez-vous, tout ceci a été prédit par Daniel, six cents ans avant la naissance du Christ.

Il montra sa bible à l'assistance.

– C'est écrit, mes frères. C'est écrit ! Notre temps est venu. Votre temps. Vous êtes les élus. Ceux que Dieu a choisis pour accomplir Sa volonté. Et qui parmi vous oserait s'opposer à cette volonté ? La volonté de notre Seigneur ?

Nicolas regarda avec satisfaction les fidèles se tourner l'un vers l'autre dans un murmure de stupéfaction. Leur temps était venu, songea-t-il, c'était vrai. Et ce n'était pas un hasard. Son père y travaillait depuis quarante ans et lui, depuis quinze ans. Ils avaient des agents dans chaque ville, chaque village, chaque hameau. Ils avaient caché des armes et de la nourriture dans les montagnes ; recruté des vétérans des guerres de Yougoslavie afin que ceux-ci entraînent les hommes à la guérilla en les familiarisant avec l'artillerie. Ils avaient des agents dormants au sein du gouvernement et dans les collectivités locales, des espions dans les services armés, des amis dans la communauté internationale et parmi les membres de la diaspora macédonienne. Et la guerre de propagande battait son plein. Le groupe Dragoumis farcissait ses chaînes de télévision et ses stations de radio d'émissions destinées à attiser la ferveur macédonienne. Ses journaux étaient remplis d'anecdotes illustrant l'héroïsme et le sacrifice des Macédoniens, ainsi que l'opulence et la cruauté de leurs suzerains athéniens. Et ça marchait. La colère et la haine grandissaient dans toute la Grèce du Nord, même parmi ceux qui ne défendaient pas la cause séparatiste. Les émeutes et les agressions ethniques se multipliaient. Tous les ingrédients d'un séisme imminent étaient réunis. Mais ils n'en étaient pas encore là. Même si Nicolas piaffait d'impatience, ils n'étaient pas tout à fait prêts. Pour faire la révolution, les hommes devaient être galvanisés au point de vouloir le martyre. Si on sortait les armes dès maintenant, le soulèvement serait prometteur mais vite compromis. La réaction serait rapide : déploiement de l'armée dans les rues, menaces, fouille en règle des entreprises, arrestations arbitraires et passages à tabac, contre-propagande. La cause séparatiste perdrait du terrain et serait peut-être même étouffée de manière irréversible. Non, il manquait encore quelque chose. Quelque chose de vraiment spécial. Un symbole. Un symbole pour lequel le peuple macédonien serait prêt à se battre jusqu'à la mort. Et cet appel téléphonique en provenance d'Égypte était peut-être la clé.

II

L'officier de l'armée égyptienne était encore au téléphone. Il semblait discuter depuis des heures. Il sortit avec un bloc et un stylo, et s'accroupit pour noter le numéro d'immatriculation de la jeep de Knox. Puis il retourna à l'intérieur et communiqua l'information à son mystérieux interlocuteur.

La clé de la jeep était sur le contact. Knox envisagea de forcer le passage. De toute façon, si Hassan le retrouvait, il était fichu. D'un autre côté, les soldats égyptiens paraissaient détendus et il savait que leur humeur changerait en un clin d'œil s'il fuyait. Le risque de se trouver en présence d'un kamikaze était trop élevé pour qu'ils hésitent un seul instant. Il serait abattu avant d'avoir parcouru cent mètres. Alors il s'efforça de se décontracter, d'accepter de ne pas être maître de son sort.

L'officier raccrocha calmement, se donna une contenance et revint auprès de Knox. Il n'avait plus du tout l'air fanfaron. Il semblait pensif, même inquiet. Il fit signe à ses hommes, immédiatement sur le qui-vive. Il se pencha un peu pour parler à travers la vitre ouverte de la jeep, en tapant le dos du passeport de Knox contre les articulations de sa main gauche.

– Une rumeur incroyable se répand dans le pays comme une traînée de poudre.

Knox sentit son estomac se nouer.

– À quel sujet ?

– Au sujet d'Hassan al-Assyuti et d'un jeune étranger.

– Je n'en ai pas entendu parler.

– Tant mieux, répondit l'officier en regardant la route de Charm, comme s'il s'attendait à voir un véhicule apparaître d'un instant à l'autre. Car si cette rumeur est fondée, le jeune étranger en question est en mauvaise posture.

Knox avala sa salive.

– Il violait une fille, lança-t-il. Qu'est-ce que j'aurais pu faire d'autre ?

– Contacter les autorités.

– Mais on était en pleine mer !

– Je suis sûr que vous aurez l'opportunité de donner votre version des faits.

– Je serai mort dans moins d'une heure. Voilà ce qui se passera.

L'officier rougit.

– Vous auriez dû y penser avant, vous ne croyez pas ?

– J'aurais dû couvrir mes arrières, c'est ça ? Comme vous le faites en ce moment ?

– Ce n'est pas mon problème.

Knox hocha la tête.

– Dans mon pays, certaines personnes pensent que tous les Égyptiens sont des lâches et des truands. Je leur dis toujours qu'elles se trompent, que les Égyptiens sont honnêtes et courageux. Mais peut-être que c'est moi qui me trompe.

Un murmure de mécontentement s'éleva parmi les soldats et l'un d'eux passa la main par la vitre ouverte. L'officier le retint au dernier moment en lui serrant le poignet.

– Non, dit-il.

– Mais il…

– Non.

Le soldat recula, un peu honteux, et l'officier regarda Knox d'un air songeur, ne sachant visiblement pas quoi faire. Des phares illuminèrent la colline derrière eux.

– S'il vous plaît, supplia Knox. Laissez-moi une chance.

L'officier avait lui aussi remarqué les phares qui s'approchaient. Il serra les dents, jeta le passeport sur le siège passager et fit signe à ses hommes de s'écarter.

– Quittez le pays. Vous n'êtes plus en sécurité ici.

– Je pars dès ce soir, affirma Knox soulagé.

– Bien, alors disparaissez avant que je change d'avis.

Knox passa la première et accéléra. Ses mains s'agitaient sur le volant. Tout son corps était envahi par l'euphorie de la fuite. Il se retint jusqu'à ce qu'il ait pris un peu de distance et poussa un cri de joie en levant les bras au ciel. Il avait commis un acte stupide et irresponsable, mais il allait s'en tirer.

III

Nessim, le chef de la sécurité d'al-Assyuti, entra dans le motel de Knox, à Charm, et trouva le gardien endormi à la réception. L'homme d'âge moyen, qui ronflait bruyamment, se réveilla en sursaut lorsque le visiteur fit claquer le portillon en bois.

– Knox, annonça Nessim. Je cherche Daniel Knox.

– Il n'est pas là, répondit le gardien en respirant difficilement.

– Je sais qu'il n'est pas là. Je veux voir sa chambre.

– Mais c'est sa chambre ! Je ne peux pas vous la montrer.

Nessim chercha son portefeuille dans la poche intérieure de sa veste de façon à ce que le gardien voie l'étui de revolver qu'il portait sous l'aisselle. Il sortit deux livres égyptiennes et les posa sur le comptoir.

– Ça, c'est quand je demande gentiment, précisa-t-il.

Le gardien se mordit les lèvres.

– Juste une fois, alors.

Nessim suivit l'homme corpulent en haut de l'escalier. Il ruminait encore ce qui s'était passé sur le bateau, l'humiliation de s'être fait avoir par un petit plongeur étranger. Au début, il avait pensé que Knox serait facile à retrouver, mais ce n'était pas aussi simple. Il avait appris par un de ses contacts dans l'armée qu'il avait réussi à franchir un poste de contrôle. Cette nouvelle l'avait mis dans une colère noire. Avec quelle facilité Knox s'en était sorti ! Mais il ne s'en tirerait pas comme ça. Il fallait être fou pour provoquer l'armée en Égypte. Nessim serait plus malin que lui.

Le gardien ouvrit la porte de la chambre de Knox en regardant nerveusement autour de lui de peur que d'autres clients ne s'aperçoivent de ce qui se passait. Nessim entra. Il n'avait pas plus d'une nuit pour retrouver Knox. Hassan était sous morphine pour mieux supporter la douleur mais, dès le lendemain matin, il chercherait à savoir si Nessim avait rempli sa mission.

Il réclamerait Knox.

Nessim fouilla les vêtements suspendus dans la penderie et les poches du sac en toile rouge posé par terre. Puis il s'accroupit pour regarder une série de livres empilés contre le mur. À part quelques thrillers et bandes dessinées, il s'agissait essentiellement d'ouvrages de référence sur l'Égypte et l'archéologie. Il y avait également des CD à côté d'un portable. Nessim découvrit un document relié, intitulé :

Fouille de Mallawi
Compte rendu de la première saison
Richard Mitchell et Daniel Knox

Il le feuilleta. Il s'agissait de notes et de photos concernant un chantier de fouilles situé à proximité d'un ancien site ptolémaïque, à quelques kilomètres de Mallawi, en Moyenne Égypte. Il le reposa pensivement. Pour quelle raison un égyptologue travaillait-il comme moniteur de plongée à Charm ? Il parcourut d'autres documents : des cartes et des photos de récifs, d'après ce qu'il voyait. Il prit le sac en toile posé dans le bas de la penderie et y fourra tous les documents de Knox, ainsi que les CD et les disquettes. Dans le premier tiroir du bureau, il trouva des photocopies du passeport et du permis de conduire de Knox, que celui-ci avait sans doute faites au cas où il perdrait les originaux, et quelques photos d'identité, probablement destinées à l'un des nombreux dossiers que les étrangers devaient remplir pour pouvoir travailler dans le Sinaï. Il fourra le tout dans la poche intérieure de sa veste, puis s'empara du sac en toile et de l'ordinateur portable. Le gardien se mit à geindre lorsqu'il vit ce que Nessim avait l'intention de faire.

– Que se passe-t-il ? demanda Nessim. Un problème ?

– Non.

– Bien. Un conseil : si j'étais vous, je me débarrasserais du reste de ses affaires. Je doute fort que notre ami remette les pieds ici.

– Ah bon ?

Nessim tendit une carte de visite au gardien.

– Si toutefois il revenait, appelez-moi.

Chapitre 5

I

Ce soir-là, les moustiques étaient déchaînés. Gaëlle avait fixé deux rouleaux antimoustiques sur l'étagère, boutonné sa chemise blanche jusqu'au col et aux poignets, enfilé son pantalon dans ses chaussettes, et enduit de répulsif le peu de peau nue qu'il lui restait. Et pourtant, ces créatures aériennes trouvaient tout de même le moyen de la piquer et de s'en vanter avec ce bourdonnement exaspérant dont elles avaient le secret, réfugiées sous le haut plafond de la chambre d'hôtel, à l'abri de toutes représailles même lorsqu'elle était juchée sur une chaise. Qu'était devenue la fraternité interespèces ? Voilà que ça recommençait ! Encore ce vrombissement jubilatoire… Gaëlle se donna une tape sur la nuque, uniquement pour se punir de se laisser prendre si facilement. Le mal était fait. Le côté gauche de sa paume droite, sous le petit doigt, commença à enfler et à rougir. Chaque soir, ses mains constituaient une cible facile pendant qu'elle tapait ces maudits comptes rendus de fouille. Elle s'arrêta un instant pour regarder par la fenêtre. Elle aurait bien aimé avoir une soirée libre pour une fois. Une bière fraîche et un brin de conversation. Mais si Elena la voyait au bar…

La porte de sa chambre s'ouvrit brusquement. Elena entra sans frapper comme si elle était chez elle. Elle n'avait aucun respect pour la vie privée des autres. En revanche, il fallait avoir un bon avocat quand on osait l'approcher sans avoir donné deux semaines de préavis.

– Qu'y a-t-il ? demanda Gaëlle.

– Je viens de recevoir un coup de fil, annonça Elena en bravant le regard de Gaëlle comme si elle était en position de faiblesse et s'attendait à ce que la jeune femme en profite. Ibrahim Beyumi. Vous connaissez ? C'est le directeur du Conseil suprême des Antiquités d'Alexandrie. Apparemment, il a trouvé une nécropole. Il pense qu'elle peut être en partie macédonienne. Il veut que j'aille m'en assurer avec lui. Il m'a également informée de son souhait de constituer une équipe pour une éventuelle fouille et m'a demandé si je pouvais lui fournir un spécialiste. Je lui ai rappelé que j'avais mes propres fouilles à mener. Néanmoins, je lui ai dit que vous étiez disponible.

– Il a besoin d'un spécialiste en langues anciennes ? demanda Gaëlle en fronçant les sourcils.

– C'est un chantier urgent. La tâche consiste à consigner, extraire, traiter et stocker. La traduction viendra plus tard.

– Alors ?

– Il a besoin d'un photographe.

– Mais je ne suis pas photographe ! s'écria Gaëlle, décontenancée.

– Vous avez un appareil photo, non ? Vous avez pris des photos pour nous, n'est-ce pas ? Est-ce que vous êtes en train de me dire qu'elles ne sont pas bonnes ?

– Si je les ai prises, c'est uniquement parce que vous m'avez demandé de…

– C'est de ma faute, maintenant !

– Et Maria ? insista Gaëlle.

– Et qui va rester ici ? Prétendez-vous être aussi bonne photographe qu'elle ?

– Bien sûr que non.

Gaëlle avait simplement apporté son appareil pour photographier les ostraca sur lesquels on ne voyait plus grand-chose. Ainsi, elle pouvait retoucher l'image sur son portable et mieux voir le texte.

– Je dis juste que je ne suis pas…

– De plus, Maria ne parle ni arabe ni anglais. Elle ne serait d'aucune utilité à Ibrahim. Et elle serait complètement isolée. Est-ce ce que vous voulez ?

– Non, tout ce que je dis, c'est que…

– Tout ce que vous dites, c'est que… se moqua Elena méchamment en imitant la voix de Gaëlle.

– Est-ce à cause de ce qui s'est passé tout à l'heure ? Je vous ai dit que je n'avais rien vu.

– Cela n'a absolument rien à voir. C'est très simple. Le directeur du Conseil suprême des Antiquités d'Alexandrie vous demande de l'aide. Dois-je lui dire que vous refusez ?

– Non, céda Gaëlle. Bien sûr que non.

– Nous allons faire une première reconnaissance dès demain matin, l'avertit Elena. Soyez prête à partir à sept heures.

Elle jeta un coup d'œil dans la chambre en désordre, hocha la tête d'un air exagérément incrédule et claqua la porte derrière elle.

II

C'était un véritable déchirement pour Knox d'abandonner sa jeep dans un parking longue durée. Elle l'avait accompagné partout depuis qu'il était en Égypte. Déjà huit cent mille kilomètres au compteur et encore un paquet sous le capot. On finissait par s'attacher à sa voiture quand elle était si fidèle. Il laissa la clé et le ticket du parking sous le siège. Il appellerait un de ses amis du Caire pour lui demander s'il la voulait.

L'aéroport était bondé. Il y avait tant de zones en rénovation que tout était amassé dans la moitié de l'espace. Knox baissa sa casquette de base-ball sur ses yeux, même s'il était peu probable que les hommes d'Hassan aient pu arriver avant lui. Il avait le choix entre plusieurs vols. De nombreux avions arrivaient en Égypte tard dans la nuit et faisaient demi-tour pour regagner leur aéroport à l'aube. Il marcha le long des comptoirs d'enregistrement. Londres ? Sûrement pas ! Quand on a fichu sa vie en l'air, on n'a pas envie de se le rappeler en voyant la réussite de ses vieux amis. Athènes ? Hors de question. La tragédie familiale qu'il avait vécue lui ayant fait perdre la tête, il avait dû faire une croix sur la Grèce. Stuttgart ? Paris ? Amsterdam ? Rien que d'y penser, ces endroits le déprimaient horriblement. Une brune qui faisait la queue pour Rome le regarda avec un sourire faussement innocent. C'était une raison comme une autre. Il se dirigea vers le comptoir de vente pour voir s'il restait des places. L'homme qui se trouvait devant lui se plaignait de devoir payer un supplément pour son ordinateur. Knox fit la sourde oreille. Rentrez chez vous, lui avait dit l'officier du poste de contrôle. Mais chez lui, c'était en Égypte. Il y avait vécu pendant neuf ans. Et il avait fini par aimer ce pays, malgré la chaleur, le manque de confort, le désordre et les vociférations. Ce qu'il aimait par-dessus tout, c'était le désert, ses lignes pures brûlées par le soleil, l'extraordinaire solitude qu'il procurait, les couchers de soleil kaléidoscopiques et la brume fraîche entre les dunes juste avant l'aube. Il adorait le travail ardu des fouilles, le frisson des découvertes potentielles, qui lui donnait envie de se lever chaque matin. Cela dit, le temps des fouilles, c'était fini.

L'homme finit par payer. Knox avança nerveusement d'un pas. S'il allait devoir rencontrer des problèmes, c'était maintenant qu'il le saurait. La vendeuse lui sourit, les yeux vides. Il demanda s'il y avait encore des places ; il en restait beaucoup. Il lui tendit son passeport et sa carte de crédit. Elle tapota sur son clavier, puis leva les yeux.

– *Scusi momento*, dit-elle.

Elle prit le passeport et la carte avant de disparaître par une porte située derrière le comptoir. Knox se pencha en avant pour voir ce qui était affiché à l'écran et ne vit rien d'alarmant. Il balaya le hall du regard. Tout semblait normal. La vendeuse réapparut en gardant les yeux baissés. Elle tenait son passeport et sa carte de crédit légèrement hors de sa portée. Il regarda de nouveau autour de lui. Des équipes de sécurité firent irruption presque simultanément de chaque côté du hall. Il arracha le passeport et la carte de crédit des mains de la vendeuse interloquée et fit demi-tour, tête baissée, en marchant d'un bon pas. Son cœur battait à tout rompre. À sa gauche, un garde se mit à crier. Knox arrêta de feindre l'innocence et courut vers la sortie. Les portes étaient automatiques mais coulissaient lentement. Il s'élança, l'épaule en avant, et brisa les vitres pour forcer le passage. Un garde posté à l'extérieur prit son arme avec tant de hâte qu'elle lui échappa et tomba au sol. Knox s'enfuit vers la gauche et s'enfonça dans l'obscurité, loin des lumières scintillantes des bâtiments du terminal. Il sauta par-dessus une balustrade, courut le long d'un talus jusqu'à un arrêt de bus mal éclairé, bondit au milieu d'un groupe de jeunes assis sur leur sac à dos, et vint s'écraser contre le mur d'un passage souterrain en s'écorchant la main. Deux gardiens en uniforme qui partageaient une cigarette le regardèrent avec étonnement courir entre eux deux. La gorge irritée par la fumée de leur tabac noir, il tourna à gauche et courut à perdre haleine sans se préoccuper des cris ni des sirènes. Il y avait des arbres à sa gauche. Il baissa la tête sous les branches et courut pendant encore dix minutes, en ralentissant un peu, jusqu'à ce qu'il n'en puisse plus. Plié en deux, les mains sur les genoux, il tenta de reprendre son souffle. Des phares de voiture longeaient lentement les routes, des lampes torches balayaient les troncs d'arbres. Knox sentit sa sueur se refroidir sur son tee-shirt et frissonna. Il s'était fourré dans un sacré pétrin. Si la police l'arrêtait, quelle que soit sa défense, il serait à la merci d'Hassan. Il chercha le meilleur moyen de s'en sortir. Les aéroports et les ports avaient apparemment été alertés. Sa photo avait dû être diffusée à tous les postes frontière. Au Caire, il était facile de se faire faire de faux papiers, mais Hassan avait le bras long et savait sans doute déjà qu'il s'y trouvait. Il avait dû donner des consignes. Knox devait quitter la ville au plus vite. Il aurait pu prendre un taxi ou un bus, mais les chauffeurs se souviendraient de lui. Les trains étaient souvent truffés de soldats et de policiers. Il devait prendre le risque de retourner à sa jeep.

Tout à coup, il entendit un cri à sa gauche, puis un coup de feu. Il tressaillit et baissa la tête. Il mit un moment à comprendre que ses poursuivants tiraient en l'air. Après avoir retrouvé son souffle et ses esprits, il marcha tête baissée jusqu'au parking longue durée. Celui-ci était entouré d'un grillage assez haut mais facile à escalader. Il grimpa à proximité d'un poteau en béton et se laissa tomber de l'autre côté, les doigts marqués par le fil de fer. Puis il courut entre les zones éclairées et les rangées de voitures. Le parking était désert. Les passagers en partance étaient déjà dans le terminal et ceux qui étaient arrivés avaient récupéré leur voiture depuis longtemps. Knox démarra et alla régler auprès du gardien somnolent. La barrière se leva.

Il s'engagea sur la route du Caire, regarda les lumières bleues de la police s'éloigner derrière lui et se dirigea vers la ville. Les lumières disparurent peu à peu de son rétroviseur. D'autres voitures de police, gyrophare allumé, passèrent à toute allure sur la voie opposée. Sans s'en rendre compte, Knox s'était arrêté de respirer. Où allait-il aller, maintenant ? Il ne pouvait pas rester au Caire. Mais il devait également éviter les postes de contrôle. Cela excluait le Sinaï, le désert occidental et le sud. Alexandrie, alors ? C'était à seulement trois heures au nord et, de toutes les villes d'Égypte, c'était sa préférée. Il avait des amis là-bas ; il pourrait éviter les hôtels. Mais c'était un fugitif, il ne pouvait pas imposer sa présence à n'importe qui. Il lui fallait quelqu'un qui ait confiance en lui, qui ait les nerfs solides et aime transgresser les règles de temps en temps pour se sentir vivant.

Dit comme ça, il n'y avait qu'un candidat possible. Knox retrouva le moral pour la première fois depuis des heures. Il appuya sur l'accélérateur et la jeep vrombit vers le nord.

Chapitre 6

I

– Une minute ! cria Augustin Pascal à l'abruti qui frappait comme un sourd à la porte. J'arrive ! J'arrive !

Le jeune Français enjamba une fille nue, couchée à plat ventre, la tête entre les oreillers. Cheveux longs, ondulés, couleur fauve, ça devait être Sophia. Il souleva sa longue crinière pour s'en assurer.

– Merde !

Il avait été excité toute la semaine à l'idée de se la faire et, maintenant, il était trop soûl pour s'en souvenir.

Ce que c'était que de vieillir !

À la porte, le martèlement reprit et fit écho au vacarme qui lui résonnait dans le crâne. Il regarda son réveil. Cinq heures et demie ! Putain, cinq heures et demie ! Incroyable…

– Oui, ça vient ! cria-t-il.

En cas d'urgence, il avait toujours sur sa table de nuit une bouteille d'eau et un flacon d'oxygène pur. Il but de grandes gorgées et inspira profondément jusqu'à ce qu'il se sente capable de tenir debout sans chavirer. Puis il s'enroula une serviette effilochée autour de la taille, alluma une cigarette et ouvrit la porte. C'était Knox.

– Qu'est-ce que tu fous là ? demanda Augustin. T'as vu l'heure !

– Je suis dans la merde, répondit Knox. Il faut que tu m'aides.

II

Au volant de sa voiture, Ibrahim était d'excellente humeur. Le soleil venait de se lever, mais il n'avait pas pu rester au lit plus longtemps. Il avait fait un rêve. Ou plutôt, il avait attendu que son réveil sonne dans un demi-sommeil et éprouvé une sensation exquise de bien-être. Il ne pouvait pas s'empêcher de penser qu'il était sur le point de faire une découverte cruciale.

Il sortit l'adresse de Mohammed. Celui-ci vivait dans un quartier peu engageant, dans un grand immeuble criblé de trous aux murs décolorés. La porte, cassée et branlante, rendait inutile l'interphone, dont les câbles avaient été arrachés du mur. Mohammed attendait dans le hall. Son regard s'éclaira lorsqu'il vit la Mercedes d'Ibrahim. Il sortit fièrement de l'immeuble, lentement, comme un acteur ou un sportif qui prend son temps pour se faire remarquer, dans l'espoir que tous ses amis et voisins le voient monter dans la voiture.

– Bonjour ! lança Ibrahim.

– Nous voyageons en grande pompe, alors ? demanda Mohammed en reculant le siège le plus possible pour être à l'aise.

– Oui.

– Ma femme est tout excitée, confessa Mohammed. Elle est convaincue que nous avons trouvé Alexandre.

Il se tourna vers Ibrahim pour voir sa réaction.

– Malheureusement, j'en doute, objecta celui-ci. Alexandre a été enterré dans un immense mausolée.

– Il pourrait s'agir d'une partie de ce mausolée.

Ibrahim haussa les épaules.

– C'est peu probable. Il n'y avait pas qu'Alexandre. Les Ptolémées y ont également été enterrés. Ils espéraient que la gloire d'Alexandre rejaillirait sur eux. Mais ils n'ont pas été exaucés. Lorsque les Romains ont pris le pouvoir, Auguste César, un de leurs empereurs, est allé sur la tombe d'Alexandre pour lui rendre hommage. Les prêtres lui ont demandé s'il voulait également voir la dépouille des Ptolémées. Et vous savez ce qu'il a répondu ?

– Quoi ?

– Qu'il était venu voir un roi, pas des cadavres.

Mohammed éclata de rire. Les Alexandrins avaient toujours été friands d'histoires qui nuisaient à la réputation des grands hommes. Ibrahim, satisfait de son petit effet, risqua une autre de ses anecdotes préférées.

– Vous connaissez la colonne de Pompée ?

– Bien sûr, je la vois depuis mon bureau.

– Savez-vous qu'elle n'a absolument rien à voir avec Pompée ? Elle a été érigée par l'empereur romain Dioclétien. Il était venu ici avec un corps expéditionnaire pour réprimer un soulèvement. Il était si en colère contre les Alexandrins qu'il avait juré de se venger d'eux jusqu'à ce que son cheval baigne dans le sang jusqu'aux genoux. Et devinez ce qui s'est passé.

– Je ne vois pas.

– Son cheval a trébuché et s'est écorché les genoux, qui se sont trouvés couverts de sang. Considérant qu'il s'agissait d'un signe, Dioclétien a épargné tout le monde. Il a préféré faire ériger une statue de lui-même, sur cette colonne. Et vous savez ce que les Alexandrins ont fait ?

– Non.

– Ils ont sculpté une statue. Mais pas de lui. De son cheval.

Mohammed s'esclaffa en se tapant sur les cuisses.

– De son cheval ! Elle est bonne, celle-là !

Ils arrivaient au centre d'Alexandrie.

– Vous me guidez ? demanda Ibrahim.

– À gauche, et encore à gauche.

Ils s'arrêtèrent pour laisser passer un tramway.

– Alors elle était où, la tombe d'Alexandre ? demanda Mohammed.

– Nous n'avons pas pu le déterminer avec certitude. De nombreux fléaux se sont abattus sur Alexandrie. Des incendies, des insurrections, des guerres, des tremblements de terre. Et un terrible tsunami. Dans un premier temps, toute l'eau a reculé et les Alexandrins ont cru que c'était leur jour de chance. Ils sont tous allés ramasser les poissons et les objets de valeur qui se trouvaient dans le port asséché. Puis la vague s'est abattue. Elle a tué des milliers et des milliers de personnes, et dévasté tout le front de mer. On raconte qu'elle a projeté les bateaux comme de simples maquettes contre tous les grands édifices de la cité.

Mohammed resta interdit.

– Je ne l'avais jamais entendu dire.

– Eh bien, à la suite de cette catastrophe, la cité est tombée en ruine. L'emplacement de tous les monuments anciens a été perdu, y compris celui du mausolée d'Alexandre, que nous n'avons jamais retrouvé. Et pourtant, ce n'est pas faute d'avoir essayé.

En effet, de nombreux archéologues s'étaient attelés à cette tâche, dont Heinrich Schliemann, fort de ses succès à Troie et à Mycènes. Mais ils avaient tous échoué.

– Vous devez bien avoir une idée, insista Mohammed.

– Nous avons quelques pistes, reconnut Ibrahim. Toutes les sources anciennes indiquent que le mausolée se trouvait sur le côté nord-est du carrefour central de la cité. Malheureusement, nous ne sommes pas sûrs de l'emplacement de ce carrefour. Avec tous ces bâtiments, nous ne pouvons pas faire de recherches. Il y a deux cents ans, c'était facile. Il y a mille ans, encore plus. Mais aujourd'hui…

Mohammed se tourna vers Ibrahim.

– On raconte qu'Alexandre est enterré sous la mosquée Nabi Daniel. Dans un cercueil en or.

Ibrahim soupira.

– C'est pourtant faux.

– Alors d'où vient cette rumeur ?

Ibrahim garda le silence un instant pour rassembler ses idées.

– Alexandre le Grand apparaît dans le Coran sous les traits du prophète Zulkarnein, l'homme aux deux cornes. Léon l'Africain, un écrivain arabe du début du XVIe siècle, évoque les nombreux musulmans pieux qui se sont rendus sur sa tombe et affirme que celle-ci se trouvait près de l'église Saint-Marc.

– À Nabi Daniel.

– Exactement. La mosquée du prophète Daniel est à proximité de l'église. Et dans les légendes arabes, il existe un prophète Daniel qui a conquis toute l'Asie et fondé Alexandrie avant d'être enterré ici dans un cercueil en or. Il ne peut s'agir que d'Alexandre. Cela explique pourquoi certaines personnes croient que la mosquée du prophète Daniel est un sanctuaire bâti sur la tombe d'Alexandre. En outre, Ambroise Schilizzi, un témoin russe, a raconté qu'il avait vu dans les caveaux de la mosquée, à travers une fissure dans une porte en bois, un corps assis sur un trône, coiffé d'un diadème et entouré de papyrus et autres objets de valeur. C'était une possibilité très séduisante, seulement il y avait un problème.

– Lequel ?

– C'était absolument faux.

Mohammed rit à nouveau.

– Vous en êtes sûr ? demanda-t-il

– Je suis allé moi-même dans les caveaux. Croyez-moi, ils ont été bâtis cinq ou six cents ans après la mort d'Alexandre et ne sont pas ptolémaïques mais romains. Mais une fois qu'une idée comme celle-ci est lancée, plus personne ne s'intéresse à la réalité. Vous savez comment sont les gens, d'autant que la meilleure carte de la cité dont nous disposions place le mausolée d'Alexandre tout près de la mosquée.

– Alors !

– C'est une carte magnifique, soupira Ibrahim. Elle a été réalisée par Mahmoud el-Falaki, ce qui signifie Mahmoud l'Astronome, mais, en réalité, il était ingénieur et cartographe. Un homme brillant ! L'empereur Napoléon III, qui écrivait une biographie de César, voulait en savoir plus sur la guerre d'Alexandrie. Il a donc demandé au khédive Ismaïl, vice-roi ottoman, de lui fournir une carte de la cité ancienne. Mais comme il n'existait aucune carte fiable, celui-ci en a commandé une à el-Falaki.

– Il est sans doute plus facile de faire des recherches quand on est empereur, fit remarquer Mohammed.

– Sans doute, admit Ibrahim. C'est une œuvre remarquable, mais pas parfaite. Je crains qu'el-Falaki ait lui aussi ajouté foi aux vieilles légendes, car il a indiqué le Sema à l'emplacement de la mosquée. Et bien évidemment, cette carte a été reproduite dans tous les guides et livres d'histoire, ce qui entretient le mythe. Le pauvre imam est constamment harcelé par les touristes. Mais ils ne cherchent pas au bon endroit.

– Où devraient-ils chercher ?

– Sur le côté nord-est du carrefour de la cité, comme je vous le disais tout à l'heure, près du cimetière de Terra Santa, au nord-ouest des jardins de Shallalat.

Mohammed semblait déçu. Ibrahim lui posa la main sur l'avant-bras.

– Ne perdez pas espoir, dit-il. Il y a encore quelque chose que je ne vous ai pas dit.

– Quoi ?

– Je ne l'ai dit à personne. Je ne veux pas répandre de nouvelles rumeurs. Et vous ne devez pas vous emballer. Il n'y a vraiment pas de quoi.

– Dites-moi.

– Alexandre n'a pas eu qu'une seule tombe à Alexandrie. Il en a eu deux.

– Deux ?

– Oui. Le Sema, le grand mausolée dont je vous ai parlé, a été construit vers 215 avant Jésus-Christ par Ptolémée Philopatôr, le quatrième pharaon de la dynastie ptolémaïque. Mais auparavant, Alexandre a eu une autre tombe, plutôt dans le style macédonien traditionnel. Plutôt, pour ainsi dire, dans le genre de celle que vos hommes et vous avez trouvée hier.

Mohammed resta bouche bée.

– Vous pensez que c'est ce que nous avons trouvé ?

– Non, répondit Ibrahim avec douceur. Vraiment, je ne crois pas. Pour Alexandre, les Ptolémées auraient bâti un monument spectaculaire.

Mais quel monument, on n'en savait rien. On n'était même pas sûr de la date à laquelle la dépouille d'Alexandre avait été déposée dans la cité. D'après les dernières études, elle était probablement restée à Memphis pendant trente à quarante ans, jusqu'en 285 avant Jésus-Christ environ. Et ce n'était sans doute pas Ptolémée lui-même qui l'avait emmenée à Alexandrie, mais son fils et successeur Ptolémée Philadelphe. Personne ne pouvait expliquer de manière satisfaisante pourquoi elle était restée si longtemps en transit, mais cela semblait plus que probable.

– Nous pensons que la dépouille d'Alexandre a également été exposée dans la première tombe. Par conséquent, celle-ci devait se trouver à peu près au niveau du sol et non dans un environnement souterrain. Par ailleurs, Alexandre a été vénéré comme un dieu pendant des siècles à la fois par les Grecs et par les Romains. Les autorités de la cité n'auraient donc jamais toléré que son ancienne tombe soit transformée en simple nécropole.

Mohammed avait l'air déconfit.

– Alors pourquoi avez-vous dit qu'il pouvait s'agir de sa tombe ?

– Parce que l'archéologie est ainsi, répondit Ibrahim en souriant. On n'est jamais sûr de rien.

Mais il y avait aussi une autre raison, qu'il n'avait pas envie de dévoiler. Depuis son enfance, lorsque son père lui murmurait pour l'endormir des histoires sur le fondateur de cette grande cité, il avait le sentiment que c'était son destin. Un jour, il participerait à la découverte de la tombe d'Alexandre. Et ce matin, tandis qu'il rêvassait dans son lit, il avait eu la conviction que son heure était venue. Malgré ses réticences intellectuelles, il était sûr au fond de lui que la tombe qu'ils s'apprêtaient à examiner allait marquer un tournant dans sa vie.

III

Nessim avait été sur le pied de guerre toute la nuit. Il avait tout fait pour retrouver Knox avant qu'Hassan ne se réveille, en vain. Son patron l'avait demandé un quart d'heure auparavant et il était là, à la clinique de Charm. Il respira profondément pour se calmer avant de frapper à la porte de sa chambre.

Nessim était entré dans l'armée égyptienne à l'âge de dix-sept ans. Il était devenu parachutiste et faisait partie de l'élite. Mais une entorse au genou avait mis fin à son rêve de faire carrière dans le service actif. Il avait donc quitté l'armée pour devenir mercenaire dans les incessantes guerres africaines. Un obus de mortier lui avait alors atterri sur la cuisse, sans toutefois exploser. Cette fois, cette aventure l'avait convaincu qu'il était temps pour lui de ralentir le rythme. De retour en Égypte, il s'était fait un nom en tant que garde du corps, raison pour laquelle Hassan al-Assyuti avait voulu le recruter comme chef de la sécurité. S'il avait été peureux, il n'aurait jamais survécu à une vie comme celle-là. Pourtant, il y avait quelque chose chez Hassan qui lui faisait peur. Il n'aimait pas lui annoncer de mauvaises nouvelles.

– Entrez, marmonna Hassan.

Il avait la voix plus douce que d'habitude et un peu asthmatique. La mâchoire fêlée, il avait perdu une dent. De plus, il avait les côtes gravement contusionnées, ce qui rendait sa respiration douloureuse.

– Eh bien ? s'enquit-il.

– Vous voulez bien nous excuser ? demanda Nessim au médecin assis au chevet du blessé.

– Avec plaisir, répondit le médecin d'un ton un peu trop emphatique.

Nessim le regarda sortir et referma la porte derrière lui.

– On a la fille, annonça-t-il. Elle allait prendre un bus.

– Et Knox ?

– On a failli le coincer. À l'aéroport du Caire. Il a filé.

– Failli ? Beau travail...

– Je suis désolé, monsieur.

Hassan ferma les yeux. De toute évidence, crier aurait été trop douloureux.

– Et vous vous prétendez chef de la sécurité ? Regardez-moi ! Vous laissez l'homme qui m'a fait ça se promener dans toute l'Égypte comme un simple vacancier ?

– Vous aurez ma démission dès que…

– Je ne veux pas de votre démission ! Je veux Knox. Amenez-le-moi ici, compris ? Ramenez-le-moi. Je veux qu'il me voie en face. Je veux qu'il sache ce qu'il a fait et le prix qu'il va payer pour ça.

– Oui, monsieur.

– Peu importent les moyens. Je me fiche de ce que ça me coûtera. Mettez tout le monde sur le coup. L'armée. La police. Tout ce que vous voudrez. Suis-je assez clair ?

– Oui, monsieur.

– Alors qu'est-ce que vous faites encore là ?

– Sauf votre respect, monsieur, il y a différentes façons de le retrouver. La première, que vous suggérez à juste titre, consiste à utiliser vos contacts dans la police et dans l'armée.

Hassan plissa les yeux. Malgré son emportement, c'était un homme rusé.

– Mais ?

– Nous n'avons pas eu de difficultés à obtenir leur concours la nuit dernière. Nous leur avons simplement dit que Knox avait provoqué un incident grave sur un bateau mais que nous n'en savions pas plus. Cela dit, si nous voulons qu'ils continuent à collaborer avec nous, il va falloir leur fournir des preuves de cet incident.

Hassan regarda Nessim d'un air incrédule.

– Et vous trouvez que ce qu'il m'a fait ne constitue pas une preuve suffisante ?

– Bien sûr que si, monsieur.

– Alors, où voulez-vous en venir ?

– Jusqu'à présent, seules des rumeurs circulent. J'ai sélectionné moi-même les membres de votre équipe médicale. Ils ne parleront pas. J'ai posté mes hommes à votre porte. Personne ne peut entrer sans mon autorisation. Mais si nous impliquons la police, elle voudra mener sa propre enquête. Elle viendra vous interroger, prendre des photos de vous et contactera les autres personnes présentes sur le bateau, y compris votre ami de Stuttgart et la fille. Vous devez vous demander si cela va vraiment vous aider et quelles seront les conséquences pour votre réputation lorsque des photos de vos blessures paraîtront dans les journaux avec un article expliquant pourquoi elles vous ont été infligées, ce qui pourrait arriver, car nous savons tous les deux que vous avez autant d'ennemis que d'amis dans la police. Songez aussi au coup qui sera porté à votre autorité lorsqu'on apprendra qu'un simple moniteur de plongée vous a passé à tabac et qu'il a réussi à s'échapper, même un court moment.

Hassan fronça les sourcils et hocha la tête. Il était conscient de l'importance d'être craint.

– Quelle est la seconde solution ?

– On retire notre plainte en disant que c'était un malentendu. On se débrouille pour faire taire la fille. Vous faites profil bas jusqu'à ce que vous soyez remis. Et pendant ce temps, on cherche Knox nous-mêmes.

Hassan rumina un bon moment en gardant le silence.

– Très bien, dit-il enfin. Mais je veux que vous vous en occupiez personnellement. Et je veux des résultats. C'est clair ?

– Très clair, monsieur.

Chapitre 7

I

C'était la première fois que Gaëlle allait à Alexandrie. Il y avait de la circulation le long de la Corniche. Les mâts des bateaux de pêche et des yachts cliquetaient sur le port de l'Est, dans une brise légère qui véhiculait ce doux bruit avec une vague odeur de marée. Gaëlle se laissa aller contre l'appuie-tête, la main en visière pour se protéger du soleil du petit matin, qui scintillait entre les grands hôtels rectangulaires aux couleurs défraîchies, les appartements et les bureaux parsemés d'antennes paraboliques. La ville se réveillait dans un gigantesque bâillement. Alexandrie avait toujours été la moins matinale de toutes les villes égyptiennes. Les boutiques levaient leur rideau de fer et baissaient leur store. Des hommes corpulents sirotaient leur café en terrasse en regardant sans broncher les jeunes qui passaient entre les voitures pour vendre des paquets de mouchoirs et de cigarettes. Les ruelles qui partaient du front de mer étaient sombres et étroites, presque menaçantes. Un tramway déjà débordant de passagers s'arrêta pour en prendre davantage. Un policier vêtu d'un uniforme d'un blanc éblouissant et coiffé d'une casquette leva la main pour faire passer les voitures sur la droite. Un vieux train de banlieue arriva sur un embranchement avec un fracas retentissant et une lenteur accablante. De jeunes garçons faisaient la course dans les wagons à bétail ouverts.

Elena regarda ostensiblement sa montre.

– Vous êtes sûre que nous allons dans la bonne direction ?

Gaëlle haussa les épaules. Elle n'avait pour s'orienter que la photocopie d'une carte issue d'un vieux guide touristique.

– Je crois.

Elena soupira bruyamment.

– Vous pourriez au moins faire un effort.

– C'est ce que je fais.

Elena était particulièrement désagréable ce matin. Gaëlle ne pouvait pas s'empêcher de penser qu'elle la punissait pour avoir enfreint les règles ou, du moins, qu'elle profitait de l'occasion pour l'exclure du chantier du Delta.

– Ça devrait être là-haut à gauche.

– Là-haut à gauche ? s'étrangla Elena. Nous sommes bien avancées.

Gaëlle se pencha par la fenêtre. Le manque de sommeil et le café lui donnaient mal à la tête. Il y avait un site de construction un peu plus loin, une immense tour en béton avec des barres d'acier semblables à des pattes d'araignée.

– Je crois que c'est là, dit Gaëlle en désespoir de cause.

– Vous croyez que c'est là ou c'est là ?

– C'est la première fois que je mets les pieds à Alexandrie ! Comment pourrais-je le savoir ?

Elena souffla comme un bœuf en hochant la tête mais, après avoir mis le clignotant à gauche, tourna pour franchir un portail et s'engagea sur un chemin défoncé. Tout au bout, trois Égyptiens avaient une discussion animée.

– C'est Ibrahim, murmura Elena, visiblement contrariée.

Gaëlle dut réprimer un sourire. Si sa chef avait su qu'elle jubilait ! Intimidée, elle sauta immédiatement hors de la camionnette. En général, elle était à l'aise dans sa profession, mais elle doutait de ses talents de photographe et vivait sa présence ici comme une imposture. Elle fit le tour du véhicule, comme pour vérifier le matériel. En réalité, elle se cachait.

Elena l'appela en criant. Gaëlle respira profondément pour se détendre, afficha un sourire et s'approcha.

– Mansoor, Ibrahim et Mohammed, annonça Elena en montrant tour à tour les hommes du groupe. Je vous présente Gaëlle.

– Notre chère photographe ! s'écria Ibrahim, apparemment ravi. Nous vous sommes très reconnaissants.

– Je ne suis pas vraiment…

– Gaëlle est une excellente photographe, coupa Elena avec un regard acéré. De plus, c'est aussi une experte en langues anciennes.

– Parfait ! Parfait ! commenta Ibrahim en souriant distraitement tandis qu'il regardait sa montre. Il n'en manque plus qu'un. Vous connaissez Augustin Pascal ?

– Seulement de réputation, railla Elena.

– Oui, c'est un grand archéologue sous-marin.

– Ce n'est pas ce que je voulais dire.

– Oh…

Quelques minutes plus tard, un moteur rugit à l'entrée du site.

– Ah ! s'exclama Ibrahim. Le voilà.

Un trentenaire fit une arrivée très remarquée sur une moto noire et chrome étincelante. Tandis qu'il slalomait entre les ornières, sans casque, ses longs cheveux bruns flottaient au vent. Il portait des lunettes noires, une barbe de deux jours, une veste en cuir, un jean et des bottes de *biker* noires qui lui montaient jusqu'aux genoux. Il mit la moto sur ses béquilles, descendit, et sortit une cigarette et un Zippo en cuivre de la poche de sa chemise.

– Vous êtes en retard, fit remarquer Ibrahim.

– Désolé, marmonna Augustin en protégeant la flamme de sa main. J'ai été retenu.

– Par Sophia, je suppose, ajouta Mansoor d'un ton ironique.

– Je ne profiterais jamais d'une de mes étudiantes, répliqua Augustin avec un sourire ravageur.

Elena claqua la langue et murmura une obscénité en grec. Augustin se tourna vers elle en ouvrant les bras.

– Qu'est-ce qu'il y a ? Vous voyez quelque chose qui vous plaît, peut-être ?

– Comment le pourrais-je ? rétorqua Elena. Vous bouchez la vue.

Mansoor éclata de rire et tapa sur l'épaule d'Augustin. Mais Augustin, imperturbable, regarda Elena de la tête aux pieds et la gratifia d'un sourire approbateur, voire provocant. Car Elena était une femme éblouissante et la colère ajoutait à son charme. Gaëlle tressaillit et recula d'un pas, redoutant son inévitable réaction, mais Ibrahim intervint juste à temps.

– Bien, dit-il, avec une désinvolture feinte. Allons-y.

L'escalier en colimaçon semblait précaire. Gaëlle descendit avec méfiance, mais ils arrivèrent tous en bas sans problème et se rassemblèrent dans la rotonde. L'angle d'une mosaïque de pierre noir et blanc apparaissait sous les décombres. Gaëlle le signala discrètement à Elena.

– Ptolémaïque, déclara Elena à haute voix en se baissant pour retirer la poussière. 250 avant Jésus-Christ, à quelques années près.

Augustin montra les murs du doigt.

– Ça, c'est romain, déclara-t-il.

– Est-ce que vous insinuez que je ne suis pas capable de reconnaître une mosaïque macédonienne quand j'en vois une ?

– Tout ce que je dis, c'est que ces sculptures sont romaines.

Ibrahim leva les deux mains.

– C'était peut-être initialement la tombe d'un riche Macédonien, suggéra-t-il. Trois siècles plus tard, des Romains ont pu la découvrir et la transformer en nécropole.

– Cela expliquerait l'escalier, admit Elena à contrecœur. Les Macédoniens ne construisaient généralement pas en spirale mais en ligne droite ou à angle droit.

– Les Romains ont dû avoir besoin d'élargir la cage d'escalier lorsqu'ils ont agrandi la tombe pour en faire une nécropole, reprit Augustin. Pour avoir davantage de lumière et de ventilation, descendre les corps et extraire les décombres. Les pierres étaient vendues aux bâtisseurs, vous savez ?

– Oui, répondit Elena d'un ton cinglant. Je sais, merci.

Gaëlle écoutait à peine. Elle fixait avec une impression de vertige la petite tache de ciel située loin au-dessus sa tête. Elle ne serait jamais à la hauteur. Dans le cas d'une fouille urgente comme celle-ci, il n'y avait pas de seconde chance. Dans deux semaines, il faudrait que la mosaïque, ces magnifiques sculptures et tout ce qui se trouvait ici soient photographiés. Ensuite, le site serait probablement refermé à tout jamais. Des artefacts de cette valeur méritaient l'intervention d'un professionnel, de quelqu'un qui avait l'œil, l'expérience, un matériel sophistiqué et l'éclairage adéquat. Gaëlle tira anxieusement sur la manche d'Elena, qui, de toute évidence, comprit ce qu'elle voulait et l'ignora pour suivre Mohammed dans l'avant-cour de la tombe macédonienne. Le calcaire, d'un jaune terne, contrastait avec les blocs de marbre blanc étincelants de la façade, les quatre colonnes ioniques scellées et l'entablement de marbre qui les surmontait. Ils s'arrêtèrent un instant pour admirer l'architecture, puis franchirent la porte de bronze entrouverte qui donnait accès à l'antichambre de la tombe.

– Regardez ! s'écria Mansoor en orientant sa torche vers les murs latéraux.

Il y avait de la peinture sur le plâtre, bien que terriblement défraîchie. Il était courant dans l'Antiquité de peindre des scènes importantes de la vie du défunt à l'intérieur ou autour de sa tombe.

– Pouvez-vous prendre quelques clichés ? demanda Mansoor.

– Je ne suis pas sûre qu'ils rendront bien, répondit Gaëlle, au comble du supplice.

– Il faut d'abord mouiller les peintures, lui conseilla Augustin. Avec beaucoup d'eau. Les pigments semblent effacés mais, une fois mouillés, ils ressortiront comme au premier jour.

– Pas trop d'eau quand même, recommanda Mansoor. Et n'éclairez pas de trop près. Le plâtre craquellerait sous l'effet de la chaleur.

Gaëlle chercha désespérément Elena du regard, mais celle-ci s'appliqua à lui tourner le dos et orienta sa torche vers l'inscription gravée au-dessus du portail qui marquait l'entrée de la salle principale.

– *Akylos des trente-trois*, lut Augustin en traduisant le grec ancien.

La lumière disparut juste à ce moment-là. Elena, qui venait de laisser tomber sa lampe, jura si violemment que Gaëlle ne put s'empêcher de la regarder. D'autres torches vinrent prendre le relais.

– *Akylos des trente-trois*, reprit Augustin. *Toujours être le meilleur et surpasser les autres.*

– Homère, murmura Gaëlle.

Tout le monde se tourna vers elle avec étonnement. Elle sentit le feu lui monter aux joues.

– C'est dans l'*Iliade*, précisa-t-elle.

– Effectivement, confirma Augustin. À propos d'un dénommé Glaucos, je crois.

– En fait, cette phrase apparaît deux fois, dit Gaëlle timidement. Une fois à propos de Glaucos et une fois à propos d'Achille.

– Achille, Akylos, songea Ibrahim à voix haute. Il avait de toute évidence une excellente opinion de lui-même.

Il suivit Mohammed dans la salle principale sans quitter l'inscription des yeux, si bien qu'il trébucha sur la marche et tomba à quatre pattes. Tout le monde éclata de rire et le regarda se redresser en s'époussetant avec la mine contrite d'un homme coutumier du fait.

Augustin s'approcha du bouclier fixé au mur.

– Un bouclier d'hypaspiste ! s'écria Augustin.

Ibrahim fonça les sourcils.

– Les hypaspistes étaient les porte-bouclier, expliqua Augustin, les forces spéciales d'Alexandre. Ils formaient la plus prestigieuse unité de combat de la plus grande armée de l'histoire du monde. Notre homme n'était peut-être pas si vantard que ça, finalement.

II

Le soleil s'infiltra entre les rideaux pour éclairer le visage de Knox, qui essayait de dormir sur le canapé d'Augustin. Knox se retourna mais ne put dormir davantage. L'atmosphère était trop moite. Il se leva, se prépara un café, prit un croissant qu'il agrémenta d'une couche épaisse de beurre et de confiture de framboises, et fit le tour de l'appartement pour chercher de quoi s'occuper. La plupart du temps, la télévision égyptienne était affligeante et, de toute façon, sur le téléviseur portable noir et blanc d'Augustin qui tremblotait sans cesse, il était impossible de la regarder. Knox ne trouva rien à lire, excepté de vieux journaux déchirés et quelques bandes dessinées françaises. Ce n'était pas un appartement à vivre. Il ne servait qu'à dormir, et de préférence accompagné.

Knox sortit sur le balcon. Partout, les mêmes tours, dans le même beige décoloré, le linge qui séchait sur les balcons, et les paraboles toutes orientées vers leur satellite comme les fidèles vers La Mecque. Et pourtant, il était content d'être là.

Même s'ils ne le reconnaissaient pas, beaucoup d'égyptologues méprisaient Alexandrie. Selon eux, les époques ptolémaïque, romaine et islamique faisaient à peine partie de l'égyptologie. Mais Knox n'était pas de cet avis. Pour lui, c'était l'âge d'or de l'Égypte. Deux mille ans auparavant, Alexandrie avait été la plus grande métropole du monde. Elle avait abrité les plus grands esprits de l'Antiquité. Archimède y avait étudié, ainsi que Galien et Origène. C'était là que la version des Septante avait été traduite. Euclide y avait également publié ses célèbres travaux. La chimie tirait son propre nom de ce pays : *al-Khemia* était la terre noire de l'Égypte et l'alchimie, un art égyptien. C'était ici qu'Aristarque avait énoncé la théorie héliocentrique, plus d'un millénaire avant que celle-ci ne soit redécouverte par Copernic. Ératosthène avait déterminé avec une quasi-exactitude la circonférence de la Terre en comparant la longueur des ombres projetées par le Soleil au zénith, au solstice d'été, selon qu'on se trouvait à Alexandrie ou à Assouan, à huit cent cinquante kilomètres au sud. Quelle imagination ! Quelle curiosité intellectuelle et quel acharnement ! Une confrontation des cultures sans précédent, une effervescence de la pensée digne de l'Athènes antique et inégalée jusqu'à la Renaissance. Comment pouvait-on placer de tels accomplissements au second rang ? Ou penser que…

Knox fut brusquement tiré de ses pensées par un bruit provenant de l'intérieur. Il avait eu l'impression d'entendre quelqu'un se racler la gorge. Son refuge avait-il déjà été découvert ? Il recula au bout du balcon, de sorte qu'on ne puisse pas le voir à travers la porte-fenêtre, et se tapit contre le mur.

III

Ibrahim marchait à côté de Mohammed, qui avait pris en main la visite de la nécropole. Malgré ses efforts pour ne pas s'emballer, il avait éprouvé une certaine déception en constatant que la tombe était celle d'un soldat et non d'un roi. Mais il garda une attitude professionnelle et se concentra pour essayer de comprendre à quoi il avait affaire.

La première salle lui avait déjà donné beaucoup d'indices. Chaque mur était percé de colonnes de loculi semblables aux tiroirs d'une vaste morgue. Et chaque compartiment était rempli de restes humains à moitié enterrés sous une fine couche de sable jaune, bien que l'essentiel des dépouilles ait été jeté par terre, probablement par des pilleurs de tombes à la recherche de trésors. Parmi les ossements et les décombres, ils trouvèrent une figurine en faïence, quelques pièces verdâtres noircies, frappées entre le Ier et le IVe siècle après Jésus-Christ, et de nombreux éclats de terre cuite provenant de lampes funéraires, de pots et de statuettes. Il y avait également des débris de pierre et de plâtre. Conformément à la tradition, les loculi avaient été refermés après l'enterrement, mais les pilleurs les avaient forcés.

– Pensez-vous que nous allons trouver des momies ? demanda Mohammed. Un jour, j'ai emmené ma fille dans votre musée et elle a été fascinée par les momies.

– C'est peu probable, répondit Ibrahim. Le climat n'y est guère propice. Et même si elles avaient survécu à l'humidité, elles n'auraient pas échappé aux pilleurs de tombe.

– Les pilleurs s'intéressaient aux momies ? Elles avaient de la valeur ?

– On cachait parfois des bijoux ou d'autres objets personnels dans les cavités du corps. Mais il y a quelques centaines d'années, les momies ont elles-mêmes acquis une grande valeur. Elles étaient très prisées en Europe, vous savez.

– Pour les musées ?

– Pas seulement. Pas au début, en tout cas. Il y a environ six cents ans, les Européens pensaient que le bitume était très bon pour la santé. C'était le remède miracle de l'époque. Tous les apothicaires et tous les médecins en avaient à disposition. La demande était telle que les stocks se sont épuisés. Il a donc fallu en trouver ailleurs. Vous savez que les restes des momies sont très noirs. Les Européens ont donc pensé qu'ils avaient été trempés dans du bitume. C'est de là que vient le terme « momie ». En persan, *mumia* signifie bitume et la plupart des produits provenaient de Perse.

– On utilisait les momies comme médicaments ? demanda Mohammed, écœuré.

– En Europe, oui, répondit Ibrahim en adressant à l'entrepreneur un sourire complice. Et Alexandrie était au cœur de ce commerce. C'est une des raisons pour lesquelles nous n'y avons jamais trouvé de fragments de momie.

Ils pénétrèrent dans une autre salle. Mansoor éclaira le mur de plâtre et découvrit une peinture presque effacée. Celle-ci représentait une femme assise et un homme debout se donnant une poignée de main.

– Une scène de *dexiosis*, murmura-t-il.

– La femme est morte, expliqua Ibrahim à Mohammed. Ils se disent adieu.

– Peut-être est-il ici avec elle, risqua Mohammed. Ces tombes semblent bondées.

– Oui, il y avait beaucoup de monde à Alexandrie et pas assez d'espace. On estime à un million le nombre d'habitants de la cité. Vous connaissez Gabbari ?

– Non.

– C'est immense. Une véritable cité des morts. Et il y a aussi Chatby et Sidi Gaber. Mais cela n'a pas suffi. Surtout après l'essor du christianisme.

– Pourquoi ?

– Avant l'époque du christianisme, de nombreux Alexandrins optaient pour l'incinération. Vous voyez ces niches dans les murs ? Certaines ont été conçues pour des urnes, d'autres pour des cercueils. Les chrétiens croyaient en leur propre résurrection. Ils avaient donc besoin de leur corps.

– Alors c'est une nécropole chrétienne ?

– C'est une nécropole alexandrine, répondit Ibrahim, où reposent des fidèles des dieux égyptiens, grecs et romains, des juifs, des chrétiens et des adeptes de toutes les religions du monde.

– Qu'allez-vous faire de ces dépouilles ?

– Nous allons les étudier. Elles nous renseigneront sur les habitudes alimentaires, la santé, les taux de mortalité, les métissages ethniques, les pratiques culturelles et plus encore.

– Vous les traiterez avec respect ?

– Bien sûr, mon ami, bien sûr.

Ils sortirent et s'engagèrent dans une autre salle.

– Qu'est-ce que c'est que ça ? demanda Augustin.

Accroupi, il pointa sa torche sur un trou donnant accès à un petit escalier qui descendait dans l'obscurité.

– Je ne sais pas, répondit Mohammed en haussant les épaules. Je ne l'avais pas remarqué.

Ibrahim se baissa pour se faufiler dans le trou et Mohammed dut se mettre à quatre pattes. Ils débouchèrent dans ce qui semblait être la tombe d'une famille aisée, divisée en deux parties par une rangée de quatre piliers et pilastres sculptés. Cinq sarcophages de pierre de différentes tailles, tous décorés selon une variété de confessions et de styles qui n'était pas rare dans l'Alexandrie gréco-romaine, étaient disposés contre les murs. Un portrait du dieu grec Dionysos était sculpté dans le calcaire au-dessus des incontournables divinités égyptiennes : Apis, le dieu taureau, et Anubis, le chacal. Plus loin, Sérapis, une divinité introduite avec succès en Égypte par les Ptolémées, était entouré de têtes de Méduse et de disques solaires. Au-dessus de chaque sarcophage, une niche en pierre abritait un canope, qui contenait peut-être encore l'estomac, le foie, les intestins et les poumons du défunt. D'autres objets étaient également alignés sur des rebords taillés dans les murs : lampes funéraires, amphores, scarabées, et bijoux en argent et en bronze sertis de pierres mates.

– Merveilleux, murmura Augustin. Comment tout cela a-t-il pu échapper aux pilleurs ?

– L'entrée était peut-être cachée, suggéra Ibrahim en donnant un coup de pied dans les débris de plâtre. Elle a pu être dégagée par un séisme ou simplement par le passage du temps.

– C'est ancien ? demanda Mohammed.

– Ier siècle après Jésus-Christ, risqua Ibrahim en regardant Augustin. Peut-être IIe siècle.

Ils atteignirent la nappe phréatique. Les marches, qui disparaissaient mystérieusement sous l'eau, menaient sans doute à d'autres salles. Le niveau de l'eau avait varié considérablement au cours des siècles. Avec un peu de chance, les pilleurs n'avaient pas pu aller plus loin et les tombes étaient restées intactes. Augustin s'accroupit et effleura la surface de l'eau.

– On a le budget pour une pompe ? demanda-t-il.

Ibrahim haussa les épaules. Le pompage était cher, bruyant, salissant et, bien souvent, complètement inefficace. Il faudrait faire passer un gros tuyau le long de l'escalier et dans les galeries, ce qui gênerait les principales opérations de fouille.

– S'il le faut…

– Si vous voulez que j'explore les lieux d'abord, il va me falloir un partenaire. Cet endroit est un vrai piège à rats.

– Tout ce que vous voudrez. C'est à vous de voir.

IV

Nessim approchait du canal de Suez lorsque son portable sonna.

– Oui ?

– C'est moi, répondit une voix d'homme.

Nessim ne reconnut pas son interlocuteur mais se garda bien de poser des questions. La veille, il avait contacté beaucoup de personnes, qui ne se vantaient pas d'être en relation avec Hassan. Les portables n'étant pas sûrs, il fallait se considérer sous surveillance à tout instant.

– Vous avez trouvé quelque chose ?

– Nous avons un dossier sur votre homme.

Ah ! C'était le service de la Sécurité égyptienne. Et Knox était fiché. Intéressant.

– Et ?

– Pas au téléphone.

– Je suis en route pour Le Caire. On fait comme la dernière fois ?

– Rendez-vous à six heures.

L'interlocuteur raccrocha.

V

Knox était encore sur le balcon d'Augustin et s'attendait à ce que l'intrus ouvre la porte-fenêtre à tout instant. Il constata que cet appartement n'avait aucune autre issue que la porte d'entrée. L'escalier de secours, l'ascenseur et l'escalier principal se trouvaient tous de l'autre côté de la porte. Il n'y avait aucun autre balcon accessible sur lequel il aurait pu sauter ni aucun rebord à longer. Il se cramponna à la balustrade et se pencha pour regarder le parking en béton, six étages plus bas. Il aurait pu se jeter sur le balcon situé juste au-dessous de celui d'Augustin, mais s'il ratait son coup… Rien que d'y penser, il en eut les orteils engourdis.

Dans l'appartement, le bruit était de moins en moins discret. Quel genre d'intrus pouvait s'introduire dans un appartement et s'y cacher sans passer à l'action ? Knox prit le risque de jeter un coup d'œil à travers la porte-fenêtre et ne remarqua rien d'inquiétant. Un bruit de toux étouffé, suivi d'un sifflement, se fit entendre à nouveau. Il finit par comprendre. Il rentra en secouant la tête et vit le percolateur d'Augustin, qui crachotait ses dernières gouttes de café. Après s'être rempli une tasse, il trinqua avec lui-même devant le miroir en se moquant de sa propre anxiété. Le confinement était une contrainte qu'il avait du mal à supporter. Il était déjà comme un lion en cage. Il avait des fourmillements dans les doigts et les orteils, une légère crampe derrière les mollets. Le besoin de marcher, de dépenser un peu d'énergie pour évacuer la nervosité commençait à se faire sentir. Seulement, il n'osait pas. Les hommes d'Hassan avaient déjà dû écumer les gares, les hôtels et les compagnies de taxi en montrant sa photo et en cherchant sa jeep. Il ne devait pas se montrer, et pourtant…

Augustin avait quitté l'appartement dès le matin pour visiter un site récemment découvert. Knox aurait donné n'importe quoi pour pouvoir l'accompagner.

VI

Ibrahim commença à se sentir nerveux tandis qu'il remontait l'escalier pour retrouver la lumière du jour. Maintenant, Elena et lui allaient devoir faire leur rapport à Nicolas Dragoumis, dont le verdict allait déterminer non seulement les fouilles mais l'avenir d'une petite fille malade. Il serra le bras de l'entrepreneur pour le rassurer de son mieux, puis respira profondément avant de s'éloigner avec Elena. Le regard ému et confiant, Mohammed ne le quitta pas des yeux.

Ibrahim composa le numéro du groupe Dragoumis et se présenta à Katerina. L'appel fut mis en attente, le temps que celle-ci contacte son patron.

– Alors ? demanda Nicolas.

– C'est un site magnifique, commença Ibrahim, il y a de superbes…

– Vous m'avez promis une tombe royale macédonienne. Est-ce une tombe royale macédonienne ou non ?

– Je vous ai promis quelque chose qui ressemblait à une tombe royale. Et la ressemblance est évidente. Hélas, il s'agit apparemment de la tombe d'un soldat et non d'un roi ou d'un noble.

– Un simple soldat ? railla Nicolas. Et vous croyez que le groupe Dragoumis va dépenser vingt mille dollars pour la tombe d'un simple soldat ?

– Ce n'est pas un simple soldat, protesta Ibrahim. C'était un des porte-bouclier d'Alexandre, un certain Akylos. D'après…

– Quoi ? l'interrompit Nicolas d'un ton incrédule. Comment s'appelait-il ?

– Akylos.

– Akylos ? Vous en êtes sûr ?

– Oui, pourquoi ?

– Est-ce qu'Elena est là ?

– Oui.

– Passez-la-moi immédiatement. Je veux lui parler.

Ibrahim haussa les épaules et tendit son portable à Elena. Celle-ci s'éloigna encore un peu et tourna le dos de sorte que personne ne puisse l'entendre. Elle parla environ une minute et revint rendre son téléphone à Ibrahim.

– Vous avez votre argent, lui annonça-t-elle.

– Qu'est-ce qu'il a de si extraordinaire, cet Akylos ? demanda-t-il.

– Je ne vois pas de quoi vous parlez, répondit Elena en évitant son regard. Mais monsieur Dragoumis tient absolument à être informé.

– Bien sûr, je l'informerai aussi souvent que…

– Pas par vous. Par moi. Je dois bénéficier d'un accès illimité.

– Mais ce n'est pas…

– Ce sont ses conditions. Vous les acceptez, oui ou non ?

Ibrahim regarda Mohammed, qui se tordait anxieusement les mains en attendant le verdict.

– Oui, soupira Ibrahim.

– Bien. Je vais en informer monsieur Dragoumis.

Ibrahim se tourna vers Mohammed et hocha la tête. L'homme corpulent ferma les yeux et se détendit d'un seul coup. Puis il se dirigea d'un pas incertain vers son bureau, sans doute pour passer quelques appels personnels.

– Alors, c'est bon ? demanda Mansoor, qui avait rejoint Ibrahim.

– Oui.

– Fouille destructrice ou non destructrice ?

C'était une bonne question. Dans deux semaines, si le groupe hôtelier avait gain de cause, des tonnes de décombres seraient déversées dans la cage d'escalier comme dans un vulgaire site d'enfouissement de déchets. L'ouverture serait condamnée, un parking serait bâti à la surface et personne n'aurait plus jamais accès à la nécropole. Dans ce cas, il faudrait que les archéologues retirent tout ce qui avait de la valeur, les sarcophages, les portes, le bouclier, et qu'ils découpent les sculptures dans les murs et la mosaïque dans le sol de la rotonde. C'était tout à fait possible, mais cela demanderait du temps et du savoir faire, ainsi qu'un matériel adéquat. Ils devraient s'organiser dès maintenant. D'un autre côté, Alexandrie manquait cruellement de sites historiques, notamment du début de l'époque ptolémaïque. Si Ibrahim parvenait à négocier un accès permanent à la cage d'escalier avec le groupe hôtelier, la nécropole constituerait un atout appréciable d'un point de vue touristique, mais seulement si la mosaïque, toutes les sculptures et les principaux artefacts restaient sur place. Par conséquent, tous ces éléments devraient être protégés pendant la fouille.

– Non destructrice, finit par répondre Ibrahim. Je vais parler aux responsables de l'hôtel. Peut-être comprendront-ils l'intérêt d'avoir un site ancien sur leur propriété.

– Et peut-être mettront-ils des suites à notre disposition par pure bonté d'âme, ricana Mansoor.

– Oui, bon. Je vais essayer de négocier. Mais vous pouvez vous charger de cette fouille, n'est-ce pas ?

– Ça ne va pas être facile. Chatby peut attendre, il n'y a pas d'urgence. Nous pouvons transférer l'équipe, le groupe électrogène et l'éclairage. Mais nous aurons besoin de main-d'œuvre supplémentaire.

– Contactez qui vous voulez. Vous avez le budget nécessaire.

– D'accord, mais qui dit grande équipe dit ventilation ; et je ne veux pas qu'on remonte les artefacts par l'escalier, c'est le meilleur moyen de provoquer des accidents. Nous devrons installer un monte-charge au-dessus de la cage d'escalier. Et Augustin voudra une pompe, à coup sûr. Et il nous faudra beaucoup d'autres choses, vous en êtes conscient ? Nous aurons besoin de spécialistes pour analyser tout ce que nous remonterons. Il y a mille cinq cents loculi à vider, peut-être plus. Cela signifie que six à sept mille dépouilles humaines, ou ce qu'il en reste, vont arriver au musée ou à l'université d'ici à quinze jours.

Mansoor claqua des doigts.

– Nos deux semaines vont passer comme ça ! conclut-il.

Ibrahim sourit, car Mansoor aimait monter les problèmes en épingle pour avoir la satisfaction de les résoudre.

– Vous feriez mieux de commencer maintenant, alors, lui conseilla-t-il.

VII

Akylos !

Nicolas n'arrivait pas à y croire. Et pourtant, en même temps, il n'était pas surpris. Ce qui était écrit était écrit. Et le retour de la grandeur macédonienne était écrit, et pas seulement dans le livre de Daniel.

– C'était quoi, ce coup de fil ? cria Julia Melas pour couvrir le rugissement du moteur de la Lamborghini Murciélago.

Cette journaliste en herbe d'un journal canadien interviewait Nicolas et son père pour une chronique sur la Macédoine. Il y avait une grande communauté d'expatriés au Canada, source non négligeable de soutien moral et financier. De plus, Julia n'était pas vilaine à regarder. Peut-être que si les choses tournaient bien…

– Le groupe Dragoumis sponsorise la recherche historique dans le monde entier, répondit Nicolas. La vérité ne se cantonne pas à un seul pays, vous savez.

Il freina pour tourner en direction des collines. Poussé par la gravité, un camion blanc qui descendait sur l'autre voie surgit à une vitesse peu prudente étant donné son âge et sa taille. Nicolas n'était pas d'humeur à attendre, surtout avec une jolie fille à côté de lui. Il appuya sur l'accélérateur et la Lamborghini coupa la route devant le camionneur, qui freina, donna un coup de volant et klaxonna, impuissant. Julia poussa un petit cri et lança un regard plein d'admiration à Nicolas, qui éclata de rire, euphorique. Tout se passait à merveille. La vie était comme ça. Il ne se passait rien pendant un an, deux ans, et tout arrivait en même temps.

– Vous me parliez d'Aristandre, cria Julia.

Le vent s'engouffra sous sa jupe, qu'elle tira avec un faux air de timidité sur ses cuisses. Nicolas ralentit un peu pour qu'ils puissent bavarder sans avoir à couvrir le bruit du moteur.

– C'était le devin préféré d'Alexandre, expliqua-t-il. Après la mort de son roi, il a déclaré avoir eu une vision selon laquelle toute terre qui abriterait la dépouille d'Alexandre serait invaincue pour l'éternité.

– Que s'est-il passé ?

– Perdiccas, le chef du triumvirat chargé d'administrer l'empire, voulait ramener Alexandre ici pour qu'il soit enterré dans la nécropole royale d'Aigai, aux côtés de son père Philippe II.

Ils franchirent la crête d'une colline ; les plaines fertiles de la Grèce du Nord s'étendaient au-dessous d'eux. Nicolas se gara sur le bas-côté et descendit de voiture pour montrer à Julia les collines d'Aigai, qu'on voyait au loin.

– Cet endroit s'appelle aujourd'hui Vergina. La nécropole a été découverte il y a trente ans. Elle est superbe. Il y a un palais au sommet de la colline. Et un théâtre à ciel ouvert. C'est peut-être là que Philippe a été assassiné. Et c'est dans cette cité qu'Alexandre est devenu roi et que le monde hellénisé est né. Vous devriez aller y faire un tour.

– J'irai. Mais ce Perdiccas, de toute évidence, n'a pas ramené le corps d'Alexandre en Macédoine.

– Non, confirma Nicolas d'un air sombre. Un autre général macédonien, Ptolémée, l'a volé et l'a emmené en Égypte.

Il secoua la tête avec déception.

– Imaginez ce que cela aurait pu être ! s'exclama-t-il. La Macédoine invaincue pour l'éternité !

Julia fronça les sourcils.

– Vous n'êtes pas sérieux.

– Bien sûr que si.

– Mais… ce n'est qu'une prophétie.

– Réfléchissez. Perdiccas était le seul à pouvoir préserver l'intégrité de l'empire. Lorsque Ptolémée a volé la dépouille d'Alexandre, il a essayé de la récupérer. Pour cela, il devait franchir le Nil, mais il a échoué à deux reprises. Beaucoup de ses hommes se sont noyés ou ont été happés par les crocodiles. Ses officiers étaient si en colère contre lui qu'ils l'ont tué sous sa tente. Le morcellement de l'empire est alors devenu inévitable. Les héritiers légitimes d'Alexandre ont été assassinés. C'était chacun pour soi. Mais si Perdiccas avait réussi…

– Oui ?

– Approchez, dit-il à Julia en lui passant un bras autour de la taille pour la serrer contre lui et en balayant de l'autre main le paysage magnifique, baigné de soleil, qui s'étendait jusqu'à l'Égée. Regardez : la Macédoine ! N'est-ce pas splendide ?

– Si.

– Imaginez que Perdiccas ait réussi à ramener Alexandre. C'était un homme ambitieux, certes, mais honorable. Il aurait protégé le fils d'Alexandre de ceux qui voulaient l'assassiner. Il y aurait eu une hiérarchie établie, une succession légitime. Quand il aurait accédé au trône, Alexandre IV aurait trouvé son empire intact. Et même s'il n'avait eu que l'ombre du talent de son père, qui sait combien de temps l'empire aurait perduré. La Macédoine aurait été invaincue pour l'éternité.

– Vous disiez que le corps d'Alexandre avait été emmené en Égypte. Or, l'Égypte n'a pas été en paix pour l'éternité, me semble-t-il.

Nicolas rit de bon cœur. Il aimait que les jolies filles aient du caractère.

– En effet, reconnut-il. Mais regardez ce qui s'est passé. Ptolémée et ses descendants ont régné en paix tant qu'ils ont respecté la dépouille d'Alexandre. Mais quand Ptolémée IX a fait fondre le cercueil d'or pour faire frapper des pièces et payer ses troupes, la dynastie ne s'en est jamais remise. Et qui a pris la relève des Ptolémées ?

– Qui ?

– Les Césars. Ils vénéraient Alexandre, vous savez. Jules César a pleuré de ne pas lui être arrivé à la cheville. Auguste, Septime Sévère, Caracalla et Hadrien se sont tous rendus sur sa tombe pour lui rendre hommage. Il était leur héros. Mais ensuite, il y a eu des émeutes, la tombe d'Alexandre a été profanée, et les Romains ont perdu l'Égypte au profit des Arabes. Le message est clair, non ?

– Ah bon ?

– Honorez Alexandre et vous prospérerez. Ignorez-le et vous périrez. En Macédoine, mieux que partout ailleurs, Alexandre aurait été honoré. Par conséquent, nous n'aurions jamais été vaincus.

Julia jeta un regard anxieux à Nicolas.

– Vous ne croyez… vous ne pouvez pas croire ça.

– Mais pourquoi pas ? Si Rome a prospéré, c'est uniquement parce que les différents territoires de l'Empire macédonien se livraient bataille. Si la Macédoine était restée unie, Rome n'aurait jamais existé. L'histoire du monde aurait pris un tout autre cours.

Julia recula, quelque peu déconcertée. Elle regarda sa montre et sourit en feignant une soudaine gaieté.

– On devrait peut-être y aller, dit-elle. Votre père m'attend.

– Vous avez raison, admit Nicolas. Nous ne devons pas le faire attendre.

Il remonta en voiture, mit le contact et savoura le rugissement rauque du moteur. Étant donné la vitesse à laquelle il conduisait, il ne mettrait pas plus d'un quart d'heure à gagner la maison de son père.

– Magnifique… murmura Julia en découvrant de loin la demeure de Philippe Dragoumis.

– Une réplique du palais d'Aigai, précisa Nicolas. En plus grand.

Désormais, son père ne quittait guère sa propriété. Il menait une existence recluse depuis quelques années. Après avoir confié une grande partie de son empire commercial à divers administrateurs, il se concentrait sur sa véritable ambition : la libération de la Macédoine.

Costis, le chef de la sécurité, vint accueillir les visiteurs.

– Voici Julia, annonça Nicolas. Elle est venue interviewer mon père. Mais j'aimerais le voir quelques minutes d'abord.

– Il est dans la salle des coffres, indiqua Costis.

Nicolas se tourna vers Julia.

– À tout à l'heure. Je peux vous ramener en ville cet après-midi, si vous voulez.

– Merci, je trouverai bien un taxi.

Il rit à nouveau, amusé par son embarras. Elle semblait troublée depuis qu'il lui avait parlé de la prophétie d'Aristandre. Ces Occidentaux ! Ils prenaient peur dès qu'on faisait allusion au sacré. Heureusement qu'elle n'était pas venue à l'église la veille au soir et qu'il n'avait pas évoqué le livre de Daniel, c'est-à-dire l'ensemble de la prophétie, y compris la description de l'homme qui déclencherait la libération de la Macédoine.

La salle des coffres n'était accessible que par un ascenseur sécurisé. Nicolas entra et les portes en acier se refermèrent derrière lui. Il fit face au scanner pour se soumettre au contrôle rétinien. Enfin, l'ascenseur amorça sa descente en trépidant légèrement sous le poids de sa charge, puis s'arrêta. Un garde armé était posté devant la porte blindée de la salle des coffres, dans laquelle Philippe Dragoumis avait rassemblé ses plus grands trésors, des documents historiques et des artefacts qu'il passait désormais sa vie à examiner dans l'espoir de trouver l'impulsion qui manquait à leur mouvement. Nicolas saisit le code et la porte s'ouvrit. Il entra, encore plongé dans ses pensées à propos du livre de Daniel, du sauveur dont l'avènement avait été prédit deux mille cinq cents ans auparavant.

À la fin de leur domination, lorsque les pécheurs seront consumés, il s'élèvera un roi impudent et artificieux.

Sa puissance s'accroîtra, mais non par sa propre force ; il fera d'incroyables ravages, il réussira dans ses entreprises.

À cause de sa prospérité et du succès de ses ruses, il aura de l'arrogance dans le cœur, il fera périr beaucoup d'hommes qui vivaient paisiblement.

Son père, comme s'il était télépathe, se trouvait déjà devant la vitrine qui abritait quelques échantillons des papyrus de Mallawi. Les mains posées comme celles d'un prêtre sur l'encadrement en noyer, il fixait les fibres jaunies, l'encre noire décolorée. Un sentiment d'amour intense, d'admiration et de fierté envahit la poitrine de Nicolas.

Philippe se redressa et planta ses yeux noirs totalement impassibles dans ceux de son fils. *Un roi impudent*, en effet.

– Oui ?

– Vous aviez raison, père. Ils ont trouvé Akylos.

N'y tenant plus, Nicolas laissa déborder son enthousiasme.

– Cette fois, nous y sommes ! s'exclama-t-il.

Chapitre 8

I

Un camion bleu déboîta juste en face d'Elena pour doubler une camionnette verte plus lente que lui. De retour à son chantier dans le Delta, Elena pila nerveusement et klaxonna jusqu'à ce qu'il se rabatte. Puis elle baissa sa vitre et montra le poing au conducteur abasourdi, en lui hurlant quelques expressions fleuries en arabe pour lui dire sa façon de penser.

Elle était d'une humeur massacrante, d'une part, parce qu'elle avait eu une conversation avec Nicolas et, d'autre part, à cause de ce Français impertinent. À eux deux, ils avaient remué le souvenir de son défunt mari, Pavlos. Et elle détestait ça car, à chaque fois, elle éprouvait la douleur de l'avoir perdu.

Lorsqu'elle avait rencontré Pavlos, elle le connaissait depuis longtemps. Elle avait été à la fois exaspérée et amusée par le ton, la fougue et l'esprit de ses articles, qui tournaient le nationalisme macédonien en ridicule. Elle avait été intriguée, aussi, par les rumeurs selon lesquelles les femmes se jetaient à ses pieds. C'était une femme fière et indépendante et, comme tant de femmes de son genre, elle mourait d'envie de tomber amoureuse. Ils avaient fini par se rencontrer à l'occasion d'un débat à la radio, à Thessalonique. Il avait eu l'art de la surprendre dès le départ. Elle l'avait imaginé vif, insolent, chic, convaincant. Mais il s'était avéré complètement différent. S'il n'était pas véritablement arrogant, il avait une confiance en lui remarquable. Dès la première poignée de main, elle avait été sous le charme. Pendant toute l'émission, il avait eu une façon troublante de la regarder, comme si elle était totalement mise à nu, comme s'il comprenait tout ce qu'elle disait et savait même lire entre les lignes. Il l'avait regardée comme un film qu'il avait déjà vu.

Il avait gardé l'avantage tout au long du débat, démonté ses meilleurs arguments avec humour et profité inlassablement de ses points faibles. Jamais elle n'avait été disséquée de la sorte, comme un cadavre dans un cours d'anatomie. Déconcertée, elle avait essayé de reprendre le dessus en citant une remarque de Keramopoullos concernant le style idiosyncrasique des céramiques macédoniennes, avant de se souvenir que c'était en réalité Kallipolitis qui l'avait faite. Elle avait alors levé les yeux craintivement vers Pavlos, qui l'avait regardée avec un grand sourire. Pendant un instant cruel, sa réputation avait été entre ses mains. Et cet instant – celui pendant lequel elle avait été à sa merci – avait changé sa vie.

Deux jours après le débat, elle avait erré dans son musée de salle en salle, sans s'arrêter, les bras croisés comme un toxicomane en manque. À chaque fois qu'elle avait essayé de travailler, un besoin maladif comparable à la faim l'en avait empêchée. Elle n'appelait jamais les hommes, mais elle avait appelé Pavlos. Craignant qu'il ne se moque d'elle, elle s'était présentée avec brusquerie avant d'admettre qu'il avait soulevé des questions intéressantes lors du débat. Il l'avait remerciée. Et elle s'était dégonflée. Le téléphone contre la joue, elle aurait voulu dire quelque chose d'intelligent ou de blessant, mais elle n'avait pas trouvé quoi. Et puis il l'avait invitée à dîner. Elle aurait pu pleurer de joie.

Comment ça s'était passé entre eux ? C'était arrivé, sans qu'elle se souvienne des détails, comme si l'intensité de son amour avait été trop grande pour sa mémoire, comme si, pour elle, la mémoire avait été une fonction de la conscience de soi. Mais elle se souvenait du plaisir de ce moment. Aujourd'hui encore, il lui arrivait d'éprouver une pointe de volupté lorsqu'elle apercevait un sosie de Pavlos dans la rue, lorsqu'elle sentait la fumée de sa marque de cigarettes sur un passant ou quand un homme la regardait avec la même arrogance que lui, comme l'avait fait ce maudit Français avec la certitude de pouvoir la mettre dans son lit quand il lui plairait.

La mort de Pavlos l'avait anéantie. Comment en aurait-il été autrement ? Elle ne s'en était toujours pas remise. Elle ne s'en remettrait jamais. La douleur n'était pas comme elle l'avait imaginée, pas plus que l'amour. Elle se l'était représentée comme une forte houle qui emportait ses victimes dans un monde de détresse pour les redéposer ensuite là où elle les avait happées. Mais elle s'était trompée. La douleur avait changé la nature même de son être, aussi fondamentalement que le carbone soufflé altérait un lingot de fonte en fusion.

Oui, la métaphore lui semblait appropriée. La douleur l'avait rendue dure comme de l'acier.

II

Nessim s'arrêta pour acheter un paquet de cigarettes à un vendeur et une femme jeta l'enveloppe en kraft dans la Saab par la vitre arrière. Il redémarra dans un nuage de poussière et retourna au parking souterrain de son hôtel.

Il remonta dans sa chambre pour ouvrir l'enveloppe, trop mince à son goût, bien qu'il n'eût pas pensé que Knox ait pu être fiché. Il feuilleta le dossier. Les caractères étaient à peine lisibles à force d'avoir été photocopiés et les photos, presque entièrement noires.

Il comprit rapidement que le service de la Sécurité ne s'était pas vraiment intéressé à Knox. Les documents faisaient essentiellement référence à un certain Richard Mitchell, avec qui Knox avait travaillé pendant plusieurs années. Apparemment, ce Mitchell avait été un peu trop bavard : il avait accusé le secrétaire général du CSA de vendre des papyrus au marché noir, un acte imprudent qui avait entraîné son exclusion de la communauté égyptologique et un rejet de toute demande ultérieure d'autorisation de fouilles.

Cela expliquait ce que Knox faisait à Charm. Il tuait le temps en attendant que les choses se tassent en rêvant de trouver un trésor sur le lit marin. Mais ces informations n'étaient d'aucune utilité pour retrouver sa trace. En revanche, la dernière page du dossier n'était pas inintéressante. C'était une liste de tous les amis et associés connus de Knox, avec leurs adresses.

III

Nur attendait Mohammed à la porte. Elle avait la mine défaite, ce qui signifiait que Leila avait passé une mauvaise journée.

– Tu es superbe, lui dit Mohammed en l'embrassant sur la joue et en lui tendant un petit bouquet de fleurs défraîchies.

– Nous ne pouvons pas nous permettre ces fleurs, protesta-t-elle les larmes aux yeux.

– C'est un cadeau, de la part de Sharif.

Il regarda derrière elle, dans le couloir, en direction de la chambre de Leila.

– Est-elle réveillée ? demanda-t-il.

– Oui, mais elle est fatiguée.

– Je ne resterai pas longtemps.

Il frappa doucement à la porte de sa fille et entra. Leila sourit en le voyant. Il s'agenouilla à côté de son lit, mit la main dans sa poche et en retira une reine noire qu'il avait sculptée et vernie. Il aimait tailler des objets au couteau. Pendant les rares pauses qu'il prenait sur le site, il lui arrivait de chercher des chutes de bois assez tendres pour son couteau à linoléum. C'était une bonne thérapie. Quand on ne peut rien faire pour guérir son enfant, on peut au moins essayer de lui faire plaisir.

Leila ouvrit de grands yeux émerveillés. Elle prit la statuette en acajou verni, la lécha du bout de la langue et la serra contre son cœur comme une poupée. Curieusement, elle s'était détournée de ses poupées depuis qu'elle avait appris sa maladie. Même les bonbons ne lui faisaient plus envie. C'était comme si sa vie était devenue trop sérieuse pour des distractions d'enfants.

– Tu me lis une histoire, ce soir ? demanda-t-elle.

– Bien sûr.

Elle se pelotonna d'un air ravi. Mohammed avait contacté toutes les personnes que Nur et lui connaissaient pour leur demander de faire les tests. Cela lui avait fait du bien. Il avait eu le sentiment de faire quelque chose, d'être utile. Mais maintenant, il dépendait de nouveau du bon vouloir d'autrui. Il attendait. Et l'attente était une épreuve terrible pour un père.

Lorsqu'il sortit de la chambre, il était découragé. Nur se mordit les lèvres mais ne put retenir ses larmes. Elle passait sa vie à pleurer, se tarissait de l'intérieur. Mohammed la prit dans ses bras et la serra fort contre lui. Parfois, au bord du désespoir, il avait presque envie d'en finir avec la vie pour que tout cela s'arrête. Il était prêt à renoncer à sa carrière, à sa femme merveilleuse et à sa petite fille, à tout ce qui lui avait jadis semblé parfait.

– Est-elle en état de sortir ? demanda-t-il timidement.

– Sortir ? répéta Nur au bord de la crise de nerf. Pour aller où ?

– Sur le site.

– Tu es fou ! lança-t-elle en se dégageant de son étreinte.

– Écoute-moi, insista-t-il en l'attirant à nouveau contre lui. Ibrahim, cet archéologue dont je t'ai parlé, celui qui a la Mercedes et va financer les tests, il a de l'argent et de l'influence. Il ne vit pas dans le même monde que nous. Leila a besoin de tous les amis qu'elle pourra se faire dans son monde.

– Il peut l'aider ?

Mohammed hésita. Nur lui reprochait souvent les promesses qu'il lui faisait pour l'apaiser dans les moments les plus difficiles.

– Qui sait ? murmura-t-il. En tout cas, c'est un homme bon. Quand il aura vu Leila, qui sait ce qu'Allah le poussera à faire.

IV

– Regarde ce que je ramène ! s'exclama Augustin en montrant deux sacs en plastique. Sandwich aux falafels et bière, ça te dit ? Exactement comme avec Richard.

– Génial.

– Ça n'a pas l'air d'aller.

– Je n'en peux plus d'être enfermé.

– Au bout d'une journée ? Tu en as déjà marre ?

– C'est ces foutus *Tintin* ! s'écria Knox en aidant son ami à sortir les sandwichs. Tu n'as rien de mieux à lire ?

– Du genre ?

– Des bouquins d'archéologie. Ou tes comptes rendus de fouille concernant ton chantier sur le port, par exemple. J'aimerais bien savoir ce que tu as trouvé.

– D'accord, pas problème. Je te les ramènerai demain soir. Mais si tu souffres…

– Oui ?

– Le site que j'ai visité aujourd'hui, c'est une nécropole. Elle se prolonge au-dessous du niveau de l'eau. Mais Ibrahim ne veut pas pomper. Il veut d'abord que j'aille explorer la zone. Je pensais emmener Sophia avec moi, mais si tu deviens dingue ici…

Un frisson d'angoisse mêlée d'espoir parcourut Knox.

– Tu es sérieux ?

– Pourquoi pas ? Elle est plus mignonne que toi, c'est sûr, mais elle est moins douée pour la plongée. Tu sais que les espaces clos peuvent être très dangereux.

– Comment pourrais-je seulement me rendre sur le site ?

– À l'arrière de ma moto, répondit Augustin en tendant à Knox une bouteille de Stella qu'il venait de sortir du réfrigérateur. Tu pourras mettre mon casque. Il faut bien que quelqu'un le porte. Personne ne nous arrêtera, je te le promets. Ici, la police ne sert à rien. Dix ans que je suis ici et je n'ai jamais été arrêté. Et au cas où on le serait, j'ai toujours les papiers que j'ai utilisés lors de mon dernier séjour à Cyrène. Ces salauds de Libyens ne m'ont pas laissé entrer sous mon vrai nom ! Moi ! Tout ça à cause d'une malheureuse lettre que j'ai écrite à propos de ce nain de Kadhafi. Il a fallu que je me présente sous le nom d'Omar Malik, un camionneur de Marsa Matrouh, tu te rends compte ? Si je peux passer pour un camionneur de Marsa Matrouh, toi aussi.

Knox secoua la tête. Il n'arrivait pas à croire qu'ils puissent ne serait-ce qu'envisager cette possibilité. Mais il admirait le côté frondeur d'Augustin, qui commençait à devenir contagieux.

– Et à l'intérieur du site ? demanda-t-il.

– Pas de problème. Laisse-moi parler. De toute façon, on n'aura pas le temps de s'étendre. Il va y avoir du mouvement demain. Il y a un site de construction en surface et, au-dessous, je ne sais combien de salles, dont chacune abrite une centaine de loculi bourrés d'ossements et d'artefacts que Mansoor veut voir au musée d'ici à deux semaines. Ça va être le chaos. Il va y avoir des fouilleurs en provenance du musée, de l'université, de toute la côte. Et un seul gardien à l'entrée de l'escalier. Tu devras lui montrer un badge du CSA, mais je peux t'en faire faire un. Il suffit de te trouver un nom passe-partout. John Smith. Charles Russell. Mark Edwards. Voilà ! Parfait. Mark Edwards. Tu as tout à fait une tête de Mark Edwards.

Knox hésitait encore.

– Tu connais ma réputation au Caire. Si je suis découvert, tu pourrais avoir des ennuis.

– On s'en fout du Caire ! Je n'ai toujours pas digéré ce que ce salaud de Yusuf vous a fait, à Richard et à toi. Crois-moi, ce sera un plaisir pour moi de t'aider. Et puis, comment on découvrirait qui tu es ? Je n'ai pas l'intention de parler de toi.

– Quelqu'un pourrait me reconnaître.

– Je ne crois pas. Ibrahim, bien sûr, mais il est sympa, il n'irait pas plus loin. De toute façon, il ne va plus jamais sur le terrain. Il pourrait salir son costume. À part lui, il n'y a personne que tu connaisses. Et ce sont tous des amis, excepté cette splendide Grecque arrogante, Elena, et sa…

– Elena ? demanda Knox interloqué. Elena Koloktronis ?

Augustin resta interdit.

– Tu la connais ?

– Non, se moqua Knox. C'est un coup de chance.

– Où l'as-tu rencontrée ?

– Tu te souviens de ce qui est arrivé à mes parents et à ma sœur ?

– Bien sûr, pourquoi ? Elle a quelque chose à voir là-dedans ?

– C'était son mari qui conduisait.

– Ah… Et il… ? Il est aussi… ?

– Oui.

– Je suis désolé pour vous deux, mais ça ne change rien. Elle ne sera pas là demain.

– Tu en es sûr ?

– Elle dirige un chantier de fouilles dans le Delta. Elle est juste venue aujourd'hui pour présenter sa photographe : Gaëlle Dumas, une Française. Tu la connais ?

– Non.

– Alors tout va bien ! s'exclama Augustin en levant sa bouteille de bière pour trinquer. Je ne vois pas ce qu'on risque.

Chapitre 9

I

Augustin avait raison. Ils étaient arrivés au site les doigts dans le nez. Et il avait également eu raison de vouloir emmener Knox, dont l'excitation était à son comble. Cela faisait trop longtemps que celui-ci n'avait pas participé à une fouille. Bien trop longtemps. Le simple fait d'être sur le terrain le réjouissait. Les bruits, les odeurs, les plaisanteries… Tout en haut, un groupe électrogène alimentait un treuil qui remontait un flot presque incessant de paniers en cuir, remplis de décombres destinés à être passés au crible à la lumière du jour. Leur contenu serait ensuite envoyé au musée ou servirait de remblai. Des lampes et des ventilateurs, reliés par des mètres et des mètres de rallonges blanches, avaient été disposés dans toute la nécropole. Des fouilleurs munis d'un masque et de gants blancs, répartis dans les différentes salles, retiraient avec précaution les artefacts et les restes humains, à genoux dans l'espace confiné des tombes.

Augustin avait apporté tout le matériel de plongée avant de passer chercher Knox. Ils se hâtèrent de descendre jusqu'à la nappe phréatique et enfilèrent leur équipement. Ils prirent le temps de vérifier mutuellement leurs systèmes. Quand on plongeait aussi souvent qu'eux, on était parfois tenté de bâcler cette étape. Mais dans un labyrinthe clos comme celui-ci, si les choses tournaient mal, on ne pouvait pas se débarrasser de sa ceinture de lest et nager vers la surface. Il n'y avait pas de surface.

Augustin tenait une corde en nylon. Il était prudent, dans ce genre d'environnement, de s'inspirer de l'astuce de Thésée. Mais il n'y avait aucun endroit où la fixer.

– Reste là, dit Augustin.

Quelques minutes plus tard, il revint avec un panier en cuir chargé de décombres, autour duquel il noua la corde orange avant de tirer plusieurs coups secs. Puis Knox et lui s'attachèrent l'un à l'autre à l'aide d'un filin de sécurité, allumèrent leur lampe et descendirent dans l'eau. Tandis qu'Augustin déroulait la corde derrière lui, ils avancèrent sans palmes, lestés pour marcher au fond. Avec cette méthode, ils soulevaient davantage de sédiments mais gardaient mieux leurs repères. Ils trouvèrent presque immédiatement l'entrée d'une salle, dont la plupart des loculi étaient encore fermés. La lampe d'Augustin éclaira un portrait saisissant. C'était un homme aux yeux immenses, qui semblait les regarder. Augustin fouilla la pierre à l'aide de son canif et en sortit une lampe funéraire en bronze, qu'il mit dans son étui.

Ils explorèrent trois autres chambres. La galerie serpentait d'un côté puis de l'autre. Soudain, la corde s'accrocha à quelque chose. Augustin tira pour la dégager. L'eau était de plus en plus opaque. Parfois, les sédiments tourbillonnaient à tel point qu'ils se voyaient à peine. Knox vérifia sa réserve d'air. Cent trente bars. Ils avaient décidé de garder le dernier tiers en guise de réserve de secours. Il montra son baromètre à son partenaire. Augustin pointa le doigt vers la sortie. La corde était curieusement lâche. Il l'enroulait, l'enroulait encore. Le regard inquiet, il se tourna vers Knox, qui tendit les mains avec étonnement. Il tenait l'extrémité de la corde qui aurait dû être nouée autour de la poignée du panier en cuir. Elle s'était mystérieusement détachée.

II

Ibrahim n'était pas très à l'aise avec les enfants. Lui-même fils unique, il n'avait ni nièces ni neveux, ni aucune intention de devenir père. Mais Mohammed s'était mis en quatre pour accueillir toute l'équipe sur le chantier et il n'aurait guère pu refuser l'entrée du site à sa fille, même si l'idée d'amener une enfant malade dans un endroit aussi poussiéreux et morbide lui avait paru complètement folle.

Un ouvrier de l'équipe de Mohammed les rejoignit dans une tombe.

– Un appel en provenance du siège social, annonça-t-il.

Mohammed fit la moue.

– Excusez-moi, dit-il à Ibrahim. Je reviens tout de suite. Vous pouvez tenir Leila une minute ?

– Bien sûr.

Ibrahim tendit les bras pour recevoir la petite, emmaillotée dans ses couvertures. La pauvre était aussi légère qu'une plume. Il lui sourit nerveusement. Elle lui sourit à son tour. Elle semblait terrifiée et douloureusement consciente d'être considérée comme un fardeau.

– Cet homme n'était pas égyptien, alors ? demanda-t-elle.

Ses ulcères buccaux la faisaient grimacer de douleur à chaque mot et Ibrahim grimaçait avec elle.

– Non, répondit-il. Il était grec. Il venait du nord, de l'autre côté de la mer. Ton père est un homme très intelligent. Il a trouvé une pièce dans sa bouche, une obole, et il en a déduit qu'il était grec. Les Grecs croyaient que les esprits avaient besoin de cette pièce pour payer le passeur, Charon, un homme chargé de leur faire traverser une rivière, le Styx, pour les emmener dans l'au-delà.

– L'au-delà ? demanda Leila, les yeux écarquillés, immenses, comme si sa peau avait soudainement été tirée.

La gorge serrée, Ibrahim détourna le regard. L'espace d'un instant, il sentit les larmes lui monter aux yeux. Quel sort terrible pour une aussi petite fille… Ses bras commençaient à fatiguer lorsque Mohammed réapparut. Celui-ci sourit à Leila avec une telle affection qu'il se sentit perdu, honteux. Il eut le sentiment de ne pas mériter sa place dans le monde, l'air qu'il respirait, l'espace qu'il occupait, la vie facile qu'il menait. Il recula d'un pas pour se réfugier dans l'ombre.

– Ces tests que l'on peut faire pour vous aider... murmura-t-il à Mohammed. Où puis-je me rendre pour en faire un ?

III

Knox et Augustin se regardèrent avec appréhension, mais ils avaient de l'expérience et ne cédèrent pas à la panique. Ils vérifièrent leur quantité d'air ; ils en avaient pour vingt minutes, vingt-cinq s'ils ne le gaspillaient pas. Augustin montra de nouveau la sortie. Knox hocha la tête. Ils devaient retrouver leur chemin ou, du moins, accéder à une poche d'air le temps que les sédiments se redéposent et qu'ils puissent voir où ils se trouvaient.

Ils arrivèrent dans une impasse. Knox regarda son baromètre à travers ses lunettes de plongée. Ils avaient encore du temps devant eux. Ils suivirent les parois des mains pour s'orienter dans cet épais brouillard. Lors de plongées nocturnes à Charm, des collègues de Knox avaient évoqué avec désinvolture une visibilité zéro. Mais toute la poussière qui tourbillonnait ici était encore bien plus aveuglante. Knox voyait à peine ses jauges, même lorsqu'il les tenait juste devant son masque. Ils se heurtèrent à une autre impasse. C'était peut-être la même. Ils pouvaient très bien avoir tourné en rond. Quinze bars. Cette fois, ils firent demi-tour et se mirent à nager. Ils n'avaient plus le moindre sens de l'orientation. La peur montait et ils respiraient de plus en plus vite, accélérant ainsi l'épuisement de leur précieuse réserve d'air. Largement dans le rouge, ils avaient franchi la ligne des cinq bars. Augustin attrapa Knox par l'épaule et se planta devant lui en arrachant son détendeur. Il pointa le doigt vers sa bouche d'un air désespéré. Knox lui donna un peu d'air et aspira les dernières bouffées. Ils atteignirent une fourche. Augustin indiqua la droite. Knox était sûr qu'ils avaient tourné à droite à l'aller et montrait la gauche. Il insistait, mais Augustin n'en démordait pas. Il décida de lui faire confiance. Ils nagèrent côte à côte en se heurtant mutuellement, en se donnant des coups de pied, en s'égratignant contre les parois. Arrivé au bout de sa réserve d'air, Knox se mit à avoir des spasmes, les poumons presque vides. Augustin le tira vers le haut le long de l'escalier et il émergea enfin à l'air libre en crachant son détendeur pour respirer goulûment. Allongés l'un à côté de l'autre, les deux hommes sentaient leur poitrine se soulever comme un soufflet.

Augustin tourna la tête vers Knox, une étincelle dans le regard, comme s'il pensait à quelque chose de drôle mais n'avait pas encore la force de le dire.

– Il y a les plongeurs qui sondent les eaux et ceux qui font de vieux os, dit-il enfin en haletant.

Knox éclata d'un rire qui lui fit mal aux poumons.

– Je crois que tu devrais essayer d'avoir une pompe.

– Tu as raison. Et pas un mot sur ce qui vient de se passer, d'accord ? Pas pendant au moins un an ou deux, en tout cas. Je suis censé être un pro.

– Pas de problème.

Knox se releva péniblement, déboucla son gilet stabilisateur et le laissa tomber avec sa bouteille vide sur le sol de pierre.

– Regarde ! s'écria Augustin. Le panier a disparu !

Knox fronça les sourcils avec angoisse. Soulagé de s'en être sorti indemne, il avait oublié ce qui avait provoqué l'incident au départ.

– Qu'est-ce que ça veut dire ?

Il s'accroupit à l'endroit où le panier se trouvait. Il avait pensé que le nœud d'Augustin s'était tout simplement défait.

– Tu ne crois quand même pas que c'est Hassan qui a fait ça ? demanda-t-il à son ami.

– Non, répondit Augustin avec l'air de trouver cette possibilité tirée par les cheveux. Je crois que c'est beaucoup plus simple ça.

– C'est-à-dire ?

– C'était un panier rempli de décombres. Or, quelle est la priorité numéro un de Mansoor ?

– Extraire les décombres, convint Knox avec soulagement.

– On a eu beaucoup de chance, mon pote !

Des bruits de pas discrets résonnèrent dans la galerie. Une jeune femme aux cheveux bruns, élancée et séduisante, sortit de l'ombre, un appareil photo numérique suspendu autour du cou par une bretelle rouge et noire.

– Beaucoup de chance ? Vous avez trouvé quelque chose ?

Augustin se releva d'un bond et se précipita pour s'interposer entre elle et Knox.

– Regarde ! s'exclama-t-il en sortant sa lampe funéraire. Des salles et des salles de loculi fermés !

– Génial !

Elle regarda derrière lui pour saluer Knox.

– Moi, c'est Gaëlle, dit-elle.

Knox n'avait pas d'autre choix que de se présenter à son tour.

– Mark.

– Enchantée, Mark.

– Moi de même.

– Comment ça va, la photo ? demanda Augustin à Gaëlle en lui effleurant l'épaule.

– Bien, répondit-elle. Mansoor a apporté tout le matériel d'éclairage du musée pour que je puisse photographier l'antichambre, mais je ne peux pas y rester longtemps, il fait trop chaud. C'est à cause du plâtre. Il ne faut pas qu'il craquelle.

– Non, en effet. Je crois que tu es toute seule ici. Peut-être qu'on pourrait dîner ensemble un de ces soirs ? Je pourrais te montrer l'ancienne Alexandrie.

– Ça serait super ! s'écria Gaëlle, dont le regard s'éclaira immédiatement.

Elle eut l'air si enthousiaste qu'elle rougit et se sentit obligée de s'expliquer.

– C'est juste qu'à mon hôtel, on ne peut pas manger sur place et ils n'aiment pas que les clients montent de la nourriture dans les chambres. Et je déteste manger seule au restaurant. J'ai l'impression que tout le monde me regarde.

– Pourquoi on ne te regarderait pas ? Une belle fille comme toi. Tu es à quel hôtel ?

– Au Vicomte.

– Dans ce taudis ! Mais pourquoi ?

Gaëlle haussa les épaules d'un air penaud.

– J'ai demandé au chauffeur de taxi de m'emmener à un hôtel central et pas cher.

– Il t'a prise au mot ! dit Augustin en riant. À ce soir, alors. Huit heures, ça te va ? Je viendrai te chercher.

– Super !

Elle regarda Knox, resté dans l'ombre.

– Tu viens aussi, non ? lui demanda-t-elle.

– Je crois que ça ne va pas être possible.

– Oh…

Apparemment gênée, elle eut une drôle d'expression sur le visage.

– Bon, dit-elle. À plus tard, alors.

Et elle remonta la galerie avec une démarche légèrement emprun-tée, comme si elle sentait qu'on la regardait.

Chapitre 10

I

De retour à l'appartement d'Augustin, Knox se laissa tomber sur le canapé et essaya de tuer le temps, mais ce n'était pas facile. *Tintin*, ça allait bien une fois, et encore… Il se mit à faire les cent pas dans le salon, puis sortit sur le balcon. Le soleil sembla mettre une éternité à se coucher. Et toujours pas de nouvelles d'Augustin, qui avait promis de revenir avec des livres et de quoi manger avant d'emmener sa photographe française au restaurant.

Le téléphone sonna vers dix-neuf heures trente. Le répondeur crachota son annonce d'accueil.

– C'est moi ! cria Augustin par-dessus une musique assourdissante, des conversations animées, des rires gras et le tintement de verres et de bouteilles. Tu peux répondre.

Knox décrocha.

– Mais t'es où, là ? Tu devrais être rentré depuis des heures.

– Écoute, vieux, j'ai un souci au boulot.

– Au boulot ? répéta Knox avec ironie.

– Il faut que tu appelles cette photographe de ma part. Gaëlle Dumas. Celle qui est au Vicomte. Explique-lui que j'ai de gros problèmes et que j'essaie de limiter les dégâts.

– Elle est toute seule ici, protesta Knox. Tu ne vas pas lui poser un lapin.

– Justement, c'est pour ça que tu dois l'appeler de ma part. Si elle entend ces bruits derrière moi, elle risque de se demander si je lui dis vraiment la vérité.

– Pourquoi tu ne lui proposes pas de te rejoindre ?

– J'ai d'autres plans. Tu te souviens de la Béatrice dont je t'ai parlé ?

– C'est pas vrai !

– S'il te plaît, appelle-la de ma part.

– Je ne suis pas là pour faire ton sale boulot !

– Je te le demande comme à un ami, Daniel. Comment tu m'as dit, déjà ? Je suis dans la merde. Il faut que tu m'aides.

– D'accord, soupira Knox avec le sentiment d'être redevable. Je m'en occupe.

– Merci.

– Et bonne chance pour régler tes problèmes professionnels, ajouta Knox avec un sarcasme cinglant.

Il prit l'annuaire et chercha le numéro du Vicomte. Il était embarrassé et se sentait coupable par rapport à Gaëlle. Il était réglo sur ce genre de choses. Quand on invitait une fille, on ne la laissait pas tomber, surtout quand elle avait vraiment besoin de compagnie. Il avait devant lui la perspective d'une longue soirée. Personne à qui parler, rien à lire, rien à regarder à la télévision. Et puis merde ! se dit-il. Qu'Hassan et ses acolytes aillent se faire foutre ! Il entra dans la chambre d'Augustin et mit une chemise propre et une casquette de base-ball. Puis il laissa un mot à côté du téléphone, descendit en bas de l'immeuble et héla un taxi.

II

Ibrahim n'arrivait pas à se détendre. Il avait des démangeaisons en haut du bras, là où l'infirmière lui avait prélevé du sang pour son test HLA. Il n'arrêtait pas de penser à cette pauvre petite fille aux grands yeux marron. À son épreuve, et à son courage. Au bout d'un moment, il ne supporta plus de rester assis sur son canapé. Il alla dans son bureau et prit sur les étagères un livre que son père lui lisait quand il était petit. Puis il sortit prendre sa voiture.

L'appartement de Mohammed se trouvait au neuvième étage. Les ascenseurs étaient hors service. Lorsqu'il arriva enfin en haut de l'escalier, Ibrahim dut rester un moment les mains sur les genoux pour reprendre son souffle. Cette ascension interminable devait être particulièrement pénible avec un enfant invalide dans les bras. Il pensa à l'enfance privilégiée qu'il avait eue, au confort que lui avait procuré la relative richesse de son père, à l'éducation qu'il avait reçue.

Il surprit, derrière la porte, la rancœur refoulée d'un homme et d'une femme sous pression, qui essayaient de parler sans se faire entendre de leur chère enfant. Il se sentit soudain gêné ; il eut l'impression d'être un intrus. Tandis qu'il s'apprêtait à faire demi-tour, la porte s'ouvrit et une femme apparut sur le seuil, un foulard sur la tête, dans une tenue recherchée, comme si elle allait rendre visite à quelqu'un. Elle sembla aussi surprise que lui.

– Qui êtes-vous ? demanda-t-elle. Qu'est-ce que vous faites là ?

– Excusez-moi, répondit-il avec embarras. J'ai quelque chose pour Mohammed.

– Quoi ?

– C'est juste un livre, dit-il en sortant celui-ci de son sac. Pour sa fille. Votre fille.

Elle sembla abasourdie.

– C'est pour Leila ?

– Oui.

– Mais… qui êtes-vous ?

– Je m'appelle Ibrahim.

– L'archéologue ?

– Oui.

Elle se mordit les lèvres pensivement, puis retourna à l'intérieur.

– Mohammed ! cria-t-elle. Viens ici ! Ton ami archéologue nous rend visite.

Mohammed sortit d'une pièce en baissant la tête pour passer sous la petite porte.

– Qu'y a-t-il ? demanda-t-il anxieusement. Un problème sur le site ?

– Non, répondit Ibrahim en montrant le livre. C'est juste… Mon père me lisait des histoires extraites de ce livre. J'ai pensé que votre fille et vous…

Il ouvrit le livre et le feuilleta pour montrer les magnifiques illustrations qu'il comportait, des images d'Alexandre, à la fois historiques et mythiques.

– Mais il est magnifique, murmura Mohammed, les yeux écarquillés.

Il se tourna vers sa femme, qui hésita puis hocha la tête.

– Leila a parlé de vous toute la soirée, confessa-t-il à Ibrahim en le prenant par le coude. Je suis sûr qu'elle apprécierait beaucoup que vous le lui offriez en personne.

III

Alexandrie était traditionnellement la plus accueillante de toutes les villes égyptiennes, mais les tensions entre l'Occident et le monde arabe étaient parvenues jusqu'ici. Knox vit un jeune Égyptien le regarder d'un air mauvais pendant qu'il payait le taxi devant l'hôtel de Gaëlle. En temps normal, il l'aurait ignoré mais, sachant qu'Hassan était à ses trousses, il ne put s'empêcher de s'inquiéter. Tous ces gens… Lesquels d'entre eux étaient dangereux ? Ceux qui lui souriaient ou ceux qui le toisaient ?

L'hôtel de Gaëlle se trouvait au sixième étage. Le vieil ascenseur bringuebalait le long des étages sombres et tristes. Knox tira sur la porte grillagée et sortit. Le concierge de l'hôtel, un homme d'âge moyen à la calvitie naissante, discutait avec un jeune homme barbu. Ils s'arrêtèrent et lui décochèrent un regard de mépris à peine dissimulé.

– Oui ? demanda le concierge.

– J'ai rendez-vous avec Gaëlle Dumas, dit Knox en espérant que sa maîtrise de l'arabe réduirait leur hostilité.

– La Française ?

– Oui.

– Et vous êtes ?

Knox dut réfléchir un instant pour retrouver le nom qu'Augustin lui avait donné.

– Mark, répondit-il. Mark Edwards.

– Asseyez-vous un instant.

Le concierge se tourna à nouveau vers son ami et ils reprirent leur conversation. Knox s'assit dans un fauteuil bleu éventré dont la mousse débordait de plusieurs endroits. Une minute passa, sans que le concierge ait pris la peine de prévenir Gaëlle de sa présence. Une autre minute passa. Les deux hommes bavardaient en l'ignorant ostensiblement. Il ne voulait pas se faire remarquer, mais vint un moment où il aurait été encore plus louche de ne rien faire. Il se leva, brossa son pantalon maculé de mousse blanche et s'approcha à nouveau de la réception.

– Dites-lui que je suis là.

– Une minute.

– Appelez-la, insista Knox en posant la main à plat sur le comptoir. Tout de suite.

Le concierge se renfrogna mais décrocha le téléphone et composa le numéro de Gaëlle. Une sonnerie retentit au loin dans le couloir.

– Vous avez un visiteur, marmonna-t-il.

Il raccrocha et recommença à discuter sans dire un mot à Knox.

Quelques instants plus tard, Knox entendit une porte s'ouvrir et se refermer. Des bruits de pas résonnèrent sur le parquet. Gaëlle apparut dans le hall, vêtue d'un jean, d'un vieux sweat-shirt noir et de baskets.

– Mark ? lança-t-elle avec étonnement. Qu'est-ce que tu fais là ?

– Augustin a été retenu sur un chantier. J'espère que tu n'as rien contre ce remplacement de dernière minute.

– Non, bien sûr.

Elle regarda sa tenue négligée en faisant la moue.

– Est-ce qu'on va dans un restaurant chic ? demanda-t-elle.

– Tu es très bien comme ça.

– Merci, dit-elle en souriant. Alors on y va ? Je meurs de faim.

Il lui ouvrit la porte de l'ascenseur. Le concierge et son ami barbu le regardèrent la refermer derrière eux. L'ascenseur était petit et mal éclairé. Il pouvait difficilement contenir plus de deux personnes. Serrés l'un contre l'autre, Gaëlle et Knox se laissèrent ballotter lentement le long des six étages.

– Charmant concierge, murmura Knox lorsque celui-ci ne pouvait plus les entendre.

– Oui, mais, aussi incroyable que cela puisse paraître, celui de mon hôtel à Tanta était encore pire. Il me regardait toujours comme si les femmes étaient à l'origine de tous les maux de la Terre. J'avais envie de lui demander : pourquoi vous travaillez dans un hôtel, alors ? Pourquoi pas dans un camp de scouts, où il n'y a que de gentils garçons ?

Knox éclata de rire et poussa la porte de l'ascenseur.

– Tu aimes les fruits de mer ?

– J'adore.

– Il y a un restaurant de fruits de mer où j'allais souvent. Je n'y suis pas allé depuis longtemps, mais on pourrait essayer.

– Avec plaisir. Tu connais bien la ville, alors ?

– Je la connaissais bien.

Une fois au pied de l'immeuble, il entraîna Gaëlle vers la droite, loin du tumulte de la sharia Nabi Daniel. Les hommes d'Hassan étant à sa recherche, il préférait rester dans l'ombre. Il balayait la rue d'un œil inquiet en sentant peser sur lui le regard du moindre badaud, comme si on allait se retourner sur son passage. Derrière eux, dans l'obscurité, un homme en djellaba bleue parlait d'un air grave dans son téléphone portable, la tête baissée.

– Tout va bien ? demanda Gaëlle. Il y a un problème ?

– Non, répondit Knox, excuse-moi. Je suis juste un peu distrait.

Un grand minaret s'élevait dans le ciel nocturne. Cela lui donna un sujet de conversation.

– La mosquée Attarine, annonça-t-il. Tu sais que c'est là qu'a été trouvé le sarcophage d'Alexandre le Grand ?

– C'est vrai ? Je ne savais même pas qu'il avait été trouvé.

– Encore un coup de votre Napoléon ! Lorsqu'il a envahi l'Égypte, il s'est emparé de tous les trésors historiques du pays.

– Oui, admit-elle en riant. Et les sales Anglais de ton espèce les lui ont volés.

– Pour les rendre à la civilisation, précisa-t-il.

Il regarda derrière lui. L'homme au portable les suivait toujours, à la même distance.

– Bref, reprit-il, les archéologues ont trouvé dans cette mosquée un immense sarcophage en brèche qui faisait office de bain public. Il était couvert de hiéroglyphes mais, à l'époque, personne ne pouvait les déchiffrer. Les Égyptiens ont juré qu'il s'agissait de celui d'Alexandre. Et comme tu le sais sans doute, Napoléon vénérait Alexandre. Il a donc voulu ramener le sarcophage en France pour en faire son futur cercueil. Mais nous, les Anglais, on vous a mis dehors et il se trouve désormais au British Museum, à quelques pas de la pierre de Rosette.

– Il faudra que j'aille le voir.

Knox hocha la tête et prit une rue secondaire pour voir s'ils étaient vraiment suivis.

– Une fois les hiéroglyphes déchiffrés, il s'est avéré que le sarcophage n'était pas du tout celui d'Alexandre mais celui de Nectanébo II.

– Ah bon ?

– Tu imagines la honte ! Tout le monde s'était fait rouler par les Égyptiens. Quel embarras ! On a essayé de faire comme si de rien n'était. On n'a même pas envisagé qu'il ait pu y avoir une parcelle de vérité dans cette histoire, qu'Alexandre ait pu reposer lui aussi dans ce sarcophage. On s'est dit que Ptolémée n'aurait certainement jamais mis la dépouille d'Alexandre le Grand dans un sarcophage réalisé pour un vulgaire fugitif comme Nectanébo.

– En effet, cela semble peu probable.

– Pourtant, récemment, les spécialistes ont changé d'avis.

Il regarda derrière lui. Il n'y avait plus personne. Il commença à se détendre un peu.

– Tu connais l'histoire de Nectanébo ? demanda-t-il.

– Un peu.

– On le considère comme le dernier pharaon natif d'Égypte, bien que quelques dissidents de l'époque ptolémaïque aient revendiqué ce statut. Il était très apprécié, notamment parce qu'il avait vaincu les Perses lors d'une grande bataille, mais aussi parce qu'il avait bâti de nombreux temples, un bon point pour un pharaon. Un de ces temples se trouvait à Saqqara, la cité des morts de Memphis, qui était la capitale de l'Égypte à l'époque.

– Je ne suis pas complètement ignare, tu sais. Je connais Saqqara.

Knox sourit.

– En tout cas, poursuivit-il, il a également commandé ce sarcophage. Mais il ne l'a jamais utilisé. Les Perses n'aimaient pas perdre. Alors ils sont revenus avec une plus grande armée et Nectanébo a dû fuir. Dix ans plus tard, lorsque les Macédoniens sont arrivés, le temple et le sarcophage étaient vides. Et quand Ptolémée a ramené la dépouille d'Alexandre à Memphis, il a fallu qu'il la mette quelque part en attendant de lui faire construire une tombe à Alexandrie.

– Tu penses qu'il a utilisé le temple et le sarcophage de Nectanébo ?

– C'est possible, non ? Ce n'était peut-être que provisoire au départ, bien qu'Alexandre soit finalement resté des dizaines d'années à Memphis. On ne pouvait pas improviser une tombe pour un homme comme lui en un week-end. De plus, l'équipe de fouille a trouvé à l'extérieur du temple des statues de grands écrivains et penseurs grecs, comme Platon, Pindare et Homère. Et tu sais qu'Alexandre avait la plus haute opinion d'Homère.

– Oui, il existe une anecdote célèbre à ce propos. Alexandre aurait dit à un messager hors d'haleine venu lui annoncer une bonne nouvelle qu'il ne voyait pas ce qui pouvait provoquer une telle excitation à moins qu'Homère lui-même ne soit revenu à la vie.

– Et puis les Macédoniens ne savaient pas lire les hiéroglyphes. Ce n'était donc pas un problème. Cela expliquerait également que le sarcophage ait atterri à Alexandrie. Il faut voir le morceau… On ne l'aurait pas déplacé pour le plaisir. Mais une fois Alexandre dans sa cité, pour que tout soit parfait, il restait à lui faire bâtir un mausolée.

– C'est également plausible d'un point de vue égyptien, reconnut Gaëlle. Ptolémée a tout fait pour mettre les prêtres égyptiens dans sa poche. Et le clergé pensait qu'Alexandre était le fils de Nectanébo II.

Knox fronça les sourcils.

– Tu ne crois quand même pas à l'histoire du *Roman d'Alexandre* !

Le *Roman d'Alexandre* était un best-seller de l'Antiquité, attribué dans un premier temps à Callisthène et aujourd'hui à un auteur anonyme désigné sous le nom de Pseudo-Callisthène. Il était rempli de toutes sortes d'approximations, d'exagérations et d'absurdités concernant Alexandre, dont cette histoire selon laquelle Nectanébo II était un enchanteur qui s'était introduit à la cour macédonienne pour séduire Olympias, la femme de Philippe, et engendrer Alexandre.

– Il n'y a pas que ça. Quand il a vaincu les Perses à la bataille d'Issos, Alexandre n'est pas devenu *de facto* souverain d'Égypte. Aux yeux des Égyptiens, sur le champ de bataille, il a prouvé qu'il était le successeur légitime de Nectanébo. La mission d'un pharaon était de restaurer ou de maintenir la paix sur le territoire, et c'est ce qu'Alexandre a fait. Sais-tu que les Égyptiens l'appelaient « Celui qui chasse les étrangers », exactement comme Nectanébo ? C'était un de ses noms de trône.

– Je croyais que tu ne connaissais pas Nectanébo ! protesta Knox.

– J'ai dit que je le connaissais un peu, rectifia Gaëlle en souriant. C'est peut-être beaucoup pour les Anglais, mais pas pour les Français.

Il éclata de rire et l'entraîna dans une autre rue pour rejoindre la Corniche en regardant de nouveau autour de lui. L'homme, toujours pendu à son portable, réapparut derrière eux. Ce n'était pas une petite conversation… Knox se sentit de plus en plus mal à l'aise. Le bruit de leurs pas résonnait sur le trottoir. Il constata combien ils étaient seuls. Voyant que Gaëlle le regardait bizarrement, il se ressaisit.

– Alors tu crois que l'histoire du *Roman d'Alexandre* est crédible ? demanda-t-il.

– Non, bien sûr que non. Nectanébo n'est sans doute jamais allé en Grèce. Mais je pense qu'elle a pu être populaire parmi les Égyptiens et peut-être même encouragée par Alexandre, qui savait emporter l'adhésion de tous. Alexandre pourrait être à l'origine du proverbe « À Rome, il faut vivre comme les Romains ». J'ai toujours pensé que c'était en partie pour cette raison qu'il était allé consulter l'oracle d'Amon, à Siwa. Tout le monde part du principe qu'il l'a fait pour que les Grecs croient en sa mission et en sa divinité puisque, pour eux, il s'agissait de l'oracle de Zeus Ammon. Il faut dire que ses biographes étaient essentiellement grecs. Mais on oublie que, pour les Égyptiens, Siwa était depuis des siècles l'oracle d'Amon-Rê. Tous les pharaons de la vingt-septième dynastie s'y sont rendus pour faire reconnaître leur légitimité. D'ailleurs, ils étaient représentés avec des cornes de bélier, exactement comme Alexandre.

– Ah bon ?

Ils arrivèrent sur la Corniche, le long du port de l'Est. La mer était agitée ce soir-là. Les vagues se brisaient contre les rochers et projetaient de l'écume loin au-dessus du mur. La route brillait d'humidité. Knox se retourna. L'homme avait rangé son téléphone portable. Il regardait autour de lui, comme s'il attendait quelqu'un.

– Les Égyptiens considéraient chaque pharaon comme l'incarnation d'Horus, qui était lui-même le fils d'Amon-Rê, poursuivit Gaëlle. C'était parfois très alambiqué. Au Nouvel Empire, certains pensaient que le pharaon, au moment de sa conception, fécondait sa femme, qui accouchait de lui. Celle-ci était donc à la fois sa femme et sa mère.

– Beurk !

– Ce n'est qu'une allégorie. Mais si l'on admet, comme l'ont fait les Égyptiens, que Nectanébo et Alexandre étaient tous deux des pharaons légitimes, alors ils étaient, d'une certaine façon, père et fils. L'histoire de Nectanébo qui féconde Olympias n'est qu'un moyen d'illustrer cette filiation. D'un point de vue égyptien, le sarcophage de Nectanébo revenait légitimement à Alexandre, et Ptolémée le savait certainement.

Gaëlle sourit avec l'air de s'excuser pour cette longue tirade.

– Bref ! s'exclama-t-elle. Assez parlé boutique. Il est où, ce restaurant ?

– Juste là.

Knox se retourna une dernière fois. L'homme avança avec un grand sourire vers une femme tenant par la main deux jeunes enfants, qu'il prit dans ses bras et fit tourner en riant. Simple paranoïa. Knox commença à respirer. Mais ce n'était pas parce qu'on ne l'avait pas suivi cette fois qu'il devait relâcher son attention.

Ils arrivèrent au restaurant, un endroit somptueux surplombant le front de mer. Gaëlle se tourna vers Knox avec effroi et regarda ses vieux vêtements usés.

– Tu m'avais dit que ce n'était pas un restaurant chic ! s'écria la jeune femme.

– C'est vrai. Et tu es superbe.

Elle se mordit les lèvres, persuadée qu'il mentait. Pourtant, il était sincère. Elle avait un genre de beauté qu'il avait toujours trouvé irrésistible, un mélange de douceur et d'intelligence.

– J'ai mis ces fringues horribles parce que je ne voulais pas qu'Augustin se fasse des idées. Si j'avais su que c'était toi qui allais venir…

Un grand sourire traversa le visage de Knox.

– Est-ce que tu es en train de me dire que tu aurais essayé de me séduire ?

– Pas du tout, s'indigna Gaëlle en rougissant. J'ai davantage confiance en toi, c'est tout.

– Digne de confiance, se plaignit Knox en lui ouvrant la porte. C'est presque aussi déprimant que d'être gentil.

– C'est encore pire, plaisanta Gaëlle. Bien pire !

Ils gravirent deux volées de marches pour se rendre dans la salle, dont l'immense baie vitrée donnait sur la Méditerranée.

– Évite le poisson d'eau douce, murmura-t-il en l'invitant à s'asseoir et à profiter de la vue sur le port. C'est un miracle que quoi que ce soit puisse encore vivre dans les lacs environnants. Mais les fruits de mer sont bons.

Un serveur vint prendre leur commande.

– Alors, comment ça va, la photo ? demanda Knox.

– Ça va. Mieux que je ne le craignais pour être tout à fait franche.

Elle se pencha par-dessus la table, avide de confier son secret.

– Je ne suis pas du tout photographe, en fait.

– Ah bon ?

– Je suis papyrologue, spécialiste des langues anciennes. L'appareil photo, c'est juste pour m'aider à rassembler les morceaux. On peut faire des choses formidables grâce à l'informatique aujourd'hui.

– Alors comment as-tu obtenu ce poste ?

– C'est ma chef qui m'a envoyée ici.

– Ah ! Elena. C'est sympa de sa part. Tu travailles dans le Delta, alors ?

– Oui.

– Sur quoi ?

– Sur un ancien établissement. On a trouvé des traces de la présence de remparts, d'habitations et de cimetières, qui vont de l'Ancien Empire au début de l'époque ptolémaïque.

– De quoi s'agit-il ?

– Nous ne le savons pas encore.

– Tu dois bien avoir une idée.

– Je ne peux pas en parler, vraiment. Elena nous a fait signer un contrat de confidentialité.

– Allez, dis-le-moi ! Je n'en parlerai à personne, promis.

– C'est confidentiel, n'insiste pas.

– Allez, un indice ! Juste un indice.

– Je t'assure, je ne peux pas.

– Bien sûr que si ! Tu en meurs d'envie.

– S'il te plaît, le supplia-t-elle avec une moue boudeuse. Tu connais l'expression « se jeter dans la gueule du loup » ? Ça veut dire : contrarier Elena. Crois-moi, il vaut mieux éviter ça.

– D’accord, ronchonna Knox. Alors comment en es-tu arrivée à travailler avec elle ? C’est un chantier de fouilles grec, non ? Et tu n’as pas l’air d’être grecque.

– L’assistante d’Elena est tombée malade. Il a fallu la remplacer. J’ai été recommandée par quelqu’un. Tu sais ce que c’est.

– Oui.

– Elena m’a appelée chez moi. J’ai été très flattée. Je n’avais rien d’important en cours, et puis potasser des bouquins, ce n’est quand même pas la même chose.

– C’est vrai. C’est ta première fouille ?

Elle hocha la tête.

– S’il te plaît, je déteste parler de moi. À ton tour, maintenant. Tu es archéologue sous-marin, c’est bien ça ?

– Un archéologue qui fait de la plongée, oui.

– Et qui n’est pas dépourvu d’un certain snobisme intellectuel, à ce que je vois.

Knox éclata de rire.

– Tu as raison.

– Où as-tu fait tes études ?

– À Cambridge.

– Oh ! s’écria-t-elle en faisant la grimace.

– Quoi ? Tu n’aimes pas Cambridge ? Comment est-ce possible ?

– Ce n’est pas Cambridge que je n’aime pas. C’est quelqu’un qui y a fait ses études.

– Un archéologue ? Génial ! Qui ?

– Je suis sûre que tu ne le connais pas. Il s’appelle Daniel Knox.

Chapitre 11

I

– Excellent ! s'esclaffa Augustin en frappant dans ses mains lorsque Knox lui raconta ce qui s'était passé. C'est vraiment excellent ! Et qu'est-ce tu as fait ?

– Qu'est-ce que tu voulais que je fasse ? gronda Knox. Je lui ai dit que je n'avais jamais entendu parler de lui et j'ai changé de sujet.

– Tu ne sais pas du tout pourquoi elle te déteste à ce point ? Tu ne l'aurais pas sautée et jamais rappelée, par hasard ?

– Non.

– Tu es sûr ? En général, en ce qui me concerne, c'est pour ça.

– Certain.

– Alors ?

– Je n'en sais rien. Je ne vois pas. À moins que…

– Quoi ?

– Oh, non ! s'écria Knox en se tapant sur le front, les joues en feu. C'est pas vrai !

– Quoi ?

– Elle ne s'appelle pas Gaëlle Dumas, crétin ! Elle s'appelle Gaëlle Bonnard.

– Dumas, Bonnard, quelle différence ? Et puis, c'est qui, cette Gaëlle Bonnard ?

– La fille de Richard, répondit Knox.

Et il ajouta d'un air sombre :

– Pas étonnant qu'elle me déteste.

II

Il faisait chaud et humide dans la chambre de Gaëlle, bien qu'elle ait ouvert en grand la porte-fenêtre de son balcon. Mark avait eu une drôle d'expression lorsqu'elle avait parlé de Daniel Knox. Et il avait brusquement changé de sujet. Pendant tout le reste de la soirée, il avait semblé très mal à l'aise. Elle s'en voulait. Elle avait vraiment passé un bon moment avec lui avant de tout gâcher. Ils se connaissaient forcément. Il aurait même été étonnant que deux archéologues environ du même âge, tous deux formés à Cambridge, n'aient pas été amis.

Quand on déteste quelqu'un, c'est soit pour une question de principe soit pour des raisons personnelles. Gaëlle n'avait jamais rencontré Knox, mais il y avait un peu des deux dans cette haine qui lui enserrait la poitrine comme un serpent. Sa mère, chanteuse dans un bar, avait eu une brève aventure avec son père. Et elle était tombée enceinte. Elle en avait profité pour le forcer à l'épouser, alors que ce mariage n'avait aucune chance, notamment parce qu'il préférait les hommes aux femmes. Gaëlle avait tout juste quatre ans quand il avait jeté l'éponge pour s'enfuir en Égypte. Sa mère, privée d'un mari sur qui rejeter la faute et voyant que sa carrière ne menait nulle part, s'en était prise à elle. Elle avait absorbé toutes sortes de drogues jusqu'à ce que, la veille de son cinquantième anniversaire, elle évalue mal un de ses appels au secours et parte pour de bon.

Enfant, Gaëlle faisait ce qu'elle pouvait pour faire face à l'angoisse, à la colère et à la violence de sa mère. Elle subissait une pression insupportable mais, heureusement, elle avait une soupape de sécurité. Une fois par an, pendant un mois, elle rejoignait son père sur un de ses chantiers de fouilles d'Afrique ou du Moyen-Orient. Et elle adorait chaque minute qu'elle passait avec lui.

À l'âge de dix-sept ans, elle aurait dû le rejoindre pour une saison de fouilles à l'ouest de Mallawi, en Moyenne Égypte. Pendant onze mois, elle avait étudié le copte, les hiéroglyphes et l'hiératique dans une tentative désespérée de lui prouver ses compétences, afin qu'il l'engage comme assistante à plein temps. Mais trois jours avant la date de son départ, elle l'avait entendu débarquer à l'improviste dans l'appartement. Sa mère, en proie à une crise de colère, avait refusé qu'il la voie. Gaëlle s'était donc agenouillée de l'autre côté de la porte du salon pour écouter leur conversation. La télévision hurlait à plein volume, à grands renforts de rires préenregistrés, alors elle n'avait pas tout entendu, mais assez pour comprendre. Son père devait repousser la fouille de Malawi en raison d'un problème personnel important. Elle n'aurait pas lieu avant que Gaëlle ne retourne au lycée.

Cette saison avait été celle du triomphe de son père. Huit semaines plus tard, celui-ci avait trouvé des archives ptolémaïques si remarquables que Yusuf Abbas, le secrétaire général du Conseil suprême des Antiquités, s'était investi personnellement dans le projet. Gaëlle aurait dû être là, à ses côtés, mais il avait préféré recruter un jeune égyptologue brillant de Cambridge, un certain Daniel Knox. C'était donc ça, son problème personnel important ! Une histoire de cul ! Cette trahison lui avait fait tant de mal qu'elle n'avait plus voulu le voir. Il avait souvent essayé de la contacter, pour s'excuser, mais elle n'avait jamais rien voulu entendre. Et bien qu'elle se soit consacrée corps et âme à l'égyptologie, elle n'était jamais allée en Égypte, jusqu'à ce que la proposition d'Elena la prenne au dépourvu, longtemps après la mort de son père.

Elle n'avait jamais rencontré ni cherché à rencontrer Knox. Mais il lui avait envoyé une lettre de condoléances comportant un récit émouvant des dernières années de son père. Il avait prétendu que celui-ci parlait constamment d'elle, que personne n'aurait rien pu faire pour le sauver lorsqu'il était tombé de cette falaise, que ses dernières pensées avaient été pour elle, et que sa dernière volonté avait été qu'il la contacte personnellement pour le lui dire. Elle avait trouvé cela à la fois pénible et, paradoxalement, très réconfortant. Puis elle avait reçu un colis de l'oasis de Siwa. Il contenait toutes les affaires de son père, ses papiers, ainsi que le rapport de police concernant l'accident et la transcription du témoignage des deux guides qui se trouvaient sur les lieux du drame. Les deux témoins avaient certifié que Knox aurait pu sauver le père de Gaëlle s'il l'avait voulu, mais qu'il était resté sans rien faire. Ils avaient également déclaré que l'accidenté était déjà mort lorsque Knox et eux étaient arrivés auprès de lui et que ses blessures étaient telles qu'il avait dû mourir sur le coup. Il était donc impossible qu'il ait confié ses dernières volontés à qui que ce soit. Knox avait menti sur toute la ligne.

Avant de recevoir ce rapport, Gaëlle l'avait haï par principe. Ensuite, elle lui en avait voulu personnellement.

III

Dans l'armée, Nessim avait appris à connaître la physiologie de la peur. Quand on sait ce qui se passe dans son corps, il est plus facile de le contrôler. Le cœur bat plus vite ; on a le souffle chaud. Le goût de métal qu'on a dans la bouche provient seulement des glandes, qui inondent le système sanguin d'adrénaline pour préparer le corps à la lutte ou à la fuite. Ces fourmillements dans les doigts et les orteils, ce relâchement de la vessie et des intestins, ce n'est que le sang qui circule plus vite là où on en a le plus besoin.

Devant la fenêtre de son hôtel, Nessim composa le numéro d'Hassan en regardant le fleuve sinueux, dix étages plus bas.

– Vous l'avez trouvé ? demanda Hassan dès qu'on lui transmit la communication.

– Pas encore, monsieur, avoua Nessim. Mais nous avons progressé.

– Progressé ? C'est déjà ce que vous m'avez dit hier.

– J'ai constitué une équipe performante, monsieur.

– Une équipe…

– Oui, monsieur.

Et c'était vrai, quoi qu'en pense Hassan. Nessim avait contacté de vieux camarades, motivés par ce genre de travail, qui s'étaient avérés à la fois fiables et discrets. Il leur avait communiqué le nom du fugitif, sa plaque d'immatriculation, sa photo et les quelques autres informations dont il disposait. Et il avait chargé la moitié de l'équipe de surveiller le domicile de tous les associés connus de Knox et l'autre moitié d'écumer les hôtels et les gares. De plus, il avait fait tracer le portable de Knox. Celui-ci n'avait qu'à l'allumer pour que sa position soit repérée à quelques centaines de mètres près. Ses comptes bancaires et ses cartes de crédit étaient également sous contrôle. Tout était possible en Égypte, quand on avait de l'argent.

– Écoutez-moi, dit Hassan. Je ne veux pas des progrès. Je veux Knox.

– Oui, monsieur.

– Appelez-moi demain. Avec de bonnes nouvelles.

– Oui, monsieur.

Nessim raccrocha le combiné d'une main légèrement tremblante et s'assit sur son lit, les épaules rentrées. Il s'épongea le front du revers de la main. Il était en sueur ; il avait les cheveux collés sur la peau. Oui, c'était aussi un des symptômes de la peur. Il les avait tous eus. Il envisagea un instant de vider son compte en banque et de disparaître, mais Hassan savait où vivait sa famille et connaissait sa femme Fatima et son enfant. Alors il sortit le dossier des services secrets et en scruta à nouveau les pages jaunies. Il n'avait pas été mis à jour depuis des années. Certaines des personnes mentionnées avaient changé d'adresse ou même quitté l'Égypte. D'autres restaient introuvables. Mais cette liste de noms était de loin le meilleur atout de Nessim et il pria pour arriver à en tirer quelque chose.

Chapitre 12

I

Il faut faire vite quand on pompe un site ancien à Alexandrie. La nappe phréatique a la fâcheuse habitude de riposter. Le calcaire est poreux et retient l'eau comme une éponge. Par conséquent, dès qu'on commence à pomper, l'eau s'infiltre presque immédiatement et remonte jusqu'à ce que la nappe se rééquilibre. On ne peut espérer remporter ce combat, mais on peut gagner un peu de temps.

Augustin et Knox, impatients de commencer, se rendirent sur le site dès le matin. La pompe avait déjà dû libérer un peu d'espace. Mais ils se rendirent immédiatement compte que quelque chose ne fonctionnait pas. Le moteur sifflait comme un fumeur courant après un bus. Ils descendirent à la hâte. De toute évidence, un joint était défectueux. L'eau avait éclaboussé la rotonde et s'était écoulée sur le sol de la tombe macédonienne, où les lampes brillaient sous la boue.

Augustin remonta les marches de l'escalier quatre à quatre pour éteindre le moteur. Knox débrancha tous les câbles et retira ses chaussures et son pantalon pour aller ramasser les lampes et les ventilateurs, qu'il rassembla sur les escaliers, à l'abri de l'eau. La pompe s'arrêta. Le contenu du tuyau gargouilla et redescendit dans la nappe. Knox attendit que le calme revienne, puis rebrancha les câbles pour éclairer la salle, dans un état épouvantable.

Augustin le rejoignit sur la première marche de la tombe. Il secoua la tête avec consternation en voyant la quantité d'eau qui s'était accumulée.

– Merde ! Regarde ça. Mansoor va me tuer.

Knox s'avança dans l'avant-cour. Il avait de l'eau jusqu'aux cuisses. Puis il entra dans l'antichambre.

– Est-ce qu'on peut faire passer la pompe là-dedans ? demanda-t-il.

– Encore faudrait-il qu'elle marche, répondit Augustin.

Soudain, son visage s'éclaira. Il disparut et revint avec quatre paniers en cuir. Il en jeta deux à Knox et se mit à vider l'eau avec les siens.

– Tu plaisantes ! protesta Knox.

– Tu as une meilleure idée ?

Augustin se dirigeait déjà en haut des marches et le long du couloir pour ramener l'eau d'où elle venait. Knox fut bien obligé de l'imiter. Les paniers lui tirèrent sur les épaules et sur les coudes, et lui laissèrent des zébrures rouges sur les doigts. Ils se regardèrent en souriant et remontèrent d'un bon pas. Après avoir fait plusieurs voyages, ils furent rejoints par des fouilleurs, qui, voyant ce qui s'était passé, saisirent à leur tour des paniers. Bientôt, toute une équipe fut à l'œuvre.

Après une dizaine de voyages, la fatigue commença à se faire sentir. Knox prit un moment de répit dans la salle principale pour ne pas gêner les allées et venues des autres. Malgré son scepticisme de départ, il devait admettre que l'idée d'Augustin était bonne. Le niveau de l'eau avait bien baissé. Les marches qui séparaient l'avant-cour de l'antichambre et l'antichambre de la salle principale créaient des réservoirs distincts. Dans l'avant-cour, le rythme s'accélérait. Knox se pencha pour tremper ses mains irritées dans l'eau fraîche et remarqua quelque chose d'étrange. Le niveau de l'eau de la salle principale était légèrement inférieur à celui de l'antichambre et n'atteignait pas le haut de la marche.

Il se redressa, oubliant momentanément sa fatigue, et se rendit dans l'avant-cour.

– Est-ce que quelqu'un a des allumettes ? demanda-t-il.

II

Quand Gaëlle arriva sur le site, c'était le chaos. Elle n'avait pas fini de prendre ses photos dans la salle principale et craignait que l'inondation n'endommage les murs. Elle retira donc ses chaussures et remonta son pantalon le plus possible pour aller jeter un œil dans la tombe. Son compagnon de la veille était déjà là et jetait des allumettes dans tous les coins.

– Alors, on se défile ? lui lança-t-elle.

Il leva la tête et sourit en la voyant.

– Regarde ! s'écria-t-il en lui montrant la marche qui séparait la salle principale de l'antichambre.

– Qu'est-ce qu'il y a ?

– Le niveau de l'eau est inférieur de ce côté.

Gaëlle comprit immédiatement ce que cela signifiait.

– Où est-ce que ça va ? demanda-t-elle en s'accroupissant.

– Bonne question. Cette tombe est taillée dans le roc. Ou elle est censée l'être, tout du moins.

Il jeta les dernières allumettes et ils les regardèrent se déplacer pour déterminer où l'eau s'infiltrait.

– C'était sympa hier soir, murmura Gaëlle.

– Oui.

– On pourrait recommencer un de ces jours.

– Ce serait avec plaisir, dit-il.

Mais il y avait un problème.

– Écoute Gaëlle, ajouta-t-il d'un air contrit, il faut que je te dise quelque chose.

– C'est à propos de Knox ? C'est un ami à toi, c'est ça ?

– L'endroit est mal choisi pour en parler, mais est-ce que je peux passer te voir au Vicomte ce soir ?

– Bien sûr ! Ensuite, on essaiera un autre restaurant. Cette fois, c'est moi qui invite.

Des éclaboussures jaillirent dans l'antichambre et Mansoor apparut en compagnie d'Elena.

– Qu'est-ce qui s'est passé ici ? cria-t-il avec colère.

Gaëlle se tourna vers Knox, qui baissa brusquement la tête, empoigna ses sacs et s'enfuit sans rien dire.

– Qu'est-ce qu'il lui prend ? demanda Mansoor.

– Il travaille avec Augustin, répondit Gaëlle. La pompe était peut-être en partie son idée.

– Oh, j'espère qu'il ne croit pas que je suis en colère contre lui.

Et il ajouta avec une pointe de malveillance :

– C'est à Augustin que j'en veux.

– Et ces allumettes, c'est pour quoi ? demanda Elena.

– Personne n'a encore vidé cette salle, expliqua Gaëlle en montrant la différence de niveau. On regardait juste où l'eau s'écoulait.

– Et ?

– Les allumettes semblent converger vers le socle.

– Vers le socle ? répéta Mansoor en approchant sa torche, qui éclaira plusieurs traînées de bulles d'air argentées provenant du bas.

– *Akylos des trente-trois*, murmura Gaëlle, soudain perdue dans ses pensées. *Toujours être le meilleur et surpasser les autres.*

– L'inscription gravée au-dessus de l'entrée ? demanda Mansoor. Eh bien, quoi ?

– Les Grecs aimaient faire des jeux de mots, n'est-ce pas ?

– Au fait, Gaëlle ! l'admonesta Elena.

Gaëlle hésita, craignant d'être prise pour une folle.

– C'est juste que… vous ne croyez pas que l'inscription pourrait signifier que « les autres », c'est-à-dire les trente-deux autres, sont au-dessous d'Akylos ?

Mansoor éclata de rire et l'observa avec un drôle d'air.

– Vous êtes photographe ? demanda-t-il.

Elle rougit, consciente du regard foudroyant d'Elena.

– Spécialiste des langues anciennes, en réalité, répondit-elle.

– Je ferais mieux de dire à Ibrahim de descendre, déclara Mansoor. Il faut qu'il voie ça de ses propres yeux.

III

Knox trouva Augustin de l'autre côté de la nécropole, près de la nappe phréatique.

– Elena t'a reconnu ? lui demanda son ami.

– Je ne crois pas. Mansoor t'a trouvé ?

– Il a failli. Je l'ai échappé belle. Cette fois, il va me hacher menu.

Il hocha la tête en direction de l'eau.

– Il serait sage de ne pas se montrer pendant un petit moment, ajouta-t-il. Ça te dit d'aller explorer ?

– Pourquoi pas.

Malgré la panne survenue le matin, la pompe avait déjà évacué une bonne partie de l'eau dans la nuit. Ils n'étaient immergés que jusqu'au menton. Le couloir se révéla être un véritable labyrinthe, qui reliait un unique portail à un immense complexe, presque indépendant, de galeries et de salles communicantes. Ils ne tardèrent pas à se rendre compte de la chance qu'ils avaient eue d'être sortis de là vivants. Dans la troisième salle qu'ils explorèrent, des loculi avaient été tracés sur un des murs mais pas taillés. Knox mit un moment à comprendre pourquoi. Il y avait un trou dans le plafond, comme si la personne qui avait bâti cette nécropole était passée au travers par accident. Il orienta sa torche dans l'espace qui s'ouvrait au-dessus de sa tête.

– Eh, vieux ! Regarde ça.

Augustin le rejoignit.

– Qu'est-ce que c'est ? demanda-t-il.

– Je ne sais pas. Fais-moi la courte échelle.

Augustin joignit les deux mains et hissa son ami dans la salle du niveau supérieur. Celle-ci était juste assez haute pour un homme debout. Knox posa la main sur le mur d'en face, composé de blocs de calcaire. Le mortier était tombé en poussière.

– Aide-moi à monter ! cria Augustin. Je veux voir, moi aussi.

Knox s'agenouilla et lui tendit la main. Une fois qu'ils furent tous deux dans la salle, ils découvrirent un couloir étroit qui menait vers la droite. Ils s'y engagèrent et, tout au bout, tournèrent dans un couloir parallèle, séparé du premier par un autre mur de blocs de calcaire, puis dans un troisième couloir, dont le mur extérieur était taillé dans le roc. Il semblait s'agir d'une seule et même salle, d'environ six mètres carrés et d'un peu moins de deux mètres de haut. Elle était divisée par deux murs intérieurs en trois couloirs identiques, eux-mêmes reliés d'un côté par un autre couloir pour créer un espace ouvert en forme de E majuscule. Curieux. Ils allèrent au bout de l'allée centrale, où un escalier remontait puis tournait à angle droit avant de disparaître dans le plafond. Soudain, des bruits sourds résonnèrent au-dessus d'eux. La poussière tombait des murs et tourbillonnait dans la lumière de leur torche.

– Qu'est-ce qui se passe ici ? s'interrogea Knox.

Augustin frappa du poing contre le plafond et sourit en comprenant de quoi il s'agissait.

– La rotonde, dit-il. Nous devons nous trouver dans l'escalier d'origine. C'est ça, les Macédoniens ont creusé trop profondément et atteint la nappe phréatique. Ils ont élevé ces murs de calcaire en guise de fondations et construit un autre sol, qu'ils ont recouvert d'une mosaïque. Cinq siècles plus tard, les bâtisseurs de la nécropole ont atterri ici par accident.

IV

Lorsque Ibrahim arriva sur le site, la salle principale avait été complètement asséchée. Il était difficile d'y faire descendre des appareils de levage et Mansoor avait préféré faire appel à Mohammed. Chacun d'eux plaça l'extrémité d'un levier sous un côté du socle, qui craqua en cédant après avoir été fixé au sol pendant des siècles. Les muscles des bras et du torse saillants, les deux hommes gagnèrent quelques centimètres, leur levier arqué au maximum.

Ibrahim et Elena, à genoux, dirigèrent leur torche sous le socle. Il y avait dans le sol un trou noir, rond, d'environ un mètre de diamètre. Mohammed et Mansoor ne purent pas tenir plus longtemps. Mansoor abandonna le premier en criant pour avertir Mohammed. Celui-ci lâcha prise à son tour et laissa retomber le socle dans un nuage de poussière, qui irrita le nez et la gorge d'Ibrahim, secoué par une violente quinte de toux.

– Alors ? demanda Mansoor.

– Il y a un puits, répondit Ibrahim.

– Vous voulez qu'on déplace le socle ? demanda Mohammed.

– C'est possible ?

– Avec de l'aide et du matériel, oui.

Ibrahim hésita. Nicolas lui avait promis vingt mille dollars mais n'avait pas encore envoyé la totalité de la somme. Ses conditions étaient claires : la moitié maintenant, et l'autre moitié si le résultat était satisfaisant. Katerina avait lourdement insisté sur le mot « satisfaisant » et précisé que son patron tenait à être mis au courant du moindre détail. De toute façon, Elena était là et Ibrahim ne pouvait pas garder le secret sur ce nouveau rebondissement. Une image de Leila, dont la vie ne tenait qu'à un fil, lui vint brusquement à l'esprit.

– Donnez-moi une minute, dit-il. Il faut que je passe un coup de fil.

Il demanda à Elena de l'accompagner et gravit l'escalier à la hâte pour se connecter au réseau. Il respira profondément, composa le numéro du groupe Dragoumis sur son portable et posa la main sur l'oreille pour s'isoler du bruit des travaux. Puis il se présenta, demanda Nicolas et fut mis en attente. Faisant abstraction de la musique préenregistrée, il se frotta anxieusement l'arête du nez.

La musique s'arrêta.

– Nicolas Dragoumis, je vous écoute.

– Ibrahim à l'appareil. D'Alexandrie. Vous m'aviez dit de vous appeler si nous trouvions quelque chose.

– Oui ?

– Il y a quelque chose sous la tombe macédonienne. Peut-être un puits.

– Un puits ? répéta Nicolas avec une pointe d'excitation dans la voix. Et où mène-t-il ?

– Certainement nulle part. Le contraire serait étonnant. Mais nous devons déplacer le socle pour nous en assurer. C'est juste que, comme vous aviez dit que vous vouliez être informé immédiatement…

– En effet.

– Je vais faire déplacer le socle. Je vous rappellerai dès que…

– Non, l'interrompit Nicolas. Attendez que je sois sur place.

– Il s'agit d'une fouille urgente, protesta Ibrahim. Nous n'avons pas le temps de…

– Je serai là demain après-midi. À treize heures. Ne faites rien d'ici là. Compris ?

– Oui, mais j'insiste, il n'y a probablement rien à voir. Vous allez faire tout ce chemin pour rien et…

– Attendez-moi, le coupa sèchement Nicolas. Un point c'est tout. Que personne n'entre dans la tombe avant mon arrivée. Je veux des gardes et une barrière à l'entrée.

– Bien, mais…

– Faites ce que je vous dis. Et envoyez la note à Katerina. Je veux parler à Elena. Est-elle là ?

– Oui, mais…

– Passez-la-moi.

Ibrahim haussa les épaules.

– Il veut vous parler, dit-il à Elena.

Elle prit le téléphone et s'éloigna un peu, en lui tournant le dos à nouveau, pour qu'il ne puisse pas l'entendre.

V

Nicolas raccrocha et se rassit dans son fauteuil, le souffle court. Ça alors ! Daniel Knox à Alexandrie ! Sur son site ! Au moment le plus important… Il se leva et se dirigea vers la fenêtre en se frottant le bas du dos, brusquement devenu raide.

La porte de son bureau s'ouvrit. Katerina entra avec une pile de documents. Elle sourit en le voyant se masser le dos.

– Que se passe-t-il ? plaisanta-t-elle. Vous avez eu des nouvelles de Daniel Knox ou quoi ?

Il la fusilla du regard.

– Oh… fit-elle en posant les documents sur son bureau avant de se retirer à la hâte.

Nicolas retourna s'asseoir. Personne ne lui en avait autant fait voir que Knox. Dix ans auparavant, pendant six semaines, celui-ci avait lancé une série d'accusations aussi scandaleuses qu'infondées à l'encontre de son père et de sa société. Et ils étaient restés là à ne rien faire. Philippe lui avait accordé l'immunité et sa parole faisait loi. Ils n'étaient donc pas allés plus loin, mais Nicolas éprouvait encore un sentiment d'humiliation et d'injustice.

Ainsi, Knox était de retour.

Il se pencha en avant et appela Katerina.

– Je suis désolée, monsieur, lâcha-t-elle avant qu'il ait le temps de parler. Je ne voulais pas…

– Aucune importance. Je dois être à Alexandrie demain après-midi. Notre avion est-il disponible ?

– Je crois. Je vais vérifier.

– Merci. Et cet Égyptien par l'intermédiaire duquel nous avons acheté les papyrus, on peut également lui confier d'autres genres de mission, n'est-ce pas ?

Il n'avait pas besoin de lui préciser la nature des missions dont il parlait.

– Monsieur Mounim ? Oui.

– Bien. Trouvez-moi son numéro. J'ai un travail pour lui.

Chapitre 13

I

Ibrahim rassembla les responsables de son équipe dans la rotonde pour leur annoncer la visite de leur sponsor. Il essaya de se montrer enthousiaste, comme si l'idée venait de lui. Il leur demanda de se tenir prêts à faire des démonstrations, le cas échéant, et leur promit un petit déjeuner et un buffet au musée. Puis après leur avoir rappelé avec subtilité que c'était à cet homme qu'ils devaient leur salaire, il leur suggéra de lui réserver un accueil chaleureux. Bref, il fit tout son possible pour présenter la chose de manière positive. Lorsqu'il eut tout dit, il les invita à poser des questions. Personne n'intervint. C'étaient des archéologues ; ils détestaient les sponsors. La réunion fut close et chacun retourna à sa tâche.

II

C'était la fin d'après-midi. Hosni somnolait dans sa vieille Citroën verte lorsque la moto noir et chrome remonta la rue en rugissant et s'arrêta devant la porte de l'immeuble. Le conducteur était vêtu d'un jean, d'un tee-shirt blanc et d'une veste en cuir. Le passager portait un pantalon en toile de couleur pâle, un sweat-shirt bleu et un casque rouge. Hosni se redressa et se frotta les yeux. Le passager descendit de la moto et retira son casque pour pouvoir parler au conducteur. Hosni regarda la photo. L'homme qui tenait son casque à la main, est-ce que c'était lui ? C'était difficile à dire à cette distance et avec une photo aussi petite. Les deux hommes se serrèrent la main. Celui qui était descendu entra dans l'immeuble, tandis que le conducteur fit demi-tour et rebroussa chemin.

Hosni compta les étages, car il savait qu'Augustin Pascal habitait au sixième. Vingt secondes plus tard, à l'aide de ses jumelles, il vit une ombre apparaître à cet étage. Au bout de quelques minutes, la porte-fenêtre du balcon s'ouvrit. L'homme sortit et s'étira les bras en l'air. Tout en tenant ses jumelles d'une main, Hosni chercha son portable à tâtons sur le siège passager et valida le numéro préenregistré de Nessim.

– Allô ? dit Nessim.

– C'est Hosni, patron. Je crois que je l'ai trouvé.

– Tu es sûr ?

– Pas à cent pour cent, répondit Hosni, qui connaissait trop bien Nessim pour lui donner de faux espoirs. Je n'ai que la photo que vous m'avez donnée. Mais oui, je crois.

– Où es-tu ?

– À Alexandrie. Chez Augustin Pascal, l'archéologue sous-marin français.

– Bien. Bon travail. Ne le perds pas de vue. Et ne te fais pas repérer. Je te rejoins le plus vite possible.

III

Elena avait décidé de passer la nuit à Alexandrie. À force de faire des allers et retours entre Alexandrie et le Delta, elle avait pris du retard dans ses tâches administratives. Elle avait réservé une chambre au Cecil, à quelques minutes seulement de l'hôtel miteux de Gaëlle mais dans un tout autre genre. Elle ne gaspillait pas d'argent pour une spécialiste des langues anciennes mais, pour elle, c'était différent. Elle était la représentante officielle de la Fondation archéologique macédonienne. Par respect pour cette institution, elle devait voyager avec un certain standing.

Soudain, on frappa à sa porte.

– Entrez, dit-elle sans lever les yeux.

La porte s'ouvrit et se referma. Elena termina son paragraphe, puis tourna la tête. Elle reconnut immédiatement l'homme qui était entré dans sa chambre. C'était le Français de la nécropole. Augustin Pascal. Elle sentit son cœur s'accélérer de façon inattendue.

– Qu'est-ce que vous faites là ? demanda-t-elle.

Augustin ignora sa question, s'approcha de la fenêtre et tira un rideau pour regarder le port. Il hocha la tête, impressionné.

– Très joli. De ma fenêtre, je ne vois que des antennes paraboliques et du linge qui sèche.

– Je vous ai posé une question.

Il se retourna et s'adossa près du boîtier de climatisation.

– J'ai pensé à vous, dit-il.

– Je vous demande pardon ?

– Oui, tout comme vous avez pensé à moi.

– Je peux vous assurer que je ne vous ai pas consacré la moindre pensée.

– Vraiment ?

– Vraiment.

Elena était une femme attirante, brillante et riche, qui avait l'habitude d'être courtisée par des séducteurs du genre d'Augustin. En général, elle s'en débarrassait d'un regard foudroyant qui les faisait tous tomber comme des mouches. Mais lorsqu'elle lança ce regard à Augustin, celui-ci demeura imperturbable. Au contraire, il le soutint avec un petit sourire satisfait.

– Sortez, lui enjoignit-elle. J'ai du travail.

Il ne bougea pas et resta adossé à la fenêtre.

– J'ai réservé une table, annonça-t-il. Je ne voudrais pas vous presser, mais…

– Si vous ne sortez pas immédiatement, j'appelle la sécurité.

– Faites ce que bon vous semble.

Lorsqu'il lui tendit le téléphone, elle sentit son estomac se nouer. C'était un de ces vieux appareils à cadran. Elle fit le premier chiffre, dans l'espoir que cela suffise. Mais il ne cilla pas et garda sur les lèvres le même sourire suffisant. Le cadran retourna à sa position initiale avec un ronronnement métallique. Elle fit le deuxième chiffre. Contre sa joue, le combiné était froid. Elle mit le doigt dans un autre trou pour faire le troisième chiffre mais, à ce moment-là, son bras ne répondit plus, comme si tous ses muscles s'étaient subitement atrophiés.

Il s'approcha, lui prit le combiné des mains et raccrocha.

– Vous avez sans doute envie de vous rafraîchir. Je vous attends en bas.

IV

– Nous l'avons trouvé, déclara Nessim.

Après tant de déceptions, Hassan sembla un peu déconcerté et garda le silence un instant.

– En êtes-vous sûr ? finit-il par demander à l'autre bout de la ligne.

– Hosni l'a repéré. Il loge dans un appartement que nous avons mis sous surveillance. Il est sorti il y a un quart d'heure, comme s'il n'avait pas la moindre inquiétude. Il doit penser que nous avons cessé de le chercher.

– Où est-il en ce moment ?

– Dans un taxi, qui se dirige vers Ramla.

– Vous le suivez ?

– Bien sûr. Vous voulez qu'on vous le ramène ?

Le silence plana à nouveau.

– C'est exactement ce que je veux.

V

Knox fut agréablement surpris par l'accueil chaleureux de Gaëlle ce soir-là.

– Tu tombes bien, lança Gaëlle. Ibrahim m'a demandé de commenter quelques photos des peintures de l'antichambre demain. J'ai besoin d'un cobaye pour m'entraîner.

Elle le conduisit dans sa chambre, sous le regard réprobateur du concierge. La porte-fenêtre de son balcon était ouverte sur la cacophonie de la rue. Des jeunes discutaient et riaient bruyamment, excités par la soirée qui s'annonçait. Un tramway arriva sur les rails avec un bruit de casseroles qu'on entrechoque. Le portable de Gaëlle était ouvert sur son bureau et l'économiseur d'écran dessinait des motifs étranges. Elle bougea la souris et fit apparaître une peinture murale très colorée.

Knox se pencha en avant, les sourcils froncés.

– Ça alors ! C'est une photo du site ?

– C'est un des murs latéraux de l'antichambre.

– Mais… ce n'est que du plâtre. Comment as-tu fait pour qu'il ressemble à ça ?

Elle sourit, visiblement ravie.

– C'est ton ami Augustin qui m'a dit de le mouiller. Avec beaucoup d'eau. Peut-être pas autant que vous en avez pompé ce matin, cela dit.

Il éclata de rire et se vengea en lui donnant une petite tape sur l'épaule.

– Tu as fait du bon travail. C'est superbe.

– Merci.

– Tu sais qui sont ces personnages ?

– Celui de gauche est Akylos. Tu sais, le porte-bouclier dont c'était la tombe.

Knox fronça les sourcils. Ce nom lui était familier, mais ce n'était pas étonnant. Il était assez courant à l'époque.

– Et l'autre ?

– C'est un dénommé Apelle de Cos.

– Apelle de Cos ? répéta Knox, incrédule. Le célèbre peintre ?

– Ah bon, il était peintre ?

– C'était même le peintre préféré d'Alexandre. D'après Pline, celui-ci avait tant d'estime pour lui qu'il avait proclamé un édit interdisant que son portrait soit fait par un autre artiste. Apparemment, il se rendait parfois dans son atelier pour voir comment avançait son portrait et lassait tout le monde avec ses commentaires sur l'art et la peinture. Apelle a fini par lui conseiller poliment de se taire, car même les jeunes gens chargés de broyer les pigments se moquaient de son ignorance.

– Il fallait un certain courage pour le faire, fit remarquer Gaëlle en riant.

– Alexandre aimait les hommes qui avaient de l'aplomb. Et puis, Apelle savait aussi le flatter. Il l'a peint avec un éclair dans la main, exactement comme Zeus. Sait-on où a lieu cette scène ?

– À Éphèse, d'après ce que j'ai cru comprendre mais, comme tu le peux le voir, il y a de nombreuses lacunes.

– Ça serait logique. Alexandre y est allé après sa première victoire contre les Perses, au Granique.

Il passa devant elle, ferma la photo et en ouvrit une autre, qui représentait des soldats sur un gué.

– Perge, annonça-t-il. Tu connais ?

– Non.

– C'est sur la côte turque, à la hauteur de Rhodes. Pour aller vers le sud, on peut passer par les montagnes, mais l'ascension n'est pas facile. On peut aussi suivre le littoral. Seulement, cet itinéraire n'est accessible que lorsque souffle un vent du nord, qui repousse la mer suffisamment loin pour ouvrir un gué. Quand Alexandre est passé par ici, il y avait un vent du sud mais, tu le connais, cela ne l'a pas arrêté. Il a poursuivi sa route et le vent a tourné juste à temps et juste assez longtemps pour que ses hommes et lui puissent traverser à gué. On raconte que cet épisode est à l'origine de l'histoire de Moïse ouvrant les eaux de la mer Rouge. En effet, Alexandre s'est rendu en Palestine peu de temps après, alors que l'Ancien Testament était encore à l'état embryonnaire.

– C'est un peu fantaisiste, non ?

– Il ne faut pas sous-estimer l'impact de la culture grecque sur les Juifs. Ceux-ci n'auraient pas été humains s'ils n'avaient pas été eux aussi éblouis par Alexandre.

En effet, de nombreux Juifs avaient essayé de s'intégrer, mais cela n'avait pas été facile pour eux. Par exemple, le gymnase était un élément central de la vie sociale grecque. En grec, *gymnos* signifiait « nu » ; par conséquent, on pouvait définir le gymnase comme l'endroit où l'on se découvrait complètement. Or, les Grecs considéraient le prépuce comme une œuvre d'art divine et la circoncision leur semblait être un acte barbare. Aussi, de nombreux Juifs assimilationnistes avaient essayé de rattraper le travail du *mohel* en se coupant la peau située à la base du gland ou en suspendant des poids en métal à ce qu'il leur restait de prépuce.

– Ce n'est pas ce que j'entendais par fantaisiste, précisa Gaëlle. L'histoire de l'eau qui se retire miraculeusement pour laisser passer un héros fait partie de la mythologie ancienne, tout comme les inondations envoyées pour détruire les ennemis. Si je devais parier sur quelqu'un, je choisirais le roi Sargon.

– L'Akkadien ?

– Oui, mille ans avant Moïse, deux mille ans avant Alexandre. Le Tigre et l'Euphrate se seraient asséchés devant lui. Et il avait déjà un point commun avec Moïse.

– Lequel ?

– Sa mère l'a couché dans une corbeille en jonc et déposé sur le fleuve, exactement comme Moïse. Il a été trouvé par Aqqi, un puiseur d'eau qui l'a élevé comme son fils. Remarque, ces histoires d'enfants échangés étaient assez courantes. Elles permettaient aux poètes d'illustrer une certaine justice cosmique. Prends Œdipe, par exemple. Abandonné par son père et condamné à mourir de froid, il est revenu pour le tuer.

– C'est étrange, les mêmes histoires ont émergé dans toute la Méditerranée orientale.

– Pas si étrange que cela. Cette région était une vaste plate-forme d'échanges. Et les marchands adoraient faire circuler des contes.

– N'oublions pas non plus que toute cette zone comptait de nombreux ménestrels. Et tu sais ce que faisaient les ménestrels ?

– Ils voyageaient, répondit Gaëlle en souriant.

Leurs regards s'attardèrent l'un sur l'autre un instant. Knox se retourna vers l'écran.

– C'est une carte des campagnes d'Alexandre, alors ? demanda-t-il.

– Pas vraiment, répondit Gaëlle. C'est la vie d'Akylos. Il se trouve que c'est la même que celle d'Alexandre.

Elle ouvrit une autre photo, une cité fortifiée entourée d'eau, menacée par un immense satyre, un dieu grec anthropomorphique, mi-homme mi-bouc.

– Celle-ci me laisse perplexe, avoua-t-elle. En voyant les remparts et l'eau, j'ai pensé que c'était peut-être Tyr, mais…

– Oui, c'est Tyr.

– Comment peux-tu en être aussi sûr ?

– Tyr était réputée imprenable. Même Alexandre a eu des difficultés à entrer dans la cité. Mais une nuit, il a rêvé d'un satyre qui se moquait de lui. Il le pourchassait pour essayer de l'attraper, mais celui-ci parvenait toujours à s'échapper. Finalement, il a réussi à le capturer. Le lendemain matin, il a demandé à ses devins de lui interpréter ce rêve. Ils lui ont expliqué que *satyros* était composé de *sa*, « ton », et *Tyros*, « Tyr », deux mots qui signifiaient « Tyr est à toi ». Ce n'était qu'une question de temps. Alexandre a donc poursuivi le siège de la cité. Il a bâti une digue et des tours de siège de cinquante mètres de haut. Puis il a mené lui-même l'attaque en ouvrant une brèche dans les remparts.

– Et il a massacré la population, ajouta Gaëlle sèchement.

Knox la regarda.

– Il a épargné ceux qui s'étaient réfugiés dans les temples.

– Oui, mais il a tout de même tué deux mille survivants en les clouant sur des croix.

– Peut-être.

– Il n'y a pas de peut-être, rétorqua Gaëlle. Relis tes sources.

– Les Macédoniens crucifiaient souvent les criminels déjà morts, expliqua Knox calmement. Comme les Britanniques les pendaient à la potence. Pour décourager les autres.

– Oh ! Et de quoi les Tyriens s'étaient-ils rendus coupables ? Ils n'ont fait que défendre leur cité.

– Avant d'assiéger Tyr, Alexandre a envoyé des hérauts pour engager des négociations. Apparemment, les Tyriens étaient si sûrs que leur cité était imprenable qu'ils les ont massacrés avant de jeter leurs corps par-dessus les remparts en se moquant des troupes macédoniennes. Alexandre n'a pas apprécié. C'était contraire au code de la guerre. Il ne pouvait pas les laisser s'en tirer à bon compte après ce qu'ils avaient fait.

Knox regarda de nouveau Gaëlle, intrigué par quelque chose.

– Cette tombe était vraiment somptueuse pour un porte-bouclier, tu ne trouves pas ? Une avant-cour, une antichambre, des colonnes ioniques, une façade sculptée, une porte en bronze, des peintures héroïques… Cela a dû coûter une fortune.

– Alexandre payait bien.

– Pas à ce point. Et puis, c'est de cette façon qu'on enterrait les rois macédoniens. Tout cela me paraît, je ne sais pas, présomptueux.

Gaëlle hocha la tête. Elle avait la même impression.

– On soulève le socle demain après-midi. Peut-être qu'on trouvera quelque chose. Tu seras là ?

– J'en doute, malheureusement.

– Mais il faut que tu viennes ! C'est toi qui as deviné qu'il y avait quelque chose au-dessous.

– Je ne peux pas...

– Je ne comprends pas, qu'est-ce qui passe ?

Gaëlle avait les yeux remplis d'incompréhension et de sollicitude. Knox sut qu'il ne pouvait pas tergiverser plus longtemps. Il recula un peu, pour lui montrer que le sujet allait être difficile à aborder.

– Tu sais, je t'ai dit qu'il fallait que je t'avoue quelque chose.

– C'est encore ce foutu Knox ? C'est ton meilleur ami, c'est ça ?

– Pas vraiment.

– Je ne veux pas que ce soit un problème entre nous. J'aurais mieux fait de me taire hier soir. Vraiment, je me fiche complètement de ce type. Je ne l'ai même jamais rencontré.

Knox la regarda droit dans les yeux, jusqu'à ce qu'elle commence à comprendre.

– Si, tu l'as rencontré, dit-il.

Chapitre 14

I

Il fallut un moment à Gaëlle pour assimiler pleinement ce que Knox venait de lui dire. Puis ses traits se durcirent.

– Sors d'ici, lança-t-elle.

– S'il te plaît, supplia Knox. Laisse-moi…

– Sors immédiatement.

– Écoute, je sais ce que tu ressens, mais…

Elle alla jusqu'à la porte et l'ouvrit brusquement.

– Dehors ! cria-t-elle.

– Gaëlle, laisse-moi t'expliquer.

– Tu l'as déjà fait. Tu m'as envoyé une lettre, tu te souviens ?

– Ce n'est pas ce que tu crois. S'il te plaît…

Le concierge, qui avait entendu du tapage, se rendit jusqu'à la chambre de Gaëlle. Il saisit Knox par un bras.

– Vous partez, dit-il. J'appelle police.

– D'accord ! s'écria Knox d'un ton irrité en essayant de dégager son bras.

Mais l'homme le tint fermement jusqu'à l'ascenseur en prenant un malin plaisir à le serrer de toutes ses forces. Il le poussa à l'intérieur et appuya sur le bouton du rez-de-chaussée avant de fermer lui-même la porte grillagée.

– Pas revenir, menaça-t-il le doigt en l'air.

L'ascenseur descendit en trépidant. Knox était encore tout étourdi par ce qui venait de se passer lorsqu'il arriva dans le hall et sortit de l'immeuble. Décontenancé par l'hostilité et la colère de Gaëlle, il eut la désagréable surprise de découvrir à quel point cela l'avait touché. Il tourna à droite, puis encore à droite, et remonta la ruelle située derrière l'hôtel, transformée en parking, comme tant d'autres à Alexandrie. Il zigzagua entre les voitures garées les unes contre les autres.

Soudain, il se souvint de la lettre qu'il avait envoyée à Gaëlle, de tous les mensonges qu'il avait écrits. Il rougit de honte et s'arrêta si brusquement qu'il fut heurté par un homme, qui marchait juste derrière lui. Il leva la main et se retourna pour s'excuser mais sentit une odeur chimique. On lui appliqua un chiffon humide sur le nez et la bouche. Il comprit, trop tard, qu'il avait cessé de penser au Sinaï, à Hassan. Il essaya de se débattre, mais le chloroforme agissait déjà sur son cerveau, ses bras et ses jambes. Impuissant, il s'effondra dans les bras de son agresseur.

II

Il était à peine vingt-trois heures trente quand Augustin ramena Elena au Cecil. Il lui avait proposé d'aller en boîte ; elle avait prétexté une tonne de travail et ne s'était pas laissée convaincre. Il insista tout de même pour l'accompagner dans le hall.

– Inutile de monter, dit-elle sèchement lorsqu'ils arrivèrent aux ascenseurs. Je suis sûre que je ne risque plus rien ici.

– Je vous escorte jusqu'à votre chambre, s'obstina-t-il d'un air pompeux. S'il vous arrivait quelque chose, je ne me le pardonnerais jamais.

Elle soupira en secouant la tête mais ne répondit rien. Il y avait un miroir dans l'ascenseur. Ils s'y regardèrent, puis leurs yeux se croisèrent. Ils rirent tous deux de leur propre vanité, et il la conduisit jusqu'à sa porte.

– Merci, dit-elle en lui serrant la main. J'ai passé une bonne soirée.

– Je m'en réjouis.

Elena sortit sa clé de son sac à main.

– On se voit demain, alors ?

– Sans aucun doute, répondit-il.

Mais il resta devant la porte.

– Vous avez déjà oublié où sont les ascenseurs ?

– Vous faites partie de ces femmes qui savent ce qu'elles veulent, n'est-ce pas ?

– En effet.

– Alors je vais être clair. Si vous me demandez encore une fois de partir, je vais vraiment partir.

Elena garda le silence un instant. Puis elle tourna la clé dans la serrure et entra.

– Alors ? demanda-t-elle en laissant la porte ouverte. Vous venez ou pas ?

III

Knox reprit conscience lentement. Il avait la nausée et les lèvres, les narines et la gorge irritées. Il s'efforça d'ouvrir les yeux. Ils étaient collés. Il essaya de porter la main gauche à son visage, mais il avait les poings liés derrière le dos. Il voulut crier, mais il était bâillonné. Puis il se souvint de ce qui s'était passé et son cœur s'emballa. En proie à une crise de tachycardie, son corps, secoué par de violents spasmes, s'arqua sur le sol. Quelque chose le frappa derrière l'oreille et il plongea à nouveau dans les ténèbres.

Il fut plus prudent lorsqu'il reprit à nouveau conscience. Il laissa ses sens capter les informations. Il était couché sur le ventre, sur une sorte de tapis moelleux avec une bosse au milieu qui lui appuyait sur les côtes. Pieds et poings liés, il avait des fourmillements dans les doigts et les orteils. Il avait la bouche poisseuse à cause d'une coupure à la lèvre. Il y avait dans l'air une odeur de tabac et d'huile capillaire. Il sentait les vibrations légères d'un moteur de qualité. Un véhicule passa à toute vitesse. Le bruit fut altéré par l'effet Doppler. Knox se trouvait sur le plancher d'une voiture. On l'emmenait chez Hassan. Il se mit de nouveau à paniquer. Submergé par une irrépressible envie de vomir, il respira profondément par le nez, jusqu'à ce que la nausée passe. Puis il tenta de se calmer. Il n'avait peut-être pas été enlevé directement par les hommes d'Hassan mais par des indépendants, qui ne s'intéressaient qu'à l'argent. S'il parvenait à parler à ses ravisseurs, peut-être pourrait-il négocier, surenchérir. Il essaya de s'asseoir mais reçut à nouveau un coup de pied derrière la tête.

La voiture tourna à gauche et se mit à cahoter sur un sol irrégulier. Knox fit ce qu'il put pour amortir les chocs. Il avait les côtes endolories. Le véhicule avança pendant encore vingt minutes, puis s'arrêta brusquement. Les portières s'ouvrirent. Quelqu'un prit Knox sous les bras et le jeta sur le sol sablonneux. Puis on lui donna un coup de pied dans le dos. On lui retira le ruban adhésif qu'il avait sur les yeux en lui arrachant au passage une partie de ses cils et de ses sourcils. Il y avait trois hommes autour de lui, vêtus de noir, le visage camouflé par un passe-montagne. Il essaya de se persuader qu'ils ne se cacheraient pas s'ils avaient l'intention de le tuer. Mais cela ne le soulagea pas. Il était terrorisé. Un des hommes le traîna par les jambes jusqu'à un piquet en bois planté dans le sol. Puis il prit un morceau de fil barbelé et le lui enroula autour des chevilles.

Bien que la voiture n'ait pas été garée juste en face de lui, Knox put distinguer la plaque d'immatriculation et la grava dans sa mémoire. Un autre homme ouvrit le coffre et en sortit une corde, qu'il jeta dans le sable. Il fit un nœud autour de la barre de remorquage et tira fermement pour s'assurer qu'il était assez solide. Puis il fit un nœud coulant à l'autre extrémité, s'approcha de Knox et le lui passa autour du cou en le serrant jusqu'à ce qu'il lui pince la peau.

Knox avait perdu le troisième homme de vue. Il l'aperçut tout à coup, accroupi à quelques mètres de lui. Celui-ci enregistrait tout avec le système vidéo numérique de son téléphone portable. Knox mit un moment à saisir ce que cela signifiait. L'homme allait filmer la scène pour l'envoyer à Hassan. Cela expliquait les passe-montagnes. Les agresseurs ne voulaient pas être vus en train de commettre un meurtre. C'est à ce moment-là que Knox comprit qu'il allait mourir. Il se débattit, mais ses liens étaient trop serrés. Le conducteur fit rugir le moteur comme un jeune motard lançant un défi. Les roues arrière crachèrent du sable. Puis la voiture démarra à toute allure. La corde crissa. Knox résista en criant à travers son bâillon. L'homme au téléphone portable s'était approché pour le cadrer de près. La corde oscilla et se tendit.

Chapitre 15

I

– J'espère que vous avez de bonnes nouvelles, dit Hassan.

Nessim serra le téléphone entre ses mains et ferma les yeux comme pour prier.

– Nous avons eu un contretemps, monsieur.

– Un contretemps ?

– Quelqu'un d'autre l'a eu avant nous.

– Quelqu'un d'autre ?

– Oui, monsieur.

– Je ne comprends pas.

– Nous non plus, monsieur. Il est entré dans un hôtel et il en est ressorti. Il a fait le tour par-derrière et s'est engagé dans une ruelle. Un autre homme l'a suivi. Cela ne nous a pas semblé anormal, mais ensuite une voiture noire a surgi et il a été poussé sur la banquette arrière.

– Et vous avez laissé ses ravisseurs l'emmener ?

– Nous étions de l'autre côté de la rue. Et un tramway est passé.

– Un tramway ? répéta Hassan d'un ton glacial.

– Oui, monsieur.

– Où sont-ils allés ?

– Nous n'en savons rien, monsieur. Comme je vous l'ai dit, il y avait un tramway. Nous ne pouvions pas passer.

Ce satané tramway s'était mis en travers du chemin et Nessim avait klaxonné sous le regard amusé du conducteur, qui s'était délecté de son impuissance.

– Qui étaient ces hommes ?

– Je ne sais pas, monsieur. C'est ce que j'essaie de découvrir. Il se peut que quelqu'un ait appris ce que Knox vous a fait et espère nous le vendre.

– Et dans le cas contraire ?

– D'après son dossier, Knox a de nombreux ennemis. L'un d'entre eux l'a peut-être repéré.

Silence. Un battement de cœur. Deux battements. Trois.

– Je veux que vous le trouviez. D'urgence. Est-ce clair ?

Nessim avala sa salive.

– Oui, monsieur. Très clair.

II

Knox marchait péniblement vers le nord, en suivant les traces de pneus dans le sable. Il ne s'était jamais senti aussi vieux. Lorsque la corde s'était tendue, il avait su qu'il allait mourir. Avoir peur de mourir, c'est une chose. Savoir qu'on va mourir en est une autre. Cela donne un regard différent sur le temps, le monde et la place qu'on y occupe.

La corde avait été coupée et recollée avec du ruban adhésif, qui avait cédé dès qu'elle s'était tendue. Les deux morceaux s'étaient désolidarisés et Knox s'était effondré sur le sol, les jambes couvertes d'urine et le cœur au bord de la rupture, abasourdi d'être encore en vie. Le conducteur avait fait demi-tour dans le sable pour venir chercher celui qui l'avait filmé dans sa terreur, pendant que sa vessie se vidait de trouille. Les trois hommes avaient tous éclaté de rire, comme s'ils n'avaient jamais rien vu de plus drôle. L'un d'eux avait jeté une enveloppe par la fenêtre et ils étaient partis en le laissant attaché au piquet, le pantalon trempé et la gorge marquée par les brûlures de la corde.

Knox avait mis près d'une heure à se libérer de ses liens. Il était déjà parcouru de frissons. Dans le désert, les nuits sont froides. Il avait commencé par retirer son pantalon et son boxer en se séchant tant bien que mal. Puis il était allé ramasser l'enveloppe, que le vent n'avait pas encore emportée. C'était une enveloppe vierge. Lorsqu'il l'ouvrit, du sable tomba par terre. On l'avait lestée pour qu'elle ne s'envole pas. Elle contenait une petite carte de la British Airways, sur laquelle figuraient trois mots : *vous êtes prévenu.*

Knox gravit une petite côte. Loin devant, des phares éclairaient une route animée dans les deux directions. Il continua à marcher d'un pas lent, fatigué. Abattu, il marchait surtout pour se réchauffer. Il était facile d'ignorer les menaces lorsqu'elles restaient abstraites mais, désormais, c'était différent. Et puis il y avait Augustin, Mansoor, Ibrahim, Gaëlle. Il ne pouvait pas prendre le risque de les mettre en danger. Il fallait qu'il parte.

III

Nicolas Dragoumis ouvrit l'e-mail de Gabbar Mounim avec un grand sourire et décrypta le fichier vidéo attaché. Il s'était réveillé avec l'impatience d'un enfant qui attend son cadeau le jour de Noël. Son père avait toujours insisté pour qu'il ne soit fait aucun mal à Knox et Mounim avait juré que ses hommes ne lui avaient laissé aucune blessure, du moins physique. Un peu de chloroforme, un coup sur le crâne, une petite poussée d'adrénaline. Cela ne pouvait pas lui faire de mal. Au contraire, il aimerait encore plus la vie.

Nicolas lança la vidéo. L'enlèvement ; Knox inconscient dans la voiture ; Knox traîné sur le sable dans le désert ; l'expression de terreur sur son visage quand la voiture accélérait ! Nicolas exultait. Dire que ce minable leur avait causé tant de problèmes, à lui et à son père ! Et maintenant, il se pissait dessus comme un gosse. Nicolas lança la vidéo une deuxième fois, puis une troisième fois. Son dos se détendait au fur et à mesure. C'était du bon travail. Du très bon travail. Car, sauf erreur de jugement de sa part, il n'était pas près de revoir Knox.

IV

La route à quatre voies allant d'Alexandrie à El-Alamein et Marsa Matrouh était parallèle à la côte méditerranéenne, qu'elle suivait a quelques centaines de mètres de distance. Au sud, la végétation désertique s'étendait à perte de vue. Mais au nord, entre la route et la mer, de nombreuses stations balnéaires et maisons de vacances accueillaient les familles aisées du Caire et d'Alexandrie.

Bien que le soleil ne se soit pas encore levé, il faisait presque jour lorsque Knox finit par atteindre cette route. Il avait marché pendant des heures. Et il était encore à moitié nu. Il n'y avait pas beaucoup de circulation ; il attendit donc le bon moment et traversa en courant. Puis il descendit jusqu'aux modestes vagues de la Méditerranée, où il rinça de son mieux son pantalon et son boxer. Ses vêtements étant trop mouillés pour qu'il puisse les porter, il les étendit sur ses épaules et marcha le long de la plage. Le sable épais lui séchait et lui rafraîchissait agréablement les pieds.

Une barrière se balançait nonchalamment dans la brise, tandis que Knox longeait un complexe clos de maisons de vacances. L'endroit semblait désert. Ces propriétés n'étaient habitées que le week-end ou pendant les vacances scolaires. Cependant, du linge avait été laissé dehors, notamment des maillots de bain, des serviettes et des draps. Il y avait aussi des jeans, des chemises et d'autres vêtements. Knox entra et erra au milieu des fils à linge. Sur l'un d'eux, il repéra une djellaba blanche et une coiffe. Le tissu était légèrement humide, peut-être à cause de la proximité de la mer et de l'absence de soleil. Il posa son pantalon sur le fil et laissa le maximum d'argent dont il pouvait se défaire. Puis il prit la djellaba et la coiffe, et s'enfuit avant de se faire repérer.

C'était bien beau de lui recommander de quitter Alexandrie mais, pour le faire, il devait d'abord y retourner. Il avait besoin de ses cartes de crédit, de son passeport, de ses papiers, qu'il avait laissés chez Augustin la veille. Et surtout, il fallait qu'il récupère sa jeep. Il fit du stop pendant une demi-heure jusqu'à ce qu'une voiture finisse par s'arrêter. Le conducteur lui parla en arabe et il lui répondit dans la même langue sans réfléchir, l'esprit ailleurs. Ils discutèrent essentiellement de football. L'homme était un ardent supporter de l'Ittihad. Et ce ne fut que lorsqu'il descendit de voiture en le remerciant que Knox se rendit compte qu'il l'avait pris pour un Égyptien en raison de sa tenue. Les gènes bédouins de sa grand-mère, son visage mal rasé et sa peau bronzée avaient fait le reste.

Il avait encore de quoi prendre un taxi mais préférait garder son argent jusqu'à ce qu'il puisse en retirer. Il retourna donc à l'appartement d'Augustin en bus. Une fois sur place, il passa par le parking pour ne pas se faire remarquer. Il était sur ses gardes, sans quoi il n'aurait sans doute pas vu les deux hommes assis à l'avant d'un Freelander blanc. Le conducteur, qui fumait une cigarette roulée, bâilla la bouche grande ouverte. Le passager était caché dans l'ombre. Knox se rapprocha. À travers la vitre arrière, il vit son sac rouge et un carton contenant toutes les affaires qu'il avait à son hôtel du Sinaï. Bien sûr, les hommes d'Hassan avaient dû se rendre immédiatement dans sa chambre pour y glaner des informations.

Il tourna les talons et s'éloigna rapidement. Il n'était pas bien loin lorsqu'il comprit qu'il était inutile de fuir. Si Hassan avait demandé à ce qu'on le ramène mort ou vif, ses agresseurs de la veille ne l'auraient pas laissé partir. Les hommes postés dans la voiture étaient sans doute chargés de s'assurer qu'il partait. Il ne se montrerait pas pour autant, bien sûr, mais les risques étaient moins importants qu'il ne l'avait pensé et, de toute façon, il avait besoin de ses papiers. Il y avait une entrée secondaire à l'arrière de l'immeuble, mais elle était généralement verrouillée de l'intérieur. Knox baissa la tête et marcha droit vers l'entrée principale, tournant le dos au Freelander, en espérant qu'il passerait inaperçu grâce à sa tenue égyptienne. Il entra dans le hall et prit le risque de se retourner brièvement. Les hommes étaient toujours assis dans la voiture et ne s'intéressaient pas à lui.

Un concierge nettoyait le carrelage en terre cuite. Knox contourna la zone humide et prit l'ascenseur pour monter au septième étage. Une fois arrivé, il redescendit d'un étage pour regagner l'appartement d'Augustin. Il s'accroupit pour être au-dessous de la fenêtre avant d'entrer. Augustin n'était pas là. Apparemment, il n'avait pas passé la nuit chez lui. Knox rassembla rapidement ses quelques affaires dans un sac et laissa un mot à son ami pour le remercier de son hospitalité, lui dire qu'il avait décidé de reprendre la route, en précisant qu'il l'appellerait plus tard, et l'encourager à se tenir sur ses gardes. Il était encore en train d'écrire lorsqu'il entendit une clé tourner dans la serrure. Il regarda pétrifié la poignée s'abaisser et la porte s'ouvrir. Nessim apparut sur le pas de la porte, un sac plastique transparent rempli d'appareils électroniques à la main.

Chapitre 16

I

Knox et Nessim se regardèrent fixement pendant un instant, aussi stupéfaits l'un que l'autre. Nessim fut le premier à réagir en portant la main à l'intérieur de sa veste. Voyant l'étui de revolver, Knox sortit immédiatement de sa torpeur et se jeta sur lui. Le revolver vola dans les airs et tomba dans la cage d'escalier pour atterrir six étages plus bas. Knox se précipita dans l'escalier, talonné par Nessim. Ils s'élancèrent à toute vitesse, en sautant une volée de marches à la fois, une main sur la rampe, et en rebondissant sur les murs dans les angles. Nessim était à moins d'un mètre de Knox. Celui-ci arriva dans le hall, dont le carrelage était encore humide. Il ralentit juste assez pour garder l'équilibre, mais Nessim glissa, se tordit la cheville et vint se fracasser contre les ascenseurs en jurant violemment. Knox jaillit hors de l'immeuble et courut vers sa jeep. Il jeta un coup d'œil derrière lui. Nessim était sortit lui aussi. Il boitait. Il avait récupéré son revolver mais le tenait à plat contre lui. L'endroit était trop fréquenté pour qu'il puisse s'en servir. Il héla son collègue, qui démarra la voiture et partit à la poursuite de Knox.

Knox grimpa dans sa jeep et mit la clé sur le contact. Le moteur répondit au quart de tour et il s'engagea rapidement dans une ruelle étroite. Arrivé à la route principale, il la coupa sans s'occuper de la circulation, obligeant ainsi les autres voitures à piler et à faire des écarts dans une cacophonie infernale de coups de klaxon. Dans le rétroviseur, le Freelander se frayait péniblement un chemin dans cet embouteillage inattendu. Knox prit l'avantage. Il tourna à gauche, encore à gauche et se perdit dans le dédale de rues en regardant constamment dans son rétroviseur sans voir le moindre signe de ses poursuivants. Il se détendit un peu. Puis il regarda à nouveau.

Ils étaient là. Comment l'avaient-ils retrouvé ? Il appuya sur l'accélérateur, mais le Freelander était plus rapide et plus maniable. Ils se rapprochaient de lui inexorablement.

Droit devant : un passage à niveau. Un train de voyageurs avançait au pas. Les voitures qui précédaient Knox ralentirent pour le laisser passer. Mais Knox ne pouvait pas s'arrêter. Il accéléra à fond et déboîta sur l'autre voie en klaxonnant pour que les voitures d'en face serrent à droite. Le train approchait. Il était quasiment trop tard pour passer, mais Knox garda le pied au plancher et traversa les rails. La locomotive heurta le pare-chocs arrière et il défonça une barrière en bois. Il était passé. Il retourna sur sa voie, complètement dégagée, et ignora les poings levés et les coups de klaxon enragés.

Un coup d'œil dans le rétroviseur. Contraint de faire un arrêt d'urgence, le train bloquait la route. Knox avait une minute devant lui, probablement deux. Il tourna à un coin de rue et se gara. Il était impossible que Nessim ait retrouvé sa trace aussi facilement. Impossible. Pas dans un labyrinthe comme Alexandrie. Si les hommes d'Hassan avaient surveillé l'appartement d'Augustin, ils avaient également pu trouver sa jeep. Il descendit de voiture et se mit à quatre pattes. Un émetteur était fixé sous le châssis. Il le retira, retourna en courant jusqu'à la route, héla un taxi et paya le chauffeur pour qu'il le livre au Sheraton Montaza. Puis il courut à nouveau jusqu'à sa jeep et partit dans la direction opposée.

Nessim n'était pas stupide. Il ne tarderait pas à se rendre compte du subterfuge. Knox devait profiter au maximum de son avance. Mais à Alexandrie, il n'y avait pas beaucoup de possibilités. Il pouvait aller vers le sud, au Caire, à l'est, à Port-Saïd, ou à l'ouest, à El-Alamein. Nessim avait dû poster des hommes sur tous les itinéraires possibles. Hassan ne lésinait pas sur les moyens. Peut-être était-il plus sage de faire profil bas jusqu'à ce qu'ils baissent leur garde. Mais où se cacher ? Knox était une grenade dégoupillée. Il ne pouvait pas s'imposer à ses amis. Et ses poursuivants allaient certainement faire le tour des hôtels d'Alexandrie. Il ne pouvait pas non plus rester dans la rue. Il serait immédiatement repéré. Il fallait qu'il rentre sous terre.

L'idée, lorsqu'elle lui vint à l'esprit, lui sembla à la fois si extravagante et si adéquate qu'il s'étrangla de rire et faillit percuter le camion qui roulait devant lui.

II

Lorsque Nicolas Dragoumis arriva sur le site avec Bastiaan, son garde du corps, une mauvaise surprise l'attendait. Il était impatient de soulever le socle, mais Ibrahim avait apparemment voulu faire les choses en grand. Tous les fouilleurs s'étaient alignés pour lui serrer la main et on avait dressé des tables, chargées de théières, de tasses et de gâteaux à la crème d'un aspect écœurant. De toute évidence, il allait falloir qu'il échange quelques mots avec toutes ces personnes. La courtoisie n'était pas son fort, mais il jouait gros. Alors il serra les dents, ravala sa mauvaise humeur et fit de son mieux.

III

Knox s'arrêta au premier distributeur de billets qu'il trouva et retira le plus d'argent possible. Il n'avait plus besoin de se cacher, puisque Nessim savait qu'il était à Alexandrie de toute façon. Ensuite, il alla faire quelques emplettes : un gros sac imperméable, de la nourriture, de l'eau, des vêtements, une torche sous-marine, une lampe électrique, des piles de rechange et des livres. Dans une boutique d'accessoires automobiles, il acheta également une grande bâche verte. Puis il se dirigea vers la banlieue-dortoir située au sud de la gare principale, se gara et cacha sa jeep sous la bâche.

Il fourra tous ses autres achats dans le sac imperméable et s'attacha celui-ci autour de la taille, sous sa djellaba, de sorte qu'il ait simplement l'air d'avoir un gros ventre. Ainsi paré, il fonça vers le site et montra son badge du CSA au garde posté en haut de l'escalier, qui hocha la tête sans un mot. Dans la rotonde, deux ouvriers fixaient une barrière en acier à l'entrée de la tombe macédonienne sous le contrôle de Mohammed et Mansoor. Celui-ci vit Knox passer et fronça les sourcils, comme s'il l'avait reconnu.

– Eh, toi ! s'écria-t-il. Viens ici !

Knox baissa la tête et se précipita dans la nécropole.

– Eh ! cria Mansoor. Reviens !

Mais Knox ne s'arrêta pas. Il traversa le site à grandes enjambées en bousculant les fouilleurs qui discutaient de leur travail ou ramenaient des paniers de restes humains à la rotonde afin qu'ils soient remontés à la surface et transférés au musée. Il entendit des bruits de pas derrière lui. Il se mit à courir. Plusieurs salles avaient déjà été vidées de tous leurs artefacts et l'éclairage avait été démonté pour être remonté ailleurs. Knox avait envisagé de se faufiler dans une de ces salles pour se cacher dans un loculus vide jusqu'à la tombée de la nuit. Mais ce n'était plus possible.

– Eh ! cria Mansoor derrière lui. Arrêtez cet homme ! Il faut que je lui parle.

Knox se précipita le long des marches d'escalier jusqu'à ce qu'il atteigne la nappe phréatique. Depuis que la pompe avait été retirée, l'eau était remontée à son niveau initial. Il n'avait plus le temps de réfléchir. Il s'immergea lentement, afin de ne pas faire trop de remous. De minuscules bulles d'air remontèrent le long de sa djellaba. Le sac qu'il s'était attaché autour de la taille flottait et pointait vers la surface. Il entendit des cris. On le cherchait dans toutes les salles. Il ouvrit grand la bouche et se remplit les poumons d'air. Puis il posa la main contre le mur de gauche, mit lentement la tête sous l'eau et se propulsa dans la galerie sous-marine. La main tendue en avant, il sentit l'entrée de la salle qui s'ouvrait devant lui et s'orienta de mémoire. Le besoin d'inspirer commençait à se faire sentir. Il atteignit la troisième salle et la traversa à la nage. Sa boussole interne ne l'avait pas trahi. Il s'élança vers la surface et se hissa sur le rebord, sous la rotonde. Il avait encore son sac imperméable autour de la taille. Il retira sa djellaba trempée, dénoua le sac, et en sortit un pantalon et un tee-shirt. Ce n'était pas le Ritz mais, au moins, il était à l'abri de Nessim. Pour le moment, en tout cas. Avec un mètre cube d'air, il pouvait tenir presque une heure, s'il ne se fatiguait pas. Ici, il y en avait environ quarante-huit mètres cubes. Cela serait suffisant pour la nuit et la journée suivante. Le lendemain, après le départ des fouilleurs, il irait se cacher dans un loculus vide. Il y resterait jusqu'au matin et partirait avec les autres à la pause déjeuner. Enfin, si personne ne devinait où il se terrait, bien sûr.

Il ne parvint pas à se détendre. Seul dans le noir, entouré de tombes immergées remplies de dépouilles mortelles, inquiet à l'idée d'être retrouvé par ses poursuivants, il se sentait nerveux. Mais il était également envahi par d'autres émotions : l'envie et la colère. C'était lui qui avait découvert qu'il y avait quelque chose sous le socle. Et il était là, prisonnier, pendant que d'autres allaient récolter les honneurs.

Plus frustrant encore, il était tout près du but. La nécropole était en forme de spirale. La salle dans laquelle il se trouvait n'était donc qu'à quelques mètres de la tombe macédonienne.

Oui, à quelques mètres seulement.

Extraire de la pierre était un travail rude, même dans les meilleures conditions. Et quand l'accès était limité, c'était deux fois plus difficile. Bénéficiant de l'électricité depuis longtemps, on avait oublié à quel point l'éclairage avait été problématique pour les Anciens. Les bougies et les lampes à huile consommaient de l'oxygène et les systèmes de ventilation, même rudimentaires, étaient indispensables. Il était préférable d'avoir deux points d'accès pour que l'air et les ouvriers puissent circuler librement. Une fois le travail achevé, pour garder l'endroit secret, il fallait refermer le point d'accès principal, peut-être en le bouchant avec une dalle de pierre, recouverte par une mosaïque.

Knox posa sa lampe par terre et se mit à taper sur les murs avec la base de sa torche en écoutant l'écho, dans l'espoir d'entendre un bruit moins sourd susceptible d'indiquer la présence d'une cavité. Il procédait de bas en haut en se déplaçant à chaque fois de cinquante centimètres sur sa gauche. Il ne remarqua rien. Il tapa sur le plancher, le plafond, l'escalier. Toujours rien. Frustré, il fronça les sourcils. C'était une bonne idée mais, apparemment, il s'était trompé.

IV

Nicolas avait sa dose de mondanités. Il attrapa Ibrahim par le bras et l'entraîna à l'écart.

– Peut-être pourrions-nous commencer, suggéra-t-il.

– Oui, bien sûr. Mais il reste une personne que j'aimerais vous présenter.

– Qui ? soupira Nicolas.

– Mohammed el-Dahab, répondit Ibrahim en montrant du doigt le robuste Égyptien, l'entrepreneur qui a trouvé le site.

– Et ensuite nous pourrons commencer ?

– Oui.

– Bien.

Ils se dirigèrent vers Mohammed.

– *Salam aleikoum*, dit Nicolas avec brusquerie.

– *Wa aleikoum es salam*, répondit Mohammed. Et merci. Merci.

– Mais de quoi ?

– La petite fille malade dont je vous ai parlé, expliqua Ibrahim en souriant, est la fille de Mohammed.

Interloqué, Nicolas regarda tour à tour les deux hommes.

– Il y a vraiment une petite fille malade ?

– Bien sûr, répondit Ibrahim en fronçant les sourcils. Qu'est-ce que vous croyez ?

– Excusez-moi, dit Nicolas, hilare. J'ai trop souvent eu affaire à vos compatriotes du Caire. J'ai pensé que c'était un bakchich.

– Pas du tout, insista Mohammed. Cet argent représente beaucoup pour moi. Il donne une chance à ma fille. Ma famille vous sera éternellement redevable.

– Ce n'est rien, lui assura Nicolas. Vraiment.

Et il se tourna vers Ibrahim en regardant sa montre.

– Maintenant, nous devons vraiment y aller.

V

Assis dans le noir contre un des murs de soutènement, Knox rongeait son frein. Il paraissait tellement logique que cet endroit soit relié au niveau inférieur de la tombe. Mais il avait tapé sur chaque centimètre des parois extérieures, excepté là où les murs de soutènement bloquaient l'accès.

Tout à coup, il se dit qu'il avait au moins cinquante centimètres de calcaire au-dessus de la tête. Alors pourquoi ces murs de soutènement ? Il se mit à genoux et posa les mains à plat là où il était adossé, la joue contre la pierre, comme pour écouter ses secrets. Pourquoi prendre cette peine ? La salle avait été taillée dans le roc. Le plafond n'avait pas besoin d'être étayé. Il y avait des dizaines de salles dans la nécropole et des dizaines de nécropoles à Alexandrie. Or, Knox n'avait jamais vu de murs de soutènement comme ceux-ci. Alors peut-être n'étaient-ce pas des murs de soutènement. Peut-être avaient-ils une autre fonction. Peut-être cachaient-ils quelque chose…

Knox les examina attentivement de bas en haut. Chacun d'eux se composait de six colonnes de six blocs d'environ trente centimètres de large et de haut sur un mètre de long. Ils ne touchaient le mur extérieur que d'un côté. S'ils cachaient quelque chose, c'était sans doute de ce côté. Le mortier reliant les blocs s'était effrité. Knox poussa de toutes ses forces le bloc supérieur du premier mur, qui résista mais finit par céder lentement en dévoilant une partie de la paroi extérieure. Il n'insista pas davantage et s'attaqua au deuxième mur. Cette fois, lorsqu'il poussa le bloc du haut, il découvrit un espace vide. Il essaya de déplacer les deux blocs supérieurs à la fois, mais ils étaient trop lourds. Il escalada la paroi extérieure comme un alpiniste dans une cheminée rocheuse et poussa les blocs avec ses pieds aussi loin que possible. Ceux-ci étaient en équilibre entre les blocs inférieurs et le plafond. Il redescendit pour aller voir ce qu'il y avait derrière et découvrit un petit trou donnant dans un espace réduit de la taille d'un placard à balais. Il remplit ses poches de tout le matériel dont il pourrait avoir besoin et se faufila dans le trou la tête la première. Il tomba lourdement sur les mains.

Après avoir allumé sa torche, il s'épousseta et examina le mur d'en face. Celui-ci n'était pas fait de blocs mais de briques, relativement faciles à manipuler par une seule personne. Knox posa la main à plat sur le mur, le cœur serré. Ce qui se trouvait de l'autre côté donnait sans aucun doute sous le socle, qu'Ibrahim allait soulever d'un moment à l'autre. Il tendit l'oreille mais n'entendit rien. Il savait qu'il était complètement fou d'envisager de poursuivre. Si on le trouvait ici, il écoperait d'une longue peine de prison. Mais il était si près du but. Une brique, ce n'était pas trop risqué. S'il faisait attention.

Il gratta le mortier, retira une brique et la déposa avec précaution sur le sol. Il écouta à nouveau attentivement. Silence total. Il sentit l'odeur âcre de l'ammoniac et essaya de voir par le trou, mais celui-ci était trop petit pour qu'il puisse à la fois regarder et éclairer. Alors il passa sa torche dans le trou et plissa les yeux pour essayer de voir le long de son bras. Mais la torche n'était pas orientée dans la bonne direction. En essayant de la diriger vers le bas, il ouvrit un peu trop la main et elle lui échappa. Il essaya de la rattraper, mais elle tomba inexorablement et atterrit avec un bruit sourd dans une mince couche d'eau. Le faisceau lumineux projeta des ondes spectrales sur le mur opposé.

Chapitre 17

I

Knox devait absolument récupérer sa torche. Ibrahim, Mansoor et les autres étaient sur le point de soulever le socle. S'ils la voyaient, ils découvriraient sa cachette. Heureusement, il avait encore le temps. Tout était calme. Il commença à retirer les briques les unes après les autres en les posant par terre dans l'ordre. Elles étaient encore enduites de mortier et il pourrait les replacer exactement comme il les avait trouvées. Lorsqu'il eut assez d'espace, il passa la tête dans ce qui se révéla être une petite galerie voûtée, ruisselante d'eau comme les égouts du XIXe siècle. Les murs semblaient être bâtis dans le style isodomique, comme si on avait voulu faire croire qu'ils se composaient de blocs au lieu d'avoir été taillés dans le roc. Peut-être avait-on cherché à dissimuler cette galerie. Mais il ne fallait pas non plus oublier qu'il était beaucoup plus prestigieux aux yeux des Anciens de construire que de creuser.

Knox tendit la main pour prendre sa torche, mais elle était trop loin. Il aurait fallu qu'il se penche contre le mur et il craignait que celui-ci ne supporte pas son poids. Il retira une autre rangée de briques et passa complètement de l'autre côté. L'eau lui glaça les pieds. Il prit sa torche et tendit à nouveau l'oreille. Il n'entendit que le silence. Puisqu'il était là, maintenant, il aurait été criminel de ne pas regarder.

Il longea la galerie en déchirant les toiles d'araignées au fur et à mesure qu'il avançait. Son imagination lui inventait des anguilles et autres créatures de la nuit autour des chevilles. Au bout d'environ cinq mètres, il atteignit une salle surmontée d'une sorte de cheminée circulaire, sur laquelle était déposée une dalle. Le socle, sans aucun doute. Il revint sur ses pas et découvrit un portail en marbre. Une brève inscription en grec ancien était gravée sur l'architrave :

Unis dans la vie ; unis dans la mort. Kalonymos.

Kalonymos. Ce nom lui disait quelque chose, tout comme Akylos. Mais sa mémoire lui faisait faux bond et le temps pressait. Il franchit le portail et arriva au pied d'un grand escalier en pierre, qui s'élargissait au fur et à mesure qu'il montait. Et tout en haut…

– Incroyable ! murmura Knox.

II

– Que se passe-t-il ? demanda Nicolas en voyant une foule de fouilleurs et autres invités descendre l'escalier qui menait à la rotonde.

– Comment cela ? l'interrogea Ibrahim.

– Tous ces gens ! Vous ne pouvez décemment pas tous les convier.

– Ils vont seulement regarder depuis l'antichambre. C'est un grand moment pour nous.

– Non. Vous, moi, votre archéologue et Elena. C'est tout.

– Mais j'ai déjà…

– J'y tiens. Si vous voulez le reste du financement Dragoumis, vous allez mettre tous ces gens dehors immédiatement.

– Ce n'est pas si simple, protesta Ibrahim. Nous avons besoin de Mohammed pour soulever le socle et de Gaëlle pour les photos. Les moments comme ceux-ci sont rares, vous savez.

– D'accord, ces deux-là. C'est tout.

– Mais je…

– C'est tout, insista Nicolas. Ce n'est pas un cirque, que je sache. C'est un chantier de fouilles important.

– Très bien, soupira Ibrahim.

Le cœur lourd, il se prépara à décevoir les fouilleurs enthousiastes.

III

Knox promena sa torche dans la salle comme un projecteur sur une ville bombardée. Il resta bouche bée. Il n'en croyait pas ses yeux. À droite, il vit une terrasse taillée dans le calcaire. Seize larnax, des coffrets funéraires, étaient disposés de chaque côté sur une estrade, ce qui en faisait trente-deux en tout. Des vases en verre s'étaient renversés sur les estrades et sur le sol, répandant ainsi les pierres précieuses et semi-précieuses qu'ils contenaient. Le sol était également jonché de nombreux artefacts précieux : des épées, des lances, des boucliers et des amphores en argent et en argile. Un bloc de marbre blanc était incrusté dans le mur du fond. Knox y discerna une longue inscription, mais il se trouvait trop loin pour la lire.

Il demeura hypnotisé par le mur de gauche. C'était une immense mosaïque, surmontée d'un enduit de plâtre peint en turquoise, qui représentait le ciel et entourait le personnage principal comme une trace de craie autour d'un cadavre. Trente-trois hommes, visiblement des soldats, bien qu'ils n'aient pas tous été armés, étaient rassemblés en deux groupes se chevauchant, l'un au premier plan, l'autre un peu plus loin. Ils semblaient remarquablement détendus et enjoués. Certains parlaient entre eux en se tenant par les épaules. D'autres faisaient de la lutte sur le sable ou jouaient aux dés. Et à genoux, au milieu, se trouvait le personnage principal de la mosaïque. De toute évidence, c'était le chef des autres hommes. Il était mince, beau, avec des cheveux d'un brun roux et un regard déterminé. Il avait les mains refermées sur la poignée de son épée, laquelle était plantée profondément dans le sable. Knox cligna des yeux. Lorsqu'il avait étudié l'histoire gréco-romaine, il avait analysé l'art de la mosaïque. Mais il n'avait jamais rien vu de tel.

Il n'avait pas d'appareil photo, mais il pouvait faire des clichés avec son portable. Il n'avait même pas rallumé son téléphone depuis qu'il avait quitté le Sinaï, de peur qu'Hassan ne retrouve sa piste, mais il ne risquait pas de se faire repérer sous terre. Il entra dans la salle sur la pointe des pieds et photographia la mosaïque, les larnax, les objets funéraires éparpillés sur le sol et l'inscription. Il était si absorbé dans sa tâche que ce ne fut que lorsqu'il entendit un grincement loin derrière lui qu'il se souvint du soulèvement du socle.

Chapitre 18

I

Bastiaan et trois grands gardes égyptiens firent sortir les fouilleurs mécontents de la tombe macédonienne. Mohammed et Mansoor s'attaquèrent ensuite au socle à l'aide d'un levier, comme ils l'avaient fait la veille. Mais cette fois, ils ne le soulevèrent que de quelques centimètres, juste assez pour qu'Ibrahim puisse glisser un vérin hydraulique, puis un chariot élévateur. Ils répétèrent le processus de l'autre côté et déplacèrent tout simplement le socle contre le mur.

Le puits obscur qu'Ibrahim avait aperçu la dernière fois était bien là. Ils se rassemblèrent tout autour et Mansoor l'éclaira à l'aide d'une torche. La lumière étincela environ cinq mètres plus bas.

– De l'eau, constata Mansoor. J'y vais.

Il se tourna vers Mohammed.

– Attachez-moi une corde autour de la taille et faites-moi descendre, d'accord ? proposa-t-il.

– D'accord, répondit Mohammed.

II

Knox n'eut pas le temps de s'attarder davantage. Pour tamiser la lumière, il posa la main sur sa torche. Celle-ci éclairait juste assez pour qu'il voie ce qu'il faisait. Il retira son tee-shirt et l'utilisa pour effacer les traces de ses pas, de la salle au portail, en marchant à reculons. Mais Mansoor, suspendu à une corde, apparut avant qu'il n'ait le temps de regagner la galerie. Il éclaira les murs tout autour de lui, obligeant Knox à retourner se cacher dans la salle.

– Il y a une galerie ! s'exclama-t-il en atterrissant sur le sol tapissé d'eau, avant de dénouer la corde. Je vais regarder.

– Non ! cria Ibrahim. Attendez !

– Mais je vais juste…

– Attendez-nous.

La lumière de la torche disparut momentanément. Knox jeta un coup d'œil furtif et vit la corde remonter. Mais Mansoor, qui rongeait son frein, dirigea de nouveau sa torche vers la galerie et ne lui laissa aucune chance de s'échapper. Quelqu'un d'autre descendait en se balançant au bout de la corde. C'était une femme. Mansoor se retourna pour aller l'aider. C'était le moment ou jamais. Knox se précipita dans la galerie jusqu'au mur qu'il avait démoli en faisant le moins de bruit possible dans l'eau. Mais la femme poussa un cri d'alarme derrière lui.

– Il y a quelqu'un ! s'écria-t-elle.

Knox reconnut immédiatement la voix de Gaëlle. Il se faufila dans le trou du mur juste au moment où Mansoor éclaira la galerie.

– Il n'y a personne, dit Mansoor en riant. C'est impossible.

– Je l'aurais pourtant juré, insista Gaëlle.

– Notre imagination nous joue souvent des tours dans ce genre d'endroits.

Knox n'écoutait que d'une oreille. Le cœur battant, il remontait le mur à la hâte. Ne pouvant pas se permettre d'allumer sa torche, il procédait à tâtons avec le peu de lumière que lui procuraient Mansoor, Gaëlle et les autres, au fur et à mesure qu'ils descendaient. Le mur n'était rebâti qu'aux trois quarts lorsqu'ils furent tous là.

– Bien, dit Ibrahim. Allons-y.

Knox se figea. Il ne pouvait plus rien faire maintenant. Il ne lui restait qu'à se tapir dans le noir. La lumière des torches vacilla, illumina la pierre et devint presque aveuglante. Il y avait toujours un grand trou dans le mur. Knox se dit qu'ils allaient forcément le repérer. Mais ils passèrent en file indienne, tête baissée, en regardant le sol pour ne pas glisser. Il y avait Ibrahim, Mansoor, Elena, Gaëlle et… Nicolas Dragoumis ! Knox vit immédiatement en lui un tout nouveau suspect concernant sa fausse exécution.

Ils s'arrêtèrent, comme il l'avait fait, pour lire l'inscription gravée sur l'architrave.

– Regardez ! s'exclama Elena en donnant un coup de coude à Nicolas. Kalonymos !

Le ton de sa voix et la présence de Nicolas Dragoumis rafraîchirent la mémoire de Knox. Soudain, celui-ci se rappela pourquoi les noms de Kalonymos et d'Akylos lui semblaient si familiers.

III

Ibrahim fut le premier à arriver à la salle. Il resta debout en silence, tandis que les autres le rejoignaient peu à peu sur la dernière marche. Il balaya les trésors du regard, ébahi. Ce ne fut que lorsque Nicolas s'apprêta à entrer dans la salle qu'il recouvra ses esprits.

– Arrêtez ! s'écria-t-il. Personne n'entre.

– Mais…

– Personne n'entre, répéta-t-il. Il eut soudain un regain d'autorité. Ici, il était le plus haut représentant du Conseil suprême des Antiquités et cette découverte revêtait indubitablement une importance historique. Il se tourna vers Mansoor.

– Nous devons informer Le Caire immédiatement, déclara-t-il.

– Le Caire ? répéta Nicolas. Est-ce vraiment nécessaire ? Ce n'est certainement pas…

– C'est à moi d'en décider.

– Mais…

– Vous êtes notre sponsor et j'apprécie votre aide financière. Mais cela ne vous regarde plus. Est-ce clair ?

Nicolas s'efforça de sourire.

– Comme vous voudrez, dit-il.

– Gaëlle, vous prendrez des photos.

– Bien, répondit la jeune femme.

– Mansoor. Vous restez avec elle.

– D'accord.

– Vous direz à Mohammed et aux gardes de ne laisser entrer personne d'autre. Je vais renvoyer tout le personnel de la nécropole. Quand Gaëlle aura pris suffisamment de photos, replacez le socle au-dessus du puits. Ensuite, assurez-vous qu'il n'y a plus personne sur le site et condamnez l'entrée de l'escalier. Je suis sûr que Mohammed trouvera un moyen de la boucher de façon hermétique. Personne ne doit pouvoir entrer. C'est compris ?

– Oui, monsieur.

– Je vais demander à Maha de mettre le site sous surveillance vingt-quatre heures sur vingt-quatre. Vous ne partirez pas avant que le service de sécurité soit sur place. Ensuite, vous conduirez vous-même Gaëlle jusqu'à ma villa en gardant l'œil sur son appareil photo.

– Bien, monsieur.

– Quant à moi, je vais faire savoir au Conseil suprême que nous venons de découvrir le site le plus important de l'histoire moderne d'Alexandrie.

IV

Knox avait fini de rebâtir le mur avant qu'Ibrahim, Elena et Nicolas ne partent, mais Gaëlle et Mansoor étaient encore en train de prendre des photos. Il n'osait pas bouger, car le moindre bruit aurait attiré leur attention. Il commençait à avoir des crampes dans les cuisses et les mollets. Enfin, Mansoor déclara qu'il y avait assez de photos et ils s'en allèrent.

Knox n'avait pas de temps à perdre. S'il ne sortait pas au plus vite, il finirait ici avec les autres cadavres. Il effaça toute trace de sa présence, retourna dans la salle située sous la rotonde et replaça les blocs comme il les avait trouvés. Il se déshabilla complètement et entassa tous ses vêtements dans son sac. Puis il s'immergea dans l'eau en traînant le sac derrière lui et ressurgit de l'autre côté. Il avait de la chance. Personne ne l'attendait. En fait, toute la nécropole était silencieuse. Il se sécha et remit son pantalon et son tee-shirt. Après avoir fourré dans ses poches tout ce qui pourrait lui être utile, il cacha son sac au fond d'un loculus vide et se précipita vers la rotonde.

Lorsqu'il y arriva, il faisait sombre. La lumière du jour était déjà à moitié éclipsée par un conteneur marron foncé. Il entendit le grincement d'un second conteneur en métal, qu'une grue était en train de déposer à côté du premier pour que la fermeture soit complète. Il monta les escaliers quatre à quatre, les cuisses endolories, plongea sous le conteneur une seconde avant que celui-ci ne soit mis en place, roula sur lui-même et courut vers le portail du site de construction.

– Arrêtez ! cria Mansoor. Arrêtez-le !

À la sortie, deux gardes se mirent en travers du chemin de Knox. Celui-ci courut, l'épaule en avant, feinta à droite, fit un pas à gauche en faisant tourner un des gardes sur lui-même, surgit dans la rue, au milieu du trafic, esquiva un minibus et distança ses poursuivants, qui criaient aux passants de l'arrêter et s'époumonaient dans leur téléphone. Il s'enfonça dans une ruelle et regarda derrière lui. Trois hommes étaient à ses trousses. Un passant se jeta devant lui pour lui bloquer le passage sans grande conviction. Knox se débarrassa rapidement de lui et courut vers sa jeep. Encore un coup d'œil derrière. Les gardes étaient toujours là. Deux soldats jaillirent devant lui. Il disparut à gauche. Les choses tournaient mal, mais il ne pouvait plus reculer. Il avait une douleur dans la poitrine, un point de côté, les jambes alourdies par l'acide lactique. Mais sa jeep n'était plus loin. Il sauta par-dessus un mur, rampa sous un portail et courut dans la ruelle sombre où il s'était garé. Il souleva la bâche, juste assez pour pouvoir se glisser au-dessous, ouvrit la portière et se jeta sur les sièges avant en essayant de reprendre son souffle tout en écoutant les bruits de pas qui se rapprochaient de lui. Il espéra avoir été assez rapide pour ne pas être vu.

Chapitre 19

I

Ibrahim accueillit Gaëlle et Mansoor avec impatience lorsqu'ils arrivèrent enfin à sa villa.

– Nous avons eu un problème sur le site, expliqua Mansoor. Un intrus.

– Un intrus ?

– Ne vous inquiétez pas. Il ne rôde pas vers la tombe macédonienne.

– L'avez-vous attrapé ?

– Pas encore, mais il n'ira pas loin. On m'appellera sur mon portable dès qu'il y aura du nouveau.

– Bien. Et le site ?

– Fermé. Les gardes sont à leur poste. Tout va bien pour le moment. Et Yusuf ?

– Il est en réunion.

– En réunion ? Et vous n'avez pas insisté pour lui parler.

Ibrahim rougit.

– Vous savez comment il est, expliqua-t-il. Il rappellera le plus tôt possible.

Il se tourna vers Gaëlle.

– Pouvons-nous voir vos photos ?

– Bien sûr, répondit-elle.

Elle téléchargea les photos sur son ordinateur portable et les ouvrit une par une. Elena et Nicolas, également à la villa, rejoignirent leurs collègues autour de la table de cuisine pour les regarder.

– Démotique, murmura Ibrahim d'un air sombre lorsqu'il vit l'inscription. Pourquoi a-t-il fallu que ce soit du démotique ?

– Gaëlle connaît le démotique, annonça Elena.

– Vraiment ?

– Elle travaille sur le projet de la Sorbonne.

– Parfait ! Alors vous allez pouvoir nous traduire cela ?

Gaëlle rit d'un petit rire sec. Le démotique était traître et Ibrahim savait très bien que c'était pour cette raison qu'il attirait fort peu d'égyptologues. Prétendre qu'elle pouvait traduire l'inscription revenait à s'attendre à ce qu'elle parle couramment l'ancien français sous prétexte qu'elle était française.

S'il n'y avait eu qu'une langue principale en Égypte ancienne, l'écriture avait admis différents alphabets. Les hiéroglyphes, ces pictogrammes stylisés bien connus qu'on avait trouvés dans les temples et les tombes, étaient apparus vers 3100 avant Jésus-Christ. Initialement, il s'agissait de dessins et les premiers égyptologues avaient cru qu'ils constituaient une forme d'écriture strictement picturale, dans laquelle chaque symbole correspondait à un concept. Mais, après la découverte de la pierre de Rosette, sur laquelle le même texte était écrit en hiéroglyphes, en démotique et en grec, Thomas Young puis Jean-François Champollion avaient constaté que ces pictogrammes avaient une valeur symbolique mais aussi phonétique. Il s'agissait en quelque sorte de lettres pouvant être combinées de différentes façons pour composer des mots, et donc tout un vocabulaire, dans une langue qui possédait en outre une syntaxe et des règles grammaticales.

S'ils étaient beaux à regarder sur les murs des temples et des palais, les hiéroglyphes étaient bien trop sophistiqués pour un usage quotidien. Par conséquent, quasiment dès le début, les Égyptiens avaient élaboré un alphabet plus simple : l'hiératique. Cette écriture, devenue celle de la littérature, du commerce et de l'administration, avait généralement pour support des matériaux moins prestigieux, comme le bois, le papyrus ou l'ostracon. Puis l'hiératique avait évolué pour engendrer, vers 600 avant Jésus-Christ, le démotique, qui réduisait les caractères de l'alphabet précédent à une série de barres, de tirets et de points. Pour simplifier, ces trois systèmes d'écriture étaient comparables à l'écriture dactylographique, manuscrite et sténographique. Le démotique était la version abrégée de la langue égyptienne. Pis, ce système ne comportait ni voyelles ni espaces entre les mots. Le vocabulaire s'était élargi pour prendre différentes formes vernaculaires. L'alphabet, qui variait d'une région à l'autre, avait énormément évolué au fil des siècles. Finalement, le démotique s'était décomposé en divers groupes, qu'on avait rassemblés en trois grandes catégories : ancien, ptolémaïque et romain. Pour le déchiffrer, il fallait l'étudier pendant des années et disposer de dictionnaires très complets. Selon la forme dont il s'agissait et les ressources disponibles, Gaëlle mettrait peut-être des heures, des jours, voire des semaines à traduire l'inscription.

Il faisait trop sombre dans la salle pour déchiffrer le texte sur place mais, avec la photo, elle allait pouvoir zoomer. La définition était excellente. Malgré la poussière et les toiles d'araignées, les caractères étaient nets. Toutefois, il y avait quelque chose d'intrigant...

– Alors ? demanda Ibrahim.

– Pouvez-vous m'accorder une minute ?

– Bien sûr.

Il invita tout le monde à sortir de la pièce pour qu'elle puisse réfléchir dans le calme.

II

Knox était allongé dans sa jeep, immobile. Ses poursuivants s'étaient rassemblés juste à côté et discutaient de la stratégie à adopter, le temps de reprendre leur souffle. Sa sueur se refroidissait et lui donnait des frissons malgré la chaleur. La jeep s'affaissa. Quelqu'un venait de s'asseoir sur le capot. Il entendit un briquet s'allumer. Les hommes fumaient une cigarette en bavardant et en plaisantant sur leur âge, qui les avait rendus trop lents. La jeep grinça sous le poids d'une autre personne. Combien de temps allait-il s'écouler avant que l'un d'eux ne pense à regarder sous la bâche ? De toute façon, Knox ne pouvait pas bouger. Il ne pouvait que réfléchir. Mais que faire ? Hassan et Nessim étaient à ses trousses, ainsi que la police, l'armée et les Dragoumis, entre autres. Il lui était impossible d'allumer son portable pour regarder les photos qu'il avait prises. Il aurait été repéré immédiatement. Et puis, il n'aurait pas vu grand-chose sur l'écran minuscule d'un téléphone. De toute façon, il devait s'en débarrasser au plus vite, car elles constituaient une preuve de sa présence dans le site et risquaient de lui coûter dix ans de prison. Idéalement, il aurait fallu qu'il les transfère sur son ordinateur portable, mais celui-ci se trouvait à l'arrière du Freelander de Nessim, avec le reste de ses affaires, et puis il n'avait pas de port USB. Il n'avait qu'une seule solution : les envoyer par e-mail à sa messagerie électronique et les télécharger. Mais rien de tout cela n'arriverait tant qu'il serait couché dans sa jeep avec ses poursuivants sur le capot.

Son esprit se fixa sur autre chose : Kalonymos et Akylos. Quand Richard et lui avaient trouvé les archives ptolémaïques de Mallawi, celles-ci s'étaient avérées bien trop nombreuses pour qu'ils puissent les traduire au fur et à mesure. Ils les avaient donc conservées, répertoriées et transmises au CSA pour les mettre en lieu sûr et les étudier ultérieurement. Pour les classer, ils avaient rassemblé tous les fragments d'un même papyrus et ils les avaient photographiés. Ensuite, ils avaient attribué aux fragments, ainsi qu'à la photo correspondante, un nom de dossier unique en fonction de l'endroit où ils les avaient trouvés. Mais lorsque beaucoup de papyrus avaient été trouvés au même endroit, ils avaient choisi un nom de lieu ou de personne issu du texte lui-même. Et les noms qui étaient apparus le plus souvent étaient Akylos et Kalonymos.

Le CSA avait donc mis les originaux « en lieu sûr » et Dieu seul savait où ils se trouvaient désormais, mais Knox avait une copie de ses photos sur CD. Hélas, ces CD étaient eux aussi à l'arrière du Freelander de Nessim, probablement sous vidéosurveillance dans le parking d'un hôtel de luxe d'Alexandrie. Et Knox n'était pas vraiment en position d'écumer les hôtels de la ville pour récupérer ses affaires en forçant une voiture. Il fallait qu'il trouve un autre moyen.

La jeep rebondit. Les hommes assis sur le capot s'étaient levés. Des bruits de pas résonnèrent puis se turent progressivement. Knox attendit d'être sûr que ses poursuivants étaient partis, puis il sortit de la jeep et retira la bâche. Il ne devait pas traîner. Il avait des coups de fil à passer.

III

Elle avait beau fixer l'inscription, Gaëlle ne voyait pas ce qui clochait. Au bout de quelques minutes, elle eut une illumination. La dernière ligne du texte était incomplète. Et elle était écrite de gauche à droite. Or, le démotique, comme l'arabe, s'écrivait de droite à gauche.

L'inscription gravée dans la tombe macédonienne était en grec. Les mots qui figuraient sur les peintures de l'antichambre, la dédicace gravée sur l'architrave, tout cela était écrit en grec. Les porte-bouclier étaient des Grecs. Les divinités qu'ils avaient invoquées étaient grecques. Cette inscription utilisait l'alphabet démotique mais ne se lisait pas dans le sens habituel. Et pourquoi être passé au démotique ? Le message était peut-être trop important pour être écrit en grec. Après tout, les Anciens n'hésitaient pas à utiliser des codes. Alexandre avait lui-même eu recours à des subterfuges pour garder certains messages secrets. Un des Manuscrits de la mer Morte, les Admonitions des Fils de la Lumière, avait été écrit à l'aide d'un code de translittération. Valerius Probus avait rédigé tout un traité sur les écritures cryptées. Celles-ci reposaient sur un système simple, car on les croyait indéchiffrables. Mais il en fallait plus pour impressionner Gaëlle.

Elle réécrivit toute l'inscription sur un bloc en essayant d'en déceler la logique. S'il s'agissait bien d'un simple code de translittération, et si un même mot avait été codé plusieurs fois, le texte comprendrait des séquences identiques. Elle ne tarda pas à repérer une séquence répétée, puis deux, puis trois. La troisième allait pouvoir l'aider considérablement : elle se composait de dix caractères et apparaissait quatre fois. Ce mot devait être important, mais que signifiait-il ? C'était peut-être un nom de personne. Elle passa en revue tous les noms inscrits dans la tombe. Akylos, trop court. Kalonymos et Apelle également. Bilip, Timoléon… Elle éprouva une pointe d'excitation lorsqu'elle eut l'idée d'essayer Alexandre, mais il n'y avait toujours pas le bon nombre de lettres. Découragée, elle se leva et se mit à faire les cent pas dans la pièce. Elle semblait faire un effort physique pour que son esprit trouve la réponse.

Et elle finit par la trouver.

Elle rougit immédiatement de honte et regarda autour d'elle de peur que quelqu'un ne l'ait observée. Elle venait de comprendre qu'elle avait fait une erreur de débutante. En grec, Alexandre se disait Alexandros. Elle se rassit et utilisa les lettres de ce nom pour commencer à transposer l'alphabet. Elle connaissait désormais suffisamment de caractères pour déduire le mot suivant : Macédoine. Après avoir décrypté la moitié de l'alphabet, elle déchiffra rapidement le reste. Le grec n'avait aucun secret pour elle. Elle s'absorba dans sa tâche et perdit la notion du temps.

Soudain, elle entendit quelqu'un l'appeler. Ibrahim, Nicolas, Mansoor et Elena, en demi-cercle autour d'elle, la regardaient comme s'ils lui avaient posé une question et attendaient une réponse. Ibrahim soupira.

– J'expliquais à Nicolas à quel point il est difficile de déchiffrer le démotique, dit-il. Mais nous ne voulons pas attirer l'attention sur ce projet et souhaitons vivement que vous fassiez cette traduction vous-même. À votre avis, combien de temps vous faudra-t-il ? Un jour ? Deux jours ? Une semaine ?

Pour Gaëlle, ce moment deviendrait le plus gratifiant de toute sa carrière.

– En fait, répondit-elle d'un ton désinvolte, j'ai déjà fini.

Chapitre 20

I

Dans sa chambre d'hôtel, Nessim donnait de nouvelles directives à Hosni, Ratib et Sami. Ils n'avaient pas beaucoup d'entrain. Knox avait disparu et rien de ce qu'ils avaient essayé n'avait permis de le retrouver.

C'était la fin de l'après-midi lorsque la sonnerie du téléphone retentit. C'était Badr, le contact de Nessim dans les télécommunications, qui avait attendu en vain que Knox utilise son portable.

– Ça y est, il l'a allumé ! s'écria-t-il.

– Qui appelle-t-il ? demanda Nessim.

– Personne. Il envoie des photos à une adresse de messagerie électronique.

– Où est-il ?

– Près de la gare.

– Restez en ligne. S'il bouge, tenez-moi au courant.

Hosni, Ratib et Sami étaient déjà debout.

– Nous avons retrouvé sa trace, annonça Nessim. Allons-y !

II

– Eh bien ? dit Ibrahim. Ne faites pas durer le suspens.

Gaëlle se racla la gorge et se mit à lire à voix haute.

– Moi, Kalonymos, fils d'Hermias, frère d'Akylos, bâtisseur, scribe, architecte, sculpteur, adepte de la connaissance, grand voyageur, je vous rends hommage, Grands Dieux, pour m'avoir permis de porter sous terre, ici même, ces trente-deux porte-bouclier, héros du Grand Vainqueur, Alexandre de Macédoine, fils d'Amon. J'ai tenu ma pro-

messe de réunir dans le même lieu les trente-trois hommes tués pour avoir accompli la dernière volonté d'Alexandre, celle d'être enterré là où il pût voir la terre de son père. Car pour respecter sa volonté, Akylos et ces trente-deux hommes ont bâti une tombe remplie de richesses propre à accueillir le fils d'Amon.

Jusque-là, Gaëlle n'avait pas pleinement saisi le sens du texte. Son esprit était trop occupé à traduire. Mais à cet instant, elle comprit l'importance de ce qu'elle venait de lire. Elle leva les yeux et vit sur le visage de ses compagnons l'excitation qu'elle éprouvait elle aussi.

– Continuez, ordonna Elena.

– Et pour respecter sa volonté, ils ont retiré sa dépouille du Mur Blanc et l'ont transportée sur la terre rouge et aride jusqu'à l'entrée souterraine des lieux qu'ils lui avaient préparés. Mais, près de cet endroit, Ptolémée, qu'on appelle le Sauveur, a tendu un piège à ces hommes, qui ont renoncé à la vie plutôt que d'être soumis à sa torture. Alors Ptolémée les a crucifiés pour se venger et les a abandonnés aux charognards. Akylos et ses trente-deux compagnons ont donné leur vie pour honorer la volonté d'Alexandre, fils d'Amon, au mépris de Ptolémée, fils de rien. Moi, Kalonymos, homme de Macédoine, frère d'Akylos, je vous prie, Grands Dieux, d'accueillir ces héros dans votre royaume comme vous y avez accueilli Alexandre.

Gaëlle leva de nouveau les yeux pour montrer qu'elle avait fini. L'excitation avait cédé la place à la stupéfaction. Tout le monde resta muet pendant au moins cinq secondes. Ce fut Nicolas qui finit par rompre le silence.

– Est-ce que cela… commença-t-il d'une voix hésitante, est-ce que cela signifie que…

– Oui, confirma Ibrahim. J'en suis convaincu.

III

Dès qu'il eut envoyé ses photos, Knox les supprima et éteignit son portable. De retour dans sa jeep, il s'éloigna le plus vite possible avant que Nessim ne le rattrape. Il avait encore un coup de fil à passer.

Il se gara près de la colonne de Pompée, acheta un ticket et entra dans le Sérapeum, un espace d'environ un hectare entouré d'un grand mur de brique et bordé de logements modestes. La colonne, un immense piédestal en marbre privé de sa statue, occupait une place de choix, en plein centre, mais l'ensemble du site avait une valeur historique, puisqu'il avait jadis accueilli le célèbre temple de Sérapis.

Knox avait toujours eu un penchant pour cet endroit. Le dieu Sérapis, né d'un mélange de mythes égyptiens, grecs et asiatiques, symbolisait Alexandrie à la perfection. Selon la tradition, ses origines remontaient à l'époque où Alexandre se trouvait au seuil de la mort, à Babylone. Une délégation avait été envoyée au temple de Sérapis de la cité, avec pour mission de demander si le mourant devait être amené sur place ou rester là où il était. Sérapis avait répondu qu'il était « préférable » pour lui de ne pas se déplacer. Peu après que la parole du dieu avait été proclamée, Alexandre s'était éteint, sa mort ayant été « préférable ». Mais tous les experts n'étaient pas d'accord. Certains situaient les origines de Sérapis à Sinope, au bord de la mer Noire. D'autres, en revanche, soutenaient qu'il s'agissait d'une divinité égyptienne, car des taureaux sacrés Apis avaient été sacrifiés et enterrés dans un monument funéraire, connu en Grèce sous le nom de Sérapeum, contraction de Osiris-Apis, « Apis défunts ».

Knox avança à l'intérieur du site et jeta un coup d'œil autour de lui pour vérifier que personne ne l'observait. Puis il s'accroupit au pied de la colonne de Pompée. Il regarda sa montre, inspira profondément et sortit son portable pour passer son dernier appel.

IV

– Comment ça, vous l'avez perdu ? cria Nessim.

– Il a éteint son portable, répondit Badr.

Nessim donna un coup de poing si violent sur le tableau de bord qu'il s'écorcha la main.

– Où se trouvait-il juste avant ? demanda-t-il.

– Près de la gare.

– Restez en ligne, ordonna Nessim en zigzaguant dans les rues. S'il passe un autre appel, prévenez-moi immédiatement.

Cinq minutes plus tard, il était à la gare avec ses hommes. Il en fit le tour, mais la jeep de Knox n'était plus là.

– Le revoilà ! s'écria Badr. Il passe un autre appel.

– Où est-il ?

– Au sud. Il doit être tout près de la colonne de Pompée.

Nessim baissa la tête pour regarder à travers le pare-brise. La colonne de marbre s'élevait dans le ciel à environ un kilomètre de là.

– J'y vais !

Il coupa la route pour prendre la sharia Yousef, s'engagea sur un grand boulevard et longea un mur de pierre, derrière lequel se dressait la colonne de Pompée. Il se gara sur le trottoir, jaillit de la voiture avec ses trois acolytes et se précipita vers le guichet.

– Est-ce la seule entrée ? demanda-t-il.

– Oui.

– Reste là, dit-il à Hosni.

Il porta le téléphone à son oreille.

– Il est toujours en ligne ? demanda-t-il à Badr.

– Oui, vous êtes tout près de votre cible.

– Cette fois, on va l'avoir !

Chapitre 21

I

Nicolas prit Ibrahim à part.

– Vous avez des toilettes à l'étage ? demanda-t-il en se tenant l'estomac. Toute cette excitation semble m'avoir perturbé la digestion.

– Bien sûr, répondit Ibrahim en lui indiquant l'escalier. Première porte à gauche.

– Merci.

Nicolas se précipita à l'étage et s'enferma dans les toilettes. Puis il sortit son portable pour téléphoner à son père et lui raconter tout ce qui s'était passé.

– Qu'est-ce que je t'avais dit ! s'exclama Philippe.

– Vous avez eu raison sur toute la ligne, reconnut son fils.

– Et c'est elle qui l'a déchiffré ? La fille de Mitchell ?

– Oui. Vous ne vous étiez pas trompé sur elle.

– Il faut que je la rencontre.

– J'arrangerai ça dès que nous aurons fini.

– Non, maintenant. Ce soir.

– Ce soir ? Vous êtes sûr ?

– Elle a deviné qu'il y avait un niveau inférieur dans la tombe macédonienne. Elle a compris que l'inscription était cryptée et elle a su la déchiffrer. C'est elle qui découvrira ce que nous cherchons. J'en ai l'intime conviction. Et à ce moment-là, il faudra qu'elle soit de notre côté. Tu comprends ?

– Bien, père, je vais m'en occuper.

Nicolas raccrocha et téléphona à Gabbar Mounim, au Caire, comme il en avait convenu avec son père.

– Monsieur Dragoumis, dit Mounim. J'ose espérer que vous avez été satisfait de…

– Tout à fait. Écoutez, j'ai besoin de vos services d'urgence.

– De quoi s'agit-il ?

– Notre ami du CSA est en réunion. Lorsqu'il aura terminé, il trouvera sur son bureau un message lui indiquant de contacter Ibrahim Beyumi, à Alexandrie. Monsieur Beyumi va solliciter un entretien. Je veux que notre ami invite une tierce personne et réponde favorablement à ses requêtes. Il s'agit d'Elena Koloktronis.

Il épela le nom.

– Faites savoir à notre ami qu'il sera récompensé très généreusement, poursuivit-il, tout comme vous, d'ailleurs. Vous savez que je suis un homme de parole.

– En effet, gloussa Mounim. C'est comme si c'était fait.

– Merci.

Nicolas passa encore quelques coups de fil pour mettre son plan à exécution, puis tira la chasse d'eau, se lava les mains et retourna au rez-de-chaussée.

– Ça va mieux ? demanda Ibrahim avec sollicitude.

– Beaucoup mieux, merci.

– Vous ne devinerez jamais ce qui vient de se passer. Yusuf Abbas vient de téléphoner. Il m'a proposé de le rejoindre immédiatement au Caire.

– Qu'est-ce qu'il y a de surprenant ? C'est bien ce que vous vouliez, non ?

– Oui, mais il a également invité Elena. Et nous ne comprenons ni l'un ni l'autre comment il a pu savoir qu'elle était en Égypte.

II

Nessim ne vit aucune trace de Knox dans le Sérapeum. Il n'y avait pas grand monde, en réalité, à part deux touristes coréens et une famille rassemblée autour d'un modeste pique-nique. Il fit signe à Ratib et Sami de se disperser. Ils ouvrirent l'œil mais, lorsqu'ils atteignirent le mur du fond, ils étaient toujours bredouilles.

Badr était encore en ligne.

– Êtes-vous absolument sûr qu'il est ici ? demanda Nessim d'un ton sec.

– Oui, vous avez dû passer devant lui. Je ne comprends pas.

Nessim lança un regard interrogateur à Ratib et à Sami. Ceux-ci haussèrent les épaules en secouant la tête. Il leur fit signe de le rejoindre au pied de la colonne, où il arriva le premier. Sur le sol, il remarqua un sachet en papier kraft que le vent essayait d'emporter. Il le poussa un peu du pied, puis l'ouvrit avec précaution. À l'intérieur, se trouvait un téléphone portable. Il le prit et le regarda, les sourcils froncés, en se demandant ce que cela voulait dire.

Un bruit de verre brisé se fit entendre de l'autre côté du mur, là où il avait garé le Freelander, qui contenait encore toutes les affaires de Knox. Une alarme se déclencha. Et un vieux moteur rugit. Nessim ferma les yeux et se frappa le front.

Il détestait Knox. Il le détestait. Mais il ne pouvait pas s'empêcher de l'admirer.

III

Nicolas attira Elena dans un coin pour lui dire que c'était lui qui avait organisé son entretien avec Yusuf et lui expliquer ce qu'elle devait essayer d'obtenir à cette occasion. Yusuf Abbas était cupide mais prudent. Si Elena lui fournissait un prétexte légitime pour autoriser une fouille à Siwa, en obtenant un bakchich au passage, il l'autoriserait. Mais il lui fallait une raison légitime. Une étude épigraphique rapide, par exemple, qui n'impliquerait qu'elle et Gaëlle.

– Gaëlle ? s'étonna Elena. Est-ce qu'on peut lui faire confiance ?

– Ce sont les ordres de mon père. Vous vous chargez de Yusuf ?

– Pas de problème.

Nicolas s'approcha de Gaëlle, qui téléchargeait ses photos sur l'ordinateur portable d'Ibrahim pour que celui-ci puisse les montrer à Yusuf. Il attendit qu'elle ait terminé et lui demanda s'il pouvait lui dire un mot.

– Bien sûr, répondit-elle. À quel sujet ?

Il l'entraîna dans le petit jardin d'Ibrahim.

– Mon père aimerait vous rencontrer.

– Votre père ?

Gaëlle sembla un peu inquiète.

– Je ne comprends pas, dit-elle. Je ne le connais même pas.

– C'est le fondateur de la Fondation archéologique macédonienne, c'est-à-dire votre patron. C'est lui qui a suggéré à Elena de vous recruter.

– Mais… pourquoi ?

– Il connaissait votre père. Il avait beaucoup d'admiration pour lui, alors il a gardé un œil sur votre carrière. Quand Elena a eu besoin de quelqu'un, il a tout naturellement pensé à vous.

– C'est… très gentil à lui.

– C'est un homme très gentil, dit Nicolas avec le plus grand sérieux. Et il veut que vous dîniez avec lui ce soir.

– Quoi ? Il est à Alexandrie ?

– Non, à Thessalonique.

– Mais… je ne comprends pas.

Nicolas sourit.

– Vous avez déjà voyagé à bord d'un jet privé ?

Chapitre 22

I

Knox se perdit dans les petites rues d'Alexandrie. Ses affaires étaient empilées derrière lui sur la banquette arrière. Il se réjouissait d'avoir réussi à faire marcher Nessim. On ne pouvait pas avoir toujours le mauvais rôle. Il roula vers l'est, en direction d'Aboukir, pour s'éloigner le plus possible de ses poursuivants. Puis il se gara pour faire l'inventaire de ce qu'il avait récupéré.

La batterie de son ordinateur portable s'était déjà bien vidée et n'avait plus qu'une heure d'autonomie. Il parcourut ses CD de photos en passant en revue les différents fichiers mais ne retrouva pas ceux qui concernaient Akylos et Kalonymos. Soit Nessim ne les avait pas emportés, soit il les avait retirés de sa voiture. Quelle poisse ! Une minute ou deux passèrent avant que Knox ne songe à une autre explication.

Il y avait une cabine téléphonique au coin de la rue. Il n'osa pas téléphoner à Rick directement. Il appela un ami commun, qui travaillait juste à côté de chez lui dans un centre de sports nautiques, et lui demanda d'aller le chercher. Rick arriva une minute plus tard.

– Alors, vieux ! Tu as oublié mon numéro ou quoi ?

– Il est peut-être sur écoute.

– Ah, Hassan ?

– Oui. Dis-moi, tu ne m'aurais pas emprunté des CD de photos, par hasard ?

– Oh, je suis désolé. Je voulais juste pratiquer mon grec.

– Pas de problème, mais j'en ai besoin. Tu pourrais me les apporter ?

– Bien sûr, Charm est complètement mort en ce moment. Où est-ce qu'on se retrouve ?

– Ras el-Sudr ?
– Quoi, au sud de Suez ?
– Exactement. Il y a un hôtel, le Beach Inn. Quand est-ce que tu pourras y être ?
– Donne-moi quatre heures. Peut-être cinq.
– Parfait. Fais attention à ne pas être suivi. Ces types ne plaisantent pas.
– Moi non plus, mon pote. Moi non plus.

II

Mohammed et Nur se prirent la main et s'assirent à côté du téléphone en attendant le coup de fil qui devait leur annoncer les résultats des tests destinés à trouver un donneur pour Leila. Ils avaient fait appel à une clinique privée qui avait des succursales à Alexandrie, au Caire, à Assiout et à Port-Saïd pour faciliter les déplacements des amis et de la famille. Surtout de la famille. La moelle osseuse se transmettait de génération en génération. Les chances de trouver un donneur parmi les proches parents étaient donc plus importantes. Mohammed avait fait venir soixante-sept personnes en utilisant tout l'argent qu'Ibrahim avait mis à sa disposition. Il n'y avait plus qu'à attendre les résultats. Il avait déjà téléphoné au docteur Serag al-Din. Celui-ci avait promis de le rappeler dans la demi-heure, mais il s'était déjà passé plus d'une heure. Mohammed souffrait de cette attente, qui était le moment le plus pénible de sa vie. Nur tressaillit. Il serrait sa main trop fort. Il s'excusa et relâcha son étreinte. Mais elle avait tout autant besoin de son contact et, au bout de quelques minutes, leurs mains se retrouvèrent.

Leila était couchée. Ils avaient décidé de ne pas l'informer de ce processus avant qu'il ne soit terminé. Mais c'était une enfant vive et sensible à ce qui se passait autour d'elle. Elle savait sans doute très bien, comme le soupçonnait Mohammed, que sa vie était en train de se jouer en ce moment même.

Le téléphone sonna. Les regards soucieux des parents se croisèrent. Nur se mit à pleurer. Mohammed sentit son cœur s'emballer tandis qu'il décrochait le combiné.

– Allô ?

Ce n'était que la mère de Nur, qui voulait savoir s'ils avaient eu des nouvelles. Mohammed se mordit les lèvres et passa le combiné à sa femme. Nur raccrocha rapidement en promettant à sa mère qu'elle la rappellerait dès qu'ils connaîtraient les résultats. Mohammed croisa les jambes. Il sentait ses intestins se relâcher mais n'osait pas aller aux toilettes.

Le téléphone sonna à nouveau. Mohammed respira à fond et décrocha. Cette fois, c'était le docteur Serag al-Din.

– Monsieur el-Dahab. Comment allez-vous, votre femme et vous ?

– Nous allons bien, merci. Avez-vous nos résultats ?

– Bien sûr que j'ai vos résultats ! Pourquoi croyez-vous que je vous appelle ?

– Alors ?

– Attendez une seconde. J'ai perdu ma page.

Mohammed ferma les yeux et serra les poings. *Allez, fils de chien. Dis quelque chose. N'importe quoi.*

– Je vous en prie, supplia-t-il.

Il entendit des froissements de papier. Le docteur Serag al-Din se racla la gorge.

– Voilà ! s'exclama-t-il. C'est ça.

III

Il faisait presque nuit lorsque Ibrahim et Elena arrivèrent au Caire. Yusuf Abbas les attendait déjà dans une salle de conférence richement décorée. En pleine conversation téléphonique, il leur fit signe de s'asseoir.

Ibrahim démarra son ordinateur portable et attendit, les mains crispées, que Yusuf ait fini de parler mathématiques avec son fils. Il avait l'impression que son patron faisait tout pour qu'il se sente insignifiant. Il avait beaucoup de mal à travailler avec lui. C'était un homme extrêmement tatillon, qui s'était laissé grossir de façon grotesque depuis qu'il avait été nommé secrétaire général. Le voir s'extraire de sa chaise comme un vieux navire de guerre prenait la mer était un spectacle fascinant. Il s'y préparait largement à l'avance, bandant ses muscles comme le vent s'engouffrait dans les voiles déployées.

Le gréement crissait, l'ancre était levée et, hisse et oh, il était à flot ! Pour l'heure, il avait les avant-bras posés comme d'énormes limaces sur le bureau en noyer. De temps à autre, il portait un doigt à sa gorge, comme si son obésité était due à un dysfonctionnement thyroïdien plutôt qu'à la consommation ininterrompue d'aliments riches. Et quand il regardait une personne assise à côté de lui, il bougeait les yeux sans tourner la tête en faisant glisser ses pupilles avec une sournoiserie caricaturale. Il finit par mettre un terme à sa conversation.

– Qu'y a-t-il de si urgent ? demanda-t-il à Ibrahim. Je suis sûr que vous avez une bonne raison de venir jusqu'ici.

– En effet, répondit Ibrahim.

Et il montra à son patron les photos du niveau inférieur de la tombe en lui expliquant comment son équipe l'avait trouvé. Le visage de Yusuf s'éclaira lorsqu'il vit les coffrets funéraires.

– C'est de l'or ? demanda le secrétaire général.

– Nous ne les avons pas encore fait analyser. Mon premier geste a été de condamner l'accès au site et de vous informer.

– Très bien, convint Yusuf. Très bien. Vous avez bien fait.

Il se passa la langue sur les lèvres.

– C'est une remarquable découverte, reprit-il. Je vais superviser les fouilles personnellement.

Elena se pencha en avant, pas trop, juste assez pour accrocher son regard.

– Oui ? demanda-t-il.

– Nous avons parfaitement conscience de l'honneur que vous nous faites en nous accordant un peu de votre temps, monsieur le secrétaire général, car nous savons que vous êtes un homme extrêmement occupé.

Elena parlait arabe avec une certaine maladresse, mais sa position et son usage de la flatterie étaient impeccables.

– Nous nous réjouissons de voir que, comme nous, vous avez saisi l'importance historique de cette découverte, ajouta-t-elle. Et nous sommes ravis que vous soyez prêt à vous investir personnellement dans les fouilles. Cependant, ce n'est pas uniquement pour vous faire part de cette nouvelle extraordinaire que monsieur Beyumi et moi-même avons sollicité un entretien d'urgence. Nous souhaitons soumettre à votre considération et à votre discernement une autre découverte cruciale.

– Une autre découverte ?

– L'inscription.

– L'inscription ? Quelle inscription ?

Il regarda Ibrahim.

– Pourquoi ne m'avez-vous pas parlé de cette inscription ? demanda-t-il.

– Il me semble que je l'ai fait, monsieur le secrétaire général, répondit Ibrahim.

– Seriez-vous en train de me contredire ?

– Bien sûr que non, monsieur le secrétaire général. Veuillez m'excuser.

Il rouvrit la photo de l'inscription.

– Oh, ça ! Pourquoi ne m'avez-vous pas dit que vous parliez de ça ?

– Excusez-moi, monsieur le secrétaire général. C'est de ma faute. Comme vous pouvez le voir, cette inscription utilise l'alphabet démotique, mais il s'agit en réalité de grec. C'est une collègue de madame Koloktronis qui l'a déchiffrée. Je peux vous expliquer comment elle a fait, si cela vous intéresse. Sinon, voici une copie de la traduction.

Yusuf lut le texte en mastiquant comme s'il mangeait quelque chose. Ses yeux s'agrandirent lorsqu'il en comprit les implications. Les anciens Égyptiens désignaient Memphis sous le nom de Mur Blanc. Le mot désert venait de Desh Ret, « terre rouge ». Dans l'inscription, Alexandre était appelé le « fils d'Amon ». La terre de son père était donc l'oracle d'Amon, dans l'oasis de Siwa, où, selon les sources anciennes, il avait demandé à être enterré. En résumé, des porte-bouclier avaient volé la dépouille d'Alexandre à Memphis et l'avaient transportée à travers le désert occidental jusqu'à une tombe qu'ils lui avaient préparée non loin de l'oracle d'Amon, dans l'oasis de Siwa. Mais Ptolémée les avait poursuivis et ils s'étaient tous tués plutôt que de tomber entre ses mains. Tous, sauf Kalonymos, le frère d'Akylos, qui lui avait échappé. Plus tard, le rescapé avait ramené la dépouille de ses compagnons à Alexandrie pour tenir une promesse qu'il avait faite.

Quand Yusuf eut fini de lire, il cligna des yeux.

– Ce… ce texte est-il fiable ?

– La traduction est correcte, répondit Ibrahim avec circonspection. Je m'en suis assuré personnellement. Et nous pensons que nous pouvons ajouter foi à cette inscription. Comme vous avez pu le voir sur les photos du niveau inférieur de la tombe, ce Kalonymos s'est donné beaucoup de mal pour honorer ses compagnons. Il n'aurait pas fait tout cela pour un simple canular.

– Mais cela aurait été de la folie. Pourquoi ces hommes auraient-ils risqué leur vie pour une telle entreprise ?

– Parce qu'ils pensaient que la dernière volonté d'Alexandre avait été d'être enterré à Siwa, répondit Elena. Ptolémée est allé contre cette volonté lorsqu'il a commencé à construire une tombe à Alexandrie. Or, Alexandre était un dieu. Ses fidèles auraient fait n'importe quoi pour que ses vœux soient respectés.

– J'espère que vous n'essayez pas de me faire croire qu'Alexandre est enterré à Siwa, madame Koloktronis, soupira Yusuf.

Ibrahim comprenait les réticences de son patron. Au début des années 1990, une autre archéologue grecque avait annoncé aux médias du monde entier qu'elle avait trouvé la tombe d'Alexandre dans l'oasis de Siwa. Quand on avait décelé la supercherie, elle avait de nouveau prétendu l'avoir découverte sur un autre site. À la suite de cela, la présence du tombeau d'Alexandre à Siwa était devenue une sorte de plaisanterie au sein de la communauté archéologique.

– Non, affirma Elena. Le corps embaumé d'Alexandre a été exposé à Alexandrie des siècles après que cette inscription a été gravée. Personne ne peut le nier. Cependant, il est possible que les porte-bouclier se soient emparés de la dépouille et l'aient emportée à Siwa, où une tombe avait déjà été préparée.

Yusuf s'adossa à sa chaise et regarda Elena d'un air sévère.

– Donc, observa-t-il, la véritable raison de votre présence ici n'a rien à voir avec le site d'Alexandrie. En fait, si vous êtes là, c'est parce que vous pensez que, quelque part à Siwa, il y a – comment déjà ? – « une tombe remplie de richesses propre à accueillir le fils d'Amon ». Et vous voulez l'autorisation de faire des fouilles à Siwa.

– Alexandre a été le plus grand conquérant de l'Histoire, fit remarquer Elena. Un des plus grands pharaons d'Égypte. Si on découvrait sa tombe, imaginez ce que cela signifierait pour ce pays. Imaginez les honneurs qui échoiraient au secrétaire général dont le discernement aurait permis une telle découverte. Votre nom figurerait à juste titre parmi ceux des grands patriotes de la nation.

– Continuez.

– Vous n'avez rien à perdre. Je sais que les chances de trouver quelque chose sont extrêmement minces. Je sais que les ressources du Conseil suprême sont scandaleusement réduites. Mais il faut faire quelque chose. Quelque chose qui n'attire pas l'attention. Une étude épigraphique des antiquités, par exemple, réalisée avec l'autorisation du CSA. Il n'y aurait que moi et ma collègue. Un projet de plus grande ampleur, surtout à Siwa, ne ferait qu'engendrer des rumeurs.

– La moindre colline de l'oasis a été fouillée et refouillée. Si cette tombe existe vraiment et se trouve là-bas depuis vingt-trois siècles, croyez-vous vraiment pouvoir la trouver en quelques semaines ? La dépression de Siwa est très vaste.

– Ce ne sera pas facile. Mais ça vaut la peine d'essayer. Songez à ce qui se passera si nous ne faisons rien. Quand l'inscription sera divulguée, tous les chasseurs de trésor se précipiteront à Siwa. Si nous trouvons la tombe avant eux, nous pourrons prendre nos précautions ou annoncer que celle-ci ne contient rien, ce qui sera préférable à une ruée vers l'or.

– Il n'y aura pas de ruée vers l'or si la nouvelle n'est pas divulguée.

– Elle le sera forcément. Nous le savons tous. C'est toujours le cas.

– Siwa relève de la compétence du docteur Sayed, déclara Yusuf avec mépris, comme s'il n'appréciait pas son collègue. Et le docteur Sayed agit selon sa propre volonté. Vous devrez également obtenir son autorisation.

– Bien sûr. J'ai appris qu'il avait, entre autres, une collection remarquable d'ouvrages de référence sur l'Oasis. Peut-être pourriez-vous le contacter vous-même et lui demander son autorisation. Je sais, bien évidemment, que cela n'influencera pas votre propre décision, que vous prendrez uniquement pour le bien de l'Égypte, mais peut-être pourriez-vous lui faire savoir que nos commanditaires ont prévu des honoraires importants pour tous nos consultants du CSA, y compris vous, naturellement.

– Je ne peux pas m'engager pour une durée indéterminée. Tout se sait à Siwa. Quelle que soit votre couverture, on finirait par découvrir ce que vous faites. Votre présence provoquerait exactement ce que vous voulez éviter.

– Six semaines. C'est tout ce que nous demandons.

Yusuf posa les mains sur son estomac. Il aimait avoir le dernier mot.

– Deux semaines, déclara-t-il. Deux semaines à partir de demain. Ensuite, on en reparlera et je verrai à ce moment-là si je vous accorde deux semaines de plus.

IV

Nessim tournait en rond dans sa chambre d'hôtel dans l'espoir d'entendre son téléphone sonner. Il fallait absolument qu'un de ses hommes repère Knox au plus vite. Si celui-ci avait pris des risques pour récupérer ses affaires, c'était forcément parce qu'il avait quelque chose en tête. Il avait un objectif et il fallait le cueillir avant qu'il ne l'atteigne et ne retourne se cacher. Mais Nessim n'y croyait plus vraiment. Il y avait quelque chose chez Knox qui lui donnait le sentiment de ne pas être à la hauteur.

Il s'arrêta net, terriblement angoissé à l'idée de devoir annoncer un nouvel échec à Hassan. Il devait lui montrer qu'il faisait le maximum d'efforts, qu'il cherchait Knox activement. Jusqu'à présent, il s'était servi de son réseau de contacts et n'avait pas davantage élargi les recherches, mais le temps n'était plus à la discrétion. Il sortit son portefeuille, compta l'argent qu'il avait sur lui, et se tourna vers Hosni, Ratib et Sami.

– À vous de passer des coups de fil, leur ordonna-t-il. Débrouillez-vous. Mille dollars à celui qui trouvera la jeep de Knox. Deux mille si Knox est à l'intérieur.

Ratib fit la grimace.

– Mais tout le monde saura que c'est nous si Knox est retrouvé mort, protesta-t-il.

– Tu as une meilleure idée ? À moins que tu ne préfères expliquer toi-même à Hassan pourquoi nous n'avons toujours pas mis la main sur lui…

Ratib baissa les yeux.

– Non, répondit-il.

Nessim soupira. Il était gagné par le stress. Et Ratib n'avait pas tort.

– D'accord. Ne contactez que des personnes en qui vous avez confiance. Une par ville. Et dites-leur que, si elles parlent, elles auront également affaire à Hassan.

Les hommes sortirent leur portable et s'exécutèrent.

V

Pendant son voyage à bord du jet Lear du groupe Dragoumis à destination de Thessalonique, Gaëlle s'était dit qu'elle pourrait prendre goût à ce mode de transport, malgré le sentiment de culpabilité qu'elle avait éprouvé en raison des émissions de carbone occasionnées par ce caprice. Sièges en cuir blanc, si confortables qu'elle en avait ronronné de plaisir, fenêtre de la taille d'un écran plat, maître d'hôtel à disposition pour préparer repas et boissons. Le copilote était même venu lui demander à quelle heure elle souhaitait repartir le lendemain matin.

À sa descente d'avion, elle fut accueillie avec une courtoisie obséquieuse par un officier de l'immigration venu à sa rencontre : « Tous les amis de monsieur Dragoumis sont les bienvenus, mademoiselle Bonnard… » Puis un chauffeur l'invita à entrer dans une Bentley bleue avant de la conduire à Thessalonique. Assise à l'arrière, elle admira le ciel nocturne entre les collines.

Elle arriva aux portes d'une propriété close, surveillée par des gardes, qui firent signe au chauffeur d'entrer. Au bout d'une longue allée, un palais blanchi à la chaux était éclairé comme dans un spectacle son et lumière. Monsieur Dragoumis, les mains derrière le dos, sortit accueillir Gaëlle en personne. Après tout ce qu'elle s'était imaginé pendant le trajet, elle fut à la fois surprise et soulagée de découvrir un homme à l'allure décontractée. Il n'était pas rasé et ressemblait à un paysan aux traits typiquement grecs. L'espace d'un instant, elle pensa que tout irait bien, qu'elle n'avait rien à craindre de lui. Mais lorsqu'elle s'approcha, elle constata qu'elle s'était trompée.

Chapitre 23

I

Pour se rendre à Ras el-Sudr, Knox coupa par l'intérieur des terres et passa par Tanta, la plus grande ville du Delta. Quelqu'un lui avait parlé de Tanta récemment, mais il ne se rappelait pas qui. Il avait presque entièrement traversé la ville lorsqu'il se souvint de la remarque désobligeante de Gaëlle à propos du concierge de son hôtel de Tanta. Il se gara au bord de la route. Il n'avait pas pris le temps de réfléchir au chantier de fouilles d'Elena dans le Delta. Il s'était passé trop de choses. Mais c'était peut-être une erreur. Surtout depuis que Nicolas Dragoumis était dans l'équation.

La Fondation archéologique macédonienne, pour laquelle Elena travaillait, était sponsorisée par Philippe Dragoumis. Or, celui-ci s'intéressait uniquement à la Macédoine et non à l'Égypte. S'il finançait des fouilles dans le Delta, c'était parce qu'il cherchait, s'il ne l'avait pas déjà trouvé, quelque chose de précis en rapport avec la Macédoine. Peut-être ces fouilles avaient-elles un lien avec celles d'Alexandrie. Knox eut envie d'en savoir plus.

Il retourna au centre-ville, chercha un bar possédant un annuaire et téléphona à tous les hôtels en demandant Elena Koloktronis. Il obtint un résultat à la cinquième tentative.

– Elle n'est pas là, répondit le veilleur de nuit. Elle est à Alexandrie.

– Son équipe est-elle encore là ?

– À qui souhaitez-vous parler ?

Knox raccrocha, nota l'adresse de l'hôtel et courut vers sa jeep.

II

Philippe Dragoumis et Gaëlle traversèrent le sol en mosaïque et franchirent une série d'arcades pour atteindre un salon dont les murs étaient ornés de splendides huiles et tapisseries. Philippe fit un petit geste indistinct et Gaëlle se retrouva assise sur une chaise habillée d'un tissu jaune, sans vraiment savoir pourquoi.

– Nous allons prendre un verre, annonça Philippe. Ensuite, nous nous mettrons à table. Vin rouge ? De mon domaine, bien sûr.

– Avec plaisir.

Gaëlle regarda autour d'elle tandis qu'il ouvrait lui-même la bouteille et remplissait deux verres. Un portrait à l'huile d'un homme à la barbe noire et au regard farouche, dont l'œil gauche était traversé par une vilaine cicatrice, tenait la place d'honneur au-dessus d'une immense cheminée. C'était un portrait de Philippe II, le père d'Alexandre le Grand. Les yeux de Gaëlle naviguèrent entre la peinture et Dragoumis. Elle comprit que son hôte entretenait une certaine ressemblance avec le roi de Macédoine, comme si la tache de naissance qu'il avait autour de l'œil gauche était une sorte de stigmate, comme s'il était la réincarnation de Philippe II.

– Vous n'y croyez pas vraiment ? demanda-t-elle de but en blanc.

Il rit d'un rire sonore et sans affectation.

– Ici, il y a un dicton qui dit : quand on traite avec les Chinois, il faut parler mandarin.

– Et quand on traite avec les superstitieux…

Il lui adressa un large sourire et fit un signe de tête en direction d'une autre peinture, une magnifique jeune femme à la peau brune vêtue comme une paysanne.

– Ma femme, indiqua-t-il. Je l'ai peinte moi-même. De mémoire.

Gaëlle sourit timidement.

– Vous avez beaucoup de talent.

Il se tourna vers la fenêtre.

– Elle est enterrée là-dehors. Elle adorait la vue qu'on a depuis cette colline. On aimait marcher jusqu'ici. C'est pour cette raison que j'ai acheté cette terre et que j'y ai bâti ma maison.

– Je suis désolée.

– Quand j'étais jeune, j'étais un fauteur de troubles. J'allais prêcher la cause macédonienne de village en village. Recherché par la police secrète d'Athènes, je me suis caché. Ne parvenant pas à me trouver, les agents sont allés voir ma femme et lui ont demandé où j'étais. Elle a refusé de parler. Ils lui ont versé de l'essence sur le ventre, la poitrine, les bras. Elle n'a rien dit. Ils l'ont enflammée. Mais elle n'a toujours pas parlé. Alors ils ont versé de l'essence sur notre bébé. Et elle a cédé. Elle a eu de terribles brûlures. Elle aurait peut-être survécu si elle avait été bien soignée. Mais nous n'avions pas d'argent. Ma femme est morte parce que j'avais choisi de prêcher plutôt que de travailler, mademoiselle Bonnard. Le jour où je l'ai enterrée, j'ai décidé d'arrêter la politique et de devenir riche.

– Je suis désolée, répéta Gaëlle, ne sachant pas quoi dire d'autre.

Dragoumis émit un grognement, apparemment destiné à lui signifier l'inadéquation de ses paroles.

– Je connaissais votre père, dit-il.

– C'est ce que votre fils m'a dit. Mais nous n'étions pas très proches, vous savez.

– Oui, je sais. Cela m'a toujours peiné.

– Pourquoi cela vous aurait-il peiné ?

– Vous deviez aller à Mallawi avec lui, n'est-ce pas ?

– Oui.

– Mais il a repoussé.

– Il avait des affaires personnelles à régler.

– Oui, avec moi.

– Non, avec un jeune homme, un certain Daniel Knox.

Dragoumis fit un geste vague, comme pour lui dire que cela revenait au même.

– Ce Knox, vous le connaissez bien ? demanda-t-il.

– Non.

– Ses parents étaient également archéologues. Ils s'intéressaient beaucoup à la Macédoine et s'y rendaient souvent. C'était un couple charmant, avec une petite fille délicieuse. Ils travaillaient en collaboration étroite avec Elena. Il y a dix ans, celle-ci les a invités à la rejoindre sur un chantier de fouilles dans la montagne. C'est son mari qui est allé les chercher à l'aéroport. Malheureusement, ils se sont tués sur la route.

Gaëlle le regarda avec stupéfaction.

– Tous ? demanda-t-elle.

– Tous.

– Mais… qu'est-ce que cela a à voir avec mon père ?

– Ce fut un accident. Un terrible accident. Mais tout le monde n'est pas de cet avis.

– Un meurtre ? Je ne comprends pas. Pourquoi aurait-on voulu tuer les parents de Knox ?

– Pas les parents de Knox. Le mari d'Elena. Pavlos.

– Mais qui aurait voulu le tuer ?

Dragoumis sourit.

– Moi, mademoiselle Bonnard. Moi.

III

Ras el-Sudr était une ville pétrolière animée de velléités touristiques. Knox rôda un peu autour du parking du Beach Inn pour voir si Rick n'avait pas été suivi. Une fois rassuré, il entra dans l'hôtel.

– Content de te voir, vieux ! s'écria Rick.

– Moi aussi.

– On ne s'ennuie pas, hein ?

Il fit un signe de tête en direction du bar.

– On prend un verre et tu me racontes tout ? suggéra-t-il.

– D'accord.

Ils prirent une table dans l'ombre et Knox mit son ami au courant de ce qui se passait.

– Je n'arrive pas à y croire ! s'exclama Rick. Ce salaud d'Hassan t'a mis une corde autour du cou ? Je vais le tuer.

– En fait, je ne crois pas que ce soit lui. Il n'aurait pas fait couper la corde.

– Qui, alors ?

– Je t'ai déjà raconté ce qui s'est passé en Grèce ?

– Pour tes parents ? Tu m'as juste dit qu'ils avaient eu un accident. Je ne pensais pas qu'il y avait autre chose à en dire.

– Une route sinueuse, une vieille voiture, une nuit brumeuse dans la montagne… Le genre de tragédie qui arrive tous les jours. Seulement, le conducteur était un dénommé Pavlos. C'était le mari de cette Elena dont je viens de te parler. Il était journaliste. Et il ne mâchait pas ses mots. Un véritable fouineur. Il menait une campagne contre une famille très puissante et très riche, les Dragoumis. Il voulait faire ouvrir une enquête. Il a mis le paquet.

– Et tu crois qu'on l'a tué pour le neutraliser ?

– C'est ce que j'ai pensé à l'époque.

– Et qu'est-ce que tu as fait ?

IV

Gaëlle regarda Philippe Dragoumis, horrifiée.

– Vous l'avez tué ?

– Comprenez-moi bien, mademoiselle Bonnard. Je suis un patriote macédonien. Toute cette région a jadis été la Macédoine. Puis elle a été morcelée en vertu du traité de Bucarest et attribuée à la Serbie, à la Bulgarie et à la Grèce. J'ai passé ma vie entière à essayer de réparer cette grossière injustice. Mais d'autres, des hommes comme Pavlos, pensent que cette région appartient légitimement à la Grèce. Aussi, ils tentent de me discréditer. Pavlos était doué pour cela. Il a réclamé une enquête car il savait qu'il avait les moyens de me salir. Quand il est mort, cette histoire d'enquête est tombée à l'eau. Alors vous comprenez pourquoi on m'accuse de l'avoir tué. Mais je ne l'ai pas tué, vous pouvez me croire. Pavlos n'a jamais été un ennemi pour moi, seulement un adversaire, et il y a un monde entre les deux. Même si j'avais employé des méthodes violentes, ce qui n'est pas le cas, je n'en aurais jamais usé contre Pavlos. Du reste, c'était inutile.

Il s'approcha de Gaëlle.

– Ai-je votre parole que vous ne répéterez jamais à Elena ce que je vais vous révéler ? demanda-t-il.

– Oui.

– Bien. Pavlos avait commis une imprudence. Et j'en avais la preuve irréfutable. La divulgation de cette information aurait été… problématique pour lui. Nous en avions parlé ensemble. Je vous assure qu'il ne représentait plus aucune menace pour moi.

– C'est vous qui le dites.

– Oui, je peux vous l'affirmer, insista-t-il avec une pointe d'impatience dans la voix. Franchement, mademoiselle Bonnard, vous qui côtoyez Elena Koloktronis depuis trois semaines, pensez-vous vraiment qu'elle travaillerait pour moi si elle me croyait coupable du meurtre de son mari ?

Gaëlle réfléchit un instant, mais il n'y avait qu'une réponse possible.

– Non, répondit-elle.

– Pavlos était tout pour Elena. Faites-moi confiance, mademoiselle Bonnard, si elle avait soupçonné que je puisse être derrière la mort de son mari, elle aurait tout fait pour que le monde entier le sache.

– Elle vous aurait dénoncé ?

– Oh, non ! Elle m'aurait tué.

Il sourit en voyant la réaction de Gaëlle.

– C'est un fait, reprit-il d'un ton catégorique. Cela se serait réglé dans le sang. C'est encore une pratique courante dans cette région. Mais quand on sait à quel point elle l'aimait… Je craignais presque qu'elle s'en prenne à moi. Elle ne pouvait pas garder en elle tant de chagrin. Mais, voyez-vous, elle connaissait la vérité. Son mari était un conducteur imprudent, qui ne faisait jamais entretenir sa voiture. Non, Elena avait le cœur brisé mais ne m'a jamais causé de problème. Le problème, c'était Knox, le jeune ami de votre père.

– Knox ? Comment cela ?

– Il pensait que j'avais tué toute sa famille pour réduire Pavlos au silence. Et il s'était juré de me le faire payer, ce qui était tout à fait compréhensible. Alors il a repris la campagne de Pavlos. Il a écrit sans relâche aux élus locaux, aux journaux, aux chaînes de télévision. Il a manifesté devant les bâtiments du gouvernement et les commissariats de police. Il a peint « Enquête Dragoumis » en lettres immenses sur le mur de mon siège social. Il l'a fait imprimer sur des ballons gonflés à l'hélium, il a jeté des tracts depuis le toit des immeubles, il a tendu des banderoles sur les rambardes des stades lors d'événements sportifs télévisés, il a téléphoné aux radios, il…

– Knox ? Knox a fait tout ça ?

– Oui. C'était impressionnant, surtout quand on sait qu'il me croyait capable de meurtre. Il m'a fait beaucoup de tort. Il a sali mon image. Les gens ont commencé à parler. Je lui ai demandé d'arrêter. Il a refusé. Il essayait de me pousser à la faute, comme pour prouver qu'il avait raison. J'ai fini par m'inquiéter pour lui. C'était la douleur qui le poussait à agir ainsi. Et puis, ceux qui soutenaient ma cause voulaient le neutraliser. Nous en sommes arrivés à un point où je ne pouvais plus garantir sa sécurité. Or, s'il lui était arrivé quelque chose… vous voyez ce que je veux dire. Il fallait qu'il parte. Mais il refusait de m'écouter. Alors j'ai fait appel à une personne dont j'étais sûr qu'il l'écouterait.

– Mon père, dit Gaëlle abasourdie.

– C'était un proche des Knox. Et je le connaissais, moi aussi. Je lui ai demandé de venir. Au début, il a été réticent. Les fouilles de Mallawi étaient sur le point de commencer, comme vous le savez. Mais je lui ai assuré que c'était une question de vie ou de mort. Et il est venu. Nous avons conclu un marché. Il emmenait Knox loin d'ici et je m'arrangeais pour calmer le jeu en Macédoine. Il est allé à son hôtel. Apparemment, Knox lui a fait tout un chapitre sur la résistance aux tyrans. Votre père l'a écouté poliment, puis il a versé quelques gouttes de somnifère dans son retsina. Lorsque le jeune homme s'est réveillé, ils se trouvaient tous deux à bord d'un bateau à destination de Port-Saïd. Pendant le trajet, votre père a eu le temps de le raisonner. Voilà pourquoi, mademoiselle Bonnard, je regrette que vous ayez été brouillée avec lui. Car cela ne serait jamais arrivé si je ne lui avais pas demandé d'intervenir.

V

– Alors c'est comme ça que tu as atterri en Égypte ? demanda Rick.

– Et je n'en suis jamais reparti, répondit Knox. Mais devine qui j'ai vu cet après-midi ?

– Dragoumis ?

– Son fils, Nicolas.

– Et il est aussi dangereux que lui ?

– Pire. Bien pire. Je n'aime pas le père, mais on ne peut s'empêcher d'admirer ce qu'il a accompli. Et puis, il a des principes. Quand il donne sa parole, il la tient. Le fils n'est qu'un branleur qui n'a jamais rien fait de sa vie, tu vois le genre ?

– Oui, je vois. Et tu crois que c'est lui qui a voulu se venger en organisant ton lynchage dans le désert ?

– Oui.

– Et tu ne vas pas le laisser s'en tirer comme ça, pas vrai ?

– Exactement.
– D'enfer ! s'écria Rick. Et c'est quoi, notre plan ?
– Notre plan ?
– Allez, vieux ! Ils sont plus nombreux que toi. Tu as besoin d'aide. Et je te l'ai dit, je m'ennuie ferme à Charm.
– Si tu y tiens, ce serait génial.
– Super ! Alors, on commence par quoi ?
– On met le cap sur Tanta.
– Tanta ?
– Oui, répondit Knox en regardant sa montre. Et on n'a pas beaucoup de temps devant nous, alors je t'expliquerai quand on y sera.

VI

Dragoumis conduisit Gaëlle dans sa salle à manger. C'était une grande pièce dominée par une immense table en noyer, qui occupait toute la longueur. Deux couverts avaient été disposés à une extrémité de la table, éclairée par des chandeliers. Un domestique, debout à côté d'une desserte, s'apprêtait à servir un plat, un ragoût de couleur sombre agrémenté d'épices exotiques.
– Excusez la simplicité de mes goûts, dit Dragoumis. Je n'ai jamais été un fin palais. Si vous aimez la grande cuisine, c'est avec mon fils qu'il faut dîner.
– Je suis sûre que c'est délicieux, affirma Gaëlle d'une voix hésitante. Pardonnez-moi, monsieur Dragoumis, mais il faut que je sache. M'avez-vous fait venir jusqu'ici uniquement pour me parler de mon père ?
– Non. Je vous ai fait venir pour vous demander de l'aide.
– De l'aide ? À quel sujet ?
Dragoumis se pencha en avant. Un chandelier illumina son regard et donna à ses iris bruns des reflets mordorés.
– Le message crypté parle d'une tombe remplie de richesses propre à accueillir le fils d'Amon, à Siwa.
– Vous êtes au courant ?
– Bien sûr, lança Dragoumis avec impatience. Il dit aussi que les porte-bouclier se sont tués avant que Ptolémée ne puisse… leur faire dire où se trouvait cette tombe.

– En effet.

– Avez-vous déjà entendu parler d'une tombe à Siwa, propre à accueillir un homme comme Alexandre ?

– Non.

– Il ne reste donc plus qu'à la découvrir.

– Si toutefois elle a existé.

– Elle a existé, certifia Dragoumis. Elle existe. Dites-moi, mademoiselle Bonnard, ne serait-ce pas merveilleux de la découvrir ? Quelles richesses peut bien contenir une tombe propre à accueillir le plus grand conquérant de l'Histoire ? Les armes des guerres de Troie qu'on lui avait données ? Son exemplaire personnel d'Homère, annoté par Aristote ? Soyez franche : ne mourez-vous pas d'envie d'être la première à le savoir ? La célébrité. La richesse. L'admiration. Vous ne vous demanderiez plus jamais, dans les heures sombres de l'aube, ce que vous faites sur cette terre.

– Vous vous méprenez totalement. Ibrahim Beyumi a informé le secrétaire général du CSA, qui va décider de la suite des événements. Et je ne serai probablement plus de la partie.

– Peut-être ne savez-vous pas qu'Elena était présente lors de cet entretien.

– Si, mais…

– Elle a convaincu le secrétaire général qu'elle était la personne la plus indiquée pour diriger les fouilles.

– Quoi ? Mais… comment ?

– Elena est douée pour la négociation, croyez-moi. En revanche, elle l'est moins dans certains aspects de l'archéologie. Et c'est pour cette raison que je vous ai fait venir ici. Je veux que vous alliez à Siwa avec elle. Je veux que vous trouviez cette tombe pour moi.

– Pour vous ?

– Oui. Vous avez un don, comme votre père.

– Vous surestimez mes…

– C'est vous qui avez découvert le niveau inférieur de la tombe, non ?

– En fait, c'était…

– Et c'est vous qui avez déchiffré l'inscription.

– Elle aurait pu être déchiffrée par n'importe qui d'autre.

– L'humilité ne m'impressionne pas, mademoiselle Bonnard. C'est le succès qui m'impressionne. Elena a beaucoup de qualités, mais elle manque d'imagination, d'empathie. C'est votre don. Et notre cause en a besoin.

– Votre cause ?

– Vous trouvez qu'il est démodé d'avoir une cause ?

– Je trouve que le mot « cause » est l'équivalent politiquement correct de « massacre ». À mon sens, l'archéologie n'a pas de cause. Son seul but est la vérité.

– Très bien. Alors que pensez-vous de cette vérité ? Mes grands-pères sont nés tous les deux dans la Grande Macédoine. À l'âge adulte, l'un était serbe, l'autre grec. Pour les gens comme vous, qui n'ont pas de cause, il est peut-être naturel de voir des familles comme la mienne déchirées et distribuées comme des esclaves. Mais d'autres s'y opposent farouchement. Vous voyez de qui je veux parler ?

– De ceux qui se déclarent macédoniens, je suppose, répondit Gaëlle timidement.

– Je ne cherche pas à vous faire changer d'avis, mademoiselle Bonnard. Je vous pose simplement une question : qui, en vérité, doit déterminer qui je suis ? Moi ou quelqu'un d'autre ?

Il lui laissa le temps de répondre, mais elle ne trouva rien à dire.

– Je crois que la Grande Macédoine est une nation légitime, reprit-il. Et je crois que cette nation a été illégalement morcelée et répartie entre la Bulgarie, la Serbie et la Grèce. Le peuple macédonien a été injustement opprimé pendant des siècles. Il a subi des décennies d'épuration ethnique et demeure persécuté parce qu'il n'a pas de porte-parole, pas de pouvoir. Des centaines de milliers de personnes sont d'accord avec moi dans cette région, comme des millions d'autres de par le monde. Elles ont en commun une culture, une histoire, une religion, une langue, qu'elles ne partagent pas avec les pays auxquels elles ont été attribuées. Elles se déclarent macédoniennes, quel que soit le nom qu'on leur donne. Elles ont, me semble-t-il, le même droit à la liberté, à la religion, à l'autodétermination et à la justice que vous, qui en bénéficiez tout naturellement. C'est leur cause que je défends. C'est pour elles que j'implore votre aide.

Il posa les yeux sur elle. Il avait quelque chose de triomphant dans le regard, une autoconviction inébranlable. Elle essaya de ne pas le regarder, mais ne put s'empêcher de le faire.

– Et vous allez m'aider, conclut-il.

Chapitre 24

I

Knox avait hâte de cacher sa jeep à un endroit où Nessim ne la retrouverait pas. Il prit un chemin de terre au sud de Tanta et Rick le suivit au volant de sa Subaru. Au bout d'un quart d'heure, il discerna dans le clair de lune une vieille ferme abandonnée, envahie par la végétation et recyclée en décharge sauvage. Parfait. Il avança lentement le long d'une allée sillonnée d'ornières, jusqu'à une vieille cour en béton. En face de lui, il aperçut une rangée de granges ouvertes au sol boueux. Des détritus poussés par le vent s'étaient entassés dans les coins et l'accès était bloqué par une série d'abreuvoirs, presque remplis d'eau de pluie. À gauche, un bâtiment décrépit s'étendait de part et d'autre d'une large porte en acier. Knox et Rick descendirent de voiture et ouvrirent la porte, qui crissa sur le sol en béton. Ils ne remarquèrent qu'une odeur âcre de gazole et d'urine, ainsi que des traces de fiente d'oiseau et de chauve-souris sur le plancher. Knox se gara à l'intérieur, emporta tout ce dont il pourrait avoir besoin dans la Subaru et tendit la bâche sur sa jeep.

– Alors, tu m'expliques maintenant ? demanda Rick en reprenant la route de Tanta.

– Oui. Je t'ai déjà parlé de mes fouilles à Mallawi ?

– Tu ne parles que de ça ! se moqua Rick.

– Alors tu te souviens de l'histoire dans les grandes lignes, dit Knox en ouvrant son portable pour regarder les CD que Rick lui avait rapportés avec le peu de batterie qu'il lui restait. Richard Mitchell et moi avons trouvé des papyrus ptolémaïques. Nous les avons transmis à Yusuf Abbas, l'actuel secrétaire général du CSA, pour qu'il les mette en lieu sûr. Il a été si emballé qu'il a pris la direction des opérations.

– Et ensuite tu as vu certains de ces papyrus sur le marché noir.

– Exactement. Il n'y a pas un marché énorme pour les papyrus ptolémaïques, même lorsqu'on sait d'où ils proviennent. Alors pour les papyrus volés… En général, la plupart des acheteurs sont des institutions universitaires. Ils ne tremperaient pas dans le marché noir. Mais Philippe Dragoumis s'intéresse à tout ce qui est macédonien et, en particulier, à tout ce qui concerne Alexandre.

– Et tu penses que ces papyrus ont un rapport avec Alexandre ?

– Le niveau supérieur de la tombe d'Alexandrie a été bâti pour un porte-bouclier de l'armée d'Alexandre nommé Akylos. Le niveau inférieur a été dédicacé par un dénommé Kalonymos. Ces deux noms apparaissent dans la même série de papyrus. Nous avons photographié ces papyrus et les clichés sont gravés sur un des CD que tu m'as empruntés. Regarde.

Knox fit pivoter l'ordinateur portable afin que Rick puisse voir la liste des fichiers comportant les noms Akylos et Kalonymos.

– De plus, poursuivit-il, je jurerais que Nicolas et Elena ont reconnu le nom de Kalonymos hier.

– D'accord, il y a peut-être un lien entre les papyrus de Mallawi et la tombe d'Alexandrie. Mais ça n'explique pas ce qu'on fait à Tanta.

– Le groupe Dragoumis sponsorise des fouilles près d'ici. Personne ne finance un chantier au hasard, et encore moins un sponsor étranger. Les Dragoumis cherchent quelque chose et je crois que c'est en partie pour cette raison que Nicolas est à Alexandrie. Je veux savoir ce que c'est.

Ils arrivèrent à l'hôtel où logeait l'équipe de la Fondation archéologique macédonienne.

– Malheureusement, reprit Knox, je ne peux pas poser la question directement. Tous les membres de l'équipe ont signé un contrat de confidentialité. Ils ne diront rien à personne, et encore moins à moi.

– Ah, mais ils logent ici, pas vrai ?

– Absolument. Dans environ une heure, ils vont partir travailler. Et nous allons les suivre.

II

Elena se réveilla tôt ce matin-là. Le soleil entrait à flots par la fenêtre ouverte de l'appartement d'Augustin et elle entendait le bruit de la rue, les voitures qui démarraient, les portes qui claquaient, les familles qui se querellaient. Allongée à côté d'Augustin, elle le regardait avec tendresse. C'était drôle – et parfaitement injuste – ce que les hommes pouvaient être beaux même lorsqu'ils n'étaient pas présentables. Avec ses longues mèches sur le visage, il ressemblait à une méduse. Une mince traînée de salive lui dégoulinait du coin de la bouche pour aller mouiller l'oreiller. Et pourtant, elle avait envie de lui. Pour la première fois depuis plus de dix ans, elle était incapable de résister à la luxure. Et dire qu'elle partait pour Siwa avec Gaëlle dans la matinée ! Il fallait qu'elle profite au maximum du temps qu'il leur restait.

Elle tira sur le drap pour mieux le voir. Elle tendit la main et lui effleura doucement l'intérieur de la cuisse en partant du genou pour remonter jusqu'au scrotum. Il sentit son pénis gonfler et se redresser le long de son ventre. Un sourire ravageur lui traversa le visage, bien qu'il eût encore les yeux fermés. Ils n'échangèrent pas un mot. Elle l'embrassa sur le front, le nez, la joue, la bouche. Son haleine était amère mais pas désagréable. Leur étreinte devint rapidement intime. Ils étaient tous deux trop avides pour attendre. Il se tourna sur le côté et fouilla dans sa table de nuit pour prendre un préservatif, qu'il ouvrit avec les dents et déroula avec expertise d'une seule main. Il grimaça de plaisir lorsqu'il la pénétra. Les bras tendus, il se retenait au-dessus d'elle. Puis il se retira à moitié et ondula à peine afin que, pétrie de désir, elle l'attire en elle. Ils trouvèrent leur rythme. Elle souleva la tête pour regarder le point de jonction entre eux, l'ombre longue et dure qui sortait d'elle pour rentrer encore plus lentement. Elle avait oublié à quel point le coït pouvait être fascinant, si férocement animal, si différent des rituels vains de la cour qui le précédait. Il lui repoussa la tête en arrière et ils se regardèrent fixement dans les yeux, jusqu'à ce qu'elle ne puisse plus soutenir son regard et se torde de plaisir en criant, avant de rouler avec lui sur le sol. Ils restèrent allongés par terre une trentaine de secondes, enlacés, souriants, le temps de reprendre leur souffle.

– Café ? demanda-t-il.

– Chocolat.

Il se traîna, nu, jusqu'à la cuisine et jeta son préservatif dans une poubelle débordante de détritus. Un filet nacré resta suspendu à son pénis. Il l'essuya avec une feuille d'essuie-tout et ouvrit son réfrigérateur.

– Merde ! s'exclama-t-il. Pas de lait.

– Reviens te coucher, gémit-elle. Je dois partir bientôt.

– Il me faut du café et des croissants, protesta-t-il en enfilant le pantalon et la chemise qu'il portait la veille. J'en ai pour une minute, promis.

Elle le regarda sortir. Quelque chose comme le bonheur lui monta dans la poitrine. Pendant toutes ces années, elle avait assouvi ses désirs avec des lavettes et des dandys. Mais qu'est-ce que c'était bon d'avoir à nouveau un vrai homme dans sa vie !

III

Il était difficile de rester éveillé. Rick venait d'acheter deux cafés pour Knox et lui au premier bar qui avait levé son rideau, lorsque quatre hommes et trois femmes en chaussures de marche, pantalon de toile et chemises ouvertes descendirent l'escalier de l'hôtel en baillant avec un sac sur le dos. Quelques Égyptiens, qui s'étaient rassemblés au cours des vingt dernières minutes, allèrent les rejoindre. La loi égyptienne obligeait les responsables de chantier à recruter de la main-d'œuvre locale. Ils montèrent tous à bord de deux pick-up. Certains s'entassèrent à l'avant, tandis que d'autres restèrent à l'arrière. L'un d'eux compta rapidement les personnes présentes et ils s'engagèrent lentement sur la route de Zagazig.

Rick leur laissa vingt secondes et les prit en filature. Il était facile de suivre un véhicule en Égypte. Il y avait si peu de routes qu'on pouvait garder ses distances. L'équipe se dirigea vers Zifta, puis tourna à droite sur un chemin de terre. Rick attendit de ne plus voir qu'un nuage de poussière et continua. Knox et lui parcoururent encore cinq kilomètres environ avant d'apercevoir un des pick-up garé et vide.

– Partons d'ici avant d'être repérés, suggéra Knox.

Rick fit demi-tour.

– Et on va où maintenant ?

– Je ne sais pas ce que tu en penses, répondit Knox en baillant, mais je n'ai pas dormi depuis deux jours. Je vote pour qu'on se trouve un hôtel.

IV

La journée était passée avec une lenteur insoutenable pour Mohammed el-Dahab, mais l'après-midi touchait à sa fin, et l'heure approchait. Il faisait les cent pas dans le service d'oncologie de l'Institut de recherche médicale d'Alexandrie. De temps à autre, il inspirait une grande bouffée d'air à pleins poumons mais, parfois, sa respiration était si rapide et peu profonde qu'il avait l'impression qu'il allait s'évanouir. Attendre les résultats des tests à côté du téléphone avait été une partie de plaisir comparé au calvaire qu'il était en train de vivre. Il s'approcha de la fenêtre et regarda fixement la ville, le port dans la nuit. Tous ces gens… Il se fichait complètement d'eux. Qu'Allah les prenne tous et lui laisse Leila !

Le docteur Serag al-Din lui avait donné de bonnes nouvelles. Il avait trouvé un donneur compatible : Basheer. C'était une cousine au troisième degré de la mère de Nur, qui avait elle-même failli mourir lorsque son immeuble s'était effondré, au Caire, des années auparavant. À l'époque, Mohammed ne s'était pas intéressé à son sort, qui lui était totalement indifférent. Mais si elle avait succombé à ses blessures… Il ferma les yeux, le poing fermé contre la bouche. Il préférait ne pas y penser.

Hélas, trouver un donneur ne suffisait pas. Encore fallait-il que le professeur Rafai autorise Leila à subir la greffe de moelle osseuse. C'était précisément pour connaître sa décision que Mohammed s'était rendu sur place.

– *Inch' Allah, inch' Allah*, murmurait Mohammed sans discontinuer.

Ce mantra ne le soulageait pas vraiment. Si seulement Nur avait été là… Mais elle n'avait pas eu la force de venir. Encore plus terrifiée que lui, elle était restée à la maison pour s'occuper de Leila.

– *Inch' Allah*, répéta-t-il, *inch' Allah*.

La porte du service d'oncologie s'ouvrit brusquement. Une jeune infirmière rondelette avec de grands yeux marron sortit. Mohammed essaya de déchiffrer son expression, mais ne parvint pas à se concentrer.

– Veuillez me suivre, s'il vous plaît, dit-elle.

Chapitre 25

I

Karim Barak avait les pieds en sang, tant il avait arpenté ces routes défoncées dans des chaussures trop serrées aux semelles décollées. Il regrettait d'avoir répondu à l'appel d'Abdallah et d'avoir accepté ses conditions. Cent dollars à celui qui trouverait cette foutue jeep ! C'était trop beau pour être vrai. Quand il avait réparti les quartiers à fouiller, Abdallah l'avait affecté à cette zone rurale complètement paumée. Les autres avaient pouffé de rire. Comme si quelqu'un allait se garer là ! Karim se demandait pourquoi il s'obstinait à chercher. Mais il y avait une forte récompense à la clé. Et puis, s'il offrait cent dollars, Abdallah allait probablement toucher cinq à dix fois cette somme. Pour un jeune homme rusé comme Karim, cela signifiait qu'il y avait des opportunités à exploiter. Mais il faudrait vraiment un coup de chance.

La nuit tombait déjà lorsque Karim aperçut le chemin menant à la ferme et les bâtiments délabrés qui le longeaient sur environ deux cents mètres. Il avait si mal aux pieds que cette distance lui parut énorme. Soudain, il eut envie d'un grand bol de *kushari*, comme sa tante savait si bien le faire, accompagné d'un petit supplément d'oignons frits. Une fois rassasié, il se laisserait tomber sur son matelas pour une bonne nuit de sommeil. La jeep ne pouvait pas être là de toute façon. Il fit demi-tour et rebroussa chemin en clopinant douloureusement. À peine avait-il fait vingt pas qu'un minibus chargé de lycéennes passa avec fracas devant lui. Une des jeunes filles le regarda et lui sourit timidement. Elle avait une belle peau, des yeux magnifiques et des lèvres rouges et pulpeuses. En la voyant, il oublia le *kushari*, son lit et ses pieds endoloris. Voilà ce qu'il voulait vraiment : une belle jeune femme qui deviendrait la sienne. Et il savait que ce rêve ne se réaliserait que s'il gagnait suffisamment d'argent.

Il se retourna vers les bâtiments de la ferme et décida de pousser ses recherches jusque-là.

II

Mohammed parvenait à peine marcher pour suivre l'infirmière. Il devait faire un effort pour se souvenir qu'il fallait mettre un pied devant l'autre. Elle le conduisit dans un grand bureau, où le professeur Rafai parcourait les dossiers suspendus d'un tiroir à archives. Mohammed l'avait souvent vu pendant qu'il faisait ses visites mais n'avait jamais eu d'entretien privé avec lui. Il ne savait pas quoi en penser. Certains médecins prenaient plaisir à annoncer de bonnes nouvelles ; d'autres considéraient qu'il était de leur responsabilité de communiquer les mauvaises. Rafai se tourna vers lui avec un sourire professionnel qui ne trahissait aucune émotion.

– Asseyez-vous, asseyez-vous, dit-il en lui montrant la petite table ronde située dans un angle de son bureau.

Il sortit un dossier marron et vint le rejoindre.

– J'espère que vous n'avez pas attendu trop longtemps.

La gorge nouée, Mohammed se demanda s'il était possible que Rafai ne comprenne pas. Brusquement, il eut envie de sortir et de retourner dans la salle d'attente. Quand on n'a que l'espoir, on fait tout pour s'y accrocher. Rafai ouvrit le dossier et se mit à lire un document à travers ses demi-lunes. Il fronça les sourcils, comme s'il venait de découvrir quelque chose dont il n'était pas au courant.

– Vous êtes conscient de ce qu'aurait impliqué une greffe de la moelle osseuse ? demanda-t-il sans lever les yeux. Vous vous rendez bien compte de ce que vous me demandiez de faire subir à votre fille ?

La catastrophe avait un effet engourdissant. Mohammed avait froid, mal au cœur. Et pourtant, il était affreusement calme. Il se demanda avec sang-froid comment il allait annoncer la nouvelle à Nur, si Leila allait comprendre ce que cela signifiait.

Rafai poursuivit implacablement.

– Nous désignons cette procédure sous le nom de greffe de la moelle osseuse, mais cela prête à confusion. D'ordinaire, la chimiothérapie vise uniquement les cellules à division rapide cancéreuses mais, dans cette procédure, nous empoisonnons délibérément tout l'organisme de la personne afin de détruire toutes les cellules à division rapide, cancéreuses ou non. Et cela inclut la moelle osseuse. La greffe ne constitue pas le traitement. Elle est nécessaire parce qu'une fois que nous avons annihilé ces cellules à division rapide, le patient mourrait s'il ne bénéficiait pas d'une nouvelle moelle. C'est une intervention traumatisante et extrêmement douloureuse, sans aucune garantie de succès. Des phénomènes de rejet peuvent survenir, y compris en cas de compatibilité parfaite. Et même si la greffe prend, la convalescence est très longue. Il faut constamment faire des tests. Ce n'est pas une affaire de quelques jours. Les cicatrices restent à vie. Et puis il y a des complications : stérilité, cataracte entraînant la cécité, cancers secondaires, complications hépatiques, rénales, pulmonaires, cardiaques…

À ce moment-là, Mohammed comprit que Rafai ne l'avait pas reçu dans son bureau parce que la tâche était difficile mais parce qu'il se complaisait dans l'exercice du pouvoir. Il tendit la main et poussa le dossier contre la table.

– Dites ce que vous avez à dire, exigea-t-il. Soyez direct. Et regardez-moi dans les yeux.

Rafai soupira.

– Comprenez que nous ne pouvons pas faire une greffe de moelle osseuse à tous les patients qui en ont besoin, expliqua-t-il. Nous affectons nos crédits en fonction des preuves cliniques, des chances de réussite. Or, je crains que, dans le cas de votre fille, le lymphome ait atteint un stade de développement tel que…

– Parce que vous n'avez pas voulu faire les tests à temps ! cria Mohammed. Parce que vous n'avez pas voulu faire les tests !

– Sachez que nous aimons tous votre…

Mohammed se leva.

– Quand avez-vous pris cette décision ? Avant que nous fassions les tests ? C'est ça, n'est-ce pas ? Pourquoi ne nous avez-vous rien dit ? Pourquoi nous avez-vous laissés espérer ?

– Vous vous trompez. Nous n'avons rien décidé tant que…

– Est-ce que je peux faire quelque chose ? N'importe quoi ? Je vous en supplie. S'il vous plaît. Vous ne pouvez pas faire ça.

– Je suis désolé, dit Rafai avec un sourire inexpressif.

L'entretien était terminé.

Jusque-là, Mohammed n'avait jamais compris les tentatives de suicide ratées, généralement considérées comme des appels au secours. Mais tout à coup, il eut la certitude que certains sujets étaient tout simplement trop difficiles à aborder sans un acte fort qui montre l'intensité des émotions éprouvées. Il ne pouvait pas annoncer cette nouvelle à Nur et à Leila. C'était au-dessus de ses forces. Alors il prit Rafai par le revers de sa veste et le plaqua contre le mur de son bureau.

III

Sur la route de Siwa, Gaëlle ne put se faire une idée de ce qui l'attendait dans l'oasis. Sa mère avait une petite assiette fissurée sur la cheminée, sur laquelle il était écrit : « Le Génie, c'est un pour cent d'inspiration et quatre-vingt-dix-neuf pour cent de transpiration. » Grâce à la climatisation défectueuse du 4 x 4 qu'Elena avait loué et à l'humidité ambiante, les sept heures de route le long de la zone des pluies de la côte méditerranéenne, urbanisée à outrance, puis à travers le désert, dont la monotonie n'était rompue que par quelques groupes de chameaux errants et une série de stations-service délabrées, avaient été particulièrement pénibles. Mais arrivées en haut d'une côte, Gaëlle et Elena découvrirent enfin une rupture dans ce désert interminable : des lacs salés scintillaient au milieu de champs d'un vert argenté. Lorsqu'elles entrèrent sur la place du marché de Siwa, un muezzin appelait les fidèles à la prière et le soleil s'apprêtait à disparaître derrière les ruines rosées de l'ancienne forteresse de Shali. Gaëlle ouvrit sa fenêtre et respira à fond. Elle commença à se sentir mieux. Les rues étaient larges, spacieuses et poussiéreuses. Il n'y avait pas beaucoup de voitures ni de camions. Ici, tout le monde se déplaçait à pied, à bicyclette ou sur des charrettes tirées par un âne. Après le tumulte d'Alexandrie, c'était un véritable havre de paix. Elles arrivèrent au bout de la route. Il n'y avait rien au-delà de Siwa, excepté la Grande Mer de sable. L'oasis ne menait nulle part.

Elles descendirent dans un hôtel situé au milieu d'un champ de dattiers. Les chambres, avec de grandes fenêtres et une salle de bains étincelante, étaient propres et fraîchement repeintes. Gaëlle prit une douche et se changea. Puis Elena frappa à sa porte et elles partirent rendre visite au docteur Ali Sayed, le représentant du Conseil suprême des Antiquités à Siwa.

IV

Knox et Rick se baissèrent sous le pare-brise de la Subaru tandis qu'un des pick-up ramenait une partie de l'équipe à l'hôtel. Les phares dansèrent au-dessus du bosquet dans lequel ils s'étaient cachés. Une bonne journée de sommeil avait permis à Knox de recharger ses batteries, ainsi que celles de son ordinateur portable. Il rouvrit celui-ci dès que le véhicule fut parti et reprit son étude des papyrus de Mallawi.

– Je suppose que l'autre pick-up est déjà parti, dit Rick. Ils ne peuvent pas fouiller de nuit.

– Attendons dix minutes pour être sûrs.

Rick fit la grimace mais n'insista pas.

– Alors, ça avance ? demanda-t-il.

– Pas trop mal, répondit Knox.

L'écran de son portable n'était pas de très bonne qualité. De plus, les photos avaient été prises à des fins d'archivage et non de déchiffrage. L'éclairage n'était pas toujours bon, pour ne pas dire mauvais. La plupart des papyrus étaient complètement illisibles. Mais sur d'autres, il était possible de discerner des mots, voire des fragments de phrase. En général, ceux-ci étaient presque délibérément vagues : « et ce qui m'a poussé à me rendre à Mallawi arriva », par exemple. Dans certains passages, l'auteur faisait très souvent référence à l'« Illuminé », « Celui qui détient la vérité », « Celui qui sait », le « Détenteur du secret ». Et dans d'autres…

– Je ne sais pas qui est l'auteur de ce texte, mais il n'était pas très respectueux, observa Knox.

– Comment cela ?

– Tous les pharaons de la dynastie ptolémaïque étaient désignés sous le nom de Ptolémée. Par conséquent, on les distinguait grâce à un titre cultuel. Le premier Ptolémée s'appelait Ptolémée Sôter, ce qui signifiait, en grec, « le Sauveur ». Mais ici, l'auteur le nomme Sotadès.

– Sotadès ?

– Un poète et dramaturge grec. Adepte de la poésie homoérotique, il a inventé le palindrome et s'est attiré des ennuis pour s'être moqué de Ptolémée II Philadelphe lorsque celui-ci a épousé sa sœur. Philadelphe signifie « Celui qui aime sa sœur » mais, ici, il est désigné sous le nom de « Celui qui aime le péché ». Ptolémée Évergète, « le Bienfaiteur », devient « le Malfaiteur ». Philopatôr, « Celui qui aime son père », devient « Celui qui dit des mensonges » et Épiphane, « le Dieu visible », devient « l'Imposteur visible ».

– Ce n'était pas le meilleur satiriste du monde.

– Non, mais parler des Ptolémées de cette façon, c'était impensable.

Rick se pencha en avant et regarda à travers son pare-brise dans la lumière de la lune, impatient de passer à l'action.

– Ils doivent être partis maintenant, murmura-t-il en allumant le contact. Allons-y.

– Encore cinq minutes.

– D'accord, soupira Rick en éteignant le moteur.

Il se pencha pour voir l'écran du portable.

– Qu'est-ce que tu as trouvé d'autre ? demanda-t-il.

– Beaucoup de noms de lieux. Tanis, Buto, Busiris, Mendès, des cités importantes du Delta. Mais le nom qui revient le plus souvent, et de loin, c'est Lycopolis.

– Lycopolis. La Cité des loups, c'est ça ?

– Oui, c'était le nom grec de l'ancienne Assiout.

Assiout se trouvait à environ soixante-quinze kilomètres au sud de Mallawi, où les papyrus avaient été découverts. C'était donc parfaitement logique, mais la mémoire de Knox semblait vouloir lui rappeler autre chose.

Une autre paire de phares éclaira le chemin de terre. Knox et Rick se baissèrent à nouveau.

– Tu avais raison, admit Rick, dont le sourire étincela dans l'obscurité.

Lorsqu'il arriva à la route, le deuxième pick-up s'arrêta pour laisser passer les voitures. Ils entendirent les bavardages des ouvriers assis à l'arrière, qui semblaient contents d'avoir fini leur journée. Puis le pick-up reprit la route de Tanta et s'éloigna.

– Bon, cette fois on y va ? demanda Rick.

– Oui.

La lune était lumineuse. Ne voulant ni attirer l'attention ni donner l'impression d'être des rôdeurs, ils avancèrent les phares en veilleuse. Lorsqu'ils arrivèrent à l'endroit où ils avaient vu un des pick-up se garer, ils aperçurent une pancarte plantée dans le sol. Celle-ci indiquait en arabe et en anglais que l'accès était réservé au Conseil suprême des Antiquités et à la Fondation archéologique macédonienne. Ils reculèrent un peu, cachèrent la Subaru dans un taillis et sortirent de la voiture. Pendant que Knox dormait, Rick était allé faire quelques achats. Il tendit une torche à son ami mais la nuit était suffisamment claire. Une brise fraîche murmurait dans les branches. Un oiseau hulula. Ils discernaient les lumières statiques d'un hameau au loin, tandis qu'une série de phares jaunes se croisaient sur la route. Leurs chaussures s'enfoncèrent dans la terre. Ils traversèrent un champ et, tout au bout, découvrirent un site en chantier, un ensemble de carrés de quatre mètres de côté séparés par des bermes, puis une série de tombes vides, d'un mètre de profondeur, entourées de terre fraîche. La lumière oblique de la lune n'éclairait pas le fond des cavités. Il leur fallut à peine quinze minutes pour faire le tour du site.

– Ce n'est pas la Vallée des Rois, murmura Rick.

– Tu ne croyais quand même pas…

– Chut !

Rick s'accroupit brusquement, un doigt sur les lèvres. Knox se retourna pour voir ce qui se passait. Quelques secondes plus tard, il aperçut une petite lueur orange entre les arbres.

– Ils sont deux, chuchota Rick. Ils partagent une clope.

Il indiqua une tombe vide. Knox hocha la tête. Ils se laissèrent tomber au fond de la tombe et regardèrent les deux hommes vêtus d'un uniforme vert foncé et d'une casquette s'approcher d'eux. Visiblement, ce n'étaient ni des soldats ni des policiers, mais plutôt des gardes privés. Cependant, ils portaient un étui de revolver noir à la ceinture. L'un d'eux tenait un immense berger allemand en laisse. Celui-ci grognait et montrait les crocs comme s'il avait flairé quelque chose mais ne savait pas encore quoi. Intrigué, l'autre homme alluma sa torche et balaya l'ensemble du site en continuant à s'approcher. Ils parlaient d'une émission de télévision qu'ils avaient vue la veille. Rick se mit de la terre sur la nuque et sur les mains, et incita Knox à faire de même. Immobiles, à plat ventre dans la tombe, ils entendirent les deux gardes marcher dans leur direction. Le berger allemand était désormais complètement excité, mais son maître le retenait en jurant. Le faisceau de lumière rebondit au fond la tombe puis disparut. Un mégot de cigarette encore allumé atterri à côté de la joue de Knox. Un des hommes ouvrit sa braguette et pissa sur le tas de terre en éclaboussant Knox et Rick, pendant que son collègue faisait des commentaires obscènes sur une actrice qui lui plaisait. Puis ils firent demi-tour et s'éloignèrent en traînant derrière eux leur chien agité.

Rick fut le premier à bouger.

– Nom de Dieu, on est passé près, murmura-t-il.

– On ferait mieux de se tirer de là, dit Knox.

– Pas question ! Deux hommes et un berger allemand pour garder un site vide. Je veux savoir où ils vont.

– Ils sont armés.

– Justement, ça devient intéressant.

Rick sortit de la tombe et se mit à suivre les gardes en restant baissé. Puis il se tourna vers Knox et lui fit signe de garder ses distances, sachant qu'il n'avait pas été entraîné à se déplacer discrètement. Knox attendit un peu et sortit à son tour. La lune projetait des ombres spectrales qui réveillaient son imagination. Ils gravirent une longue côte, à travers les arbres, puis le chemin redescendit un peu. Knox aperçut des bâtiments devant lui et s'arrêta. Il avait perdu Rick de vue depuis une minute ou deux. Tout à coup, celui-ci surgit brusquement de l'ombre.

– Il y a deux bâtiments en béton, murmura-t-il. Un grand et un petit. Pas de fenêtres. Juste des portes en acier. Cadenassées. Les deux types sont postés devant le petit bâtiment. Je ne sais pas ce qu'ils gardent, mais c'est là qu'on doit aller voir.

– Tu viens de dire que c'est un bâtiment en béton sans fenêtres. Comment veux-tu qu'on voie quoi que ce soit ?

– Fais-moi confiance, répondit Rick en souriant.

V

Le docteur Ali Sayed habitait une maison imposante de deux étages, au bout d'une allée bordée d'arbres. Une BMW bleu marine était garée juste devant. Un homme à la peau sombre, aux cheveux blancs et à la barbe bien entretenue était assis à une longue table en bois, un gobelet dans une main et un gros stylo plume dans l'autre, devant une mer de papiers.

– Bonjour ! cria-t-il chaleureusement à Gaëlle et Elena. Vous devez être les amies du secrétaire général.

Il posa son gobelet sur ses papiers pour éviter qu'ils ne s'envolent et bondit à leur rencontre. Siwa se trouvait sur l'ancienne route aux esclaves et, selon toute vraisemblance, Ali avait du sang noir et arabe. Il semblait mettre délibérément ses origines en avant. Avec ses sandales ouvertes, son short kaki et sa chemise rouge et or à manches courtes et col ouvert, il avait un petit côté caribéen.

– Vous devez être madame Koloktronis, dit-il à Elena en lui serrant la main.

Il se tourna vers Gaëlle.

– Et vous êtes mademoiselle Bonnard, continua-t-il. Oh, oui ! Vous avez les yeux de votre père.

Gaëlle resta sous le choc.

– Je vous demande pardon ? balbutia-t-elle.

– Vous n'êtes pas la fille de Richard Mitchell ?

– Si, mais…

– Parfait ! Lorsque Yusuf m'a annoncé la visite d'Elena Koloktronis et de Gaëlle Bonnard, je me suis dit : « Ah oui, je me souviens de ce nom ! » Quand votre père est mort dans cette terrible chute, je vous ai envoyé un colis comportant divers documents ainsi que ses affaires personnelles. Vous l'avez reçu, j'espère.

– C'était vous ? Oui, merci.

– Votre père et moi étions très amis. Il venait souvent ici. Vous êtes la bienvenue en tant qu'archéologue, bien sûr, mais encore plus en tant que fille de Richard Mitchell.

– Merci.

– Cela dit, je dois dire que je suis surpris que Yusuf Abbas m'ait si vivement recommandé la fille de Richard Mitchell.

Il leva un sourcil.

– À moins qu'il ne sache pas qui vous êtes, ajouta-t-il.

– Je ne sais pas, bredouilla Gaëlle en rougissant.

– Peut-être devrais-je l'en informer la prochaine fois que nous nous parlerons, dit-il d'un air songeur.

Mais lorsqu'il vit l'expression de la jeune femme, il la prit par le coude.

– Je plaisante, bien sûr ! s'exclama-t-il. Je ne ferais jamais une chose pareille. Vous avez ma parole. Mais entrez donc. Venez égayer mon humble demeure. Entrez ! Entrez !

Gaëlle et Elena échangèrent un bref regard avant de le suivre jusqu'au seuil. Elles ne s'attendaient pas à un accueil aussi exubérant. Il tapa du plat de la main sur le mur extérieur jaune à l'aspect rugueux.

– Du *karshif* ! annonça-t-il. De la terre et du sel. Solide comme du roc, mais il y a tout de même un inconvénient. Il se transforme en boue lorsqu'il pleut !

Il posa les mains sur les hanches et rit aux éclats.

– Heureusement, reprit-il, il ne pleut pas souvent à Siwa. Il n'a pas plu depuis 1985 ! Aujourd'hui Siwa est un gros bloc de béton.

Il se frappa sur la poitrine.

– Moi, je préfère les constructions à l'ancienne ! déclara-t-il.

La porte ouvrait sur un grand hall, dont les murs étaient couverts de photos. Certaines étaient même empilées par terre. D'après les zones de papier peint décolorées, Ali aimait les changer de place. Il ne fuyait pas les objectifs. Au contraire, il apparaissait sur toutes les photos : sur un chantier de fouilles ; à la chasse avec un officier de l'armée, derrière une gazelle blanche blessée à la tête ; en tenue d'alpiniste au milieu d'une falaise ; en touriste à Paris, à Saint-Louis, à Grenade et dans bien d'autres villes encore ; en compagnie de dignitaires, de célébrités et d'experts égyptiens à qui il serrait la main. Un véritable culte de l'ego.

Ils arrivèrent à la cuisine, chauffée par une grande cheminée. Un immense réfrigérateur jauni se mit en route au moment où ils entrèrent et vibra bruyamment. Ali lui donna un coup de pied et la vibration s'amoindrit.

– Je vous offre un verre ? proposa-t-il. Vous ne savez peut-être pas que l'alcool est interdit à Siwa. Les jeunes hommes ont un penchant pour le lagmi, un alcool que nous fabriquons depuis des lustres. Et le lagmi leur donne un penchant les uns pour les autres, alors… plus d'alcool ! Néanmoins, en ce sens, ma maison est une véritable oasis !

Gaëlle trouvait sa bonne humeur bouillonnante quelque peu déconcertante. Elle avait l'impression qu'il se moquait d'elles. Il ouvrit le réfrigérateur, débordant de fruits et de légumes frais, de packs de bières et de vin blanc. Il se tourna vers elle en agitant le doigt.

– Votre père m'a donné de mauvaises habitudes, avoua-t-il. C'est terrible d'aimer l'alcool. À chaque fois que mon stock est épuisé, je dois m'inventer une réunion du CSA au Caire. Or, je déteste me rendre au Caire. Cela signifie que je dois aller saluer le secrétaire général et, croyez-moi, c'est un privilège dont j'apprécie la rareté.

Après avoir rempli trois verres, il reconduisit ses invitées dans le hall, ouvrit une porte bleue qui était fermée à clé, alluma la lumière et les fit entrer. Ils furent accueillis par un délicieux courant d'air frais. La pièce était grande et recouverte de tapis. Un climatiseur imposant soufflait sous les fenêtres verrouillées, dont les volets étaient fermés. Un ordinateur, un scanner et une imprimante couleur trônaient sur deux bureaux, à côté de trois armoires à archives grises et d'étagères blanches remplies de livres surplombant des vitrines fermées à clé. Gaëlle remarqua les angles droits des murs. Il n'y avait aucun risque que cette pièce se transforme en boue.

– Si je comprends bien, vous venez faire des recherches concernant nos sites anciens. Ma bibliothèque est à votre disposition. Tout ce qui a été publié sur Siwa et le désert occidental est ici. Et tout ce qui n'a pas été publié également.

– C'est très gentil à vous, dit Elena.

– Nous sommes tous archéologues. Pourquoi aurions-nous des secrets les uns pour les autres ?

– Avez-vous des photographies ?

– Bien sûr.

Il ouvrit le tiroir du haut d'une des armoires à archives et en sortit un grand rouleau qu'il déroula devant elle. C'était un quadrillage dont chaque carré avait un numéro de référence unique correspondant à un dossier. Et chaque dossier contenait des photos aériennes en noir et blanc, ainsi que quelques gravures en couleur. Pendant qu'il expliquait son système d'archivage à Elena, Gaëlle flâna le long des étagères. Elle y trouva des coupures de presse sur les momies dorées de Bahariya et des ouvrages sur Kharga, Dakhla, Farafra et sur la géologie du désert. Deux étagères étaient entièrement consacrées à Siwa. Elle sortit *Une visite à Siwa*, de Quibell, et en parcourut les pages fragiles et jaunies par le temps. Elle aimait le côté fantaisiste qu'avait ce genre de livres avant que la science ne trouve la fantaisie démodée.

– Vous connaissez ces livres ? murmura Ali, qui avait surgi à côté d'elle.

– Pas tous, avoua-t-elle. En fait…

Il rit, mais il y avait quelque chose de plus doux, de plus authentique dans son rire. Il se baissa pour ouvrir un meuble bas, dans lequel étaient suspendus des dossiers gris et marron remplis de feuilles volantes. Des carnets et des journaux étaient empilés à côté. Il prit un dossier vert épais, qu'il tendit à Gaëlle.

– Vous connaissez le Manuscrit de Siwa ? L'histoire de notre oasis, consignée par les musulmans depuis…

Il évoqua d'un geste de la main des temps immémoriaux.

– C'est moi qui ai écrit ces notes au stylo rouge, précisa-t-il. J'ose espérer qu'elles vous seront utiles.

Il reposa le dossier et retourna aux étagères.

– Ah ! Ahmed Fakhry. Un grand homme. Mon mentor et mon ami. Avez-vous lu ses livres ?

– Oui, répondit Gaëlle.

C'étaient les seuls ouvrages qu'elle avait pu consulter jusque-là.

– Parfait. Ah ! Et ça ! *Nouveau voyage dans la Haute et Basse-Égypte, la Syrie et le Dar-Four (1792-1798)*, de W.G. Browne. Il fut le premier Européen à se rendre à Siwa – ou à écrire sur l'oasis en tout cas. Il nous a trouvés méchants et sales. Nous lui avons jeté des pierres parce qu'il prétendait être un homme de foi. Le monde est fou ! Et là : Frederick Hornemann. Il était allemand, bien sûr, mais il écrivait en anglais. Son voyage a été financé par la Société africaine de Londres en, voyons, oui, 1798.

– Il n'y a rien de plus récent ?

– Si, bien sûr. Beaucoup de livres et de comptes rendus de fouilles. Mais croyez-moi, quand ces hommes sont venus ici, nos monuments et nos tombes étaient en bien meilleur état. Aujourd'hui, la plupart ont été réduits en poussière. *Mon nom est Ozymandias, roi des rois.*

Il soupira en hochant tristement la tête.

– Tant de choses perdues, se lamenta-t-il. *Voyage à Méroé*, de Cailliaud. Vous devez absolument le lire. Vous lisez l'allemand, n'est-ce pas ?

– Oui.

– Bien. On ne sait jamais de nos jours. Même les universités les plus réputées semblent délivrer des doctorats à des étudiants qui savent à peine parler leur propre langue. Voici *Die Oase des Sonnegottes in der Libyschen Wüste*, de J.C. Ewald Falls. Et ce criminel de Drovetti ! J'ai dû aller à Turin pour voir *Le Canon des Rois*. Turin ! Pire que Le Caire ! Ils ont essayé de me tuer avec leurs tramways !

– Quand pouvons-nous commencer ? demanda Elena.

– Quand voudriez-vous commencer ?

– Ce soir.

– Ce soir ! s'exclama Ali en riant. Vous ne vous reposez jamais ?

– Nous n'avons que deux semaines.

– Pas ce soir, je le crains. J'ai pris d'autres engagements. Mais je suis un lève-tôt. Vous serez les bienvenues demain à partir de sept heures.

– Merci.

VI

Rick et Knox firent le tour du bâtiment et se cachèrent dans les arbres de façon à pouvoir voir les gardes sans attirer l'attention du berger allemand. Une heure et demie passa avant que les deux hommes ne reprennent leur ronde. Dès qu'ils furent partis, Rick se précipita vers la porte. Il examina les deux gros cadenas, puis sortit de sa poche un fil de fer recourbé avec lequel il les ouvrit tous les deux.

– Bon sang, où as-tu appris à faire ça ? murmura Knox.

– Dans les forces spéciales australiennes, mon pote ! répondit Rick en souriant avant de mettre les cadenas dans sa poche. On n'y apprend pas à tricoter.

Ils entrèrent. Il y avait un grand puits dans le sol et une échelle en bois fixée à l'une des parois.

– Il va leur falloir seize minutes pour aller jusqu'à l'autre site, affirma Rick. J'ai chronométré le trajet. Aller et retour, ça fait trente-deux. Il faut qu'on sorte d'ici dans vingt-cinq minutes, d'accord ?

– On a intérêt à se dépêcher, fit remarquer Knox un peu nerveux.

Il descendit le premier. L'échelle craquait mais tenait bon. Il atterrit sur des éclats de pierre. Son ami le rejoignit et ils s'engagèrent côte à côte dans une galerie étroite. Soudain, Rick aperçut une peinture murale à la lueur de sa torche.

– Ça alors ! murmura-t-il. Je croyais que l'Homme-Loup n'existait que dans les Marvel Comics.

– Ce n'est pas l'Homme-Loup, le corrigea Knox, stupéfait, mais le dieu loup, Oupouaout.

– Qu'est-ce qui se passe ? Tu as vu un fantôme ?

– Pas vraiment.

– Alors quoi ? Tu as deviné ou nous sommes, c'est ça ?

– Je crois.

– Alors vas-y, crache le morceau !

– Qu'est-ce que tu sais de la pierre de Rosette ?

Chapitre 26

I

– Patron ! Patron !

Nessim lança un regard mauvais à Ratib. Depuis qu'il avait offert une récompense de mille dollars, les téléphones n'arrêtaient pas de sonner. La jeep de Knox avait été repérée dans toute l'Égypte, de Marsa Matrouh à Assouan, ainsi que Knox lui-même. Nessim avait hâte d'en finir avec ces recherches et de se reposer un peu, mais plus le temps passait, plus il perdait espoir.

– Oui ? demanda-t-il.

– C'est Abdallah, patron. Mon contact à Tanta. Il dit qu'un de ses hommes a trouvé la jeep.

– Où ça ?

– Le gosse ne dira rien tant qu'il n'aura pas son argent. Et il en veut encore plus. Il réclame mille dollars. Mais Abdallah en veut mille aussi.

Nessim se renfrogna. L'argent n'était pas un problème. C'était celui d'Hassan après tout. Mais il n'aimait pas le chantage. Il réfléchit un instant. *Si c'était vrai…* Il ouvrit son portefeuille pour voir combien il avait sur lui.

– Dis-lui qu'on veut des preuves. Dis-lui d'envoyer des photos. Si c'est la jeep de Knox, ils auront sept cent cinquante dollars chacun.

– Le gosse refuse d'y retourner. Il pense qu'Abdallah le fera suivre et qu'il ne touchera rien du tout.

Nessim éclata de rire. Il avait lui-même rencontré Abdallah deux fois et, à chaque fois, il avait instinctivement vérifié ses poches pour s'assurer qu'il avait toujours son portefeuille.

– Demande-lui de décrire exactement ce qu'il a vu.

Ratib s'exécuta.

– Il dit que la voiture se trouvait sous une bâche verte. Il a jeté un coup d'œil à l'intérieur. Il dit qu'il a vu un carton rempli de CD et de livres.

Nessim arracha le téléphone des mains de Ratib.

– Quel genre de livres ? demanda-t-il.

– Je ne sais pas, répondit le gosse, qui avait l'air terrifié et dépassé par les événements. Ils étaient écrits dans une langue étrangère.

Nessim se rappela les ouvrages d'archéologie qu'il avait pris dans la chambre d'hôtel de Knox.

– Il y avait des images ?

– Oui.

– Quel genre ?

– Des ruines et des hommes, comme ceux qui creusent dans le désert.

Nessim serra les poings.

– Ne bouge surtout pas. On arrive !

II

– La pierre de Rosette ? demanda Rick en prenant quelques photos de la peinture avec son appareil numérique avant de s'enfoncer davantage dans la galerie. Je sais ce que tout le monde en sait, pourquoi ?

– C'est-à-dire ?

– C'est un gros morceau de basalte noir, je crois, provenant d'une stèle monumentale.

– Une roche qui contient du quartz. Des amas gris scintillants veinés de rose, avec un peu trop de poussière londonienne.

– Elle porte des inscriptions en trois langues différentes : hiéroglyphes, démotique et grec, c'est ça ?

– Exact.

Ils découvrirent une deuxième peinture, semblable à la première. Rick prit deux photos. Le flash étincela dans l'obscurité.

– Les archéologues ont compris que cette pierre leur permettrait peut-être de déchiffrer les hiéroglyphes, poursuivit Rick, et ils en ont cherché d'autres fragments. Qui valaient leur poids en diamants, comme on a dit à l'époque.

Il se tourna vers Knox.

– Est-ce que c'est ça qu'on cherche ? demanda-t-il. Le reste de la pierre de Rosette ?

– Non.

– En tout cas, ils n'ont rien trouvé. En fait, à l'origine, la pierre ne provenait pas de Rosette. Elle avait été amenée là comme simple matériau de construction. Quoi qu'il en soit, les Français se sont fait avoir et elle a atterri au British Museum.

Les parois de la galerie étaient devenues noires comme du charbon et striées de longues cicatrices.

– Il a dû y avoir un sacré incendie ici, murmura Rick en prenant des photos.

– Tu me parlais de la pierre de Rosette, insista Knox.

– Oui. On en a fait des copies. Et il y a eu une véritable course au déchiffrement, menée essentiellement par Thomas Young et Jean-François Champollion. C'est Champollion qui est arrivé en tête. Il a envoyé une lettre annonçant ses résultats. C'était dans les années 1820, c'est ça ?

– En 1822. Le vendredi 27 septembre, pour être exact, date de la naissance de l'égyptologie moderne. Mais tu sembles oublier quelque chose.

– Quoi ?

– L'inscription. Que dit-elle ?

Rick rit de bon cœur.

– Tu as raison. Je n'y avais pas pensé !

– Tu n'es pas le seul. La pierre de Rosette est un véritable monument, une icône, et personne ne sait de quoi parle le texte !

– Vas-y, raconte.

Knox orienta sa torche droit devant lui et le marbre blanc d'un portail brilla légèrement entre deux loups fantomatiques.

– Il s'agit du décret de Memphis, destiné à commémorer l'avènement de Ptolémée V en 196 avant Jésus-Christ. L'âge d'or des Ptolémées était déjà révolu à cette époque, en raison de la politique menée par Ptolémée IV Philopatôr.

– Le fêtard ? demanda Rick, accroupi pour photographier les loups.

– Oui. Philopatôr ne pensait qu'à son propre plaisir et il n'a pas hésité à imposer les paysans pour financer ses frasques. Un roi séleucide, Antioche III, en a conclu que c'était le moment de s'attaquer à l'Empire ptolémaïque. Il s'est emparé de Tyr, de Ptolémaïs et d'une bonne partie de la flotte égyptienne.

– Épargne-moi les détails. Je te rappelle qu'on n'a pas tout notre temps.

– Les deux camps adverses se sont affrontés à Raphia, dans l'actuelle Palestine, expliqua Knox tandis qu'ils franchissaient le portail en marbre. Les Égyptiens ont remporté une victoire écrasante et la paix fut restaurée. C'était plutôt une bonne nouvelle.

– Mais ?

– Les impôts étaient déjà élevés, mais Philopatôr les a encore augmentés pour financer la guerre et célébrer sa victoire. Les paysans ont fini par abandonner leur ferme. D'importants soulèvements ont eu lieu dans toute l'Égypte. Ptolémée IV Philopatôr a été assassiné mais son successeur, Ptolémée V Épiphane, n'était encore qu'un enfant. Des rebelles ont mené une série d'attaques contre des postes militaires et des temples dans le delta du Nil. Traqués par les hommes d'Épiphane, ils se sont réfugiés dans une citadelle.

– Ils pensaient y être en sécurité, mais ils ne l'étaient pas, prédit Rick en claquant des doigts.

– Loin de là.

Ils descendirent deux marches et leurs torches éclairèrent un deuxième portail en marbre.

– D'après la pierre de Rosette, les hommes d'Épiphane ont pris la citadelle d'assaut et passé tous les rebelles au fil de l'épée.

– Charmant.

– Cette scène a eu lieu à Lycopolis, dans le nome de Busirite.

– Le nome de Busirite ? demanda Rick tandis qu'ils arrivaient au portail.

– Oui, c'est-à-dire exactement où nous nous trouvons. Bienvenue dans la citadelle de l'ancienne Lycopolis !

Rick franchit le portail le premier, sa torche en avant.

– Oh ! s'exclama-t-il en détournant le regard comme s'il était sur le point de vomir.

III

– Venez, dit le docteur Sayed avec un grand sourire. Nous n'allons pas passer la soirée dans une bibliothèque !

Gaëlle et Elena le suivirent jusqu'à sa table de jardin. La fraîcheur était tombée sur le soir. Quelques oiseaux chantaient au loin. Elena et le docteur Sayed parlèrent de leurs amis communs, d'endroits qu'ils avaient tous deux visités. Au bout d'un moment, Ali se tourna vers Gaëlle.

– Votre pauvre père, je pense souvent à lui. Ce cher secrétaire général n'avait pas beaucoup d'estime pour lui, comme vous le savez sans doute. En ce qui me concerne, je ne travaille qu'avec des personnes que j'estime. Personne n'a aimé ce pays autant que Richard.

– Merci.

Il s'adressa de nouveau à Elena.

– Alors, dites-moi ce que vous faites à Siwa. Yusuf a mystérieusement fait allusion à une découverte faite à Alexandrie.

– C'est ça.

– Et elle a un rapport avec Siwa ?

– Oui, répondit Elena en posant les photos du niveau inférieur de la tombe à l'envers sur la table. Excusez-moi, mais Yusuf m'a demandé de vous faire promettre de ne pas en parler.

– Cela va de soi, je n'en soufflerai mot.

– Merci.

Elle lui tendit les photos une par une en lui indiquant les circonstances de chaque découverte et la traduction du message crypté.

– Une tombe propre à accueillir Alexandre, murmura le docteur Sayed en parcourant les photos. Et vous espérez la trouver en deux semaines ?

– Nous espérons recueillir des informations au cours de ces deux semaines. Suffisamment pour en obtenir deux autres.

– Comment ?

– Le texte nous donne plusieurs indices, expliqua Elena en les comptant sur ses doigts. La tombe est à un endroit d'où l'on peut voir l'oracle d'Amon ; elle se trouve dans une colline ; son entrée est inférieure au niveau du sol ; elle a été creusée en secret. Demain matin, avec votre permission, nous recenserons toutes les collines d'où l'on peut voir l'oracle. Et nous irons les explorer.

Le docteur Sayed leva les sourcils.

– Savez-vous combien de collines correspondent à cette description ? demanda-t-il.

– Nous pouvons en éliminer quelques-unes. Le site ayant été bâti en secret, nous pouvons supprimer toutes celles qui se trouvent à proximité d'anciens villages ou d'anciennes routes commerciales. Et extraire la pierre donne soif. Les hommes avaient besoin d'eau potable.

– Il y a un millier de sources dans cette oasis.

– Oui, mais beaucoup d'entre elles sont des sources d'eau salée, et la plupart des sources d'eau douce sont sédimentées.

– Ils ont pu creuser un puits.

– Et nous le chercherons. Nous avons une liste de tous les éléments à prendre en compte. Par exemple, comme vous le savez, on reconnaît la pierre taillée aux rainures laissées par les outils. Aussi une grande quantité de pierre taillée devra-t-elle attirer notre attention. Par ailleurs, il est difficile de creuser dans le désert. Le sable est si fin et sec qu'il se dérobe comme un liquide. Les soldats macédoniens étaient des ingénieurs expérimentés. Peut-être ont-ils bâti un batardeau. Vos photos aériennes nous aideront à en retrouver les éventuels contours. J'ai également fait expédier du matériel de télédétection, un magnétomètre au césium et un avion téléguidé pour effectuer d'autres prises de vue aériennes.

Le docteur Sayed examinait toujours les photos. Gaëlle le regardait machinalement, lorsqu'elle vit son expression se figer. Il se reprit presque aussitôt, se redressa avec une fausse désinvolture et parcourut les autres photos à la hâte avant de les rendre à Elena.

– Eh bien, dit-il, je vous souhaite bonne chance.

À ce moment-là, une paire de phares éclaira les troncs des dattiers et un camion remonta l'allée avant de s'arrêter dans un crissement de freins. Le docteur Sayed se leva.

– Yusuf m'a laissé entendre que vous auriez besoin de guides, expliqua-t-il. Voici Mustafa et Zayn. Ce sont les meilleurs guides de Siwa. Ils savent tout.

– Merci, dit Elena. C'est très aimable à vous.

– Je vous en prie. Nous devons travailler ensemble, n'est-ce pas ?

Deux hommes ouvrirent les portières et sautèrent du camion. Le docteur Sayed se tourna vers Gaëlle.

– J'ai tout de suite pensé à Mustafa et Zayn quand Yusuf m'a dit votre nom, confessa-t-il.

– Pourquoi ?

– Parce que c'étaient eux qui se trouvaient auprès de votre père quand il est mort, bien sûr.

L'espace d'une seconde, toute la chaleur de son expression s'effaça. Il regarda Gaëlle avec détachement pour observer sa réaction. Mais il se reprit à nouveau. Tout sourire, il redevint l'hôte parfait, empressé et soucieux du bien-être de ses invitées.

IV

Knox balaya la pièce de sa torche pour voir ce qui avait fait tressaillir Rick. Le sol était jonché de squelettes. Certains étaient minuscules et la plupart portaient encore des fragments de vêtements, ainsi que des bijoux et des amulettes.

– Quelle horreur ! s'exclama Rick. Qu'est-ce qui s'est passé ?

– Souviens-toi du siège, répondit Knox en essayant de paraître plus calme qu'il ne l'était. Les hommes ont combattu, mais les femmes, les enfants et les vieillards sont restés à l'abri. Ce temple souterrain a dû leur sembler idéal, jusqu'à ce qu'on les y enferme après avoir allumé un immense bûcher entre eux et l'unique issue.

– Quelle mort atroce !

La scène rappela à Knox un épisode comparable de la vie d'Alexandre. Lors d'une révolte, les Samaritains brûlèrent vif leur gouverneur macédonien. Alexandre détruisit la cité et exécuta tous les rebelles capturés. Quant aux autres, il les pourchassa jusqu'à la grotte dans laquelle ils s'étaient réfugiés. Mais au lieu d'aller les chercher, il alluma un bûcher à l'entrée de la grotte et les asphyxia tous. En 1962, à Wadi el-Daliyeh, à une quinzaine de kilomètres au nord de Jéricho, leur refuge avait été découvert par un Bédouin. Environ deux cents squelettes d'hommes, de femmes et d'enfants se trouvaient encore à l'intérieur, ainsi que des documents officiels, que de nombreux experts considèrent comme les plus anciens des Manuscrits de la mer Morte. Knox n'avait jamais vraiment prêté attention à cet événement, qui n'était pour lui qu'un détail de l'histoire d'Alexandre. Mais, confronté à toutes ces vies brutalement interrompues, il comprit que ce n'était pas un détail sans importance et éprouva de la tristesse et de la compassion pour ceux qui avaient tenté de compromettre le rayonnement glorieux d'Alexandre.

Rick rappela Knox à la réalité.

– Ce n'est pas le moment de rêvasser. Il ne nous reste que dix minutes.

Knox arracha son regard aux cadavres blottis les uns contre les autres et observa le reste de la pièce. C'était un temple grec classique, avec des colonnes ioniques enchâssées dans les murs extérieurs et à l'entrée du pronaos et du naos. Une passerelle en bois avait été disposée sur des blocs de béton pour permettre aux fouilleurs de se déplacer facilement dans le temple. Knox s'y engagea prudemment. Le plafond était haut pour un temple souterrain. Il s'élevait à plus de trois mètres. Sur la corniche qui l'entourait, des noms grecs avaient été gravés. Knox se rappela en avoir vu certains sur les peintures de l'antichambre que Gaëlle lui avait montrées. Il entra dans le pronaos, dont les murs étaient ornés de sculptures pastorales : du lierre, des raisins, des fruits et des animaux. Puis il passa sous une autre sculpture de loup pour pénétrer dans le naos, où se trouvait généralement la statue du dieu. Là, il découvrit une représentation grandeur nature en marbre blanc d'Alexandre, dans une célèbre pose de chasseur, sur un cheval cabré, un javelot à la main droite, les yeux rivés sur un hypothétique animal.

Rick le rejoignit, l'appareil photo à la main.

– Qu'est-ce que c'est que ça ? demanda-t-il en montrant un des angles de la pièce.

Il s'agissait d'un escalier menant à une crypte. Ils descendirent le long des marches anciennes et débouchèrent dans une petite pièce abritant un sarcophage. Celui-ci n'avait plus de couvercle et portait une inscription en grec sur le côté.

– Kalonymos, lut Knox. Détenteur du secret, fondateur de la religion.

– Kalonymos ? Le type des papyrus ?

– Oui. Et de la tombe d'Alexandrie.

Il y avait de grands bacs en pierre le long des murs. Plusieurs d'entre eux étaient remplis d'ostraca en calcaire et en terre cuite. Knox ramassa un ostracon et plissa les yeux pour déchiffrer le texte à peine lisible.

– Une prière aux dieux, annonça-t-il.
– Alors c'est un temple dédié à Kalonymos ?
– Non, rectifia Knox, la statue représente Alexandre. On lui vouait un culte dans toute l'Égypte, et même dans l'ensemble du monde hellénique. Kalonymos a sans doute été le fondateur de ce culte ou quelque chose comme ça.
Il s'accroupit.
– Résumons-nous, reprit-il, à Mallawi, un vieillard raconte son enfance à Lycopolis. Il vénère Alexandre, Akylos et Kalonymos. Il méprise les Ptolémées, qu'il traite de menteurs et d'imposteurs. Mais pourquoi les hommes de Ptolémée ont-ils été aussi impitoyables ? Pourquoi tous les rebelles ont-ils été massacrés ou exécutés ? Est-ce qu'il n'y a pas là-dessous davantage qu'un simple soulèvement populaire ? Qu'est-ce que ces hommes et ces femmes avaient fait pour mériter d'être tous tués ?
– Ils savaient quelque chose, suggéra Rick. Il fallait les faire taire.
– Le détenteur du secret. Ça devait être un sacré secret.
– Tu as une idée ?
Knox haussa les épaules.
– Les Ptolémées ont dû se battre pour conserver le pouvoir, répondit-il. N'oublions pas qu'ils étaient macédoniens et non égyptiens. Pour Alexandre, c'était différent. Il était considéré comme le maître du monde, le fils de Nectanébo. Mais les Ptolémées n'ont jamais eu cette légitimité. Ils sont allés jusqu'à colporter une rumeur selon laquelle Ptolémée Sôter était le demi-frère d'Alexandre pour se prétendre de la même lignée que celui-ci. Ptolémée IV Philopatôr a fait bâtir un nouveau mausolée à Alexandrie pour qu'Alexandre et les Ptolémées puissent être exposés ensemble, ce qui était censé mettre en avant leur divinité commune. C'est dire s'ils étaient chatouilleux en matière de légitimité. Si ce qui c'est passé ici…
Rick tapa du doigt sur sa montre.
– Cinq minutes, annonça-t-il. Faut qu'on file d'ici.
Knox acquiesça. Ils sortirent de la crypte et coururent le long de la passerelle et de la galerie jusqu'à l'échelle en bois. Rick remonta le premier, préférant la rapidité à la discrétion. Arrivé en haut, il tendit l'oreille et scruta l'obscurité. Knox le rejoignit.
– Ça va, murmura Rick. Magnons-nous !

Il sortit les cadenas de sa poche puis referma la porte en acier derrière eux et la verrouilla. Tête baissée, ils se précipitèrent jusqu'aux arbres. La lumière d'une lampe torche vacillait de l'autre côté du site.

– Tu vois, timing parfait ! murmura Rick en souriant.

Mais un homme se mit à crier derrière eux.

– Eh, vous ! Arrêtez !

– Cours ! cria Rick. Cours !

Chapitre 27

I

Un des deux gardes avait visiblement terminé sa ronde avant l'autre. Il courut derrière Rick et Knox. Rick, en tête, fonçait à travers bois. Knox le suivait de près, les bras en l'air pour ne pas recevoir les branches en plein visage. À leur droite, le second garde s'était également lancé à leur poursuite et le berger allemand était au comble de l'excitation.

– Arrêtez ! cria l'homme. Arrêtez ou je tire !

Mais Rick et Knox continuèrent leur course effrénée. Un coup de feu résonna dans le bois.

– Arrêtez !

Ils traversèrent le champ labouré dans l'espoir de regagner la Subaru. Leurs pieds s'enfonçaient dans la terre humide et la boue alourdissait leurs pas. Knox eut un point de côté. Ils avaient réussi à distancer les gardes, mais ce satané berger allemand les flairait de loin.

– Il faut qu'on continue, dit Rick à Knox en lui prenant le bras. La Subaru n'est plus très loin.

Ils gravirent une colline. La descente fut plus facile. Knox regarda derrière lui. Un des hommes avait dégainé son arme. Il s'arrêta pour le viser et tira une balle. Knox se jeta à terre et s'en sortit indemne. Il reprit sa course, de plus en plus handicapé par son point de côté. Il tomba à plusieurs reprises derrière Rick, les cuisses endolories, mais distança les gardes encore davantage. Lorsque ceux-ci se rendirent compte qu'ils étaient sur le point de le perdre, ils lâchèrent le berger allemand et le lancèrent à sa poursuite. L'animal bondit sur la terre molle en haletant et en grognant. Il attrapa sa proie par une jambe. Knox se retourna pour essayer de se débarrasser de lui et tomba à terre. Le chien se jeta sur lui pour le prendre à la gorge, mais il parvint à lui maintenir la gueule, dégoulinante de bave, à quelques centimètres de son visage. Les deux gardes se rapprochaient, essoufflés par cette longue course. Soudain, un moteur rugit derrière Knox. La Subaru arriva précédée d'une lumière aveuglante. Rick sortit d'un bond et se précipita sur le chien en criant. Surpris, celui-ci lâcha prise et se recroquevilla juste assez longtemps pour qu'il puisse aider son ami à se relever et à monter dans la voiture.

Le berger allemand retrouva rapidement sa hargne et se mit à aboyer en sautant sur la Subaru. L'arme à la main, les deux gardes lui hurlaient de ne pas se mettre en travers de leur cible. Rick passa la marche arrière et démarra pied au plancher. La voiture décrivit un arc de cercle dans le champ, puis il passa la première et accéléra à fond. Des coups de feu retentirent. La vitre de Knox vola en éclats et le pare-brise devint opaque. Rick donna un coup de poing dans le verre pour faire un trou et voir où il allait. Puis il fonça à toute allure vers la route de Tanta.

Knox se retourna. Apparemment, ils n'étaient pas suivis.

– Tu crois qu'ils vont appeler la police ? demanda-t-il.

– Des gardes privés qui tirent à coups de pistolet, répondit Rick d'un air sceptique, je doute qu'ils veuillent mettre la police au courant. Mais il faut qu'on se débarrasse de la Subaru le plus vite possible, ça c'est sûr.

– On prend le risque de récupérer la jeep ?

– Pourquoi ? Tu as besoin d'aller quelque part ?

– Kalonymos. Le détenteur du secret. Je te parie ce que tu veux que le secret se trouve dans cette foutue inscription.

– Quelle inscription ?

– Celle du niveau inférieur de la tombe d'Alexandrie. Celle qui est écrite en démotique.

– Je croyais que tu ne lisais pas le démotique ?

– C'est vrai, mais je connais quelqu'un qui sait le déchiffrer.

– Et il se trouve où ?

– Dans l'oasis de Farafra.

– Farafra ! Mais il faut traverser la moitié de l'Égypte !

– Justement, on n'a pas de temps à perdre. On a une longue nuit de conduite devant nous.

II

Karim écarquilla les yeux lorsque Nessim ouvrit son portefeuille et en sortit une liasse de billets de cinquante dollars. Il le regarda compter quinze billets pour Abdallah et quinze autres pour lui. Il n'avait jamais vu autant d'argent.

– Emmène-nous jusqu'à la jeep, lui ordonna Nessim en lui faisant miroiter sa part.

Karim monta dans le Freelander, dont le pare-brise arrière avait été brisé et grossièrement réparé avec du plastique transparent. Il se mit à pleuvoir et il eut de plus en plus de mal à reconnaître le paysage. Il n'avait jamais été aussi terrifié ni aussi excité de sa vie. Il tremblait à l'idée de s'être trompé et redoutait que le propriétaire de la jeep ne soit retourné la chercher. Ce n'était pas seulement sa récompense qui était en jeu. Il lui suffisait de regarder Nessim et ses hommes pour savoir que ceux-ci n'hésiteraient pas à passer leur colère sur lui.

Ils arrivèrent au chemin de terre et poursuivirent leur route jusqu'à la cour. Puis ils descendirent de voiture, pataugèrent dans la boue et ouvrirent la porte en acier du vieux bâtiment en ruines. L'espace d'un instant, Karim ne vit rien. Son cœur s'emballa comme un cheval au galop. Puis il finit par discerner la jeep et avala sa salive avec soulagement.

Un des hommes souleva la bâche pour voir la plaque d'immatriculation.

– C'est bien la sienne, confirma-t-il.

– Bien, dit Nessim en ouvrant à nouveau son portefeuille.

Il tendit à Karim la récompense promise.

– Maintenant, tire-toi d'ici et ne reviens pas, lui lança-t-il.

Karim prit les billets et marcha à grandes enjambées vers le chemin de terre, comme s'il était poursuivi par le diable. Il se retourna timidement et vit Nessim distribuer des torches et des pistolets à ses hommes, qui se déployèrent pour se tenir en embuscade. Il était clair que le propriétaire de la jeep était en danger de mort, mais Karim s'en moquait totalement. Sa vie allait enfin commencer.

III

La pluie s'engouffrait en rafales à travers les vitres brisées de la Subaru, tandis que Knox et Rick arrivaient à Tanta.

– Tu veux qu'on attende que ça se calme ? demanda Knox.

– Non, répondit Rick, les yeux plissés. Ça ne va pas durer.

De toute évidence, il connaissait bien le climat, car l'averse passa rapidement. Ils mirent le chauffage à fond pour faire sécher leurs vêtements trempés. Puis Rick quitta la route principale et se dirigea vers le sud.

– Où est-elle, cette foutue ferme ? grommela-t-il.

– Droit devant, répondit Knox en s'efforçant de paraître sûr de lui.

Un jeune homme jaillit de l'obscurité et les fixa la bouche et les yeux grands ouverts. Le ciel était couvert et il faisait si sombre que Rick et Knox dépassèrent le chemin de terre et durent faire marche arrière. La pluie avait rempli les ornières. La voiture bringuebala violemment, les suspensions crissèrent et les phares dansèrent sur les arbres et les granges. Rick, penché en avant au-dessus du volant, regardait attentivement devant lui et avançait au pas.

– Qu'est-ce qui se passe, vieux ? lui demanda Knox.

– Le gosse qu'on vient de voir. Il m'a donné un mauvais pressentiment.

– Tu veux faire demi-tour ?

– Une fois qu'on aura repris la route principale, on ne pourra pas faire plus de dix kilomètres avec le pare-brise dans cet état.

– Vas-y doucement, alors.

– Qu'est-ce que tu crois que je fais, nom de Dieu !

Les nerfs à vif, à l'affût du moindre signe, ils roulèrent le plus lentement possible jusqu'à la cour. Les phares se reflétaient dans l'eau de pluie qui s'était accumulée sur le béton. Dans une flaque de boue, Rick et Knox repérèrent tous deux de fraîches empreintes de pas.

– Merde ! s'écria Rick

Il appuya à fond sur l'accélérateur et fit crisser les pneus dans un brusque demi-tour qui propulsa Knox contre sa portière.

Le Freelander blanc de Nessim surgit pleins phares à travers les arbres et les éblouit. Rick donna un coup de volant pour l'éviter, mais la Subaru dérapa et vint se fracasser contre son capot. Dans une explosion de verre brisé, les airbags se déployèrent et les clouèrent dans leur siège. À peine Knox eut-il le temps de recouvrer ses esprits qu'il reçut un coup sur la tempe. Il fut hissé hors de la voiture par le col et traîné sans ménagement sur le béton jusqu'au vieux bâtiment, ainsi que Rick. Les oreilles bourdonnantes, il était trop abasourdi pour résister. La porte en acier se referma comme un piège. Nessim l'obligea d'un coup de pied à se tourner sur le dos.

– C'est qui, ton pote ? lui demanda-t-il.

Rick gémit et se frotta le front, une traînée de sang dans les cheveux, puis tenta de se mettre à genoux mais s'effondra en vomissant. Les Égyptiens éclatèrent de rire.

– Ce n'est pas un ami, marmonna Knox, encore totalement désorienté. C'est mon chauffeur. Il n'a rien à voir là-dedans. Laisse-le partir.

– C'est ça !

– Je te jure qu'il n'a rien à voir dans tout ça.

– Alors ce n'est pas son jour de chance.

Knox se redressa sur un coude et retrouva l'usage de ses sens.

– Ça rapporte gros de travailler pour al-Assyuti, hein ?

Les joues de Nessim s'enflammèrent.

– Tu ne sais rien de ma vie !

– Mais toi, tu en sais assez sur la mienne pour y mettre un terme, c'est ça ?

– C'est toi qui as provoqué tout ça. Tu savais à quoi t'en tenir.

Rick se redressa et, cette fois, parvint à tenir debout.

– Qu'est-ce qui se passe ? bredouilla-t-il. Qui sont ces hommes ?

– Ne t'inquiète pas, le rassura Knox.

– Ils sont armés ! cria Rick d'une voix tremblante. Pourquoi sont-ils armés ?

Intrigué, Knox regarda son ami, dont la façon de parler ne sonnait pas vraiment juste. Rick était-il sous le choc ou essayait-il d'inciter Nessim et ses hommes à le prendre à la légère ? Après tout, personne ici ne connaissait son passé. Si c'était le cas, Knox devait gagner du temps pour lui permettre d'agir. L'obscurité serait aussi son alliée. Il n'y avait pas d'autre lumière que celle des torches. Il fallait qu'il s'arrange pour qu'elles soient toutes braquées sur lui.

Il leva les yeux vers Nessim.

– Je t'ai entendu dire à cette fille, à Charm, que tu avais été parachutiste, dit-il. Sale menteur !

– C'est la vérité.

– Les parachutistes sont des hommes d'honneur. Et les hommes d'honneur ne se vendent pas aux violeurs ni aux meurtriers.

Nessim frappa Knox à la tête avec son arme et l'envoya rouler par terre.

– Les hommes d'honneur ne refusent pas une mission sous prétexte qu'ils ne l'approuvent pas, répliqua-t-il sèchement.

– L'honneur ! se moqua Knox en se redressant sur les genoux. Tu ne sais même pas ce que ça veut dire. Tu n'es qu'une putain, qui se vend pour…

Il reçut un autre coup, encore plus violent, et s'effondra sur le sol, la joue écorchée par le béton rugueux. Et ce fut là, encore abasourdi par la douleur, qu'il vit Rick passer à l'action. Un premier coup de poing envoya le premier homme au sol. Un cou de coude plia le second en deux. Rick lui tordit le bras pour lui prendre son arme et blessa le troisième à la cuisse avant de viser Nessim, encore figé à côté de Knox.

– Lâche ça ! cria-t-il. Lâche ça, nom de Dieu !

L'arme et la torche de Nessim tombèrent avec fracas sur le béton.

– À genoux ! continua Rick. Tous ! À genoux, putain ! Vite !

Les Égyptiens obéirent, y compris l'homme blessé, qui geignait pitoyablement tandis que son pantalon crème se tachait de rouge.

– Les mains derrière la tête ! rugit Rick, déchaîné par la façon dont Knox avait été traité, mais surtout par la peur de mourir qu'il venait d'éprouver.

Les Égyptiens durent voir dans son regard le sort qui les attendait et devinrent livides. Seul leur patron fixa Rick avec défi lorsque celui-ci pointa son arme entre ses deux yeux. Knox se souvint de la honte que Nessim avait conçue, de ses joues en feu, lorsqu'il l'avait accusé de ne pas avoir le sens de l'honneur.

– Non ! s'écria-t-il en retenant Rick juste avant qu'il n'appuie sur la détente. Nous ne sommes pas comme ça.

– Toi, peut-être pas, admit Rick en essayant de se débarrasser de lui. Mais moi, si.

– Je t'en prie, vieux.

– Et qu'est-ce tu proposes de faire ? Tu veux les laisser partir pour qu'ils nous fassent la peau la prochaine fois. C'est de la légitime défense, putain ! Rien de plus !

Knox regarda Nessim, dont l'expression ne laissait rien transparaître. Il était sûr que Rick avait tort. Ils pouvaient laisser partir cet homme, car son propre code d'honneur lui interdirait de les poursuivre. Mais il y avait les autres… Il se pencha pour ramasser l'arme de Nessim et regarda autour de lui en réfléchissant. Le bâtiment était en béton et n'avait pas de fenêtres. La porte était en acier ; les gonds étaient solides. Il tira sur la bâche qui recouvrait sa jeep, la jeta par terre et pointa le pistolet sur Nessim.

– Déshabille-toi, ordonna-t-il.

– Non.

– Si tu ne le fais pas pour toi, fais-le pour tes hommes.

Nessim serra les dents, regarda ses hommes et sembla prêt à céder du terrain. Il commença à déboutonner sa chemise avec réticence et fit signe aux autres de faire de même. Ils entassèrent tous leurs vêtements sur la bâche et, quand ils furent en sous-vêtements, Knox vérifia qu'ils n'avaient rien de caché sur eux, replia la bâche et la jeta à l'arrière de la jeep.

– Tu peux te charger d'eux tout seul ? demanda-t-il à Rick.

– Tu ne m'as pas vu à l'œuvre ? ironisa Rick.

Knox emmena la jeep jusqu'à la Subaru. Celle-ci était fichue, mais le Freelander démarra à la troisième tentative, malgré le grondement du moteur, sérieusement endommagé. Knox passa la marche arrière, recula par à-coups jusqu'au bâtiment et vit Rick sortir à reculons et fermer la porte en acier d'un coup de pied. Il se gara le plus près possible de la porte et serra le frein à main. Cette mesure de précaution n'était peut-être pas parfaite, mais elle leur donnerait quelques heures d'avance et leur laisserait le temps de parcourir la moitié de l'Égypte.

Ils coururent jusqu'à la jeep. Rick prit le volant et démarra inutilement vite, comme pour évacuer sa colère, sans jamais regarder Knox. De son côté, Knox fixait le pare-brise, bouleversé à l'idée que son ami ait été prêt à exécuter ces hommes. Le silence qui les séparait devint extrêmement inconfortable. Et Knox commença à craindre que rien ne soit plus jamais pareil entre eux.

Ce fut Rick qui parla le premier.

– Tu m'avais dit que ces types étaient dangereux, non ?

– Je ne sais pas quoi te dire, vieux, répondit Knox en souriant. C'est ce que je croyais.

Chapitre 28

I

Le lendemain matin, prenant le docteur Sayed au mot, Gaëlle et Elena se levèrent tôt et se présentèrent chez lui à sept heures précises. Elles le trouvèrent déjà au travail, à sa table de jardin, avec une tasse de café qui faisait office de presse-papiers. Il les accueillit chaleureusement puis, une fois les politesses échangées, les accompagna à sa bibliothèque et les laissa seules.

Elena commença par les photos aériennes. Gaëlle, de son côté, piocha dans les livres. Lorsqu'elle prit le premier, il vint plus facilement que la veille, comme si l'étagère était moins remplie. Elle regarda les rayons de plus près. Bien qu'elle ne pût en être sûre à cent pour cent, il lui semblait qu'il manquait un ou deux livres. Elle sortit un ouvrage de référence récent et en confronta la bibliographie à la collection du docteur Sayed. Il manquait deux livres sur Siwa. Pourtant, Ali était censé posséder tout ce qui avait été publié sur le sujet.

– Elena, murmura Gaëlle d'une voix hésitante.

Elena leva à peine les yeux et la regarda en biais.

– Oui ?

– Rien, répondit Gaëlle, excusez-moi.

Elena, telle qu'elle la connaissait, aborderait le docteur Sayed de front et mettrait leur coopération en péril. Ensuite, bien sûr, elle la rendrait responsable de ce revers. Cela dit, Gaëlle n'avait pas oublié l'expression étrange qu'avait eue le docteur Sayed la veille au soir. Finalement, elle décida de noter le titre des ouvrages manquants. Elle téléphonerait à Ibrahim dès qu'elle en aurait la possibilité et lui demanderait de lui envoyer un exemplaire de ces livres directement à son hôtel.

II

Knox dormait sur le siège passager de la jeep lorsque Rick le secoua pour le réveiller.

– Quoi ? demanda-t-il.

– Un poste de contrôle.

– Merde !

Les postes de contrôle étaient si rares à Alexandrie et dans le Delta que Knox avait cessé de se soucier de l'armée. Mais dans le sud et les régions désertiques, ils étaient nombreux.

Rick et Knox s'arrêtèrent. Deux soldats vêtus d'un uniforme épais pour se prémunir contre le froid du petit matin s'approchèrent nonchalamment. L'un d'eux frappa à la vitre de la jeep, que Rick baissa sans attendre.

– Passeports, dit-il.

Knox avait toujours les papiers au nom d'Omar Malik qu'Augustin lui avait donnés mais, s'il s'en servait maintenant, cela ne ferait qu'éveiller les soupçons. Il tendit son véritable passeport au soldat, qui l'emmena, ainsi que celui de Rick, dans son bureau.

Pendant ce temps, le second soldat resta debout à côté de la jeep. Il alluma une cigarette, puis jeta un coup d'œil à travers la vitre arrière. Knox se souvint, trop tard, de la bâche qui contenait les vêtements ainsi que les armes de Nessim et de ses hommes.

Le soldat ouvrit la portière arrière et se pencha à l'intérieur.

– Qu'est-ce que c'est que ça ? demanda-t-il en tendant la main vers la bâche.

– Ce ne sont que des vêtements, répondit Knox en faisant de son mieux pour paraître détendu.

Le soldat se mit à fouiller le paquet et en sortit une veste. Il la tint contre lui en se regardant dans la vitre, la reposa et piocha quelques chemises. Puis il prit un pantalon pour en faire les poches. Il trouva un téléphone portable et adressa à Knox un sourire doucereux pour lui laisser entendre qu'un petit cadeau serait le bienvenu. Knox avait la gorge sèche. Si ce crétin tombait sur un des pistolets, Rick et lui devraient s'expliquer.

– Excusez-moi, risqua-t-il, mais ce sont nos affaires personnelles.

Le soldat jeta le pantalon et le téléphone portable dans la bâche en grommelant, puis claqua la portière. Après avoir passé son coup de fil, son camarade revint vers la jeep. Le cœur de Knox se mit à battre la chamade. Mais l'homme rendit les deux passeports à Rick sans broncher et lui fit signe d'avancer.

– Va savoir, dit Rick, Hassan a dû laisser tomber.

– J'en doute, avoua Knox. Je suppose qu'il ne veut simplement pas alerter les autorités.

– C'est déjà ça.

– Oui, mais on a intérêt à se débarrasser de tout ce qu'il y a là-dedans si on ne veut pas s'attirer de nouveaux ennuis, fit remarquer Knox en se retournant vers la banquette arrière.

– Tu as raison.

III

Nicolas arriva au bureau d'Ibrahim avec une affaire délicate à gérer. Son père l'avait chargé d'acquérir certains artefacts de la tombe d'Alexandrie pour sa collection privée : au moins un des coffrets funéraires et quelques armes. C'était tout à fait possible maintenant que Yusuf avait pris le contrôle des opérations. Il leur suffisait de fabriquer des copies convaincantes et de procéder à un échange. Mais Ibrahim étant encore dans l'équation, Nicolas devait s'occuper de lui. En outre, il avait promis à Yusuf de lui trouver un bouc émissaire au cas où les choses tourneraient mal.

– Je ne vous dérange pas ? demanda-t-il.

– Pas du tout, répondit Ibrahim en souriant. J'étais juste en train de rassembler quelques livres sur Siwa pour Gaëlle, bien que je ne comprenne pas pourquoi elle n'emprunte pas directement ceux du docteur Sayed.

– Je voulais vous dire à quel point le groupe Dragoumis est satisfait de sa collaboration avec vous, commença Nicolas.

– C'est réciproque.

Nicolas fit un petit signe de tête et sortit une enveloppe épaisse de la poche intérieure de sa veste.

– Ma famille a pour habitude de récompenser le mérite, dit-il en posant l'enveloppe sur le bureau, à mi-chemin entre eux deux.

Il sourit à Ibrahim pour l'inviter à la prendre. Ibrahim l'entrouvrit et aperçut avec stupéfaction une liasse de billets de cinquante dollars.

– C'est pour moi ? demanda-t-il.

– En gage de notre reconnaissance.

Ibrahim regarda Nicolas avec méfiance.

– Et que voulez-vous en échange de cet argent ?

– Rien, simplement que notre collaboration se poursuive.

Nicolas portait sur la poitrine une caméra miniature, dont l'objectif avait l'apparence d'un bouton de chemise. Si Ibrahim prenait le bakchich, il se servirait de l'enregistrement pour lui faire du chantage, petit à petit, jusqu'à ce qu'il soit entièrement compromis. S'il ne le prenait pas, il pourrait toujours avoir recours à d'autres méthodes.

Ibrahim hésita, puis poussa l'enveloppe de l'autre côté du bureau.

– Si vous souhaitez apporter un financement supplémentaire, déclara-t-il, nous avons un compte bancaire, comme vous le savez certainement.

Nicolas lui adressa un petit sourire crispé et reprit l'argent.

– Comme vous voudrez.

– Y a-t-il autre chose ou puis-je retourner à…

À cet instant, ils entendirent un tumulte infernal. La porte s'ouvrit brusquement. C'était Mohammed.

– Excusez-moi, monsieur ! s'écria Maha, pendue après son bras. Je n'ai pas pu l'arrêter.

– Ce n'est rien, Maha, la rassura Ibrahim.

Il posa sur Mohammed un regard sévère.

– Qu'est-ce qui vous prend ? lui demanda-t-il.

– C'est Leila, répondit Mohammed, le visage baigné de larmes. Ils ont refusé ! Ils ont refusé !

– Pauvre petite, compatit Ibrahim un peu maladroitement. Je suis vraiment désolé.

– Elle n'a pas besoin de sympathie. Elle a besoin d'aide.

– Je suis désolé, je ne vois pas ce que je peux faire d'autre.

– S'il vous plaît, j'ai déjà demandé à tout le monde. Vous êtes son dernier espoir.

Nicolas recula de quelques pas. La maladie l'avait toujours mis mal à l'aise. Les deux livres qu'Ibrahim avait mis de côté pour Gaëlle étaient posés sur le coin du bureau. Il en prit un et le feuilleta négligemment.

– Je peux peut-être me renseigner, proposa Ibrahim, mais je ne connais personne à l'hôpital.

– Je vous en prie, faites quelque chose !

Le livre était illustré de dessins en noir et blanc. Nicolas en remarqua un qui représentait une colline et un lac. La légende indiquait : Bir-al-Hammam. Quelque chose lui semblait familier. Il reposa le livre et prit le deuxième. Celui-ci contenait également une image de Bir-al-Hammam, une photographie. Il l'observa longuement et finit par saisir ce qui l'avait interpellé. Un grand frisson le parcourut de part en part.

– Nicolas ? Nicolas ? appela Ibrahim d'une voix anxieuse. Est-ce que tout va bien ?

Nicolas recouvra ses esprits et se tourna en souriant vers Ibrahim, qui le fixait bizarrement.

– Excusez-moi, j'étais ailleurs, c'est tout.

II chercha Mohammed du regard et constata qu'il était parti.

– Où est votre ami ? demanda-t-il.

– Il a dû partir. Sa femme est dans un état déplorable, apparemment. Je lui ai promis de faire ce que je pourrais. Mais que puis-je faire ? La pauvre enfant…

– Si je parvenais à l'aider, demanda Nicolas d'un air songeur, vous m'en seriez reconnaissant, n'est-ce pas ?

– Bien sûr, mais je doute vraiment que…

– Bien, lança Nicolas en prenant les livres de Gaëlle sous son bras. Alors venez avec moi et voyons ce que nous pouvons faire.

Chapitre 29

I

L'oracle d'Amon était un gros rocher situé à environ quatre kilomètres de la ville de Siwa. Malgré l'importance historique de ce site, il n'y avait ni parking, ni stand de restauration, ni frais d'entrée. Lorsqu'ils arrivèrent sur place, Gaëlle, Elena et leurs guides étaient seuls, à l'exception d'un vieillard à la peau flétrie qui, assis contre un mur, tendait une main tremblante pour demander l'aumône. Gaëlle sortit son porte-monnaie.

– Cela ne fait que les encourager, l'avertit Elena.

Gaëlle hésita et donna tout de même un billet au mendiant, qui lui sourit avec gratitude.

Deux jeunes filles aux cheveux noirs tressés jusqu'à la taille s'approchèrent en ouvrant leurs bras chargés de bracelets artisanaux. Zayn les chassa et elles s'enfuirent en gloussant.

Dans un premier temps, Gaëlle n'avait pas su quoi penser de Mustafa et de Zayn. Mais elle s'était vite prise de sympathie pour eux. Ils connaissaient Siwa mieux que personne. Et il y avait quelque chose de touchant dans leur amitié. Il existait dans l'oasis une vieille tradition d'homosexualité qui avait la vie dure. Ici, les chansons populaires et la poésie célébraient encore ce genre de relations. Gaëlle ne pouvait pas s'empêcher de se poser des questions.

Mustafa était un homme robuste à la peau rugueuse comme de l'écorce, que le soleil avait contribué à brunir, à en juger par les zones plus pâles qu'il avait autour du cou et sous le bracelet de sa montre. Curieusement, il était dans une condition physique excellente, malgré sa fâcheuse habitude de fumer cigarette sur cigarette. Il montrait un attachement particulier à son vieux camion capricieux. Aucun indicateur ni aucun cadran ne fonctionnait et toutes les finitions superflues, telles que la boule du levier de vitesse, le caoutchouc des pédales et les tapis de sol, avaient disparu depuis longtemps.

Zayn, quant à lui, était très mince et n'avait pas plus de quarante ans, bien que ses cheveux et sa barbe soient déjà striés de filets argentés. Pendant que Mustafa conduisait, il lubrifiait et astiquait presque obsessionnellement un couteau à fine lame monté sur un manche d'ivoire qu'il tenait dans les plis de sa djellaba. À chaque fois qu'il le rangeait, la lame luisante et immaculée frottait contre l'étui et nécessitait immédiatement un nouveau nettoyage. Il le ressortait alors pour l'examiner et murmurait des obscénités locales.

Derrière l'entrée surmontée d'un linteau, un escalier en spirale conduisait à la salle principale de l'oracle : une coquille vide semblable à un navire dont le bois aurait pourri dans la boue d'un estuaire puis séché. Gaëlle fut soudain submergée par l'émotion. Il n'y avait pas beaucoup d'endroits dans le monde où l'on était sûr qu'Alexandre s'était rendu en personne, mais celui-ci en était un. L'oracle avait été prisé dans tout le Bassin méditerranéen à l'époque d'Alexandre. Il rivalisait avec celui de Delphes. Certains diraient même qu'il le surpassait. D'après la légende, Héraclès s'y était rendu et Alexandre avait prétendu en être le descendant direct. Persée était également allé consulter l'oracle. Et il était associé à l'Empire perse, qu'Alexandre avait conquis. Cimon, un général athénien, avait envoyé une délégation à Siwa pour savoir si le siège qu'il avait établi devant Chypre connaîtrait une issue favorable. L'oracle avait refusé de répondre et s'était contenté de dire que la personne qui avait posé la question était déjà auprès de lui. À leur retour, les émissaires avaient appris que Cimon était mort le jour où ils avaient consulté l'oracle. Pindare avait écrit un hymne à la gloire de ce dernier et, après lui avoir demandé de lui faire connaître la plus grande bénédiction de l'homme, il était mort sur le coup. Mais l'épisode le plus marquant était sans doute l'invasion de l'Égypte par le roi perse Cambyse. Celui-ci avait envoyé trois armées : une en Éthiopie, une à Carthage et une autre dans le désert de Siwa. Mais celle de Siwa s'était volatilisée. Elle n'avait jamais été retrouvée, malgré de nombreuses recherches. On raconte qu'Amon aurait protégé son oracle en faisant naître une tempête de sable ou un vent brûlant, le *quibli*, qui pouvait souffler pendant plusieurs jours d'affilée, voire les deux en même temps, un phénomène redouté par les Bédouins les plus aguerris au désert.

– C'est par là que les prêtres descendaient ? demanda Gaëlle.

– Le grand prêtre a accueilli Alexandre en l'appelant *o pai Dios*, répondit Elena, ce qui signifie « le fils de Dieu ».

Elle eut un petit rire méprisant.

– Savez-vous, ajouta-t-elle, que Plutarque pensait qu'il avait dit en réalité *o paidion*, « mon enfant » ? Ha ! Il fallait être gonflé pour appeler Alexandre « mon enfant ».

– Sauf si c'était Zeus qui parlait par la bouche du prêtre.

– Oui, évidemment...

– Comment fonctionnait l'oracle ?

– Les prêtres transportaient un *omphalos*, la manifestation physique d'Amon, dans une barque de procession dorée, ornée de pierres précieuses, pendant que de jeunes vierges chantaient. Le grand prêtre lisait les questions des suppliants et Amon y répondait en avançant ou en reculant. Malheureusement pour nous, Alexandre a obtenu une audience privée. Nous ne savons donc pas avec certitude ce qu'il a demandé ni ce qu'Amon lui a dit.

– Je croyais qu'il avait posé une question concernant les meurtriers de son père.

– D'après certaines sources, il a demandé si tous les meurtriers de son père avaient été châtiés. L'oracle lui aurait dit que la question était sans importance puisque son père était divin et ne pouvait donc pas être tué. Mais il a tout de même répondu par l'affirmative. Cela dit, cette histoire est probablement apocryphe. Tout ce que l'on sait, c'est qu'Amon est ensuite devenu le dieu préféré d'Alexandre, qui a envoyé des émissaires à Siwa quand Héphaïstion est mort et a demandé à être enterré près de l'oracle.

– Les prêtres de l'oracle ont dû être contrariés de voir Alexandre se faire enterrer à Alexandrie alors qu'ils étaient censés récupérer sa dépouille.

– Ptolémée a apaisé leur chagrin. Lors de ses voyages, Pausanias a vu une stèle faisant part de ses regrets, ainsi que des présents.

Gaëlle grimpa sur un mur en ruine, aussi haut que possible. Le paysage n'était pas le même qu'en Europe, où les collines et les montagnes étaient poussées vers le haut par la pression géologique. Toute cette zone avait jadis été un haut plateau de grès, dont la majeure partie s'était effondrée. Les collines qui restaient étaient les dernières survivantes de cette époque-là. Gaëlle se tourna face au nord. El-Dakrour se trouvait à l'est. À l'ouest, s'étendaient le grand lac salé et la ville de Siwa. En face, l'air était si pur qu'elle voyait des crêtes sombres à travers ses jumelles, à des kilomètres de là. Le sable était transpercé de pointes rocheuses, d'un brun jaune comme de la nicotine, dont certaines n'étaient pas plus hautes qu'une petite voiture et d'autres se dressaient vers le ciel comme des tours d'habitation.

– Par où va-t-on commencer ? gémit-elle.

– Les grandes tâches ne sont que de petites tâches mises bout à bout, la rabroua Elena.

Elle déplia une carte par terre et posa une pierre sur chaque coin. Puis elle installa un trépied, sur lequel elle fixa son appareil photo équipé d'un téléobjectif, et entreprit une étude rigoureuse. Elle s'aligna sur la colline des Morts, fit basculer l'appareil jusqu'à la ligne d'horizon, revint en arrière, puis décala le viseur d'un cheveu sur la droite. À chaque fois qu'elle voyait un rocher ou une colline, elle le photographiait, puis invitait Mustafa et Zayn à l'examiner à travers le téléobjectif. Ceux-ci discutaient un moment avant de tomber d'accord sur un nom et faisaient une croix sur la carte. Chaque croix impliquerait une visite et une étude. Gaëlle s'assit et regarda le désert. Le vent lui soufflait dans le dos et lui ramenait des mèches de cheveux dans les yeux. Elle se rendit compte qu'elle était heureuse.

II

Nicolas demanda à Ibrahim de le conduire à sa villa. Il avait besoin d'une base arrière privée pour ses opérations et son hôtel ne faisait pas l'affaire.

– Pourriez-vous m'excuser quelques minutes ? demanda-t-il lorsqu'ils arrivèrent. J'ai quelques coups de fil importants à passer.

– Je vous en prie, répondit Ibrahim.

Comme toujours, Nicolas appela d'abord son père. Celui-ci était en réunion, mais il demanda à ce qu'on aille le chercher.

– Alors ? s'enquit Philippe.

– Je l'ai trouvé.

– Tu en es sûr ?

– Je suis sûr d'avoir trouvé l'endroit. Quant à savoir s'il y est encore…

Il lui parla des livres que Gaëlle avait réclamés.

– Je t'avais dit que ce serait elle qui le trouverait.

– C'est vrai, père, vous aviez raison.

– Alors ? Comment procédons-nous ?

Nicolas lui dit ce qu'il avait fait jusqu'à présent. Ils discutèrent ensemble de la suite des événements, se mirent d'accord sur l'équipe, le matériel de fouille, les armes et autres fournitures logistiques.

– Bien sûr, je me chargerai personnellement du déroulement des opérations.

– Non, c'est moi qui m'en chargerai.

– Père… vous êtes sûr ? demanda Nicolas, la voix pleine d'appréhension. Vous savez que nous ne pouvons pas garantir votre sécurité en dehors de…

– Je ne manquerais ça pour rien au monde. J'y ai consacré toute ma vie.

– Comme vous voudrez.

– C'est du bon travail, Nicolas. Du très bon travail.

– Merci, père.

Nicolas sécha une larme. Ce n'était pas souvent que son père le félicitait et c'était d'autant plus touchant lorsqu'il le faisait. Il raccrocha et s'assit un instant, ému. Puis il se secoua pour se recentrer sur son objectif. Ce n'était pas le moment de se relâcher. Rien n'était encore fait et il n'avait pas de temps à perdre. Il commença par téléphoner à Mounim.

– Oui ? répondit Gabbar. Avez-vous été satisfait de nos services ?

– Comme toujours. Mais j'aimerais vous demander autre chose. Deux choses, en réalité.

– Avec plaisir.

– J'aimerais que notre ami commun convoque son collègue de l'oasis de Siwa, le docteur Ali Sayed, à une réunion urgente.

Nicolas ne pouvait pas s'empêcher de penser que les livres dont Gaëlle avait besoin avaient été délibérément soustraits à son attention. Le docteur Sayed avait sans doute fait le rapprochement lui aussi. Par conséquent, il fallait l'éloigner de Siwa immédiatement.

– Quand aura-t-elle lieu ?

– Demain, si possible.

Mounim grommela.

– Je vais voir ce que je peux faire. Et quoi d'autre ?

– Je suppose que vous n'avez aucune influence à l'Institut de recherche médicale d'Alexandrie…

III

Elena était au volant et retournait en ville lorsque Nicolas l'appela sur son portable.

– Il faut qu'on se voie, déclara-t-il. Quand pouvez-vous être à Alexandrie ?

– Vous avez beau crier, Nicolas, je viens juste d'arriver ici.

– Cela ne peut pas attendre, Elena. Il y a du nouveau. Mon père veut en discuter avec vous.

– Votre père ? Il vient à Alexandrie ?

– Oui.

Elena respira profondément. Philippe Dragoumis ne quittait pas la Grèce du Nord sur un coup de tête. S'il venait en Égypte, il avait certainement une bonne raison.

– Très bien, dit Elena. Où est-ce qu'on se retrouve ?

– Dans la villa d'Ibrahim.

– Quand ?

– Demain matin. Neuf heures.

– J'y serai.

Elle ferma son portable et réfléchit. Si elle partait maintenant, elle serait sur place à temps pour passer la nuit avec Augustin.

– Je dois aller à Alexandrie, annonça-t-elle à Gaëlle.

– À Alexandrie ? Vous serez partie longtemps ?

– Je n'en sais rien.

– Voulez-vous que les guides et moi commencions à explorer ?

Elena se renfrogna. Son assistante avait la mauvaise habitude de faire des découvertes sans son aide.

– Non, répondit-elle. Ne faites rien avant mon retour.

– Comme vous voudrez.

IV

– Vous êtes en train de me dire que Knox vous a encore échappé ? demanda Hassan d'un ton incrédule lorsque Nessim eut terminé son rapport.

– Ils étaient deux, expliqua Nessim.

– Deux ?

– Nous les retrouverons, affirma Nessim en s'efforçant de paraître plus sûr de lui qu'il ne l'était.

Il avait perdu toute confiance en lui. Et il y avait de quoi, après un tel retournement de situation. Il avait passé la nuit à essayer de sortir d'un bâtiment et erré à moitié nu dans la nature avec un homme blessé. Mais ce qui l'avait le plus marqué lors de ce fiasco monumental, c'étaient les paroles de Knox concernant son absence de sens de l'honneur. L'âge et la maturité lui avaient appris que les insultes n'étaient blessantes que lorsqu'elles sonnaient juste. Et il ne pouvait s'empêcher de se poser des questions. Comment en était-il arrivé là ? Pourquoi travaillait-il pour un homme comme Hassan ? L'argent était-il à ce point important pour lui ?

– Nous surveillons tous ses amis et collègues, assura-t-il. Nous avons promis une récompense. Ce n'est qu'une question de temps

– C'est ce que vous dites depuis des jours !

– Je suis désolé. Knox s'est avéré plus doué que je ne le pensais. Mais maintenant, on sait à quoi s'en tenir. La prochaine fois, on l'aura.

– La prochaine fois ? Comment puis-je être sûr qu'il y aura une prochaine fois ?

– Accordez-moi encore une semaine.

– Pouvez-vous me donner une seule bonne raison de ne pas vous virer pour lui donner votre place ?

– Encore faudrait-il que vous mettiez la main sur lui, murmura Nessim dans sa barbe.

– Qu'est-ce que vous avez dit ?

– Rien.

Après un silence glacial, Hassan reprit la parole.

– Je pense qu'il est temps que nous discutions de tout cela en tête à tête.

– En tête à tête ? demanda Nessim, livide.

– Oui, en tête à tête.

V

À sa grande surprise, Mohammed vit le professeur Rafai descendre d'un taxi et claquer la portière derrière lui. Il ne s'attendait pas à revoir l'oncologue de Leila, encore moins sur le site de construction.

– Y a-t-il un endroit privé ici ? demanda Rafai, tremblant de colère.

– Privé ?

– Où l'on puisse parler.

– Maintenant ? s'étonna Mohammed.

– Bien sûr, maintenant ! Vous croyez que suis venu prendre rendez-vous ?

Mohammed haussa les épaules et conduisit Rafai à son bureau.

– Je ne sais pas comment vous avez fait ça, cria Rafai dès que la porte fut fermée.

Il retira ses demi-lunes et les pointa vers Mohammed comme un couteau.

– Pour qui vous prenez-vous ? lança-t-il. Je prends mes décisions en fonction des preuves cliniques. Des preuves cliniques ! Vous croyez que vous pouvez me faire changer d'avis en m'intimidant ?

– Je regrette ma conduite dans votre bureau, mais je me suis déjà excusé. J'étais sous pression. Je ne sais pas quoi vous dire d'autre…

– Vous ne croyez tout de même pas que c'est à cela que je fais allusion ?

– Alors de quoi parlez-vous ?

– Il n'y en a que pour votre fille ! Toujours votre fille ! Vous pensez qu'elle est la seule à être malade ? Un jeune homme du nom de Saad Gama attend lui aussi une moelle osseuse. C'est un véritable intellectuel musulman. Voulez-vous lui expliquer que nous devons reporter son traitement parce que vous avez des amis plus influents ? Voulez-vous dire à ses parents qu'il doit mourir afin que votre fille puisse vivre ? Vous croyez qu'ils ne se font pas de souci pour lui, eux aussi ?

– Professeur Rafai, au nom d'Allah, de quoi parlez-vous ?

– Ne niez pas ! Ne m'insultez pas en niant ! Je sais que c'est vous, bien que je ne voie pas comment vous avez pu… Bref, laissez-moi vous dire une chose : c'est vous qui aurez le sang de Saad sur les mains ! Vous, pas moi !

Mohammed se figea.

– Qu'est-ce que vous dites ? demanda-t-il, stupéfait. Leila va avoir sa greffe ?

– Je dis que je ne risquerai pas mon service pour ça, répondit Rafai en lui lançant un regard furieux.

– Mais sa greffe ? insista Mohammed. Leila va avoir sa greffe ?

– Dites à vos amis du Caire de ne plus s'approcher de moi ni de mon personnel. Et si la procédure tourne mal, nous déclinerons toute responsabilité, vous m'entendez ? Dites-le à vos hommes de main. Dites-leur bien !

Il tourna les talons, hors de lui. Les mains de Mohammed tremblaient tellement qu'il put à peine appuyer sur les touches du téléphone pour appeler Nur.

VI

Ibrahim frappa et entra avec une tasse de café et une assiette de biscuits, qu'il posa sur le coin de son bureau. Nicolas, en communication avec Bastiaan, son garde du corps, ne prit pas la peine de se taire mais lui tourna le dos et adopta un langage codé.

– Vous vous êtes chargé des acquisitions ?

– Vasilieos vient avec votre père. Il a été briefé.

– Et quand serez-vous à la villa ?

– Je suis en route. Je n'en ai que pour un quart d'heure.

– Bien. Et veillez à…

Ibrahim étouffa un cri de surprise. Nicolas se retourna et s'aperçut que celui-ci tenait un des livres de Gaëlle et fixait une photo de Bir-al-Hammam. Il ferma les yeux, en colère contre lui-même.

– Soyez là dans dix minutes, ordonna-t-il à Bastiaan. Nous avons un problème.

Il raccrocha et arracha le livre des mains d'Ibrahim.

– Il faut que je vous explique quelque chose, dit-il.

– Quoi ? Avez-vous vu cette photo de…

– Vite ! l'interrompit Nicolas.

Il le prit par le bras et le poussa hors du bureau pour l'entraîner à la cuisine.

– Que se passe-t-il ? Qu'est-ce que vous faites ?

Nicolas ouvrit et ferma tous les tiroirs jusqu'à ce qu'il trouve un couteau avec une lame de vingt centimètres, qu'il brandit de la main gauche.

– Qu'est-ce que… Qu'est-ce que vous faites avec ça ? s'inquiéta Ibrahim.

Nicolas lui fit miroiter la lame menaçante devant les yeux et, de la main droite, lui donna un coup de poing qui le fit tomber en arrière. Il s'agenouilla à côté de lui et lui posa la lame d'acier contre la gorge avant qu'il n'ait le temps de reprendre ses esprits.

– Mon garde du corps est en route, annonça-t-il. Vous allez vous tenir tranquille jusqu'à ce qu'il arrive.

– Oui, obtempéra Ibrahim.

VII

Knox avait repris le volant. C'était le milieu d'après-midi lorsqu'il réveilla Rick.

– On y est, vieux ! Farafra !

Knox ne s'était pas rendu chez Ishaq depuis plusieurs années, mais Qasr-al-Farafra était une petite ville et il retrouva facilement le chemin. Il était impatient de revoir son vieil ami. Ils s'étaient rencontrés lors des fouilles de Mallawi. C'était un petit homme ridiculement intelligent, qui pouvait passer l'essentiel de ses moments de loisirs à fixer le ciel dans son hamac. Mais pour ce qui était de traduire du démotique, il était le meilleur spécialiste de toute l'Égypte.

Malheureusement, lorsqu'il se gara devant chez lui, Knox trouva tous les volets fermés. Il frappa à la porte, mais personne n'ouvrit. Rick et lui longèrent la route jusqu'à l'office de tourisme, qui servait également de bureau à Ishaq. Personne non plus.

– Il doit être sur un chantier, dit Knox en regardant l'heure. Il ne va pas tarder à rentrer.

– Jetons un coup d'œil à ces foutues photos, alors, grommela Rick.

– Je ne les ai pas.

– Quoi ?

– Tu ne me crois quand même pas cinglé au point de traverser la moitié de l'Égypte avec suffisamment de preuves sur mon portable pour écoper de dix ans de prison ?

– Alors comment veux-tu que ton pote traduise l'inscription ?

– Elle est sur Internet. Ishaq est connecté. Il a une adresse e-mail.

Ils s'installèrent à l'ombre d'un dattier pour l'attendre. La torpeur finit par les gagner. Les mouches se posaient sur eux et ils n'avaient plus la force de les chasser. Un jeune garçon poussant une vieille bicyclette dix fois trop grande pour lui s'approcha timidement.

– Vous cherchez Ishaq ? demanda-t-il.

– Oui. Tu sais où il est ?

– Il vient de partir pour Le Caire. À une réunion. Une réunion importante. Il a dit que tous les archéologues du désert y seraient.

– Est-ce qu'il t'a dit quand il rentrerait ?

– Demain, risqua le gamin en haussant les épaules. Ou le jour d'après.

– Bordel, murmura Rick. Qu'est-ce qu'on fait maintenant ?

– Je ne sais pas, répondit Knox. Laisse-moi réfléchir.

– J'y crois pas… Tout le reste était en grec. Pourquoi a-t-il fallu que ton Kalonymos écrive cette foutue inscription en démotique ?

Knox se tourna vers son ami, bouche bée.

– Quoi ? demanda Rick. Qu'est-ce que j'ai dit ?

– Je crois que tu viens de trouver la solution.

Chapitre 30

I

Mohammed ne s'était pas encore remis de ses émotions lorsque le téléphone sonna.

– Allô ?

– Nicolas Dragoumis à l'appareil. Vous vous souvenez de moi ? Je vous ai aidé à financer les tests pour…

– Bien sûr que je me souviens de vous, monsieur Dragoumis. Que puis-je faire pour vous ?

– Je pense que vous avez dû recevoir de bonnes nouvelles.

– C'était vous ? C'est vous, mon ami du Caire ?

– Oui.

– Merci ! Merci ! Je vous serai éternellement redevable, monsieur Dragoumis. Vous pouvez me demander tout ce que vous voulez.

– Tout ? Vous êtes vraiment sincère ?

– Je vous le jure sur ma vie.

– Je ne vous en demande pas tant mais, dites-moi, vous avez une pelleteuse sur le site ?

II

Gaëlle était restée à Siwa sans rien pouvoir faire. Bien que Mustafa et Zayn aient été recrutés pour deux semaines, elle leur avait donné leur journée afin de retourner faire des recherches chez le docteur Sayed. Mais lorsqu'elle était arrivée, elle avait trouvé la maison fermée, avec une note sur la porte disant qu'il avait été appelé au Caire. Elle était donc retournée à son hôtel, où elle avait passé l'après-midi dans un hamac, avant de prendre une douche fraîche pour retrouver un peu d'énergie. Puis elle avait loué une bicyclette bringuebalante et pédalait actuellement en direction d'une source d'eau douce locale, très prisée par les touristes. En roue libre sur un petit bout de route, elle doubla une charrette tirée par un âne, sur laquelle étaient assises trois femmes momifiées par leur *tarfottet* en coton brodé bleu indigo. L'une d'elles leva son voile et lui adressa un sourire timide mais radieux. Elle n'avait pas plus de quatorze ans.

Les pneus de la bicyclette n'étaient pas assez gonflés. Il était difficile de pédaler sur la route, que le soleil rendait collante. Gaëlle aperçut avec soulagement la passerelle qui traversait le lac salé asséché. La source était un petit bassin profond, limité par un puits naturel en pierre. L'eau était transparente et des algues d'un vert vif flottaient à la surface. Quelques *zaggalah* étaient venus s'asseoir là, après avoir fini leur journée de travail sur les dattiers. Ils regardèrent Gaëlle avec une convoitise manifeste. Elle aurait bien aimé se baigner mais, gênée par leur regard, elle préféra aller boire une tasse de thé amer dans le verger, en compagnie de la jeune gardienne.

Le soleil se coucha derrière les collines surplombant le grand lac salé et le ciel flamboya de couleurs pourpres et orangées avant de s'obscurcir pour la nuit. Le jour s'en était allé pour de bon. Gaëlle repensa à la jeune fille de la charrette, mariée à l'aube de la puberté pour passer le reste de sa vie coupée du reste du monde, avec un champ de vision réduit à un horizon des plus étroits. Puis elle eut une sorte de révélation. Brusquement, elle eut conscience du changement qui s'était opéré en elle au cours de ces dernières semaines. À cet instant, elle sut qu'elle ne pourrait plus jamais se retirer de la vie dans le confort physique et intellectuel de la Sorbonne pour élaborer d'obscurs dictionnaires de langues mortes. Ce travail était extrêmement utile, mais un peu en dehors de la réalité, comme les ombres chinoises. Gaëlle n'était pas une universitaire. Elle était archéologue, comme son père.

Il était temps qu'elle fasse la paix avec elle-même.

III

Rick et Knox trouvèrent un hôtel avec une prise modem et purent télécharger les photos du niveau inférieur de la tombe. Mais Knox n'était pas très fort en déchiffrement et ne progressa pas beaucoup sur l'inscription. Rick, qui parcourait les autres photos, s'arrêta sur la mosaïque.

– On n'a pas déjà vu ça quelque part ? demanda-t-il.

– Comment ça ?

Rick prit son appareil numérique, fit défiler les photos jusqu'à la peinture d'Oupouaout, et le tendit à Knox.

– Le ciel, dit-il.

Knox comprit immédiatement. La ligne d'horizon était presque identique à celle de la mosaïque. Le ciel entourait deux groupes de soldats dans la mosaïque et Oupouaout et son étendard dans la peinture. Knox redoubla d'efforts pour déchiffrer l'inscription. C'était le visage d'Alexandre sur la bannière du dieu loup qui lui avait fournit l'élément catalyseur. Quand il eut terminé, il lut sa traduction à Rick et lui expliqua ce que le message signifiait.

– Une tombe remplie de richesses propre à accueillir Alexandre, murmura Rick. Ça alors !

– Pas étonnant que les Dragoumis soient à sa recherche ! Et ils ont une longueur d'avance sur nous. Allons-y !

– Où ça ?

– À Siwa. La terre d'Amon, le père d'Alexandre.

– Siwa ! s'exclama Rick, incrédule. J'aurais dû m'en douter…

Mais il était aussi excité que Knox par les progrès qu'ils faisaient. Il prit un guide dans la jeep et ils regardèrent la carte ensemble. Siwa n'était pas si loin de Farafra, du moins à vol d'oiseau. Mais si on voulait emprunter la route, il fallait remonter à Alexandrie, longer la côte jusqu'à Marsa Matrouh et redescendre vers le sud, ce qui revenait à parcourir trois côtés d'un carré sur environ mille quatre cents kilomètres. L'autre solution consistait à traverser le désert en suivant l'ancienne route des caravanes. Cet itinéraire permettait de gagner près de mille kilomètres, mais la conduite était plus rude.

– Qu'est-ce que tu en penses ? demanda Rick.

– On coupe par le désert, répondit Knox sans hésiter. Là, au moins, Nessim et ses hommes ne nous retrouveront pas.

– J'espérais que tu dirais ça !

Ils devaient d'abord obtenir l'autorisation de circuler. Le désert était jonché de postes de contrôle, où les officiers n'avaient rien de mieux à faire que d'enquiquiner les quelques personnes qui s'y aventuraient.

En partant sans autorisation, ils seraient allés au-devant de sérieux problèmes. Mais maintenant que le passeport de Knox n'éveillait plus les soupçons, ce n'était qu'une question de temps et de bakchich. Le commandant de l'armée leur demanda quelques heures pour effectuer les démarches. Pendant ce temps, ils retournèrent en ville pour acheter de l'eau, de la nourriture, un pneu de rechange supplémentaire et des bidons d'huile et d'essence. Puis ils se mirent en route, profitant de la fraîcheur de la nuit pendant qu'il en était encore temps.

IV

Augustin ouvrit la porte, un drap blanc taché enroulé comme un sarong autour de la taille. Lorsqu'elle vit son visage s'assombrir brusquement, Elena n'eut pas besoin d'en savoir davantage. Avec un calme olympien, elle passa devant lui pour aller dans sa chambre. La fille avait des cheveux blonds hérissés, un piercing en cuivre sur la lèvre inférieure, les seins plats avec de gros mamelons et le pubis rasé.

– Vous êtes sa femme, je suppose, dit-elle en tendant la main pour prendre un paquet de Marlboro Lights et un briquet en plastique.

Elena tourna les talons. Augustin faillit dire quelque chose mais y renonça lorsqu'il vit son expression. Elle descendit les escaliers à la hâte et marcha d'un bon pas jusqu'à sa voiture. Elle ne regrettait pas de ne pas l'avoir prévenu de sa visite. Au contraire, elle préférait être au courant. Mais sa colère augmentait de minute en minute. À un feu, son portable se mit à sonner et elle reconnut le numéro d'Augustin. Elle baissa sa vitre et le jeta par la fenêtre. Il ricocha sur la pierre. Il y avait beaucoup de circulation ce jour-là. Elle appuya sur l'accélérateur et cria de toutes ses forces en attirant sur elle les regards inquiets des passants. Après avoir fait une queue-de-poisson à un camion, elle tourna le volant à toute vitesse pour prendre la route du Caire. Elle n'avait pas de destination en tête. Elle voulait juste rouler jusqu'à ce que le moteur explose.

Ce n'était pas à cause d'Augustin. Augustin n'était rien, seulement un écran sur lequel elle avait projeté le souvenir de Pavlos. C'était Pavlos son homme, le seul homme qu'elle ait jamais aimé. Depuis dix ans, elle ne pensait qu'à lui. Depuis dix ans, sa vie était un enfer.

Un semi-remorque apparut sur la voie d'en face. Elle referma les mains sur le volant et déboîta devant lui. Mais elle heurta la butée de la bande médiane, sa voiture rebondit et elle redressa sa trajectoire. Le conducteur du semi-remorque lui montra le poing en klaxonnant. Pas maintenant. Pas encore. Elle n'avait pas seulement perdu son mari quand elle avait perdu Pavlos. Elle avait perdu son honneur. Dragoumis était en route pour Alexandrie. Loin de sa terre natale, il allait être vulnérable. On racontait qu'on pouvait tout acheter dans les quartiers malfamés du Caire. Le Caire n'était qu'à deux heures de là, au sud. C'était le moment de vérifier le bien-fondé de cette rumeur.

Elena avait une dette de sang à régler.

Chapitre 31

I

Il avait plu pendant la nuit. Les routes étaient sombres et glissantes. Les quelques voitures que Mohammed croisait envoyaient dans ses phares des gouttes d'eau étincelantes comme des diamants. Avant même d'avoir atteint la banlieue d'Alexandrie, l'entrepreneur avait senti le stress lui vriller la colonne vertébrale. Courbé au-dessus de son volant, il regardait sans cesse sa montre et son compteur. Il n'osait pas pousser le camion et son chargement au-delà de soixante-dix kilomètres-heure, mais il ne voulait pas non plus être en retard. Nicolas avait insisté pour qu'il soit à Siwa ce soir, dès le coucher du soleil.

Cela faisait des années qu'il n'avait pas transporté un engin de cette taille et de ce poids, mais il retrouva rapidement la main, surtout une fois sur la route menant à Marsa Matrouh, qui était large et toute droite. Il sortit la photo de Leila de son portefeuille et la posa sur le tableau de bord pour se rappeler pourquoi il faisait cela. Une voiture de police apparut au loin dans son rétroviseur et ralentit lorsqu'elle arriva à sa hauteur. Il garda les yeux sur la route et elle finit par accélérer. Son cœur reprit un rythme normal.

Il posa un doigt sur la photo de Leila. Si tout se passait bien, la chimiothérapie et la radiothérapie commenceraient demain. La pauvre petite était dans un état si grave qu'il n'y avait pas de temps à perdre. Le docteur Rafai et son équipe médicale empoisonneraient son organisme de façon délibérée et systématique. Dans environ deux semaines, si Allah le voulait, ils prélèveraient de la moelle dans le bassin de Basheer, en retireraient les particules de sang et d'os, et l'injecteraient dans le corps de Leila. Si la greffe prenait, une longue période de tests, de traitement et de rééducation s'ouvrirait. Il faudrait au moins un an avant d'être sûr du succès de l'opération. En attendant, Mohammed n'avait pas d'autre choix que de faire ce que Nicolas lui demandait. Celui-ci lui avait dit clairement que ce qui lui avait été accordé pouvait tout aussi bien lui être repris.

Mohammed avait bien une pelleteuse sur le site de construction. Le plus difficile avait été de dénicher un camion à plateau assez robuste pour la transporter. Aucun de ses fournisseurs habituels n'avait pu lui en louer un. Il avait passé des heures au téléphone. Il avait appelé ses amis et les amis de ses amis jusqu'à ce qu'il finisse par en trouver un. Ensuite, il avait dû remplir les papiers, aller le chercher, l'amener sur le site et charger la pelleteuse – seul. Nicolas lui avait bien précisé que personne d'autre ne devait être au courant de ce qu'il s'apprêtait à faire.

Et pendant tout ce temps, Mohammed s'était demandé pourquoi le sponsor grec avait besoin de cet équipement à Siwa. Aucune des réponses auxquelles il avait pensé ne l'avait rassuré. Peu à peu, le soleil levant projetait sur la route son ombre déformée, sur laquelle il roulait avec d'affreux pressentiments.

II

C'est surtout au petit matin et en fin de journée que le désert est beau. Le soleil oblique, dont la chaleur est moins intense, crée un paysage clair-obscur sur les dunes dorées. Mais dès qu'il atteint une certaine hauteur, tout devient plat et monochrome. Et la lumière éclatante est aveuglante, surtout dans les zones où le sable est recouvert de cristaux de sel issus d'une mer disparue depuis longtemps. Alors on plisse les yeux, la bouche pâteuse à cause de la déshydratation, et on avale en permanence de l'eau chaude, même si cela ne soulage pas vraiment.

La piste que Knox et Rick avaient empruntée existait depuis l'Antiquité. C'était l'itinéraire que prenaient les caravanes pour aller du Nil à Siwa. De part et d'autre étaient éparpillés des os de chameau, des bidons d'essence vides, des pneus éclatés et de vieilles bouteilles d'eau. Ces déchets pouvaient être là depuis une semaine ou des dizaines d'années. Le désert occidental ne recyclait rien. Il figeait tout comme une capsule témoin. Lors d'un de ses voyages avec Richard, sur les traces des explorateurs du Zerzura Club qui avaient cartographié le désert occidental et le Gilf Kébir, Knox avait trouvé entre les dunes la dépouille d'un Bédouin. Assis devant les cendres d'un feu, l'homme était mort brusquement, sans doute d'une crise cardiaque. Il était accompagné de son chameau blessé, qui avait péri à côté de lui, incapable de bouger.

– Qu'est-ce que c'est que ça ? demanda Rick.

Le pare-brise était devenu presque opaque. Knox sortit la tête par la fenêtre. Une masse sombre menaçait à l'horizon, comme un nuage de pluie, mais il n'y avait pas de nuages et la pluie était le dernier fléau qu'on pouvait craindre dans le désert occidental.

– On va avoir des ennuis, murmura Knox.

III

Après son aller et retour au Caire, Elena arriva à la villa d'Ibrahim fraîche comme une rose mais d'une humeur massacrante.

– Vous êtes en retard, lui fit remarquer Nicolas avec colère, avant de la conduire à la cuisine, où Philippe Dragoumis était attablé avec Costis, son chef de la sécurité, et plusieurs de ses hommes. Je vous avais dit d'être là à neuf heures.

La simple vue de Philippe ajouta un poids sur les épaules d'Elena. Mais ce n'était pas le moment.

– J'avais à faire, répliqua-t-elle. Il n'y a pas le feu, que je sache.

– Nous devons être à Siwa à la tombée de la nuit.

– À Siwa ! Vous m'avez fait venir jusqu'ici uniquement pour me faire refaire tout le trajet dans l'autre sens ?

Nicolas fit un signe de tête en direction de l'écran de surveillance.

– C'est pour votre bien, précisa-t-il. Votre arrivée a été enregistrée. Demain soir, vous serez filmée en train de repartir. Et Ibrahim jurera que vous n'avez pas quitté sa villa entre-temps.

– Alors comment…

– Par la porte de derrière, dont nous avons truqué la caméra de sorte qu'elle ne montre rien.

Il regarda sa montre.

– Bon, dépêchons-nous ! reprit-il. Puis-je avoir votre portable ?

– Pourquoi ?

– Parce que si vous l'utilisez pendant le trajet, vous risquez de vous faire repérer, expliqua-t-il avec une patience exagérée. Ce n'est pas la peine d'avoir un alibi si vous gâchez tout à cause d'un simple coup de fil.

– Alors comment allons-nous communiquer ?

– Nous avons d'autres portables dans les voitures. Donnez-le-moi, je vous prie.

– Je ne l'ai plus, avoua Elena d'un air penaud. Je l'ai jeté.

– Vous l'avez jeté ? Pourquoi ?

– Est-ce vraiment important ? Dites-moi plutôt ce qui se passe. J'espère que ça vaut le déplacement.

– Vous ne serez pas déçue, grommela Philippe Dragoumis.

Elle se tourna vers lui et il lui fit signe de venir le rejoindre autour de la table. Il ouvrit les deux livres sur Siwa et les posa à côté d'une photo de la mosaïque.

– Ça alors ! murmura Elena.

– Nous l'avons enfin trouvé. Il ne nous reste plus qu'à le ramener chez nous.

Elle le regarda, horrifiée. Elle était archéologue. Les sites et les artefacts étaient sacrés pour elle.

– Le ramener chez nous ? répéta-t-elle.

– Bien sûr. Pourquoi croyez-vous que nous ayons fait tout cela ?

– Mais… c'est de la folie ! Vous n'y arriverez jamais.

– Et pourquoi pas ?

– D'abord, il n'y a peut-être plus rien.

– S'il n'y a plus rien, il n'y a plus rien. Mais je suis convaincu du contraire. Et tant que nous n'en aurons pas la preuve…

– Mais un chantier comme celui-ci peut durer des semaines, des années.

– Nous disposons d'une nuit. Cette nuit. Nous aurons une pelleteuse, un camion de transport et tout le matériel nécessaire sur place. Nikos et Vasilieos nous rejoignent là-bas. Deux de mes navires se dirigent en ce moment même vers Alexandrie. Ils arriveront au port demain matin, à temps pour charger ce que nous aurons trouvé. Faites-moi confiance, mes capitaines ont l'habitude de jouer au bonneteau avec les conteneurs scellés. Dans quelques jours, notre butin sera à Thessalonique et nous n'aurons plus qu'à annoncer la nouvelle.

– Annoncer la nouvelle ? Vous n'y pensez pas ! Tout le monde saura que nous l'avons volé.

– Et alors ? demanda Nicolas. Personne ne pourra le prouver, surtout lorsque vous aurez déclaré que la Fondation archéologique macédonienne a fait cette découverte dans les montagnes de Macédoine. Vous êtes une archéologue réputée. Votre parole ne sera pas mise en doute.

– Je n'arrive pas à y croire ! protesta Elena. Ce serait une farce internationale.

– Je ne vois pas pourquoi. S'il est possible qu'Alexandre ait une tombe à Siwa, pourquoi pas en Macédoine ?

– Nous avons une explication en ce qui concerne Siwa : le message crypté.

– En effet, reconnut Philippe. Et que dit-il exactement ? Que des porte-bouclier ont préparé une tombe pour Alexandre sur la terre de son père. Et qu'ils ont traversé le désert pour y déposer la dépouille. Cette explication vaut pour Siwa, bien sûr. Amon était le père divin d'Alexandre et Siwa se trouve de l'autre côté du désert occidental. Mais elle vaut aussi pour la Macédoine. Philippe était le père mortel d'Alexandre et les porte-bouclier auraient dû traverser le désert du Sinaï pour atteindre notre région.

Elena resta bouche bée. Si elle ne pouvait nier la logique de ce raisonnement, elle était consternée.

– On finira par apprendre la vérité, murmura-t-elle.

– C'est bien ce qu'on espère ! s'exclama Nicolas.

– Comment cela ?

– Imaginez la réaction des Macédoniens quand Athènes ou la communauté internationale essaieront de leur arracher ce qu'ils auront mis des siècles à récupérer ? Ils ne se laisseront pas faire.

– Cela provoquera une guerre, comprit Elena, stupéfaite.

– Exactement.

Elena se tourna vers Philippe.

– Je pensais que vous étiez un homme de paix, lui dit-elle.

– Et vous aviez raison. Mais toute nation a le droit de se défendre. Y compris la Macédoine.

IV

Richard était mort sur le flanc est de la dépression de Siwa, à trois heures de route de la ville de Siwa. Gaëlle et ses guides suivirent la route de Bahariya sur une centaine de kilomètres puis prirent la direction du nord. Le paysage était magnifique, bien que légèrement sinistre. De hautes falaises se dressaient, semblables à celles de Douvres, au-dessus de la Grande Mer de sable. Il n'y avait pas de verdure ici. Un serpent blanc s'éloigna en ondulant le long d'une dune abrupte. Gaëlle n'aperçut aucun autre être vivant. Ils ne croisèrent pas même un oiseau.

Une fois le camion garé, ils marchèrent cinq minutes pour atteindre l'endroit précis où Richard était tombé. Celui-ci était indiqué par un petit cairn au pied d'une immense falaise. Sur la pierre du haut, le nom entier du défunt, Richard Josiah Mitchell, avait été grossièrement gravé. Gaëlle se rappela que son père avait toujours détesté qu'on l'appelle Josiah mais que ses amis les plus proches, sachant cela, s'étaient empressés de lui donner ce prénom pour le taquiner. Elle ramassa la pierre et demanda aux guides si c'étaient eux qui l'avaient gravée. Ils secouèrent la tête en laissant entendre que c'était sans doute l'œuvre de Knox. Elle la reposa où elle l'avait trouvée avec perplexité.

Mustafa lui expliqua que Zayn et lui s'étaient précipités en bas de la falaise et qu'ils avaient trouvé son père mort, couvert de sang. Ils avaient proposé à Knox de l'aider à charger le corps dans le camion, mais celui-ci les avait rabroués.

Gaëlle se retourna vers l'endroit où ils s'étaient garés.

– Ce camion-là ? demanda-t-elle.

– Oui.

Elle fut prise d'un léger vertige.

– Le corps de mon père était dans votre camion ?

Mustafa se sentit un peu penaud. Il lui dit à quel point Zayn et lui estimaient son père, dont la mort avait été une véritable tragédie. Pendant qu'il lui parlait, Gaëlle leva les yeux sur la falaise abrupte, qui s'élevait loin au-dessus d'eux. À la fois étourdie et nauséeuse, elle en eut des fourmillements dans les orteils. Elle n'avait jamais aimé l'altitude. Elle recula d'un pas, trébucha et faillit tomber. Zayn la rattrapa par un bras et elle retrouva l'équilibre.

Elle avait toujours le vertige lorsqu'elle grimpa en haut de la falaise avec Mustafa. Zayn avait préféré rester dans le camion, au cas où il y aurait eu des voleurs. Elle avait étouffé un petit rire lorsqu'il avait donné ce prétexte. Des voleurs ! Ils n'avaient pas vu âme qui vive sur soixante-quinze kilomètres. Mais elle ne pouvait pas lui en vouloir. La chaleur croissante et la déclivité du terrain rendaient l'ascension bien plus difficile qu'elle ne l'avait imaginé. Il n'y avait pas de sentier, mais uniquement des rebords étroits, trop sablonneux pour fournir une prise stable. Mustafa marchait en tête. Il semblait danser d'un pied sur l'autre dans ses tongs usées, nullement gêné par son épaisse djellaba blanche ni par son sac volumineux, cinq fois plus lourd que celui de Gaëlle. Dès qu'il avait suffisamment distancé la jeune femme, il s'accroupissait comme une grenouille sur un rocher pour fumer une de ses infectes cigarettes en la regardant gentiment essayer de le rattraper. Elle était de plus en plus indignée. Les hommes de son âge n'étaient pas censés être en si bonne forme lorsqu'ils ingéraient autant de goudron. Ne savait-il donc pas qu'il aurait dû être une véritable épave ? Elle lui jeta un regard mauvais. Il répondit chaleureusement en lui faisant signe de la main. Malgré ses chaussures en cuir, elle avait mal aux pieds. De plus, ses mollets et ses cuisses tremblaient sous l'effort. La soif lui rendait la bouche pâteuse. Elle arriva enfin jusqu'à lui, s'effondra, sortit sa bouteille et but une grande gorgée d'eau.

– C'est encore loin ? gémit-elle.

– Plus que dix minutes.

Elle le regarda d'un air suspicieux. Il disait ça à chaque fois.

V

Au début, la tempête de sable ne fut pas très violente. Rick s'adossa à nouveau sur son siège avec un sourire de soulagement.

– Ce n'est pas si terrible, fit-il remarquer à Knox.

– À condition que ça n'empire pas, répondit celui-ci.

Il faisait encore assez clair pour voir la piste, malgré le sable projeté contre les portières et les vitres. Il y avait deux grandes catégories de tempêtes de sable. La première était en réalité une tempête de poussière, qui emportait le sable à des dizaines de mètres au-dessus du sol. Elle bouchait la lumière du soleil et désorientait les automobilistes sans être particulièrement violente. La seconde – et celle qui s'était abattue sur eux en faisait partie – était une véritable tempête de sable, un vent cinglant qui balayait les grains de sable le long des dunes et les propulsait comme de la mitraille.

Rick ne tarda à regretter son optimisme. La jeep, fouettée par le vent, se balançait sur ses suspensions en grinçant. La carrosserie et le pare-brise se heurtaient constamment à un barrage de sable d'une force extrême, qui semblait vouloir passer au travers du verre. La visibilité diminuait de plus en plus et Knox ne voyait quasiment plus la piste. Il dérapait dans le sable mou qui s'accumulait sous ses roues, et sur des rochers pointus menaçant de faire éclater les pneus. Il rétrograda en première et avança au pas.

– On devrait peut-être s'arrêter, suggéra Rick.

Knox secoua la tête. S'ils s'arrêtaient ne serait-ce qu'une minute, le sable s'engouffrerait sous les pneus jusqu'à ce qu'ils soient bloqués. Ensuite, ils devraient désensabler les roues et affronter la tempête de toute façon ou bien attendre que le sable les enterre complètement et que d'hypothétiques secours viennent les tirer d'affaire.

Le vent était de plus en plus fort. La jeep cahotait d'avant en arrière. Soudain, les roues gauche s'enfoncèrent dans un trou. Une rafale souleva la voiture et faillit la renverser sur le toit.

– Bon Dieu ! s'exclama Rick en se penchant de l'autre côté, cramponné à la poignée de sa portière jusqu'à ce que la jeep retombe sur ses quatre roues. Tu as déjà vu une tempête comme celle-là ?

– Oui, répondit Knox.

– Ça dure combien de temps ?

– La plus longue que j'aie connue a duré huit jours.

– Tu te fous de moi !

Knox se laissa aller à sourire. Il était rare que Rick perde son sang-froid.

– Tu as raison, admit-il. Elle n'a pas dû durer plus de sept jours et demi.

VI

Une bouffée de tabac irrita la gorge sèche de Gaëlle et la fit tousser. Mustafa tendit la main à la jeune femme et écrasa son mégot dans la poussière avec sa tong. Gaëlle versa un peu d'eau dans sa paume, se mouilla le front et se releva difficilement.

– C'est encore loin ? demanda-t-elle.

– Plus que dix minutes, répondit Mustafa impatiemment.

Elle se mordit les lèvres et se promit de ne plus lui donner la satisfaction de poser cette question. Épuisée, elle le suivit dans un couloir à flanc de falaise. Au bout d'un moment, l'horizon s'élargit et elle put voir les reflets dorés du désert à des dizaines de kilomètres à la ronde.

– Vous voyez, dit Mustafa en faisant virevolter sa main dans les airs. Dix minutes.

La falaise était décidément très haute. Gaëlle s'approcha prudemment du bord. Une vire ridiculement étroite longeait le précipice pour rejoindre une autre gorge. Ce n'était pas tant un sentier qu'une succession de prises.

– Vous avez traversé ça ? demanda-t-elle.

Mustafa haussa les épaules. Il retira ses tongs et marcha rapidement le long de la vire, la main gauche contre la falaise. La plante de ses pieds se fondait dans les minuscules prises. Il délogea une petite pierre. En se tenant précautionneusement, Gaëlle se pencha pour la suivre dans sa chute et la vit heurter une partie saillante de la paroi avant de rebondir pour tomber tout en bas. Elle discernait à peine le cairn au pied de la falaise.

Mustafa arriva de l'autre côté.

– Vous voyez, dit-il en souriant. Ce n'est rien.

Elle ne pourrait jamais le faire. Elle n'avait pas un grand sens de l'équilibre et ses chevilles lui faisaient mal. Elle aurait déjà eu des difficultés au niveau du sol, alors là… Mustafa haussa les épaules et traversa la vire dans l'autre sens. Elle eut des frissons rien qu'à le regarder. Il lui posa la main sur l'épaule pour l'encourager. Elle posa timidement le pied gauche sur la première prise et ramena le pied droit à côté. Elle regarda pendant une éternité l'endroit où elle était désormais censée poser le premier pied. Elle se lança et fit encore un pas. Mais soudain, tout se voila autour d'elle. Le paysage semblait s'éloigner puis lui sauter à la figure. Elle aurait voulu revenir en arrière mais ne pouvait pas bouger. Elle ferma les yeux, se pressa contre la falaise et étendit les bras pour garder l'équilibre. Ses doigts et ses orteils s'anémièrent, ses genoux menaçaient de se dérober sous elle. À cet instant, elle comprit ce qui était arrivé à son père et le rôle qu'avait joué Knox. Elle éclata en sanglots en voyant à quel point elle s'était trompée sur eux, sur tout.

– Je ne peux pas faire ça, gémit-elle. Je ne peux pas.

Mustafa lui prit la main et l'attira en lieu sûr.

– Vous voyez, dit-il avec son éternel sourire. C'est tout ce que Knox avait à faire.

Elle le regarda en secouant la tête et s'effondra dans une cuvette d'où il était impossible de tomber. Elle s'allongea sur le dos, un bras sur les yeux, et sentit les larmes lui couler sur les joues. L'assurance vie de son père prévoyait une prime rondelette en cas de mort accidentelle. Sa mère avait ri avec jubilation lorsqu'elle en avait été informée. Cet argent avait permis à Gaëlle de s'acheter un appartement. Un appartement ! Elle se sentit misérable. Elle se releva péniblement et, les jambes en coton, suivit Mustafa en silence jusqu'au pied de la falaise.

Chapitre 32

I

Knox et Rick avaient l'impression d'être battus depuis des heures par la tempête de sable. Le vent gémissait, criait, grondait comme de furieuses harpies griffant la carrosserie pour se jeter sur eux. De plus, le moteur commençait à fatiguer et le radiateur crachotait de façon suspecte. Mais la tempête finit par s'apaiser. Puis, en quelques minutes, le vent tomba complètement, comme si rien ne s'était passé. Autour d'eux, il n'y avait que le désert. Visiblement, ils étaient sortis de la piste, qui avait du reste complètement disparu sous le sable. Ici, les points de repère étaient rares et ils n'avaient ni GPS ni carte pour s'orienter.

– Tu sais où on est ? demanda Rick.

– Non.

– Bon Dieu, qu'est-ce qu'on va faire, alors ?

– Ne t'inquiète pas, on ne doit pas être loin de la piste.

Knox s'arrêta, sortit et monta sur le capot de la jeep pour scruter l'horizon à travers ses jumelles. Quand on ne connaît pas le désert, on pense que c'est un paysage plat et monotone, dépourvu de personnalité et de caractéristiques propres. Mais quand on l'a traversé plusieurs fois, on sait que chaque zone a un aspect particulier. Certaines régions sont plates sur des kilomètres, comme les salants des États-Unis, où l'on bat des records de vitesse. D'autres ressemblent à une mer déchaînée qui aurait été figée dans le sable. Et même si les couches superficielles sont changeantes, les formes du relief demeurent immortelles. Ici, Knox avait déjà exploré beaucoup de collines et de crêtes de sable.

L'air était un peu vaporeux et la visibilité s'en trouvait réduite. Mais au nord, Knox aperçut la crête sombre d'un escarpement qu'il connaissait. Ils y seraient dans une demi-heure. Il regarda sa montre. Ils avaient le temps.

– On devrait manger, dit-il à Rick. Cela permettra au moteur de refroidir.

Ils s'assirent à l'abri de la jeep et rincèrent le riz et les légumes qu'ils avaient achetés dans de l'eau, tandis que le moteur craquait sous l'effet du changement de température. Quand ils eurent terminé, ils remplirent le radiateur et repartirent. Ils rejoignirent la piste exactement à l'endroit où Knox l'avait prédit et avancèrent à nouveau dans le désert, qui n'en finissait pas. Mais celui-ci n'était pas infini. Peu de temps après la tombée de la nuit, ils arrivèrent sur une route. À partir de ce moment-là, ils progressèrent rapidement et, une heure plus tard, atteignirent Siwa et sa place principale.

– Je tuerais pour une boisson fraîche, murmura Rick.

– Pas si c'est moi qui la vois le premier.

II

Mohammed se ravitailla en carburant à cinquante kilomètres au nord de Siwa. Puis il conduisit pendant une demi-heure avec son téléphone portable à côté de lui, jusqu'à ce que celui-ci capte un signal, et se gara au bord de la route pour appeler Nur. Le simple fait d'entendre la voix de sa femme lui fit du bien. L'idée que l'avenir lui réservait un sort funeste le taraudait de plus en plus. Mais lorsque Nur prononça le prénom de Leila, il se répandit brusquement en paroles désordonnées pour lui dire qu'il les aimait toutes les deux, que si quelque chose tournait mal et qu'elle ne devait plus le revoir…

– Ne dis pas des choses pareilles ! s'écria-t-elle.

La détresse qu'il perçut dans la voix de Nur le ramena à la raison.

Il respira profondément pour se calmer, lui assura que tout allait bien et qu'ils se verraient le lendemain soir. Puis il raccrocha, éteignit son portable avant qu'elle n'ait le temps de le rappeler et regarda sa montre. Il n'était pas cinq heures. Il avait bien roulé. Il sauta du camion et marcha un peu le long de la route. Il s'accroupit, puis ramassa une poignée de sable, qu'il laissa filer entre ses doigts. Il regarda les quelques grains restés sur sa main. Le sable était si chaud après voir été exposé toute une journée au soleil brûlant qu'il avait la peau rouge. Il en prit une autre poignée, comme s'il pouvait, en se punissant lui-même, éviter un châtiment plus grave par la suite.

Un Bédouin klaxonna dans son camion blanc poussiéreux et se pencha par la fenêtre pour lui demander s'il avait besoin d'aide. Mohammed le remercia en lui faisant signe de poursuivre sa route. Il était si fatigué que le temps semblait passer deux fois moins vite que d'habitude. Le soleil descendit sur l'horizon et se coucha enfin. L'obscurité tomba rapidement. Mohammed regardait fixement la route qui venait de la côte. Elle était si droite et si plate qu'elle aurait pu être bâtie par les Romains. Lorsqu'il vit deux 4 x 4 et un camion de transport au loin, il se leva, brossa son pantalon couvert de sable et remonta dans sa cabine. Les véhicules ralentirent à sa hauteur. Une lumière s'alluma dans l'un des 4 x 4. Nicolas se pencha par la fenêtre et fit signe à Mohammed de suivre le convoi. Mohammed leva le pouce et démarra. Ils parcoururent ainsi quelques kilomètres jusqu'à Siwa puis s'enfoncèrent dans le désert.

III

Gaëlle marchait dans la rue lorsqu'elle vit Knox, qui vidait une bouteille d'eau glacée en compagnie d'un autre homme sous le store d'un café. Elle hésita puis s'approcha de lui. Il leva les yeux, surpris de la voir.

– Gaëlle, dit-il d'un air embarrassé.

– Daniel.

– Je te présente Rick. C'est un ami.

– Est-ce qu'on peut se parler en privé ?

– Bien sûr.

Il indiqua la route et elle hocha la tête.

– Ça ne te dérange pas, vieux ? demanda-t-il à Rick.

– Non, prends ton temps. Je vais commander quelque chose à manger.

Knox et Gaëlle longèrent la route côte à côte.

– Alors ? demanda-t-il.

– Je suis allée là-bas aujourd'hui.

– Là-bas ?

– Là où mon père est mort. Mustafa et Zayn m'y ont emmenée.

– Ah.

Elle se tourna pour lui faire face.

– Je veux savoir ce qui s'est passé, Daniel. Dis-moi la vérité.

– Je suis sûr qu'ils t'ont dit la vérité.

– Ils m'ont dit ce qu'ils ont vu, rectifia Gaëlle en se remettant à marcher. Mais ce n'est pas la même chose, n'est-ce pas ?

Il lui jeta un coup d'œil en biais.

– Qu'est-ce que je suis censé comprendre ?

– Tu es resté fidèle à mon père quand tous les autres l'ont abandonné. Tu ne l'aurais pas fait si tu n'avais pas été proche de lui. Alors pourquoi l'aurais-tu laissé tomber ?

– Je ne l'ai pas laissé tomber.

– Si, et tu avais certainement une raison. Et je crois que je la connais. Il était déjà en train de mourir, c'est ça ?

– De quoi est-ce que tu parles ?

– Qu'est-ce qu'il avait ? Le sida ?

– C'était un accident.

– Mustafa et Zayn m'ont dit que tu les as envoyés balader quand ils t'ont proposé de t'aider à transporter le corps. Il était couvert de sang. C'est pour ça que j'ai pensé au sida.

– C'était un accident.

– Et puis, tu l'as fait incinérer si vite.

– Je te dis que c'était un accident.

– C'est ce que tu as été obligé de dire, bien sûr, sans quoi tu aurais été complice de fraude à l'assurance.

Knox ouvrit la bouche pour parler mais ne trouva pas quoi dire. Dans l'obscurité, il était difficile de lire son expression. Elle continua comme si de rien n'était.

– Il t'a fait promettre de m'écrire, de me dire qu'il avait beaucoup pensé à moi. Est-ce que je me trompe ? S'il te plaît, j'ai besoin de savoir.

Knox garda le silence un instant.

– Oui, souffla-t-il.

Elle hocha la tête plusieurs fois. Même si elle savait tout cela au fond d'elle-même, elle dut faire un effort pour l'assimiler.

– Raconte-moi, supplia-t-elle. Raconte-moi tout.

– Il n'y avait pas que le sida. Tout son organisme était atteint. Il avait un cancer. Ses organes ne fonctionnaient plus. Ce n'était qu'une question de temps. De temps et de douleur. Ce n'était pas le genre d'homme à végéter dans un hôpital. Et il ne voulait être une charge pour personne. Tu le sais certainement. Il a voulu mourir à sa façon, dans un endroit qu'il aimait. Et il a voulu faire quelque chose pour toi, pour compenser le fait d'avoir été un mauvais père.

– Un mauvais père ? C'est ce qu'il a dit ?

– Oui.

– Et tu… l'as laissé faire ?

– Il ne m'a pas laissé le choix. Mon seul choix, c'était de le soutenir ou pas. C'était mon ami, alors je l'ai soutenu. Je suis désolé si tu trouves que j'ai eu tort.

– Non, c'est juste que j'aurais aimé être là, moi aussi.

– Tu as eu ta chance.

– Oui. Inutile de me dire que je me suis mal comportée. Je le sais. Et je le regrette.

Ils firent demi-tour et regagnèrent le café. Rick les vit et leur fit signe de la main. Ils le rejoignirent.

– Poulet frites, annonça-t-il. Délicieux ! Alors tu es la fameuse Gaëlle ?

– Gaëlle, oui. Fameuse, je ne sais pas.

– Knox ne parle que de toi !

– La ferme, Rick ! lança Knox.

Le robuste Australien éclata de rire.

– Alors, ça avance ? demanda-t-il à Gaëlle.

– Quoi ?

– La tombe remplie de richesses propre à accueillir le fils d'Amon, et tout ça.

Gaëlle regarda tour à tour Knox et Rick.

– Comment se fait-il que vous soyez au courant ?

Rick fit un signe de tête en direction de Knox. Celui-ci haussa les épaules.

– Tu n'es pas la seule à avoir des choses à te reprocher, répondit-il en souriant.

– Comment cela ?

– Tu te souviens quand tu es descendue au niveau inférieur de la tombe macédonienne, à Alexandrie ?

Il prit une petite voix aigue pour l'imiter.

– Il y a quelqu'un ! cria-t-il.

Les yeux de Gaëlle s'arrondirent de stupeur.

– C'était toi ! s'exclama-t-elle en riant. Daniel, c'est horrible !

– Je sais, admit-il avec un grand sourire. Alors, tu as avancé ?

– Je ne peux pas en parler. J'ai donné ma parole.

– À qui ? se moqua Knox. Elena ? Nicolas Dragoumis ?

– Non, à Yusuf Abbas.

Knox éclata de rire.

– À cet escroc ? C'est un homme corrompu, Gaëlle.

– C'est le secrétaire général du CSA.

– Il a détruit ton père.

– Je ne sais pas, soupira Gaëlle en posant les mains sur la tête. Je ne sais plus à qui me fier.

– Tu peux te fier à moi. C'est ce que ton père a fait. Et si tu veux traiter avec un représentant officiel, va voir le docteur Sayed. Tu peux lui faire confiance les yeux fermés.

– Je n'en suis pas si sûre.

– Pourquoi ?

Elle hésita, puis finit par s'expliquer.

– Il a vu quelque chose sur mes photos. Je pourrais le jurer. Et ensuite, il a retiré certains livres de sa bibliothèque.

– Et tu crois qu'il a voulu t'empêcher de voir quelque chose ?

– C'est possible.

– Crois-moi, Gaëlle, s'il a fait cela, ce n'était pas contre toi. C'était pour empêcher Yusuf de se livrer à un nouveau pillage. Allons le voir.

– Il n'est pas chez lui. Il est à une réunion du CSA, au Caire. Et la porte de sa maison est fermée.

– Alors heureusement qu'on a Rick sous la main ! s'écria Knox en souriant. Il a un certain talent qui va nous être très utile.

Chapitre 33

I

Ibrahim, qui n'avait jamais eu les nerfs solides, s'était complètement dégonflé dès l'instant où Nicolas lui avait posé la lame d'un couteau sur la gorge. Le courage n'était pas son fort. Il s'était laissé convaincre de se faire porter pâle et de signer plusieurs autorisations sur papier à en-tête du CSA pour un chantier de fouilles dans le désert occidental, bien que cette région ne relevât pas du tout de ses compétences. Ensuite, il avait été contraint de rester à proximité de son téléphone au cas où des fonctionnaires soupçonneux l'appelleraient pour vérifier sa signature.

Il n'était pas seul à la villa. Manolis et Sofronio, le pilote et le copilote de Nicolas, étaient restés avec lui. Ils avaient fermé toutes les issues et gardé les clés sur eux. Ils lui avaient également confisqué son téléphone portable. Ils le suivaient partout, dans sa chambre, dans la salle de bains. Sofronio lisait et parlait un peu l'arabe. Aussi écoutait-il ses conversations lorsque le téléphone sonnait, prêt à raccrocher s'il tentait quoi que ce soit.

Le cœur lourd, Ibrahim se dirigea vers la porte-fenêtre. Nicolas et ses hommes s'apprêtaient à piller un site historique d'une valeur inestimable à Siwa. Il avait consacré sa vie au patrimoine de l'Égypte et, maintenant, il aidait des truands à en voler un élément fondamental. Il se retourna brusquement pour aller dans son bureau, immédiatement talonné par Manolis.

– Je vais juste chercher mes travaux, soupira-t-il.

Manolis l'accompagna tout de même. Le directeur prit quelques papiers dans son tiroir et regarda la serrure de la porte en sortant. La clé était à l'intérieur, comme il l'avait soupçonné. Il ressortit avec son garde-chiourme, puis s'arrêta.

– Mon stylo, dit-il.

Manolis le regarda retourner dans son bureau et prendre un gros stylo plume rouge, qu'il lui montra de loin. Ibrahim sentit son cœur battre d'une façon anormale et sa bouche se dessécher. Menant une vie très sédentaire, il était dans une forme physique désastreuse. Il posa la main sur la porte de son bureau, se dit que c'était le moment. Son esprit ordonna à sa main de claquer la porte et de tourner la clé, de gagner un peu de temps, d'essayer de se racheter… mais sa main n'obéit pas. Encore une fois, le courage lui manqua et il sortit de son bureau. Son rythme cardiaque ralentit. Son taux d'adrénaline diminua. Une goutte d'acide urique lui brûla l'extrémité du pénis. Confronté à la vérité, il baissa la tête de honte. Il n'était qu'un lâche, un raté, un moins que rien. La vie d'un homme était un don d'Allah. Et il l'avait gâché.

II

Bir-al-Hammam. Deux sommets reliés par une petite crête rocheuse. Des versants sablonneux semblables à ceux d'une pyramide de chaque côté. Au pied, côté sud, un lac d'eau douce entouré de roseaux et de végétation. La lune gibbeuse se reflétait sur l'eau chahutée par de rares bourrasques, quelques insectes et les poissons qui les chassaient. Des roussettes perçaient des cris stridents en sortant de leurs grottes de calcaire pour se repaître dans les vergers de Siwa.

Nicolas fit disposer les véhicules en demi-cercle au pied de la colline pour dissimuler au mieux leurs activités. Cela dit, il était peu probable qu'ils croisent qui que ce soit. Ils se trouvaient à dix kilomètres au nord de Siwa et à cinq kilomètres de la route la plus proche. Trois équipements de sécurité et des sacs en toile achetés par l'intermédiaire de Gabbar Mounim et rapportés du Caire par Vasilieos furent déchargés du camion et distribués à l'équipe. Il y avait aussi des pelles, des pioches et des torches. Leonidas mit l'un des AK-47 sur son épaule et monta sur le toit du camion pour faire le guet. La lumière de la lune était suffisamment vive pour que Mohammed puisse travailler. Celui-ci creusa dans le désert à l'aide de sa pelleteuse en déposant d'énormes quantités de sable derrière lui, si bien que le véhicule finit par pencher en avant. Il dut faire demi-tour pour se creuser une tranchée. La colline était un iceberg dont la majeure partie se trouvait sous le sable. Au bout de trois heures, la pelleteuse avait entièrement disparu dans le trou. Mais Mohammed n'avait toujours rien trouvé. Au début, Nicolas et ses hommes l'avaient regardé faire avec intérêt, puis ils s'étaient détournés de lui au fur et à mesure que le sable avait perdu de sa chaleur. De temps à autre, il s'arrêtait pour qu'ils aillent explorer le fond. Il regarda autour de lui. Les dunes étaient si fraîches et si blanches qu'on aurait dit des congères. Leonidas descendit du toit du camion en se plaignant d'avoir froid. Personne n'alla le remplacer. Les mains autour de leur cigarette, tous les hommes avaient les épaules rentrées.

Mohammed remplit à nouveau la benne de la pelleteuse et la vida derrière lui. Le sable tombait en cascade le long de la pente avec un bruit de pluie. Le trou était désormais si profond que Mohammed avait l'impression de creuser sa propre tombe. Les effets de la fatigue commençaient à se faire sentir. Nicolas leva la main pour demander à l'entrepreneur d'arrêter le moteur une nouvelle fois. Puis il descendit inspecter la paroi rocheuse avec son père. Fou de colère, il secoua la tête et donna un coup de pied dans la roche. Mohammed essaya de ne pas montrer son soulagement. Pour lui, c'était la meilleure solution. Il avait obéi aux ordres mais n'avait rien trouvé. Voyant Nicolas sortir du trou à quatre pattes et s'approcher de lui, il baissa sa vitre.

– Ça suffit, lança Nicolas. Il n'y a rien ici. On s'en va.

Mohammed fit un signe de tête en direction de la grande tranchée qu'il avait faite.

– On remblaie ? demanda-t-il.

– Inutile, le premier coup de vent s'en chargera.

– Comme vous voudrez.

Mohammed se retourna pour sortir en marche arrière. Il était si fatigué qu'il oublia de changer de vitesse et fit un bond en avant. La benne heurta la paroi rocheuse. Une plaque de sable solidifié se craquela et tomba. Il se gourmanda, passa la marche arrière et remonta la pente en direction du camion à plateau. Tout à coup, un concert de cris de joie retentit. Les Grecs se pressèrent autour de la paroi avec leur torche. Mohammed se leva dans sa cabine et discerna une petite plaque de marbre rose de la taille d'une main. Tout le désespoir du monde s'abattit sur lui. Il ne savait pas ce que ces hommes cherchaient, mais il venait de le trouver.

III

Chez le docteur Sayed, il faisait sombre et il n'y avait pas un bruit. Les volets étaient fermés ; la porte était verrouillée. Rick sortit son fil de fer et ils ne tardèrent pas à pouvoir entrer.

– Je n'aime pas ça, dit Gaëlle nerveusement.

– Fais-moi confiance, la rassura Knox. Ali est un ami. Il comprendra. Essayons de mettre la main sur ces livres.

Ce fut Rick qui les trouva, sous le matelas du docteur Sayed. Il y en avait cinq en tout. Ils en prirent un chacun et en tournèrent avidement les pages. Gaëlle repéra presque immédiatement le dessin de Bir-al-Hamman.

– Regardez ! s'exclama-t-elle en posant le livre sur le lit. Le profil des collines. C'est celui que l'on voit sur la mosaïque.

– Et sur la peinture d'Oupouaout, ajouta Rick.

Elle le regarda, stupéfaite.

– Vous êtes aussi allés là-bas ?

– Nous sommes allés partout, chérie, lui répondit Rick avec un clin d'œil.

– Le détenteur du secret, murmura Knox. Désormais, nous savons de quel secret il s'agissait. C'était l'emplacement de la tombe remplie de richesses que les porte-bouclier avaient bâtie pour Alexandre. L'emplacement exact.

Il montra les deux collines, qui correspondaient avec précision aux genoux d'Akylos et aux pieds d'Oupouaout, entre lesquels étaient plantés l'épée de l'un et l'étendard de l'autre.

Gaëlle inspira anxieusement.

– Que se passe-t-il ? lui demanda Knox.

– J'ai laissé un message à Ibrahim pour lui demander de me trouver d'autres exemplaires de ces livres et de me les envoyer. Ensuite, Elena a été appelée à Alexandrie. Et le docteur Sayed au Caire. Tu crois que quelqu'un est en train de manigancer quelque chose ?

– Je ne sais pas, répondit Knox d'un air sombre. Mais nous devons en avoir le cœur net.

Chapitre 34

I

C'était le petit matin. Knox roula doucement jusqu'à ce qu'ils sortent de la ville et, une fois sur la piste cahoteuse du désert, il poussa le moteur de la jeep au maximum. La suspension grinçait et crissait sous les secousses et les vibrations. Un air glacial s'introduisait par les portières et les bouches d'aération. Rick était assis à l'arrière, penché entre les deux sièges avant. Gaëlle, les mains sous les aisselles, se tenait recroquevillée sur elle-même.

– C'est de la folie ! s'exclama-t-elle. On ferait mieux de revenir demain matin.

– On ne peut pas prendre de risques, affirma Knox.

– Quels risques ? Même s'ils trouvent la tombe, ils ne peuvent pas l'ouvrir et la piller aussi facilement.

– Crois-moi, quand le jeu en vaut la chandelle, les Dragoumis ne reculent devant rien.

– Mais est-ce que ça vaut vraiment le coup ? Ils seront forcément démasqués. Tu crois qu'ils risqueraient la prison et une condamnation internationale uniquement pour récupérer les artefacts de la tombe d'Alexandre ?

– Ce n'est peut-être pas ce qu'ils cherchent. Ils pensent peut-être trouver autre chose.

– C'est-à-dire ? demanda Rick.

– Je ne vois qu'une chose pour laquelle ils seraient prêts à tout, répondit Knox.

– Quoi ?

– Philippe Dragoumis rêve d'une Macédoine indépendante. Il n'atteindra ce but qu'en provoquant une guerre et il le sait très bien. Mais le peuple ne prend pas les armes sans raison. Il doit avoir une cause à défendre, être soudé par une vision commune. Les juifs ont combattu pour l'arche d'Alliance. Les chrétiens ont combattu pour la sainte Croix. Si vous étiez Macédoniens, pour quoi vous battriez-vous ?

– Pour la dépouille d'Alexandre, répondit Gaëlle sous le choc.

– L'immortel, l'invincible maître du monde, confirma Knox.

– Mais c'est impossible, protesta Rick. Le corps d'Alexandre était encore exposé à Alexandrie des centaines d'années après la mort de tous les porte-bouclier.

– Tu en es sûr ?

– Mais bien sûr, intervint Gaëlle. Jules César est allé lui rendre hommage. Octavien ! Caracalla !

Knox l'interrompit d'un geste de la main.

– Merci pour la leçon d'histoire, mais essaie de te placer d'un autre point de vue. Imagine que tu sois Ptolémée et que tu viennes d'asseoir ton pouvoir en Égypte. Tu apprends que ces salauds de porte-boucliers se sont emparés de la dépouille d'Alexandre. Or, il te faut absolument cette dépouille. C'est la seule chose qui donne de la légitimité à ton règne. Tu pars à leur poursuite mais, alors que tu es sur le point de les capturer, ils se tuent tous et tu ne retrouves pas Alexandre. Il ne te reste plus qu'une chose à faire.

– Un sosie ? suggéra Rick. Tu penses qu'il est revenu avec un sosie ?

– C'est possible, non ? Il avait déjà eu recours à un leurre pour envoyer Perdiccas dans la mauvaise direction. Il est probable que l'idée lui soit au moins venue à l'esprit.

– Mais le visage d'Alexandre était le plus connu de toute l'Antiquité, insista Gaëlle. Ptolémée ne pouvait pas se contenter d'embaumer un sosie en espérant que personne ne se rendrait compte de la supercherie.

– Et pourquoi pas ? Il n'y avait pas de télévision à l'époque. Pas de photos. Il n'y avait que la mémoire et l'art, qui avaient une tendance naturelle à l'idéalisation. Ptolémée a laissé Alexandre à Memphis pendant trente à quarante ans avant de l'emmener à Alexandrie. Les archéologues se demandent encore pourquoi. Tu penses vraiment qu'il a fallu si longtemps pour construire une tombe adéquate ? Ou que Ptolémée a repoussé le transfert délibérément pour offrir à son successeur une grande fête nationale ? Tout ça, c'est des conneries ! Ptolémée ne pouvait peut-être pas prendre le risque d'exposer la dépouille dans une cité grecque parce que ce n'était pas celle d'Alexandre. Il a peut-être attendu que tout ceux qui avaient connu Alexandre soient morts ou trop gâteux pour se souvenir de son visage.

– Tu rêves…

– Tu crois ? Pourtant, c'est toi qui m'as montré la peinture.

– Quelle peinture ?

– Celle de l'antichambre de la tombe macédonienne, qui représente Apelle de Cos avec Akylos. Pourquoi le portraitiste personnel d'Alexandre aurait-il perdu son temps avec un simple porte-bouclier ? Peut-être Akylos avait-t-il l'habitude de poser pour Alexandre. Nous n'avons jamais retrouvé la dépouille de l'empereur à Alexandrie. Et sur la mosaïque, on voit qu'Akylos était petit, mince et roux. Maintenant, décris-moi Alexandre...

– Non, murmura Gaëlle. C'est impossible.

Mais elle fut parcourue d'un frisson.

– Que se passe-t-il ? demanda Knox.

– C'est juste que… cela m'a toujours paru bizarre que Kalonymos enterre les porte-bouclier dans le quartier royal, quasiment sous les yeux de Ptolémée. C'était du suicide.

– Mais ?

– Mais Kalonymos a écrit dans le message crypté qu'il avait juré de réunir les trente-trois dans la mort comme ils avaient été unis dans la vie. Si tu dis vrai, si Akylos a vraiment été enterré à Alexandrie à la place d'Alexandre, cela explique que les porte-bouclier aient été inhumés dans la nécropole, juste au-dessous de lui. C'est de cette façon que Kalonymos les a tous réunis.

Knox appuya sur l'accélérateur et la jeep rugit sur le sable.

II

Subjuguée, Elena regarda Mohammed retirer le sable du marbre et enfiler les dents de la benne entre le haut de la plaque et le linteau de calcaire. Il poussa en avant et la dalle de marbre tomba. Elena tressaillit, épouvantée, en tant qu'archéologue, par un vandalisme aussi cavalier, mais le sable était mou et la roche ne se brisa pas. Elle était plus déterminée que jamais à poursuivre sa vendetta mais mourait d'envie, elle aussi, de voir ce qui se trouvait à l'intérieur. À tous points de vue, elle était à l'apogée de sa carrière.

Tous les membres de l'équipe prirent une torche et éclairèrent le trou noir. Un escalier presque entièrement enseveli sous le sable descendait jusqu'à une galerie grossièrement taillée, suffisamment haute et large pour laisser passer deux hommes côte à côte. Elena suivit Nicolas et Philippe Dragoumis, qui s'enfoncèrent dans la colline. Au bout d'une cinquantaine de pas, ils débouchèrent dans une grande pièce surmontée d'un haut plafond. Elle était vide. Il n'y avait que de la poussière et des détritus. Un vaisseau brisé ; une amphore en terre cuite ; un manche de dague ; les ossements et les plumes d'un oiseau, qui s'était sans doute trouvé emprisonné ici des siècles auparavant. Seuls les murs les récompensèrent de tous les efforts qu'ils avaient faits pour trouver cet endroit. Des scènes de la vie d'Alexandre, semblables aux étapes du chemin de croix, avaient été sculptées en haut relief dans le grès et ornées de véritables artefacts.

Dans la première scène, sur la gauche, Alexandre était représenté enfant dans son berceau, en train d'étrangler des serpents comme Hercule – visiblement, il y avait eu de véritables serpents entre ses mains, bien que le temps les ait complètement désintégrés pour ne laisser que des peaux translucides, minces comme une pelure d'oignon. Dans la deuxième, il montait Bucéphale face au soleil pour mieux le dompter. Dans la troisième, il entretenait une conversation passionnée avec d'autres jeunes gens et un vieillard, peut-être Aristote en personne, qui tenait ce qui avait été jadis un livre ou un rouleau avant de s'effriter et de s'éparpiller comme des cendres sur le sol. Dans la quatrième, sur un cheval cabré, il appelait ses hommes à se battre. Dans la cinquième, il enfonçait un javelot à manche de bois dans la poitrine d'un soldat perse brandissant une hache en bronze au-dessus de sa tête. Dans la sixième, il était confronté au célèbre nœud gordien prétendument impossible à défaire et à la promesse de souveraineté sur l'Asie faite à celui qui parviendrait à le dénouer ; un défi qu'il avait relevé avec sa détermination habituelle en tranchant le nœud, représenté ici par un tronc d'arbre sculpté, dont une extrémité était attachée au joug en métal d'un char et l'autre fichée dans une fissure de la paroi rocheuse. Dans la septième, il consultait l'oracle de Siwa et le grand prêtre l'assurait de sa divinité. Les scènes se poursuivaient ainsi en le représentant lors de ses victoires, de ses revers et sur son lit de mort. La dernière, la plus grande de toutes, illustrait l'esprit d'Alexandre rejoignant les autres dieux sur ce qui semblait être une montagne, peut-être l'Olympe, où il était accueilli comme un pair.

La lumière des torches dansait sur les sculptures en créant des ombres qui s'étendaient, oscillaient et redonnaient vie à ces scènes fascinantes réalisées deux mille trois cents ans auparavant. Personne n'osa ouvrir la bouche. Tous les membres de l'équipe savaient que cette découverte, aussi remarquable fût-elle, ne correspondait pas à ce qu'ils cherchaient. Soit les porte-bouclier n'avaient jamais atteint la tombe avec la dépouille d'Alexandre, soit quelqu'un avait découvert cet endroit avant eux.

– Bon Dieu, je n'arrive pas à y croire, murmura Nicolas en serrant les poings. Après tout ce que nous avons fait ! Tout ce travail pour rien !

Il poussa un cri d'exaspération et donna un coup de pied dans la paroi rocheuse.

Elena ignora son caprice et s'accroupit devant les contreforts de la montagne vers laquelle l'esprit d'Alexandre effectuait son ascension.

– Il y a une inscription, confia-t-elle à Philippe Dragoumis.

– De quoi s'agit-il ?

Elle retira la poussière, orienta sa torche de façon à accentuer les ombres et commença à traduire à haute voix.

– Maintenant tu montes vers les demeures du ciel, Alexandre, et tu laisses ton peuple accablé de deuil.

– Il y en a une autre là ! s'écria Costis en éclairant la base de la sculpture d'Alexandre enfant.

Philippe Dragoumis la traduisit lui-même.

– Tu ne connais pas ta force, Alexandre. Tu ne sais pas ce que tu peux faire, ni qui tu es.

Il lança un regard perplexe à Elena.

– Comprenez-vous ce que cela signifie ? lui demanda-t-il.

– Ce texte est extrait de l'*Iliade*, n'est-ce pas ?

– Comme le précédent, confirma-t-il. Mais quel sens faut-il y trouver ?

Elena se dirigea vers une autre scène, qui représentait un combat féroce. Pour trouver l'inscription, elle dut retirer une bonne couche de sable et de poussière. Mais il y en avait bien une et, apparemment, chaque scène avait la sienne. Elle était également extraite de l'*Iliade.*

– *Ils mêlèrent leurs boucliers, leurs piques et la force des hommes aux cuirasses d'airain ; on entendait des cris et le sang inondait la terre.*

Dragoumis se tenait déjà devant la scène suivante. Cette fois, l'inscription s'avéra plus difficile à lire. Il fit signe à Costis d'approcher pour qu'ils puissent joindre leurs torches.

– *Quiconque défera le nœud qui maintient le joug deviendra le maître de l'Asie.*

Il resta bouche bée.

– La prophétie du nœud gordien, murmura-t-il en se tournant vers Elena.

Celle-ci répondit en traduisant une autre inscription.

– *Ne parle point de fuir, car je ne pense point que tu me persuades. Ce n'est point la coutume de ma race de fuir et de trembler.*

Ils poursuivirent en longeant les murs et, lorsqu'ils eurent lu toutes les inscriptions, Elena leva les yeux vers Philippe Dragoumis.

– Qu'en pensez-vous ? lui demanda-t-elle.

– Je crois que nous…

L'écho d'un bruit sourd résonna dans la galerie. Le sol se mit à trembler. La poussière se détachait des murs. Nicolas se retourna, puis ferma les yeux, à nouveau en proie à la colère.

– Mohammed, murmura-t-il.

III

L'occasion se présenta à l'improviste. Tous les Grecs, jusqu'au dernier, étaient entrés dans la colline. La curiosité l'avait emporté sur le reste. Mohammed attendit une minute ou deux, pensant qu'ils se rendraient compte de leur erreur et ressortiraient. Mais personne ne réapparut et il se sentit le courage d'agir. S'il les bloquait à l'intérieur et allait chercher la police en empruntant un des 4 x 4, il les ferait jeter en prison pour plusieurs années. Ainsi, ils ne pourraient ni faire pression sur le sort de Leila ni se venger. Il envisagea de boucher la sortie avec un des véhicules, mais aucun n'avait une forme adéquate.

Il fallait qu'il redresse la plaque de marbre et qu'il la recouvre de sable.

Il glissa les dents de la benne sous la plaque et essaya de la soulever. Mais elle était si lourde que les roues arrière décollèrent du sol. Le moteur hydraulique s'essouffla et cala. La plaque de marbre glissa sur le côté et tomba lourdement sur le sable. Mohammed entendit des cris d'alarme provenant de l'intérieur et jura entre ses dents. Il fit marche arrière, puis repartit en marche avant en accélérant pour profiter de la vitesse. Un Grec arriva juste au moment où la plaque se redressait dans sa position initiale. Mohammed s'empressa de pelleter le sable. Il jubilait en voyant la porte de marbre disparaître peu à peu. Il n'arrivait pas à croire qu'il ait réussi aussi facilement. Nur avait raison. Elle avait toujours dit que, quand on faisait face à ses démons, on pouvait conquérir…

Un coup de feu étouffé ! Un deuxième ! Pétrifié, Mohammed regarda le sable disparaître dans le trou laissé par la balle, qui s'élargissait rapidement. Quelques secondes plus tard, un grand trou noir s'ouvrit dans la paroi et un homme surgit. Mohammed vida sa benne sur le fugitif, qui ne tarda pas à refaire surface en pointant son AK-47 sur lui. Il lâcha les commandes et leva les mains en l'air, paralysé. Un deuxième homme sortit par le trou, puis un troisième. Qu'allait-il arriver à Leila maintenant ? D'autres Grecs jaillirent de la colline comme autant de rats. Costis ouvrit la porte de la cabine, éteignit le contact et prit la clé. Nicolas apparut en brossant sa chemise et son pantalon.

– Si un seul de mes hommes savait se servir de cet engin, lança-t-il, vous seriez mort à l'heure qu'il est. Compris ?

– Oui.

– Vous avez une fille, dont la vie dépend de notre bon vouloir.

– Oui.

– Alors est-ce que vous allez coopérer ?

– Oui.

Costis revint avec une paire de menottes et en passa une autour du volant et l'autre autour de la main gauche de Mohammed. De cette façon, celui-ci pourrait actionner les commandes sans s'échapper. Le Grec ajouta la clé à un porte-clés qu'il avait à la ceinture, puis fronça les sourcils en regardant derrière lui en direction des dunes. Mohammed mit un moment à entendre ce qui avait attiré son attention.

C'était le ronronnement lointain d'un moteur semblant provenir de Siwa. Costis se tourna vers Nicolas, qui leva le doigt devant sa bouche. Le bruit s'estompa momentanément, puis reprit de plus belle.

– Vous voulez qu'on aille voir ? demanda Costis.

– Oui.

Costis fit signe à Leonidas, Bastiaan, Vasilieos et Dimitris de le suivre. Ils prirent leurs armes et coururent vers les 4 x 4.

Chapitre 35

I

Knox roulait sur les vieilles ornières et les traces de pneus comme un skieur nautique traverse le sillage d'un bateau, ce qui les faisait tous trois rebondir sur leur siège. Gaëlle mettait un point d'honneur à ne pas s'en plaindre, bien que la ceinture de sécurité de son siège ait été cassée depuis des années et que Knox dût régulièrement tendre le bras pour la maintenir en place. La vieille suspension de la jeep grinçait et les ballottait dans tous les sens. Knox rétrograda et gravit une dune en poussant le moteur au maximum dans les derniers mètres. Arrivés au sommet, ils aperçurent Bir-al-Hamman. Puis ils redescendirent en biais, la pente étant trop abrupte pour qu'ils puissent la prendre de face. Les deux roues droites décollèrent du sol un instant. Knox maintint Gaëlle au fond de son siège jusqu'à ce que la jeep retombe sur ses quatre roues. Elle lui sourit, mais il fronça les sourcils en regardant dans son rétroviseur. Après s'être retournée, elle vit un 4 x 4 bleu marine se rapprocher d'eux à toute allure, phares éteints pour ne pas se faire remarquer. Knox accéléra pour prendre de la vitesse et gravir une autre dune. La jeep s'envola au-dessus du sommet et atterrit en rebondissant sur l'autre versant.

– Il y en a deux, déclara Rick.

– J'ai vu.

Le deuxième 4 x 4 leur coupa la route. Knox donna un coup de volant pour éviter la collision. Les roues firent jaillir un mur de sable. Il accéléra, mais les 4 x 4 étaient plus maniables que sa jeep. L'un d'eux les rattrapa rapidement et apparut sur leur droite. Knox vira à gauche juste devant le deuxième, qui freina brusquement. Ils gravirent une autre dune, mais la pente était trop raide, le sable trop mou. La traction était insuffisante et la jeep ne put avancer davantage.

Knox renonça et laissa la voiture redescendre. Il faisait demi-tour lorsqu'un des 4 x 4 les percuta en faisant décoller les deux roues droites. Le véhicule les poussa encore une fois, encore plus violemment, et la jeep tomba sur le flanc avant de se retourner sur le toit. Gaëlle poussa un cri et leva les mains pour se protéger la tête. Knox tendit le bras pour la maintenir dans son siège, mais le mouvement fut trop brusque et elle lui échappa pour aller s'écraser contre le toit. Le choc les étourdit.

La porte du côté passager s'ouvrit. Un homme pointa un AK-47 sur Gaëlle. Elle le regarda, médusée. Il lui fit signe de sortir et elle tenta d'obéir, mais ses membres ne répondirent pas. Il la tira par les cheveux avec une telle force qu'elle cria de douleur. Knox sortit en rampant et se jeta sur lui, mais un autre homme, posté en embuscade, lui donna un coup de crosse derrière la nuque et il s'effondra à plat ventre dans le sable. Alors Rick sortit à son tour, les mains au-dessus de la tête, d'un air intimidé. Mais ce n'était qu'une feinte. Dès qu'il eut suffisamment d'espace pour agir, il se précipita sur le premier homme, lui décocha un coup de poing qui le cloua au sol, s'empara de son AK-47 et le pointa sur son collègue, le doigt sur la détente. Mais il n'avait pas été assez rapide. La gueule du fusil d'assaut du deuxième Grec cracha le feu avec un bruit de percussions et la poitrine de Rick explosa. Celui-ci fut projeté en arrière sur le sable. Il avait déjà lâché l'AK-47.

– Rick ! cria Knox en rampant vers son ami. Oh non ! Rick !

– Bon Dieu, mec, murmura Rick. Qu'est-ce qui… ?

– Ne parle pas, le supplia Knox. Tiens bon.

Mais c'était déjà trop tard. Les blessures de Rick étaient bien trop graves. Sa nuque abandonna brusquement toute raideur et sa tête retomba comme une chiffe molle.

Knox se retourna, le regarda haineux et déterminé. Mais le Grec le regardait avec une parfaite sérénité. Il cracha négligemment sur le sable, comme pour montrer à quel point la mort de Rick lui était indifférente, et pointa son arme vers Knox.

– Mains derrière la tête, ordonna-t-il. Ou la fille et toi, vous y passez aussi.

Knox le regarda droit dans les yeux mais obéit à contrecœur, tandis qu'un autre Grec lui liait les pieds et les mains.

II

Ibrahim n'arrivait pas à dormir. Il ruminait dans son lit depuis des heures. À chaque fois qu'il parvenait à se détendre, il était assailli par un nouvel accès de honte. Il avait consacré toute sa vie à l'étude de l'Égypte antique. Sa complicité dans le pillage d'une tombe – et quelle tombe ! – ternirait à jamais le nom de Beyumi. Il ne pouvait pas laisser cette affaire entacher davantage son honneur. Il ne le pouvait pas. Et pourtant, à chaque fois qu'il s'asseyait, déterminé à tenter quelque chose, son courage l'abandonnait. Il n'était pas ce genre d'homme. Du reste, il ne correspondait à aucun genre d'homme. Et puis, que pouvait-il faire, de toute façon ? On lui avait confisqué son portable, le téléphone fixe de sa table de nuit, sa prise modem. Ses portes et ses fenêtres étaient verrouillées et on lui avait pris toutes ses clés. Il se leva tout de même, avança jusqu'à la porte de sa chambre et posa la main sur la poignée. Il retourna chercher sa robe de chambre. Puis il respira profondément et ouvrit la porte. Manolis dormait sur un matelas dans le couloir, juste devant lui. Ibrahim resta immobile et attendit que son rythme cardiaque revienne à la normale. Il passa la jambe gauche par-dessus Manolis. Sous la moquette, une latte du parquet craqua. Il se figea.

Manolis ouvrit les yeux. Ibrahim vit le pourtour blanc et lumineux de sa cornée.

– Qu'est-ce que vous faites ? grommela le Grec.

– J'ai mal à l'estomac. J'ai besoin de prendre des médicaments.

– Attendez, je viens avec vous.

– C'est inutile, je…

– Je viens avec vous.

III

Les deux 4 x 4 s'arrêtèrent devant Nicolas dans un crissement de freins et un nuage de poussière. Bastiaan ouvrit la portière arrière du premier véhicule et fit tomber deux personnes à terre. La première était un inconnu, sans vie, enroulé dans un plaid, la poitrine béante dans un chaos de sang et de chair. La deuxième était Gaëlle, pieds et poings liés, pâle, la tête lourde. Elle regarda autour d'elle, visiblement terrifiée, et son regard se figea.

– Elena ! Comment avez-vous pu ?

– C'est une patriote, répondit Nicolas avec froideur pour combler le silence d'Elena.

Costis sortit un homme de l'autre 4 x 4. Knox ! Nicolas eut immédiatement la nausée. Il y avait toujours eu quelque chose chez cet homme qui lui donnait le sentiment d'être impuissant et sans défense.

Knox le fixa, puis regarda son père.

– Philippe Dragoumis, ricana-t-il avec mépris, je ne vous voyais pas en vulgaire pilleur de tombe.

– Vulgaire, non, répliqua Dragoumis, imperturbable. Je suppose que vous savez à qui nous avons affaire.

– Alors vous l'avez trouvé ?

– Pas encore.

– Pas encore ? protesta Nicolas. Comment cela, pas encore ? Il n'y a rien ici.

Dragoumis posa un regard sévère sur son fils.

– N'as-tu rien appris de ce Kalonymos ? demanda-t-il d'un ton impatient. Crois-tu vraiment que ce soit le genre d'homme à livrer son plus grand secret au premier venu ?

Il montra Gaëlle du doigt.

– Elle, elle le comprend mieux que personne, dit-il à ses hommes. Emmenez-la à l'intérieur.

– Ne te laisse pas faire ! cria Knox. Ne leur dis rien.

Dragoumis se tourna vers lui.

– Vous savez que je suis un homme de parole. Alors permettez-moi de vous faire une proposition. Si vous m'aidez à trouver ce que nous cherchons, je vous promets que je vous laisserai partir.

– Bien sûr ! s'exclama Knox. Après tout ce que nous avons vu !

– Croyez-moi, Daniel, si nous trouvons ce que nous cherchons, plus vous parlerez, plus nous serons contents.

– Et si on refuse ?

– Voulez-vous vraiment connaître la réponse ?

Les deux hommes se regardèrent fixement pendant quelques secondes. Mais Dragoumis était implacable et ne laissait rien transparaître.

– D'accord, finit par répondre Knox. On fera ce qu'on pourra.

– Bien, alors libérez-leur les chevilles, ordonna le vieux Grec à Costis, mais pas les mains.

Il fit un signe de tête en direction de Knox.

– Et gardez un œil sur celui-là, ajouta-t-il. Il est plus dangereux qu'il en a l'air.

– Je sais, dit Costis.

IV

Ibrahim et Manolis descendirent l'escalier ensemble. La moquette était épaisse, mais Ibrahim avait la plante des pieds glacée. Sofronio ronflait sur le canapé. Quand Manolis alluma la lumière, il s'assit brusquement, l'esprit embrumé par le sommeil. Puis il lança un juron en grec à l'intention de son collègue et bâilla la main devant la bouche. Ibrahim fit semblant de chercher dans ses placards de cuisine et ouvrit tous les tiroirs en grommelant. Il entendait les deux Grecs discuter. Ils avaient un accent si guttural qu'il ne comprenait pas un mot de ce qu'ils disaient. Mais ils le regardaient d'un air soupçonneux.

– Ils ne sont pas là, annonça-t-il. Ils doivent être dans mon bureau.

Il marcha d'un bon pas vers le bureau. Sofronio et Manolis parlaient encore entre eux. C'était maintenant ou jamais. Il se pencha en avant et se mit à courir.

V

– Avance, salaud ! dit Costis à Knox en lui enfonçant la gueule de son AK-47 à la base de la colonne vertébrale.

Knox le regarda par-dessus son épaule.

– Tu vas payer pour ce que tu as fait à Rick, lança-t-il.

Costis éclata de rire et lui enfonça le fusil d'assaut encore plus profondément dans la chair. Force était de constater que Knox n'était pas en position de proférer des menaces. Il entra dans la galerie sombre, dans les entrailles de la colline, entouré d'ombres projetées par la lumière des torches. De temps à autre, il baissait la tête pour éviter le plafond bas. Il avait l'impression de marcher vers sa propre tombe, et celle de Gaëlle. Il ne voyait pas comment ils allaient pouvoir retourner la situation.

La galerie s'élargit brusquement et déboucha dans une vaste salle. De toute évidence, les Grecs y étaient déjà venus, car ils ne semblèrent pas surpris de voir les magnifiques sculptures qui ornaient les murs. Mais Knox fut si émerveillé que, pendant un instant, il en oublia presque son sort. Il avait toujours les mains liées mais devant lui, si bien qu'il pouvait tenir une torche. Il prit celle de Nicolas et s'approcha d'une sculpture d'Alexandre à cheval donnant le signal de la charge. Gaëlle le rejoignit, ainsi qu'Elena et Philippe Dragoumis. Les quatre experts se retrouvèrent dans la situation singulière de commenter ensemble la découverte qu'ils venaient de faire.

Gaëlle s'attela à la traduction de l'inscription.

– *Alors, Pallas Athènè lui donna la force et l'audace, afin qu'il s'illustrât entre tous et remportât une grande gloire. Et elle fit jaillir de son casque et de son bouclier un feu inextinguible.*

Elle se tourna vers Elena et Dragoumis.

– Est-ce que cela correspond à ce que vous aviez traduit ? demanda-t-elle.

– Tout à fait, admit Elena.

Puis elle ajouta avec un brin d'incertitude dans la voix :

– C'est extrait de l'*Iliade*, n'est-ce pas ?

– Oui, légèrement adapté, mais oui.

– C'était vraiment un inconditionnel d'Homère, reprit Elena d'un ton plus assuré. Toutes les inscriptions sont extraites de l'*Iliade*.

– Pas toutes, corrigea Dragoumis en montrant le mur du fond. Là, il s'agit de la prophétie du nœud gordien. Celle-ci n'apparaît pas dans l'*Iliade*, me semble-t-il.

– Non, confirma Knox.

Il se dirigea vers l'inscription, s'accroupit et la traduisit à voix basse.

– *Quiconque défera le nœud qui maintient le joug deviendra le maître de l'Asie.*

Il lança à Dragoumis un regard amusé.

– Nous avons votre parole ? demanda-t-il.

– Oui, répondit Dragoumis.

– Bien.

Il se dirigea vers la scène représentant Alexandre en combat singulier. Malgré ses liens, il saisit des deux mains la hache en bronze du soldat perse. Elle était froide et étonnamment lourde.

– Arrêtez ! cria Nicolas. Posez ça !

– Tiens-toi tranquille, Nicolas ! le tança son père irrité.

Knox souleva la hache au-dessus du nœud gordien, rabattit la lame de toutes ses forces et fit sauter un grand éclat de bois. Il recommença plusieurs fois. Les coups lui renvoyaient de douloureuses vibrations dans les doigts et les paumes, mais la lame émoussée s'enfonça dans le bois jusqu'à ce que le tronc se fende en deux. L'une des deux parties resta immobile, mais l'autre ondula et s'enfila dans la paroi rocheuse tel un serpent en fuite, comme si elle était attachée à un poids. Pendant quelques secondes, ils entendirent un bruit de frottement, puis plus rien. Ils attendirent, figés, mais rien ne se passa.

– C'est tout ? demanda Nicolas d'un air méprisant. J'espère que vous ne croyiez tout de même pas que…

Un grondement sourd résonna dans la pierre au-dessus d'eux, de plus en plus fort. De minuscules vibrations parcoururent le sol et des grains de poussière tombèrent du plafond. Ils levèrent tous la tête puis se regardèrent avec appréhension. Mais le bruit s'arrêta et le silence revint. Ils commencèrent à se détendre et…

Le mur situé à droite de Knox explosa, des éclats de roche volèrent dans toute la pièce. Knox eut à peine le temps de réagir. Il lâcha la hache, se jeta à terre et emporta Gaëlle dans sa chute en lui protégeant le visage contre sa poitrine. Des fragments de calcaire tombèrent en pluie sur ses jambes et son dos. Un éclat ricocha comme une balle sur sa tête et fit jaillir une tache de sang.

C'était pratiquement fini avant qu'ils ne se rendent compte de ce qui s'était passé. Les projections cessèrent et le bruit de tonnerre déclina, même si leurs oreilles sifflaient encore. Certains commencèrent à chuchoter et à tousser dans la poussière en vérifiant qu'ils n'étaient pas blessés. Un des Grecs jura, mais il n'avait rien de grave, sans doute un poignet tordu ou une cheville foulée. Tous les autres semblaient avoir eu de la chance, mais ils étaient étourdis. Aussi Knox se demanda-t-il si ce n'était pas le moment pour Gaëlle et lui d'en profiter pour s'enfuir. Mais dès qu'il redressa la tête pour évaluer leurs chances, il vit le sourire de Costis, qui le regardait d'un air entendu en pointant son arme sur lui.

Il se leva puis aida Gaëlle à se relever. Quelqu'un récupéra sa torche et l'orienta là où se trouvait la sculpture de la montagne. Celle-ci avait été coupée en deux. En son milieu, un trou noir laissait entrevoir un espace derrière le mur et le reflet d'un objet métallique sur le sol. Ils marchèrent tous avec précaution sur les débris pour s'approcher. Knox leva les yeux. Au-dessus d'eux, un puits circulaire s'élevait presque verticalement dans la colline avant de disparaître dans le noir. La rupture du nœud gordien avait dû provoquer une chute de pierres depuis le sommet. Ils passèrent de l'autre côté du mur et découvrirent une galerie zigzaguant à gauche et à droite comme pour dissimuler ce qui se trouvait au bout. Elle s'élargissait progressivement en éventail. Des niches taillées dans les parois abritaient des statues peintes en albâtre grandeur nature : des nymphes et des satyres ; un cheval cabré ; un Dionysos couché, le visage renversé en arrière, un grand gobelet sur les lèvres et de grosses grappes de raisin noir au-dessus de la tête. Ils passèrent aussi devant d'autres artefacts, notamment des vases attiques peints en marron, rouge et noir, ornés de scènes de la vie d'Alexandre. Ils étaient trop grossiers pour être de la main de Kalonymos, mais il s'agissait peut-être de tributs personnels offerts par les porte-bouclier. Un modèle réduit de char, en bois. Des figurines en terre cuite. Un pichet en argent avec des vaisseaux assortis. Un chaudron en bronze. Une coupe dorée contenant des poignées de pierres précieuses et semi-précieuses : rubis, turquoises, lapis-lazulis, améthystes, diamants, saphirs. Une autre sur laquelle était gravée l'étoile à seize branches. Une clochette dorée, qui rappela à Knox le souvenir douloureux de Rick. Et puis, sur le mur de droite, une peinture d'Alexandre dans son char, un sceptre en or à la main, une scène qui, selon la description de Diodore de Sicile, faisait partie du catafalque. Alors Knox put enfin apporter une réponse à une question qui le taraudait depuis longtemps : comment Kalonymos et les porte-bouclier avaient-ils transporté leur chargement ? Ils avaient le catafalque. Peut-être avaient-ils été chargés par Ptolémée lui-même de l'emmener en Égypte. Ils auraient ensuite désobéi en comprenant que Ptolémée agissait contre la dernière volonté d'Alexandre.

Costis poussa Knox avec son arme et ils continuèrent à avancer. Ils arrivèrent dans ce qui ne pouvait être qu'une bibliothèque ancienne renfermant des trésors inestimables : des manuscrits enroulés autour de baguettes d'ivoire et empilés dans des loculi taillés dans la pierre ;

des livres dont l'encre était encore visible sur le parchemin ou le papyrus jauni, dans des coffres ouverts, en argent et en or ; des lettres et divers dessins aux formes arrondies représentant des herbes, des fleurs et des animaux.

– Incroyable… murmura Gaëlle en regardant Knox les yeux écarquillés, pleinement consciente de la valeur intrinsèque et historique de ce qu'ils avaient sous les yeux. Ils continuèrent et la galerie s'élargit à nouveau. Ils entrèrent dans une pièce surmontée d'un dôme, deux fois plus grande que la précédente, dont le sol étincelait comme du quartz tant il était couvert d'artefacts métalliques. Les murs et le plafond étaient décorés à la feuille d'or et renvoyaient de manière éblouissante la lumière des torches. D'autres artefacts étaient répartis sur une douzaine d'autels, des anneaux, des colliers, des amphores, des pièces, des coffres. Des armes, aussi : un bouclier, une épée, un casque, un plastron, un casque armorié. Et, au centre de la pièce, au milieu des autels, au point de rencontre des faisceaux de toutes les torches, s'élevait une grande pyramide à degrés, au sommet de laquelle reposait un somptueux cercueil anthropoïde doré.

Plus personne ne put douter de la nature de cette découverte.

Chapitre 36

I

Ibrahim claqua la porte de son bureau et tourna la clé dans la serrure à l'instant précis où Sofronio se précipita l'épaule en avant. Il fit un bond en arrière et poussa un cri en voyant le panneau se bomber et l'encadrement trembler. Mais la porte résista. Sofronio donna un autre coup d'épaule. Sans succès. Ibrahim reprit confiance. Il marcha à grandes enjambées vers son téléphone et composa le 122. Il entendit deux sonneries avant d'être mis en communication. Après avoir indiqué son nom et son adresse, il commença à expliquer sa situation puis la ligne fut brusquement coupée. Il suivit des yeux le câble blanc jusqu'à l'endroit où celui-ci traversait le mur pour se prolonger dans la pièce principale. Il resta bouche bée. La porte vibra à nouveau. Cette fois, ce n'étaient plus des coups d'épaule mais des coups de pied, que les deux hommes donnaient tour à tour. Le jambage commença à céder. Ibrahim lâcha le combiné et recula en regardant le bois qui s'apprêtait à voler en éclats. Il ne pouvait pas se cacher. La porte donnant dans la pièce principale était la seule issue, à l'exception de la fenêtre, qui était verrouillée. Un coupe-papier et un presse-papiers étaient posés sur le bureau. Le coupe-papier était tranchant, mais Ibrahim savait qu'il n'aurait pas le courage de s'en servir. Alors il jeta le presse-papiers par la fenêtre et monta sur son bureau. L'encadrement de la porte céda au même moment. La peinture craquela et laissa apparaître l'intérieur jaune du jambage. Les deux hommes se précipitèrent à l'intérieur. Ibrahim plongea dans le trou qu'il avait fait dans la fenêtre, mais Sofronio le saisit par une cheville et l'arrêta net. Il s'effondra sur un long morceau de verre. Il éprouva une douleur étrangement sourde dans les entrailles, comme un coup de poing plutôt qu'une coupure. Toutes ses forces l'abandonnèrent. Il fut tiré en arrière et ramené dans la pièce. Son menton cogna contre son bureau, puis contre la moquette. Il sentit sa paroi stomacale s'ouvrir lorsqu'on le retourna sur le dos et vit avec une fierté un peu perverse l'expression bouleversée de Manolis, qui posa les mains de part et d'autre de son ventre dans l'espoir vain de contenir l'éviscération. Sofronio, lui, ferma simplement les yeux.

Ibrahim était étendu là, tandis que les deux hommes discutaient de ce qu'ils allaient faire. Manolis fit tomber les livres des étagères. Sofronio quitta la pièce et revint avec une grande bouteille de white-spirit, qu'il vida sur les papiers, la moquette et le bureau en bois. Puis il s'accroupit et enflamma ce bûcher improvisé avec son briquet en plastique jaune. Les deux hommes sortirent en courant. Un enseignement du Prophète vint irrévérencieusement à l'esprit d'Ibrahim : un musulman devait préserver son sang, son foyer et son honneur. Ibrahim parvint presque à émettre un petit gloussement en songeant qu'il avait perdu les trois de façon aussi spectaculaire. Il commença à avoir des fourmillements dans les pieds. Il était depuis longtemps à la fois écœuré et fasciné par la mécanique de la mort. Il s'était toujours demandé s'il allait sombrer dans l'oubli dès que son cœur s'arrêterait ou si son esprit s'affaiblirait comme le son d'une vieille radio. Mais il avait toujours été trop sensible pour essayer d'en savoir plus. Le feu se répandit rapidement dans la pièce avec des nuages noirs étouffants et lui brûla les yeux. Il entendit une sirène, un grincement et un bruit métallique, des coups de feu, puis des hommes en uniforme, munis d'un masque, s'agenouillèrent à côté de lui. Mais il était trop tard, bien trop tard. À son grand étonnement, il éprouva une euphorie légère mais grandissante. Il avait jeté le déshonneur sur son nom, sa famille et sa ville de manière indélébile mais, au moins, on ne pourrait pas dire qu'il n'avait pas tout fait pour réparer ses fautes.

II

Knox, Gaëlle et tous les Grecs gravirent ensemble la pyramide jusqu'au sommet. Ils gardèrent un silence respectueux devant le cercueil, posé à un mètre cinquante du sol sur un socle de marbre blanc. Le couvercle sculpté était richement orné de scènes de chasse et de guerre. Du revers de la main, Knox retira la couche de sable et de poussière qui s'était déposée au cours des millénaires. Il était facile de distinguer l'or du bronze car, avec le temps, le bronze se ternissait. C'était de l'or.

Philippe Dragoumis posa les mains à plat sur le cercueil, comme un grand prêtre.

– Ouvrez-le, ordonna-t-il à ses hommes.

Le couvercle était si lourd qu'ils durent tous unir leurs forces pour le soulever, le faire basculer à la verticale et le poser avec précaution sur le sol. Puis ils se précipitèrent autour du cercueil en jouant des coudes pour voir à l'intérieur. Le corps d'un homme était douillettement allongé dans la poussière, sous des vestiges de pétales et d'épices, un immense diadème de rubis sur le front, les bras croisés sur la poitrine, une épée d'un côté, un sceptre doré de l'autre. Visiblement, il avait jadis été recouvert de feuille d'or, mais celle-ci s'était détachée par endroits, exposant ainsi la peau noircie, parcheminée, et les membres réduits aux os qui les soutenaient. Noir et or, comme les créatures les plus dangereuses du monde. Dans la lumière faible et vacillante, Knox chercha les cicatrices qui permettraient d'identifier le corps. Et même après tant de siècles, il put discerner, aussi discrètes qu'en fussent les traces, la blessure à la gorge de Cyropolis, les lésions à l'épaule de Gaza, causées par une catapulte, la marque à la poitrine de la flèche de Multan et la balafre à la cuisse d'Issos. Un frisson le parcourut. Il sentit ses jambes fléchir. Il n'y avait pas de doute possible.

– C'est lui, murmura-t-il. C'est Alexandre.

Dragoumis se tourna vers lui, les yeux humides.

– Alors il est temps de le ramener dans sa patrie, dit-il.

III

Il fut assez aisé, en répartissant les efforts sur la durée, de porter le couvercle du cercueil jusqu'au camion. Mais déplacer le cercueil lui-même s'avéra très compliqué. Il était bien trop lourd pour que les hommes puissent le soulever. Alors ils utilisèrent des cordes pour le faire descendre avec précaution le long des degrés de la pyramide, répandirent du sable sur le sol de la galerie pour qu'il glisse plus facilement et le traînèrent derrière eux en tirant tous ensemble, y compris Knox et Gaëlle. Malgré tout, ils progressèrent lentement, à raison de cinquante centimètres par traction concertée. Mais ils arrivèrent à la sortie, où Mohammed avait sans le vouloir créé une rampe lorsqu'il avait déversé du sable. Ils attachèrent une corde épaisse à la barre de remorquage d'un des 4 x 4 et tentèrent de tracter le cercueil, mais les roues tournèrent dans le vide. Ils utilisèrent donc le deuxième 4 x 4, poussèrent tous ensemble et parvinrent finalement à le hisser jusqu'au camion.

Mais il fallait encore le charger. Mohammed essaya de le soulever avec le bras hydraulique de la pelleteuse, mais il bascula contre l'engin. Au bout d'un moment, ce fut Philippe Dragoumis qui trouva la solution. Il demanda à Mohammed de creuser un trou dans le sable pour que le camion puisse descendre en marche arrière au-dessous du niveau du cercueil, puis de combler l'espace entre les deux pour ensuite tirer le cercueil à l'horizontale. Une fois l'opération achevée, il regarda sa montre. Ils n'avaient pas le temps d'emmener quoi que ce soit d'autre. Il faisait presque jour. Le soleil commençait à pointer à l'horizon. Il fallait qu'ils partent immédiatement. Peut-être pourraient-ils revenir prendre le reste un jour. Mais pour le moment, ils avaient ce qu'ils étaient venus chercher et mieux valait ne pas être trop gourmand.

IV

Elena se dirigea vers le 4 x 4 dans lequel elle avait laissé son sac. Elle avait acheté un pistolet la nuit précédente. Elle s'était contentée de héler le premier taxi qu'elle avait repéré au Caire et de jeter des billets au visage du chauffeur, jusqu'à ce que celui-ci comprenne qu'elle était sérieuse et passe quelques coups de fil. Deux heures plus tard, un revendeur était venu lui montrer son stock. Elle avait su quelle arme elle prendrait avant même qu'il ne la lui mette entre les mains. C'était un pistolet noir, imposant, et le simple fait de le regarder lui donnait de l'assurance. Lorsqu'elle le lui avait désigné, il avait hoché la tête avec enthousiasme. C'était un bon choix. Un Walther P99. Semi-automatique, deux chargeurs. Il avait commencé à lui expliquer comment il était assemblé, mais elle lui avait dit que c'était inutile. Alors il l'avait emmenée jusqu'à la cité des Morts et lui avait montré comment fonctionnait la sécurité. Elle avait tiré quatre balles dans un mur et éprouvé une sensation de chaleur dans le ventre. Elle l'éprouva à nouveau en prenant le pistolet entre ses mains.

Elle avait trois vies à prendre. Et sa dette de sang serait enfin réglée.

Elle se retourna. Mohammed enterrait à nouveau l'entrée de la tombe sous le sable. Knox et Gaëlle se tenaient près des voitures, sous l'œil vigilant de Bastiaan. Nicolas et les autres Grecs étaient dans le camion et répartissaient la charge de façon uniforme. Seuls Costis et Philippe Dragoumis regardaient le butin depuis l'extérieur. Costis avait son AK-47 à la main mais ne le tenait pas fermement. L'occasion était trop belle. Elena se dirigea vers eux, le Walther à demi caché derrière le dos.

Les deux hommes se tournèrent dans sa direction lorsqu'ils la virent arriver. Dragoumis fronça les sourcils, comme s'il avait remarqué quelque chose d'anormal dans son expression.

– Oui ? demanda-t-il.

Elle s'attaqua d'abord à Costis en appuyant sur la détente alors qu'elle levait encore le bras vers lui. La première balle lui perfora la cage thoracique. Avec le recul, la main d'Elena sursauta, si bien que la deuxième balle arriva plus haut, juste sous la gorge. Costis tomba à terre. Elena n'avait plus le sens du temps ni de l'espace. À sa gauche, des hommes bondirent du camion en criant et en courant chercher leurs armes. Elle les ignora. Elle se sentait étrangement invulnérable. Costis faisait des gargouillis bizarres. Il redressa la tête pour regarder son torse couvert de sang et tenta de poser les mains sur ses plaies. Elle s'éloigna d'un pas, lui visa le nez et tira encore une fois. La balle lui déchira l'arcade sourcilière et sa tête retomba inerte dans le sable.

Elle se tourna vers Dragoumis. Il avait le visage pâle, comme figé dans la glace. Elle s'approcha et lui pointa son pistolet sur le cœur.

– Dites à vos hommes de se tenir tranquilles, exigea-t-elle.

Dragoumis n'en fit rien. Elle leva le bras et posa l'arme contre son front. Quand elle le vit trembler, elle s'en réjouit profondément. Puis elle constata qu'il ne tremblait pas de peur mais de colère.

– Je n'ai pas tué Pavlos, annonça-t-il d'un ton catégorique.

– Si, vous l'avez tué.

– Vous avez ma parole, c'était un accident.

– Ce n'était pas un accident. Croyez-moi, je sais tout. Je sais que vous avez loué les services d'une putain pour qu'elle séduise Pavlos. Je sais que vous les avez fait filmer, que vous lui avez montré l'enregistrement. Je sais que vous l'avez menacé de m'en envoyer une copie s'il ne renonçait pas à réclamer une enquête.

– Alors vous savez aussi que je n'avais pas besoin de le tuer.

Elena sentit les larmes lui couler sur les joues.

– Vous croyiez vraiment que vous pourriez manipuler Pavlos ? Aucun risque. Pas vous. Pas moi. Ni personne. Il est venu me voir. Et il m'a tout raconté. C'est pour ça que je sais que tout est de votre faute.

Un muscle trembla sur la tempe de Dragoumis.

– Je vous donne ma parole. Je le jure sur la Macédoine. Sur la dépouille d'Alexandre. Sur ma défunte épouse. Je n'ai jamais donné l'ordre de tuer Pavlos.

– Non, c'est moi qui l'ai fait. Je l'ai fait tuer à cause de votre putain de film.

Elle sourit en voyant Dragoumis assimiler cette révélation, en saisir tout le sens et avoir pour la première fois la certitude qu'il allait mourir. Elle savoura cet instant et lui tira une balle dans le front. Des débris de cerveau et d'os s'éparpillèrent sur le sable comme du blé de semence. Puis elle pensa à Pavlos, qui lui manquait tant. Elle se fourra le canon du pistolet dans la bouche, ferma les yeux, invoqua le nom de son mari et appuya sur la détente une dernière fois.

Chapitre 37

I

Nicolas Dragoumis tressaillit et ferma les yeux un millième de seconde avant qu'Elena ne tue son père et ne retourne l'arme contre elle. Lorsqu'il les rouvrit, son père était allongé sur le côté, un bras en l'air et l'autre bizarrement coincé sous lui, les jambes repliées comme deux branches d'un svastika. Il le fixa longuement, incapable d'analyser ce qu'il voyait. Il était impossible qu'un homme comme lui disparaisse de manière aussi rapide et définitive. Il passa en chancelant par-dessus le corps inerte d'Elena et s'approcha de lui dans l'espoir de le voir bouger, se lever, brosser ses vêtements et donner ses ordres.

Il sursauta lorsque quelqu'un lui toucha le coude. Il se retourna et se rendit compte que Leonidas lui parlait. Il voyait ses lèvres bouger sans saisir le sens de ses paroles. Il baissa les yeux à nouveau. Lentement, son cerveau reprit le dessus. Tous les hommes mouraient, mais leur mission leur survivait. Il regarda autour de lui. Le soleil éclairait déjà l'horizon. L'entrée de la tombe était de nouveau ensevelie sous le sable. Ses hommes attendaient ses ordres.

– Creusez un trou, dit-il. Nous allons enterrer Costis et Elena ici.

De sa voix émanaient une quiétude et une autorité qui le surprirent lui-même. Mais pourquoi en aurait-il été autrement ? Son père était la réincarnation de Philippe II, le père d'Alexandre le Grand. Ce qui faisait de lui… Oui, c'était bien cela.

– Et votre père ? demanda Leonidas.

– Vous croyez que je vais le laisser ici ? lança Nicolas avec brusquerie. Nous l'emmenons avec nous. Il doit être enterré avec les honneurs.

– Et ces deux-là ? s'enquit Leonidas en montrant Gaëlle et Knox, que Bastiaan avait fait monter à l'arrière d'un des 4 x 4.

Nicolas sentit sa colère monter à nouveau lorsqu'il entrevit une chance de l'évacuer. Il se pencha pour ramasser le Walther que tenait encore Elena et ouvrit le chargeur. Cinq balles tirées. Il en restait quatre. Il se dirigea vers le 4 x 4.

– Sortez-moi Knox ! ordonna-t-il à Bastiaan.

Bastiaan acquiesça, tira Knox par le bras et le jeta à terre. Nicolas pointa le pistolet vers la poitrine de Knox. Gaëlle cria et le supplia de l'épargner. Mais Bastiaan lui donna un coup de crosse dans la tempe et elle s'effondra sur la banquette arrière.

– On ne pourra pas dire qu'on ne vous aura pas prévenus, déclara Nicolas.

– Votre père nous a donné sa parole qu'il nous laisserait partir si nous vous aidions à trouver Alexandre.

– Mon père est mort, répliqua Nicolas.

Et il sourit, le doigt sur la détente.

II

Mohammed se frotta le poignet gauche, irrité par le contact des menottes. Il n'avait pas reconnu l'homme que Nicolas était sur le point d'abattre, mais il avait reconnu Gaëlle, qui s'était montrée gentille avec lui sur le site et lui avait régulièrement demandé des nouvelles de Leila. Et il savait aussi reconnaître un meurtre, et la complicité dont il se rendait coupable.

Il avait pensé que la vie de Leila n'avait pas de prix. Mais il comprenait désormais qu'il s'était trompé.

Les menottes étaient trop serrées pour qu'il puisse dégager sa main. Il était fort, mais pas assez pour arracher le volant de son support. La clé était sur un porte-clés que Costis portait à la ceinture. Il avait une chance. Il démarra, passa la première et accéléra. Cette initiative inattendue prit les Grecs par surprise, mais Nicolas se retourna et tira. Mohammed se servit de la benne comme bouclier et la balle rebondit avec un bruit métallique. Puis il chargea Nicolas, qui dut plonger sur le côté. Les balles pleuvaient de toutes parts. Tête baissée, il actionna les commandes pour ramasser Costis avec la benne.

Puis il s'orienta dans le sens de la pente pour gagner de la vitesse. La pelleteuse cahota et Costis fit des bonds dans la benne mais ne tomba pas. Arrivé dans une zone plus plate, Mohammed déposa le corps à terre et s'avança à côté de lui de sorte que l'engin se trouve entre les Grecs et lui. Il ouvrit la porte de la cabine et tendit le bras le plus possible. Il ne parvenait pas à atteindre Costis. Il tourna le volant et essaya encore. Toujours trop loin. Il avait beau tirer sur les menottes le plus possible, il effleurait à peine le corps. Les Grecs criaient en courant derrière lui et en tirant dans tous les sens. Le moteur des 4 x 4 rugit. Mohammed passa le pied droit sous la tête de Costis et la souleva suffisamment pour pouvoir attraper une mèche de cheveux. Il saisit le menton, le col et finalement la ceinture et le porte-clés. Il y avait quatre clés. Deux portaient l'insigne de BMW. Les autres étaient plus petites, sans inscriptions particulières. Mohammed dut soulever Costis à bras-le-corps pour essayer la première. Ce n'était pas la bonne. Il prit la deuxième et une explosion l'assourdit. Tout devint noir.

III

Nicolas était à bout de nerfs mais parvint à se maîtriser.

– Changement de programme, annonça-t-il lorsqu'il arriva auprès de Mohammed et le trouva inconscient, une plaie ouverte à la tête. Mettez tous les corps dans le pick-up. Et précipitez-le dans le lac, ainsi que la pelleteuse.

Vasilieos le rejoignit au volant du deuxième 4 x 4.

– Et la fille ? demanda-t-il en indiquant la banquette arrière.

Nicolas regarda par la vitre et vit Gaëlle allongée sur le dos, inconsciente, ce qui lui fit penser qu'il avait complètement oublié Knox. Or, tous ses hommes étaient à ses côtés. Il leva les yeux vers l'endroit où il avait menacé Knox. Celui-ci n'était plus là. Il ne restait sur le sol que ses liens, dont il s'était débarrassé. Nicolas dut fermer les yeux un instant pour que son accès de colère passe. Parfois, il lui semblait presque que Dieu n'était pas de leur côté. Il sauta dans le 4 x 4 avec Vasilieos et Bastiaan et ils remontèrent. Le sable était recouvert d'un fouillis d'empreintes impossibles à suivre. Knox pouvait être n'importe où. Il s'était peut-être caché sous le sable, à moins qu'il n'ait gravi la colline et se trouve déjà de l'autre côté. Le soleil était de plus en plus haut et la lumière du jour, de plus en plus menaçante. En plein jour, on voyait à des kilomètres à la ronde dans le désert. Leurs véhicules seraient rapidement repérés. Les touristes et les amateurs d'ornithologie allaient bientôt quitter leur hôtel. Le réveil avait sans doute déjà été sonné dans les casernes. Il fallait qu'ils partent, maintenant.

Nicolas obligea Gaëlle à se redresser sur la banquette arrière et lui pointa le Walther contre la tempe.

– Écoutez-moi bien ! cria-t-il. Au moindre pépin, la gosse est morte. Compris ? Tentez quoi que ce soit, et la fille de votre vieil ami peut dire adieu à la vie.

Sa voix résonna dans la colline, puis le silence revint.

Chapitre 38

I

Derrière la crête de la colline, Knox regarda le camion de transport et l'un des 4 x 4 s'éloigner vers le nord. Quelques hommes des Dragoumis étaient encore sur place. Ils entassèrent Rick, Elena et Costis dans le camion à plateau et précipitèrent celui-ci dans le lac. Au départ, le véhicule flotta en provoquant de grands remous, puis l'avant pointa vers le bas et il coula. Désespéré et écœuré, Knox regarda Rick s'enfoncer dans les profondeurs. Son ami n'aurait jamais été là s'il ne l'avait pas suivi. Et Gaëlle non plus. Mais le temps n'était ni aux regrets ni au deuil. Pour le moment, Knox avait une tâche importante à accomplir.

Le conducteur regagna la rive à la nage et monta dans la pelleteuse. Il démarra et recommença l'opération. La cabine disparaissait sous l'eau lorsque des bulles éclatèrent à la surface du lac. Mohammed crachota, toussa, s'étouffa mais ne revint à la vie qu'un instant, rapidement tiré vers le fond par la pelleteuse à laquelle il était encore attaché. Knox sentit son cœur se serrer. Cet homme, qui ne le connaissait absolument pas, avait sacrifié sa vie pour lui donner une chance.

Le Grec fit une plaisanterie en arrivant sur la rive et ses camarades éclatèrent de rire. Enfin, ils montèrent tous à bord du second 4 x 4 pour rejoindre le convoi.

Knox attendit qu'ils soient hors de vue, puis dévala la colline et courut sur les dunes de sable jusqu'au lac tout en se déshabillant.

II

En s'étouffant, Mohammed avait repris conscience mais, semblait-il, uniquement pour pouvoir faire l'expérience de la terreur. La pelleteuse l'entraînait inexorablement par le fond. Il inspira une dernière fois avant qu'elle ne soit immergée sous l'eau boueuse. Le moteur cala. La porte était grande ouverte et le véhicule penchait dangereusement, comme s'il allait se retourner au fond du lac. Mohammed s'efforça de se maintenir à l'intérieur de la cabine. Un peu d'air était resté emprisonné sous le toit. Il inspira, chercha le plafonnier et alluma la lumière, qui projeta des ronds jaunes sur l'eau. Sa réserve d'air était minuscule. Il s'immergea et essaya de libérer sa main des menottes, mais son pouce ne passait pas. Il tenta encore une fois d'arracher le volant. C'était inutile. Ses efforts ne faisaient que consommer un peu plus vite la faible quantité d'oxygène qu'il lui restait. La clé était sur le contact. Il la tourna, mais le moteur ne répondit pas. Il remonta prendre sa respiration. La pelleteuse vacillait et s'inclinait de plus en plus. De précieuses bulles d'air s'échappaient. Il se souvint de l'histoire d'un montagnard qui s'était scié le bras avec un canif pour se libérer, alors qu'il était coincé sous une chute de pierres. Oui, il pouvait faire ça pour Leila. Il inspira une bouffée d'air et se baissa pour chercher sur le plancher des morceaux de verre brisé par les coups de feu. Il ne trouva que de petits galets de verre de sécurité. Il remonta à la surface de l'eau.

Des remous ! Quelqu'un lui tira sur la manche. Il faillit mourir de peur en voyant une tête émerger à côté de lui. C'était l'homme que Nicolas voulait tuer.

– Où est la clé ? demanda-t-il.

– Le Grec abattu, répondit Mohammed en haletant. Sur sa ceinture.

L'homme replongea et disparut.

Il restait si peu d'air... Mohammed commençait déjà à se sentir mal. Il s'appuya la joue contre le toit en métal et s'efforça de rester calme. Une éternité sembla s'écouler. L'air devint fétide. Mohammed fut pris d'un étourdissement. Une migraine l'assaillit entre les yeux. Il pria pour Leila, pour qu'elle s'en sorte, d'une façon ou d'une autre, pour qu'elle soit heureuse une fois qu'elle aurait surmonté cette horrible maladie, pour que plus rien ne puisse l'arrêter. Tous les pères étaient fiers de leur fille, mais qui, parmi eux, avait eu une telle cause ?

La cabine s'inclina brusquement. Mohammed émit un petit cri de terreur, tandis que d'autres bulles d'air s'échappaient. L'inconvénient de l'espoir, c'était qu'il s'accompagnait toujours d'une grande peur. Mohammed dut tirer au maximum sur ses menottes pour atteindre le peu d'air nauséabond qu'il lui restait. Il respirait de plus en plus vite pour en extraire l'oxygène devenu rare. La cabine bascula et se renversa implacablement sur le côté. Le stock d'air disparut en fines bulles. Mohammed ferma la bouche le plus longtemps possible, mais ses poumons l'obligèrent à la rouvrir. L'eau s'engouffra. Il s'étouffa et absorba encore une grande quantité d'eau. Puis il fut pris dans un tourbillon de couleurs, de motifs, de sensations et d'arômes aléatoires mais réconfortants, réchauffé par l'amour de Nur et de Leila, et une lumière blanche éclatante étincela.

III

Nicolas était en tête du convoi lorsque les véhicules atteignirent la route menant à la côte. Il sortit son portable, de nouveau connecté au réseau, et téléphona à la villa d'Ibrahim. La ligne était en dérangement. Il appela Manolis sur son portable, puis Sofronio. Pas de réponse. L'anxiété lui noua l'estomac. Il se tourna vers Vasilieos.

– Qu'est-ce que ça veut dire ?

– Je ne sais pas.

Nicolas se retourna. Le camion de transport était juste derrière eux. Alourdi par son précieux chargement, il ne dépassait pas quatre-vingts kilomètres à l'heure. À cette vitesse, il leur faudrait dix heures pour atteindre Alexandrie. Dix heures ! Tout pouvait arriver en dix heures, d'autant que Knox courait toujours. Et dire que Nicolas avait cru que tout irait comme sur des roulettes ! Il regarda son portable et s'apprêtait à rappeler Ibrahim et ses hommes lorsque le signal disparut. À en juger par ce qui s'était passé à l'aller, il ne capterait plus rien avant d'arriver à Marsa Matrouh, le long de la côte.

Il n'y avait plus qu'à attendre.

IV

Des traînées de bulles d'air et des gaz en provenance du fond pétillèrent à la surface du lac. Des nappes d'huile, des algues et des détritus s'entrechoquèrent en créant des cercles concentriques. Knox nagea vers le bas. Le camion s'était enfoncé davantage que la pelleteuse. L'eau, généralement si transparente, était trouble. Knox dut s'orienter au jugé. Ses poumons étaient presque vides lorsqu'il toucha quelque chose de métallique. Il remonta à la surface pour respirer, puis replongea et s'introduisit dans la cabine du camion par une vitre ouverte. À l'aveuglette, il finit par trouver un corps. C'était Rick. Il éprouva de nouveau un écœurement irrépressible. Après avoir écarté celui de son ami, il sentit un deuxième corps. De longs cheveux. C'était une femme. Elena. Puis il attrapa un pied, remonta le long de la jambe, jusqu'à la ceinture. Il fouilla et trouva un porte-clés. Il s'en empara et le tint fermement dans son poing fermé en sortant de la cabine. Il remonta à la surface, respira profondément et nagea jusqu'à ce qu'il estime être au-dessus de la pelleteuse. Il remplit ses poumons d'air et replongea. Ses yeux le brûlaient. La pelleteuse avait basculé sur le côté. Il entra par la vitre cassée. Tout l'air s'était échappé. Mohammed était effondré, sans vie. Dans sa hâte, Knox lâcha les clés. Le temps qu'il les retrouve et les ramasse, ses poumons s'étaient déjà beaucoup vidés et son cerveau réclamait de l'oxygène. Il prit le poignet de Mohammed. La première clé n'entra pas dans la serrure. La seconde non plus ! Il n'arrivait pas à y croire. Pris de panique, il essaya encore une fois. Toujours rien. Il eut envie de crier. Il avait besoin d'air. L'autre menotte était attachée au volant. Il tenta de l'ouvrir avec la première clé. Puis avec la seconde. Cette fois, c'était la bonne. Il retira la menotte du volant, prit Mohammed par le col et le tira hors de la cabine jusqu'à la surface. Enfin, il nagea d'un bras en traînant le corps de l'autre, jusqu'à ce qu'il ait pied, et le hissa sur la rive.

Il posa une main sur le cœur de Mohammed et l'autre sur sa gorge. Le cœur s'était arrêté. Bien sûr qu'il s'était arrêté ! Le pauvre homme ne respirait que de l'eau depuis trois minutes. Knox se remémora quelques bribes des cours sur la noyade qu'il avait pris lors de sa formation de moniteur de plongée. Quand l'eau entre dans les voies respiratoires, l'individu subit automatiquement un laryngospasme, une contracture de la gorge destinée à détourner l'eau absorbée vers l'estomac. Mais après l'arrêt cardiaque, les voies respiratoires se détendent à nouveau et laissent l'eau entrer dans les poumons. Kurt, un immense Autrichien portant une longue barbe sur la poitrine, avait appris la réanimation cardiopulmonaire à Knox. Mais il lui avait avoué en aparté que, s'il s'était un jour trouvé dans le rôle de la victime, il aurait préféré qu'on pratique d'abord la manœuvre de Heimlich car, malgré les divergences de points de vue, une chose était sûre, une fois les voies respiratoires bloquées, le cerveau était foutu. Knox passa les bras autour de Mohammed, lui mit un poing sous la cage thoracique, posa l'autre main sur son poing et enfonça celui-ci d'un mouvement brusque. De l'eau sale et écumeuse sortit par la bouche et le nez de Mohammed. Il pompa jusqu'à expulser tout le liquide, puis lui inclina la tête en arrière pour lui ouvrir les voies respiratoires, lui pinça le nez et lui fit du bouche-à-bouche. Il tâta son pouls. Rien. Il continua à pomper et à ventiler. Soudain, Mohammed fut pris de convulsions, s'étouffa, suffoqua, expulsa encore un peu d'eau par la bouche et recommença à respirer. Knox s'effondra sur le sable boueux à côté de lui, nu, harassé et tremblant.

Puis, en dépit de l'épuisement, il se rappela avec horreur que Nicolas avait Gaëlle et pria avec ferveur pour qu'elle soit encore en vie.

Il se releva péniblement et rassembla ses vêtements. Il avait les jambes en coton. Malgré tout, il s'efforça de courir dans les dunes pour voir s'il pouvait récupérer sa jeep.

Chapitre 39

I

Nicolas fit arrêter le convoi au bord de la route. Il fallait qu'il trouve une station-service pour se ravitailler en carburant et passer quelques coups de fil – mais pas avec Gaëlle allongée sur la banquette arrière. Les hommes ouvrirent le camion. Le soleil était encore bas et n'avait pas réchauffé le sable. Ils traînèrent Gaëlle à l'arrière, la bâillonnèrent et l'attachèrent à une rampe en acier, derrière la cabine. Nicolas ordonna à Eneas, un grand gaillard de l'équipe, de rester avec elle pour s'assurer qu'elle ne tente rien. Puis il remonta dans le 4 x 4 et le convoi repartit. Ils roulèrent sans problème, sans croiser aucun uniforme. Après quelques kilomètres, ils tombèrent sur une station-service. Vasilieos se chargea de faire le plein pendant que Nicolas se dirigeait vers le téléphone. Ibrahim, Sofronio et Manolis ne répondaient toujours pas. Qu'est-ce qu'il avait bien pu se passer ? Nicolas téléphona à son bureau, à Thessalonique, et demanda à Katerina de se renseigner. Puis il retourna à son véhicule, encore plus inquiet qu'auparavant.

II

La jeep de Knox était sur le toit, en pente, en haut d'une dune. Il la fit basculer d'avant en arrière mais ne parvint pas à la remettre sur ses roues. Alors il creusa un trou sous le toit à mains nues pour accroître l'angle de la pente et essaya à nouveau. Finalement, la jeep s'effondra sur le côté et faillit se redresser sur ses roues. Elle oscilla un peu et, juste avant qu'elle ne retombe sur le côté, Knox projeta tout son poids contre elle. Ses pieds glissèrent dans le sable mou, mais il s'obstina jusqu'à ce qu'elle se renverse avec fracas dans un nuage de sable et de poussière.

La clé était encore sur le contact. Il la tourna avec appréhension, mais le moteur démarra au quart de tour. Il en eut les larmes aux yeux. Quelle merveille de voiture ! Il s'empressa de retourner au lac. Mohammed respirait peu profondément mais régulièrement, bien qu'il n'ait pas repris conscience. Il avait beau devoir s'occuper de Gaëlle, Knox ne pouvait pas le laisser là. L'homme était corpulent et semblait peser une tonne. Knox fit de son mieux pour le hisser à l'arrière de la jeep et prit la direction de Siwa et de l'hôpital général. Il aurait tout le trajet pour réfléchir à ce qu'il allait faire ensuite.

III

Ce fut en fin de matinée que Nicolas arriva suffisamment près de la côte pour que son portable capte un signal. Il appela immédiatement Ibrahim, puis Manolis et Sofronio. Pas réponse. Il téléphona à Thessalonique, mais Katerina ne répondait plus non plus. La peur lui brûla l'estomac. Manolis et Sofronio étaient son pilote et son copilote. Sans eux, il serait coincé dans ce trou. Alexandrie était encore à six heures de route, mais il devait savoir ce qui se passait pour pouvoir organiser la suite des opérations. Il appela Bastiaan dans l'autre 4 x 4 et lui ordonna de passer devant pour aller éclaircir cette affaire.

IV

Knox arriva devant l'hôpital général de Siwa et klaxonna frénétiquement. Une infirmière sortit sur le pas de la porte, la main en visière pour se protéger du soleil du matin. Knox ouvrit la portière arrière et lui montra Mohammed, qui avait toujours les menottes autour du poignet.

– Que s'est-il passé ? demanda-t-elle.

– Son cœur s'est arrêté. Il a failli se noyer.

Elle retourna à l'intérieur de l'hôpital en courant et réapparut quelques secondes plus tard avec un médecin et une civière.

– La police va demander à vous voir, prévint le médecin.

– Bien sûr.

– Venez avec nous. Vous devez nous expliquer ce qui s'est passé.

– Un instant, je vais chercher mes papiers dans ma jeep.

Et Knox rebroussa chemin. Que la police aille se faire voir ! Les Égyptiens avaient la réputation d'avoir la détente facile lors des prises d'otages et il ne voulait pas mettre la vie de Gaëlle en danger. Partout ailleurs dans le monde, il n'aurait pas eu la moindre chance de rattraper Nicolas après l'avance que celui-ci avait prise. Mais ils étaient à Siwa. Et à Siwa, tout était différent. Il n'y avait qu'un itinéraire possible. Il était inconcevable que le camion puisse traverser le désert. Nicolas avait à coup sûr pris la route du nord et longé la côte vers l'est pour regagner Alexandrie. Une fois à Alexandrie, il pourrait aller n'importe où en Égypte, mais il en était encore loin. Pour Knox, il n'était pas trop tard. Il posa la main sur le tableau de bord.

– Encore un trajet, implora-t-il. Juste un.

Et il accéléra.

V

Nicolas entendit son portable sonner au moment où il arrivait à El-Alamein.

– Oui ?

– Bastiaan à l'appareil. Nous sommes à la villa.

– Alors ?

– Elle a brûlé. Les gars ne sont plus là. Il y a des uniformes partout. Pompiers, policiers, médecins.

Nicolas garda le silence lorsqu'il saisit l'étendue du désastre. Leur alibi ne tenait plus. Ils avaient tous été filmés à leur arrivée à la villa par les caméras de surveillance. Et même si l'incendie avait, par miracle, détruit l'enregistrement, les voitures de location garées dans la cour conduiraient inévitablement la police à l'aéroport, à leur avion et à leur identité. En se dirigeant vers Alexandrie, ils se jetaient directement dans la gueule du loup. Nicolas ordonna à Bastiaan de revenir et lui donna rendez-vous en périphérie d'Alexandrie. Puis il rappela Katerina à Thessalonique. Cette fois, elle répondit, mais à peine avait-il eu le temps de prononcer un mot qu'elle lui coupa la parole. Elle n'était pas habilitée à prendre des décisions pour les polices d'assurance, disait-elle, mais pouvait lui passer quelqu'un qui…

– Vous n'êtes pas seule ?

– Non.

– C'est la police ?

– Oui.

– On nous écoute ?

– Non.

– Les communications sont enregistrées ?

– Pas encore.

– Pouvez-vous me rappeler d'un autre endroit ?

– Pas pour le moment, monsieur.

– Le plus tôt possible.

Nicolas attendit en se mordant les doigts. Vingt minutes passèrent avant qu'elle ne rappelle.

– Je suis désolée, monsieur, lança-t-elle à bout de souffle. Il y a des policiers partout. Ils ont des mandats. Apparemment, les Égyptiens leur ont demandé de…

– Avez-vous eu des nouvelles de Manolis et Sofronio ?

– Pas directement, monsieur, mais j'ai entendu un policier dire que des coups de feu avaient été échangés avec la police égyptienne. Je crois que Manolis est blessé et qu'il est à l'hôpital. Monsieur, ils disent qu'il a tué un homme. Que se passe-t-il ? Ils nous accusent de choses horribles. C'est de la folie ! Tout le monde est terrifié ici. La police fouille dans nos fichiers. Ils bloquent nos comptes. J'en ai entendu deux qui parlaient de faire revenir nos bateaux au port.

– Ils ne peuvent pas faire ça ! Dites à Mando de s'en occuper.

– C'est ce que j'ai fait. Il dit qu'il va lui falloir deux jours pour…

– Je n'ai pas deux jours devant moi ! cria Nicolas. Réglez ça immédiatement.

– Oui, monsieur.

– Et rappelez-moi. Rappelez-moi dès que vous savez quelque chose.

– Oui, monsieur.

– Je vais encore avoir besoin du numéro de Gabbar Mounim. Donnez-le-moi le plus vite possible.

– Bien, monsieur.

VI

Gagné par un effroi grandissant, Knox avait poussé sa pauvre jeep au maximum pendant sept heures et n'avait toujours pas rattrapé le camion. Alexandrie n'était plus qu'à une vingtaine de kilomètres. Était-il possible qu'il se soit trompé ? Était-il possible que Nicolas ait trouvé un autre itinéraire ? Qu'il ait pris un avion à Marsa Matrouh ? Traversé la frontière de la Libye ? Non, ces deux options auraient été insensées et impossibles à organiser dans de si brefs délais. Il avait forcément pris cette route. Knox devait continuer.

Cinq kilomètres avant le premier grand carrefour, il eut l'impression d'apercevoir le convoi. Il accéléra. Oui, c'était bien le camion, précédé d'un des 4 x 4. Il décéléra immédiatement, garda ses distances et le suivit de loin.

Chapitre 40

I

Quand Bastiaan rejoignit le convoi, Nicolas ordonna à ses hommes de quitter la route principale. Ils descendirent une piste sablonneuse jusqu'à la rive d'un lac nappé de brume. Des pêcheurs avançaient sur des barques fragiles entre des îlots recouverts de roseaux. Nicolas avait l'intention d'expliquer la situation à ses hommes, de discuter avec eux, de chercher des solutions, mais ils étaient tous si tendus face au danger qu'ils encouraient qu'ils se mirent à crier, à se bousculer et à s'accuser mutuellement. Par chance, le téléphone de Nicolas sonna, ce qui leur permit de retrouver leur calme.

Katerina appelait pour communiquer le numéro de Gabbar Mounim. Nicolas s'empressa de le composer. Une femme décrocha. Il se présenta et demanda monsieur Mounim. Elle lui répondit immédiatement que monsieur Mounim n'était pas disponible pour l'instant. Il insista. Elle répéta son message. Il éleva la voix. Et elle le répéta une fois de plus, totalement imperturbable. Alors il respira à fond et demanda le plus poliment possible quand monsieur Mounim pourrait le rappeler. Monsicur Mounim était très occupé cette semaine. Peut-être la semaine prochaine ou celle d'après. Nicolas raccrocha subitement, de peur que l'appel ne soit tracé. Les mauvaises nouvelles se répandaient comme une traînée de poudre dans ce monde-là. Il donna un coup de poing dans le camion. Leur avion et leurs bateaux avaient déjà été repérés par les flics. Le nom, le signalement, le numéro de passeport de chacun d'eux devaient circuler dans tout le pays à la vitesse de la lumière, ainsi que le numéro d'immatriculation de leurs véhicules. Il ferma les yeux. Le désarroi céda la place à la colère.

Knox. C'était sûrement Knox. Il avait parlé.

Nicolas se dirigea vers l'arrière du camion. Il l'avait prévenu. Knox savait qu'il s'était exposé aux représailles. Maintenant, Nicolas ne pouvait pas faire autrement que de mettre ses menaces à exécution. Sinon, il ne serait plus jamais pris au sérieux. Il n'avait pas le choix. Il ouvrit les portes du camion. À l'intérieur, il faisait une chaleur étouffante. Gaëlle était couchée tout au fond, les mains attachées à la rampe, bâillonnée, les lèvres sèches et gercées. Nicolas défit ses liens et la traîna derrière lui. Elle s'éveilla, tenta de se débattre, mais il la jeta avec mépris sur le sable. Surplus de bagage. Elle risquait de parler, elle aussi. Il avait laissé le Walther dans le 4 x 4. Il tendit la main en direction de Leonidas.

– Passez-moi votre Kalachnikov.

– Ce n'est qu'une fille, répondit Leonidas, réticent.

– Vous êtes cinglé ou quoi ? Elle a tout vu. Vous voulez finir votre vie dans une prison chez les Gris ?

Gaëlle parvint à passer le menton par-dessus son bâillon, qui lui enserra le cou comme un nœud coulant.

– Pitié ! sanglota-t-elle. Pitié !

Elle avait le visage répugnant de larmes et de morve. Nicolas ne pouvait pas la regarder.

– Ne me tuez pas, gémit-elle en se traînant vers lui à genoux. Je ne dirai rien. Je le jure. Ne me tuez pas. Je vous en prie, ne me tuez pas. Je ne veux pas mourir. Je ne veux pas mourir !

– Votre père était contre la violence, intervint Leonidas. Votre père…

– Mon père est mort, le coupa Nicolas, la main tremblante.

S'il flanchait, il ne serait plus jamais crédible.

– Donnez-moi cette putain de Kalachnikov ! cria-t-il à Leonidas en la lui arrachant des mains.

Leonidas, visiblement écœuré, tourna le dos. C'était aussi bien de savoir qui aurait ou n'aurait pas le cran d'accomplir les tâches difficiles.

Gaëlle geignait toujours, agrippée au pantalon de son bourreau. Nicolas lui donna un coup de crosse, recula d'un pas et pointa la Kalachnikov vers elle. Il n'avait encore jamais tué personne. Il en avait déjà donné l'ordre, certes. Et il avait récupéré des cadavres à la morgue pour les emmener dans les montagnes afin que ses hommes et lui s'entraînent. Tirer sur un être humain, même mort, endurcissait le caractère. Il avait fini par apprécier la sensation qu'il éprouvait lorsqu'il enfonçait une baïonnette dans le ventre de sa victime. Il fallait avoir le geste sûr, sans quoi la lame rebondissait au lieu de transpercer la peau. Mais là, c'était différent. Il avait cru que tuer serait un acte propre, net et libérateur. En réalité, c'était sordide et laid.

Toujours à genoux, Gaëlle lui tenait les jambes et lui embrassait les pieds. C'était mieux lorsqu'il ne pouvait pas voir son visage. Il visa ses cheveux bruns, au sommet de son crâne. Mais elle releva la tête. Il hésita. Il n'avait pas la force de lui tirer dans les yeux ou dans le front. Pourquoi ne gardait-elle pas la tête baissée ? N'avait-elle aucune considération pour lui ? Il la menaça encore une fois avec son arme. Elle tomba sur le dos, en pleurs, le visage gris, crispé par la terreur. Il lui fit signe de se mettre à plat ventre. Elle n'en fit rien. Elle restait là à se tortiller obstinément, comme si elle savait dans quels tourments elle le plongeait. Il serra les dents. C'était le prix de l'autorité. C'était le prix de la libération de la Macédoine. Il s'arma de courage en imaginant les accolades et la gloire qui l'attendaient. Puis il épaula et visa le visage de la jeune femme.

II

Knox, qui avait suivi le convoi, était caché derrière une dune. Il avait entendu les hommes se disputer et paniquer. Apparemment, leur plan avait mal tourné et ils ne savaient plus quoi faire. Lorsqu'il comprit que Nicolas avait l'intention de tuer Gaëlle, Knox constata à quel point il était impuissant. Il n'était pas armé et il était seul. Il n'avait que deux options : rester tranquille et sauver sa peau ou bien prendre un risque suicidaire. Mais Gaëlle n'était pas une fille comme les autres. C'était la fille de Richard. Et puis, il avait des sentiments pour elle. Il en avait cruellement conscience en cet instant décisif. Il ne pouvait pas la regarder se faire abattre sans rien faire. Il courut vers sa jeep, marmonna une prière et démarra.

III

Nicolas entendit un moteur vrombir derrière lui. Il se retourna brusquement et, à sa grande surprise, vit un homme foncer sur lui au volant d'une vieille jeep. Knox ! Ce salaud ne s'avouait jamais vaincu. Voyant que Nicolas ne réagissait pas, Leonidas lui arracha l'AK-47 des mains et cribla le capot de balles. Celui-ci s'ouvrit et le moteur cracha des gerbes de vapeur avant de prendre feu. Ils entendirent Knox accélérer dans le vide ; la jeep s'arrêta juste devant eux. Le capot retomba. Knox ouvrit la portière et s'enfuit, mais une des balles l'avait touché à la jambe. Il boitait. Bastiaan le plaqua et il poussa un cri de douleur en tombant sur sa blessure.

Nicolas récupéra la Kalachnikov. Tuer une fille, c'était une chose. Tuer Knox en était une autre. Il épaula et visa.

– Attendez ! cria Knox en levant les bras en signe de reddition. Je peux vous sortir de là. Je peux vous sortir d'Égypte.

– C'est ça, se moqua Nicolas, le doigt sur la détente. Tu vas déployer tes ailes et nous emmener sur ton dos.

Mais Leonidas abaissa le canon de la Kalachnikov.

– Comment ? demanda-t-il.

– C'est moi qui pose les questions ! s'écria Nicolas, furieux.

Il se tourna vers Knox et le visa à nouveau. Il se sentit ridicule, tout à coup.

– Comment ? répéta-t-il.

– J'ai des relations, répondit Knox.

– Oh, vous avez des relations. Nous avons tous des relations.

– Je connais Hassan al-Assyuti.

– L'agent maritime ?

– Je lui ai sauvé la vie. Un accident de plongée. Je lui ai fait du bouche-à-bouche. Il m'a dit que si j'avais besoin de quoi que ce soit…

– Vous mentez !

– Emmenez-moi jusqu'à lui. À Suez. Demandez-lui. Il vous le dira lui-même.

– Vous emmener jusqu'à lui ? C'est votre meilleur ami et vous ne connaissez pas son numéro de téléphone ?

– Je n'ai jamais eu de faveur à lui demander jusqu'à aujourd'hui.

De toute évidence, Knox avait quelque chose derrière la tête, mais si ce qu'il disait était vrai… Nicolas hésita. Finalement, il ouvrit son portable et appela Katerina pour lui demander de trouver le numéro d'al-Assyuti. Puis il attendit qu'elle le rappelle en trépignant et en faisant les cent pas. Quand son portable finit par sonner, il nota le numéro et le composa lui-même. Il ne faisait pas confiance à Knox. Il demanda Hassan al-Assyuti et fut mis en attente. Il ne quitta pas Knox des yeux, s'attendant à ce qu'il pâlisse, se dégonfle, admette qu'il avait tout inventé. Une femme répondit et essaya de se débarrasser de lui avec le baratin habituel. Hassan était en réunion. Pouvait-elle prendre un message, qu'elle lui communiquerait dès que…

– Je dois lui parler immédiatement, la coupa Nicolas. Dites-lui que c'est Daniel Knox.

– Daniel Knox ? répéta-t-elle visiblement interloquée. Bien, euh, eh bien… je vous le passe tout de suite.

Nicolas ne put dissimuler son étonnement. Il tint le téléphone devant Knox, de façon à entendre la conversation. Hassan prit la ligne.

– Knox ? Est-ce vraiment vous ?

– Oui, s'empressa de répondre Knox. Écoutez, je voudrais venir vous voir.

Hassan marqua un temps d'arrêt.

– Venir me voir ? demanda-t-il, incrédule.

– Oui. J'ai besoin d'expédier quelque chose hors d'Égypte. Si je me déplace personnellement, est-ce que vous vous en chargerez ?

Hassan garda le silence un instant.

– Vous viendrez en personne ?

– Si vous acceptez de transporter ma cargaison.

– Quel genre de cargaison ? Quelle destination ?

– Je vous le dirai quand on se verra.

– Très bien. Pouvez-vous venir jusqu'à Suez ?

– Bien sûr. Donnez-moi six heures.

– À dans six heures, alors. À mon terminal.

Hassan donna quelques indications, que Nicolas nota avant de refermer son téléphone.

– Alors ? demanda Leonidas.

– Il a accepté de nous aider, admit Nicolas avec réticence.

Il y avait quelque chose là-dessous, mais il ne savait pas quoi. De toute façon, c'était l'unique issue de secours. Il n'avait pas d'autre choix que de jouer le jeu.

– Vous resterez dans le camion jusqu'à Suez ! lança-t-il à Knox. Un bruit et vous êtes mort. Compris ?

– Oui, répondit Knox.

– Si vous parvenez à nous sortir d'Égypte, la fille et vous aurez la vie sauve. Vous avez ma parole.

En disant cela, il sourit et regarda Knox droit dans les yeux. Il ne pouvait décemment pas lui faire comprendre qu'il ne laisserait jamais deux témoins d'une situation aussi compromettante s'en tirer aussi facilement.

Chapitre 41

I

Knox et Gaëlle étaient bâillonnés et attachés à la rampe du camion, derrière la cabine, sous la surveillance d'Eneas. Lorsque les portes étaient fermées, ils étaient dans l'obscurité totale. Il faisait une chaleur étouffante. Eneas alluma une cigarette ; la flamme brûla les yeux de Knox. Puis il écrasa son mégot et but une grande gorgée d'eau avant de s'asperger généreusement les cheveux et le front. Knox était au supplice. Il ferma les yeux et imagina une cascade et de la glace pilée.

Le cercueil et son couvercle étaient si lourds que les freins du camion crissèrent bruyamment lorsque le chauffeur ralentit pour se ravitailler en carburant. Eneas se leva et menaça Knox avec la crosse de son fusil d'assaut jusqu'à ce qu'ils repartent. Il se balança légèrement sur les talons et se rassit. Les vitesses se succédèrent lentement et le moteur gémit tandis que le chauffeur essayait de prendre de l'élan. Heureusement que ce pays était plat.

Gaëlle se remit à sangloter nerveusement derrière son bâillon. Elle avait déjà eu deux ou trois crises, espacées par de longues périodes de calme. Elle était trop terrifiée pour garder son sang-froid. Par moments, sa chemise mouillée de sueur, Knox était parcouru de frissons glacés. Mais le reste du temps, il gardait les idées claires et nettes.

Eneas alluma une autre cigarette. La flamme de son briquet projeta une lumière rouge et or sur le cercueil d'Alexandre. Quelle fin, pour un homme d'une telle envergure, que de devenir un pion sur l'éternel échiquier de la politique et des ambitions personnelles ! Toutefois, cette destinée avait quelque chose de lugubrement juste. Alexandre avait terminé sa vie de façon sinistre, sans doute à cause des horreurs qu'il avait vécues dans le désert de Gédrosie, où il était entré avec quarante mille soldats et civils sympathisants pour ne repartir qu'avec quinze mille hommes en tout et pour tout. Même ses fervents admirateurs, dont Knox faisait partie, étaient obligés de reconnaître qu'il était devenu, vers la fin de sa vie, plus cruel, moins tolérant et, d'une manière générale, moins charismatique. Plusieurs raisons expliquaient le déclin de sa superbe : la corruption du pouvoir absolu ; la frustration de voir ses rêves de conquête contrariés par des troupes qui avaient le mal du pays et des adversaires indignes de lui ; la perte de ses amis les plus proches, morts ou désenchantés ; et puis l'alcool, la fièvre, la fatigue et les blessures de guerre, qui avaient fini par entraîner une déchéance physique. Même ses contemporains avaient pressenti que, malgré sa relative jeunesse, il jouait déjà son dernier acte.

Lors de ses voyages, Alexandre était accompagné d'un sage et philosophe hindou, Calanus, qu'il estimait beaucoup. Lorsqu'il était tombé malade, Calanus avait décidé, malgré les protestations d'Alexandre, de se brûler vif plutôt que de dépérir dans la douleur. Il était monté en toute sérénité sur un bûcher dressé par Ptolémée, où il s'était immolé sans un cri. D'après la légende, il aurait dit aux personnes présentes qu'il voyait leur roi à Babylone, où celui-ci mourrait peu de temps après. Un concours de boisson avait ensuite été organisé en son honneur. Alexandre avait promis une énorme récompense à celui qui boirait le plus. Quarante et un Macédoniens avaient succombé à l'empoisonnement par l'alcool, dont le gagnant, qui avait survécu quatre jours après avoir avalé près de quinze litres de vin pur. Puis Héphaïstion, le meilleur ami d'Alexandre, était mort à son tour après un autre concours de boisson. Cela avait été un coup terrible pour le roi de Macédoine, qui en avait incontestablement perdu le goût de vivre et s'était livré à des orgies et à des dépenses ostentatoires. Pour couronner le tout, à son arrivée à Babylone, il avait été reçu par une délégation de prêtres venus le prévenir qu'il ne devait pas entrer dans la cité. Mais il avait ignoré cette mise en garde. Et trois mois plus tard, il était mort.

Bien avant tout cela, avant Calanus, Héphaïstion et Babylone, Alexandre avait déjà eu un aperçu de ce qui l'attendait lorsqu'il s'était rendu sur la tombe de Cyrus le Grand, à Pasargades. Cyrus avait été le plus grand conquérant et le plus grand empereur de tous les temps avant lui, un homme divinisé et vénéré dans toute la Perse. Alexandre, qui avait beaucoup d'admiration pour lui, se considérait comme son héritier. Il avait déjà effectué un pèlerinage sur sa tombe et, lorsqu'il y était retourné, il avait découvert ses ossements éparpillés sur le sol. Des pilleurs avaient essayé de s'emparer du sarcophage doré de l'ancien empereur.

Sur cette tombe, était gravée une inscription : *Homme, qui que tu sois et d'où que tu viennes, car je sais que tu viendras, je suis Cyrus, qui a conquis aux Perses l'Empire. Ne m'envie donc pas le peu de terre qui cache mon corps.* Cette épitaphe avait si fortement impressionné Alexandre qu'il l'avait fait traduire en grec. Mais en voyant que même le grand Cyrus pouvait être traité avec tant de mépris par de simples mortels avides de s'enrichir, peut-être s'était-il douté du sort qu'il connaîtrait un jour.

On raconte que, lorsqu'il gisait sur son lit de mort, à Babylone, Alexandre avait senti sa fin approcher. Au lieu de l'attendre passivement, il aurait essayé de traîner son corps meurtri jusqu'à la rivière qui coulait près du palais, afin d'être emporté par les eaux. Ainsi, le monde l'aurait cru immortel et l'aurait imaginé à sa juste place parmi les dieux. En outre, ses contemporains et leurs descendants n'auraient pas pu lui manquer de respect en traitant sa dépouille comme celle de Cyrus. Après tout, peut-être était-ce là sa dernière volonté, non d'être enterré à Siwa, à Alexandrie ou en Macédoine, mais de sombrer dans l'oubli de l'eau.

L'oubli de l'eau. Oui. Knox eut soudain une idée.

Le camion roula pendant une éternité avant de s'arrêter à nouveau. Les portes grincèrent et s'ouvrirent. Knox avait la tête renversée contre la paroi en acier. La peur lui chatouillait la poitrine comme les grains d'un chapelet. Les étoiles touchaient la ligne d'horizon. Le jour était fini. Pour Knox, c'était peut-être le dernier. Nicolas grimpa dans le camion avec un de ses hommes. Il avait les cheveux hérissés d'un côté du crâne, comme s'il s'était assoupi contre la vitre. Il pointa le Walther en direction de Knox.

– Nous sommes à Suez, annonça-t-il pendant que ses hommes défaisaient les liens du prisonnier et lui retiraient son bâillon. Knox serra et desserra les poings pour faire circuler son sang. Puis il se leva lentement en se frottant les cuisses.

Il vit Nicolas lui faire signe de descendre, mais il l'ignora. Il prit la bouteille d'Eneas. Il restait encore quelques gorgées d'eau.

Il s'approcha de Gaëlle, lui retira son bâillon et lui tint la bouteille contre les lèvres jusqu'à ce qu'elle la vide. Puis il l'embrassa dans les cheveux.

– Je vais faire de mon mieux, lui promit-il.

– J'en suis sûre.

– Magnez-vous ! s'écria Nicolas en braquant le Walther sur lui.

Knox se fraya un chemin parmi les artefacts du butin et sauta du camion. Il gémit en atterrissant sur sa jambe blessée. Ils se trouvaient à l'angle d'un parking vide, où planait une odeur fétide de caoutchouc brûlé. Au loin, on entendait une musique arabe provenant d'une station-service. Le ciel, au dessus d'une rangée d'arbres, était baigné d'une lumière orangée.

– Voilà ce que nous allons faire, dit Nicolas en se tournant vers Knox. Leonidas et vous, vous allez demander à voir al-Assyuti. Vous allez négocier notre retour en Grèce. Et quand Leonidas estimera le marché satisfaisant, il m'appellera et…

– Vous fatiguez pas, je ne ferai rien tant que Gaëlle ne sera pas en sécurité.

Nicolas lui adressa un sourire pincé.

– Quand Leonidas estimera le marché satisfaisant, il m'appellera et la fille et vous, vous serez libres.

– Hors de question. Laissez partir Gaëlle et je ferai de mon mieux pour vous aider. Vous avez ma parole.

Nicolas soupira.

– La fille est notre atout. On ne va pas la lâcher maintenant.

– Hassan est mon atout. Je ne lui parlerai de votre affaire que lorsque Gaëlle ne risquera plus rien.

Une sirène hurla sur la route principale, dans un tournoiement de lumière rouge et bleue. Ils se retournèrent tous aussi sereinement que possible, rivalisant de désinvolture feinte. Ce n'était qu'une ambulance. Ils attendirent qu'elle soit hors de vue pour reprendre leur discussion.

– On garde la fille, insista Nicolas. Ce n'est pas négociable.

Knox haussa les épaules.

– Alors voilà ce que je vous propose, dit-il. Je vais voir Hassan. J'emmène votre homme. Mais Gaëlle vient aussi.

– Vous me prenez pour un idiot ou quoi ?

– Vous voulez sortir d'Égypte ou pas ? Tout ce que je veux, c'est en finir avec tout ça. Si vous ne me faites pas confiance, on peut y aller tous ensemble.

– C'est ça ! Pour qu'on tombe tous dans votre piège !

– Quel piège ? Quand aurais-je eu le loisir d'élaborer un piège ? De toute façon, vous serez bien obligé de vous en remettre à al-Assyuti à un moment ou à un autre.

Nicolas le regarda un instant et fit un signe de tête à Leonidas et Bastiaan. Les trois hommes s'éloignèrent de quelques pas. Ils se consultèrent rapidement mais calmement. Au bout d'environ trente secondes, Nicolas revint auprès de Knox.

– On y va tous ensemble, déclara-t-il. La fille reste dans le camion avec Eneas.

Il montra son téléphone portable.

– Si vous tentez quoi que ce soit, ajouta-t-il, si je flaire le moindre coup foireux, elle est morte. Compris ?

Knox le regarda droit dans les yeux. Il eut le sentiment de tomber de Charybde en Scylla. Jeter du nitre sur de la glycérine dans l'espoir d'être propulsé hors du cratère n'était pas vraiment une stratégie, mais il ne pouvait rien faire d'autre.

– D'accord, dit-il.

– Alors venez avec moi, lui ordonna Nicolas en se dirigeant vers le 4 x 4.

– Si Gaëlle reste dans le camion, je vais dans le camion.

– Comme vous voudrez, céda Nicolas. On monte devant avec Bastiaan.

II

La cabine était haute et ils voyaient loin. Les phares des voitures d'en face étaient aveuglants. L'adrénaline donnait de l'éclat au ciel bleu nuit. Knox avait les idées étrangement claires. Son esprit était pareil à un mécanisme de cuivre fraîchement astiqué. Bastiaan, quant à lui, conduisait avec anxiété. Il faisait grincer les vitesses, marmonnait de façon inintelligible, mal à l'aise avec un chargement aussi lourd. Nicolas tenait fermement le Walther contre les côtes de Knox. Ils arrivèrent dans une zone industrielle composée de dépôts et de bâtiments en béton lézardés. Il n'y avait pas d'autre véhicule. Tous les bureaux étaient fermés. Tous les vingt mètres environ, le long des trottoirs, des lampes de sécurité diffusaient une lumière jaune dans l'obscurité. De grandes grues étaient alignées le long du front de mer. Sur un grillage élevé, plusieurs pancartes arborant le logo d'al-Assyuti SA indiquaient PRIVÉ : ACCÈS INTERDIT. Bastiaan regarda ses rétroviseurs et ralentit en arrivant à l'entrée. Les freins commencèrent à crisser. Il les relâcha un peu pour atténuer le bruit. Lorsqu'il tourna pour aller faire les démarches d'entrée, les roues avant heurtèrent le trottoir. Il s'arrêta devant une barrière en bois et baissa sa vitre pour attirer l'attention d'un vieux garde aux cheveux gris clairsemés, qui jouait aux dames contre lui-même dans une cabine vitrée, surveillée par un doberman en laisse. L'homme soupira et s'approcha en clopinant. Il regarda Bastiaan et lui demanda en arabe ce qu'il voulait. Bastiaan se tourna vers Knox.

– Je suis Daniel Knox, annonça celui-ci. Monsieur al-Assyuti m'attend.

– Et les autres aussi ? demanda le garde.

– Oui.

La sirène d'un bateau retentit au loin. Le garde haussa les épaules et retourna dans sa cabine pour passer un appel. L'air frais de la nuit qui s'engouffrait par la vitre ouverte du camion véhiculait des relents de diesel, de sel et de poisson pourri. Une caméra de surveillance vrombit et fit le point sur eux. La barrière se leva. Bastiaan démarra et prit difficilement un peu de vitesse. Les bureaux se trouvaient tout au bout du terminal. Des piles de conteneurs colorés se dressaient de tous côtés, comme les pièces d'un jeu de construction pour enfants. Il n'y avait personne, pas de manutentionnaires poussant des chariots élévateurs, pas de camionneurs, pas de grutiers. Tout était vide et silencieux. Les 4 x 4 ouvraient la marche de part et d'autre du camion. Un énorme navire avançait pesamment le long du canal. Les lumières du pont et de la passerelle se reflétaient dans l'eau.

Nicolas composa un numéro sur son portable. Knox entendit la sonnerie derrière la cabine jusqu'à ce qu'Eneas réponde. Nicolas se tourna vers lui en lui montrant l'appareil.

– Je n'hésiterai pas une seconde, le prévint-il. Je la ferai tuer.

En entendant ces paroles, Knox fut ramené quelques heures en arrière.

– Elena n'a pas tué Pavlos, murmura-t-il comme pour lui-même. Elle l'a fait tuer. C'est ce qu'elle a dit.

– Et alors ?

– Elena était archéologue. Elle ne faisait pas partie de la mafia. Comment aurait-elle pu faire tuer quelqu'un ?

– Qu'est-ce que j'en sais !

– Depuis combien de temps Costis travaillait-il pour vous ? demanda Knox. Est-ce qu'Elena le connaissait déjà à cette époque ?

– Taisez-vous ! s'écria Nicolas, dont la voix était devenue un peu plus stridente.

– Elena a fait appel à Costis. Elle l'a payé pour qu'il tue Pavlos.

– Vous délirez complètement !

– C'est pour ça qu'elle l'a abattu. Ce n'était pas parce qu'il se trouvait à côté de votre père, mais parce que c'était lui qui avait arrangé l'accident.

– Ça suffit maintenant !

– Or, il travaillait pour vous.

– Je vous préviens pour la dernière fois !

– Il n'aurait jamais accepté une mission comme celle-là sans vous en parler auparavant.

Nicolas pressa le Walther contre la tempe de Knox.

– Je vous aurai prévenu, dit-il.

– Est-ce que vous saviez que ma famille se trouverait dans la voiture ?

– Nom de Dieu, fermez-la !

– Est-ce que vous saviez qu'il y aurait ma sœur ?

– Ferme ta putain de gueule !

– Elle avait seize ans… Elle n'avait que seize ans.

– C'est la guerre ! hurla Nicolas. La guerre ! Les sacrifices sont inévitables.

Le choc imposa le silence. Ils étaient tous deux abasourdis par les aveux de Nicolas. Celui-ci pointa le Walther sur le front de Knox, la main tremblante de peur et de honte, le doigt sur la détente, comme s'il voulait tuer son adversaire pour ne plus avoir à entendre ses reproches. Mais les freins du camion crissèrent à nouveau. Bastiaan freinait pour s'arrêter devant les bureaux. Un homme poussa une porte à double battant et la laissa se refermer derrière lui.

– Qui est-ce ? murmura Nicolas. Hassan ?

– Nessim, répondit Knox.
– Nessim ?
– Le chef de la sécurité.
– De la sécurité ? répéta Nicolas, la voix affaiblie par un pressentiment lugubre.

Lorsque les 4 x 4 et le camion s'arrêtèrent, Nessim mit ses mains en porte-voix.

– Sortez de vos véhicules ! cria-t-il.

Partout, des hommes postés sur les conteneurs braquaient leur fusil automatique sur eux. Des fenêtres à guillotine s'ouvrirent dans le bâtiment pour laisser passer le canon d'armes à feu.

– Vous êtes cernés. Lâchez vos armes. Ouvrez lentement les portières, mettez les mains sur la tête et tout le monde s'en sortira indemne.

– C'est un piège ! cria Nicolas dans son portable. Tuez-la…

Knox se jeta sur lui et le lui arracha des mains, mais Nicolas avait encore le Walther et appuya sur la détente. Knox écarta la tête au dernier moment. La balle lui effleura la joue et fit voler en éclats la vitre située du côté de Bastiaan. Le coup d'envoi avait été donné. Baissés sous les vitres d'un des 4 x 4, les hommes de Nicolas tirèrent dans la foulée vers la gauche. Nessim se coucha à terre. Une série de coups de feu en provenance des conteneurs et des bureaux retentit comme un écho. Le 4 x 4 fut instantanément criblé de balles fusant de toutes parts. Knox sauta sur Nicolas, lui saisit le poignet et le lui tourna jusqu'à ce qu'il lâche le Walther. Bastiaan passa la marche arrière, mais le camion était si lourd qu'il lui fallut du temps pour prendre de la vitesse. Au milieu des cris, des gémissements de douleur, des bruits de pas et des coups de feu, le camion avait été miraculeusement épargné. Le second 4 x 4 fit demi-tour en décrivant un grand arc de cercle de tirs d'armes automatiques. Une avalanche de balles s'abattit sur lui dans un vacarme assourdissant de verre brisé et de métal perforé. Une portière s'ouvrit, un homme sauta et s'échappa en tirant aveuglément derrière lui avant d'être arrêté dans sa course, cinq pas plus loin, et de s'effondrer sur le sol.

Bastiaan avait encore le pied au plancher et le camion reculait en prenant peu à peu de la vitesse. Nicolas et Knox se battaient pour récupérer le Walther sous le siège. Une balle transforma le pare-brise en toile d'araignée et Bastiaan tomba en avant, un trou rouge sur le front et un autre plus grand à l'arrière du crâne. Le camion perdit immédiatement de la vitesse. Nicolas trouva le Walther et le braqua sur Knox. Celui-ci lui donna un coup de tête sur l'arête du nez et lui écrasa le poignet contre le tableau de bord jusqu'à ce qu'il lâche l'arme à nouveau. Puis il poussa Bastiaan et appuya sur l'accélérateur. Le camion reprit de la vitesse. Tandis que Nicolas cherchait le pistolet à tâtons, Knox tourna brusquement le volant et recula en direction du canal. Nicolas ramassa le Walther et le pointa vers lui, mais les roues arrière quittèrent le bord de la jetée et le camion plongea. Le châssis crissa contre le mur du canal. Le chargement fit contrepoids et la cabine s'éleva dans les airs en pivotant sur le rebord de la jetée. Nicolas cria en voyant le camion basculer et s'enfoncer dans l'eau. Le cercueil en or d'Alexandre et son couvercle furent propulsés comme deux béliers contre les portes arrière, qui sortirent de leurs gonds. Ils tombèrent dans le canal et sombrèrent librement au fond de l'eau.

Le camion dansa sur l'eau puis revint à l'horizontale. Sans le poids du cercueil en or, il contenait suffisamment d'air pour flotter. Nicolas essaya d'ouvrir sa portière, mais la pression l'en empêcha. Alors il baissa la vitre et l'eau s'engouffra avec des remous d'écume argentée. Il tenta de sortir par la fenêtre mais Knox l'attrapa par la cheville, remonta la vitre et le bloqua au niveau de la taille. La cabine s'inclina un peu sur le flanc et Nicolas se retrouva emprisonné sous l'eau. Il se débattit férocement mais ne parvint pas à se dégager. Knox pensa à sa sœur, à ses parents, à Rick, et son cœur ne flancha pas. Une éternité s'écoula avant que Nicolas ne cesse définitivement de remuer. Knox baissa à nouveau la vitre, poussa le corps inerte et sortit à la nage en prenant soin de rester derrière le camion. L'eau polluée lui brûlait les yeux ; il dut se diriger à tâtons. L'or avait dû couler directement au fond du canal et s'enliser dans la vase. En revanche, la dépouille d'Alexandre s'était sans aucun doute échappée du cercueil. L'eau corrosive avait déjà dû ronger la peau parcheminée. Le squelette fragile avait peut-être été pulvérisé par la force de l'impact du cercueil contre les portes d'acier. Knox entrouvrit les yeux un instant et – son imagination lui jouait-elle des tours ? – il lui sembla apercevoir les deux orbites vides d'un crâne couronné d'un diadème de rubis. Ils se fixèrent un instant, puis le crâne parut se coucher sur le côté, tandis que des bulles d'air s'en échappaient comme un dernier souffle de vie, avant de tomber en spirale dans l'obscurité.

Knox secoua la tête pour ne pas se laisser distraire. Il n'avait pas de temps à consacrer aux morts. Gaëlle avait besoin de lui. Les portes arrière du camion avaient été complètement arrachées. L'eau remplissait déjà les deux tiers de l'espace et continuait à monter. Tout ce qui se trouvait à l'intérieur avait été envoyé par le fond, y compris Eneas. Tout, sauf Gaëlle, sauvée par la corde qui la retenait à la rampe, comme Knox l'avait espéré. Elle tendait son visage vers le haut pour pouvoir respirer. Knox essaya de défaire ses liens mouillés mais il n'avait pas de prise. Le niveau montait sans cesse. Elle se retrouva la tête sous l'eau. Enfin, la corde commença à se dénouer suffisamment pour que Knox puisse passer un ongle, puis un doigt. Soudain, Gaëlle parvint à se dégager entièrement. Dans le camion presque rempli d'eau, Knox lui prit la main et ils sortirent avant de nager vers la surface. Au moment où ils purent enfin reprendre leur respiration, le camion disparut sous l'eau en crachant le peu d'air qu'il lui restait.

Knox et Gaëlle furent accueillis par une rangée d'hommes braquant leur arme sur eux le long de la jetée. Nessim leur indiqua un escalier. Knox, qui avait trouvé la force de lutter jusqu'à maintenant, n'avait plus d'espoir. Il savait que sa fin était proche, mais peut-être pouvait-il encore donner une chance à Gaëlle. Il nagea avec lassitude jusqu'à l'escalier et aida Gaëlle à sortir de l'eau. Elle lui prit la main. Il essaya de l'en empêcher, de s'éloigner d'elle, mais elle comprit ce qu'il essayait de faire et refusa de le lâcher. Ils gravirent les marches ensemble, en silence, en se tenant la main pour se donner du courage.

– Suivez-moi, ordonna Nessim.

Knox avait si mal à la jambe qu'il ne pouvait pas s'empêcher de boiter. Les hommes d'Hassan étaient en train de sortir les corps des 4 x 4. L'un d'eux ouvrit une portière arrière et Vasilieos s'effondra en emportant son AK-47 dans sa chute. Tous les hommes pointèrent leur arme en direction du bruit en retirant la sécurité. Lorsqu'ils eurent compris qu'il n'y avait pas de danger, quelqu'un plaisanta et tout le monde éclata de rire pour évacuer la tension nerveuse du combat. Knox avait de plus en plus froid dans ses vêtements trempés. Il serra Gaëlle contre lui en passant le bras autour de ses épaules et l'embrassa sur la tempe. L'eau polluée lui fit verser des larmes, qu'il laissa couler librement sur ses joues. Il les essuya du revers de la main. Il ne pouvait pas s'empêcher de penser au moment où Nicolas avait tressailli et rendu son dernier souffle, à cette frontière entre la vie et la mort qu'ils s'apprêtaient à franchir eux aussi. Malgré sa peur, il n'avait pas envie de fuir. Son sort ne lui appartenait plus ; les dés étaient jetés. Nessim les fit entrer dans un bureau terne. Au-dessus d'une vitrine dans laquelle était exposé un énorme poisson empaillé, de vieux posters représentant les poissons de mer et d'eau douce étaient affichés au mur. Le chef de la sécurité s'absenta un instant. Lorsqu'il revint, il jeta deux serviettes sales à Knox et Gaëlle, qui s'essuyèrent le visage et les bras. Knox noua la sienne autour de sa blessure.

– Qu'est-ce qu'on fait maintenant ? demanda-t-il en s'asseyant.

– On attend, répondit Nessim.

– On attend quoi ?

– Monsieur al-Assyuti était à Charm lors de ce coup de fil providentiel. Il va arriver d'une minute à l'autre.

– La fille n'a rien à voir là-dedans. Laisse-la partir.

– Nous attendons monsieur al-Assyuti.

– Je t'en prie...

Nessim fit non de la tête. Knox soupira, le visage dans les mains. Des images du butin perdu dans l'eau boueuse du canal lui vinrent à l'esprit. Tout ce savoir. Un pan entier de l'Histoire. Il n'y avait pas que la dépouille d'Alexandre qui avait été irrémédiablement perdue. Il y avait aussi tous les artefacts, le sarcophage, les ornements en or et les bijoux, les armes et les offrandes funéraires. Al-Assyuti ferait draguer le canal pour récupérer tout ce qu'il pourrait. Il ferait fondre les métaux précieux, vendrait les pierres précieuses et détruirait toutes les preuves de la provenance et de l'histoire de ces artefacts. Peut-être finirait-il par mettre la main sur le reste du trésor de Siwa. Lui ou Yusuf Abbas, voire les deux. Ldée que ces hommes corrompus puissent profiter personnellement d'une découverte si capitale rendait Knox malade. Toute sa vie, il avait cherché des artefacts comme ceux-ci, pas pour leur valeur intrinsèque, mais pour les connaissances qu'ils apportaient à l'humanité. Et pourtant, en coupant le nœud gordien et en précipitant délibérément le camion dans le canal, il avait réduit à néant la plus grande découverte de l'archéologie moderne. Tout cela uniquement pour que Gaëlle et lui aient une chance de survivre, aussi infime soit-elle. Et cela n'avait même pas marché. Il regarda Gaëlle, assise à côté de lui, et éprouva un certain soulagement, car il était sûr que s'il avait dû recommencer, sachant ce qu'il savait, il n'aurait pas hésité une seconde. Il lui sourit. Elle aussi. Il lui prit la main et leurs doigts s'entrelacèrent.

Quinze minutes passèrent avant que des phares n'illuminent la fenêtre. Knox sentit son cœur s'accélérer. Gaëlle et lui échangèrent un rapide regard. Elle semblait avoir aussi peur que lui. Des bruits de pas résonnèrent de plus en plus fort et Nessim ouvrit la porte. Hassan al-Assyuti entra, les mains derrière le dos. Il était plus gros que dans le souvenir de Knox. L'œil gauche et la mâchoire enflés, il marchait péniblement. Apparemment, les coups qu'il avait reçus le faisaient encore souffrir.

– Laissez partir la fille, réclama Knox sur-le-champ. Elle n'a rien à voir dans tout ça.

Hassan éclata de rire. Une dent en or étincela dans son sourire autrefois intégralement blanc.

– Vous n'êtes pas facile à trouver, monsieur Knox. Mes hommes ont fouillé toute l'Égypte.

– Nous avons conclu un marché. Vous avez dit que, si je venais en personne, vous feriez sortir une cargaison d'Égypte. Je suis là. La cargaison, c'est elle. Tenez votre parole. Aidez-la à partir.

– Ne trouvez-vous pas que vous avez rompu les termes de notre contrat ? Ne trouvez-vous pas que la présence de trois véhicules remplis d'hommes armés et hostiles m'autorise à…

– S'il vous plaît. Je vous en prie. Faites de moi ce que vous voudrez, mais laissez-la partir.

– Pour qu'elle aille vendre son histoire à la presse dès qu'elle aura tourné les talons ?

– Elle n'en fera rien. Dis-lui, Gaëlle. Donne-lui ta parole.

– Qu'il aille se faire foutre, marmonna Gaëlle, qui claquait des dents. Je reste avec toi.

Hassan rit à nouveau, à la fois amusé et admiratif.

– Il semblerait que vous les aimiez belles plutôt qu'intelligentes, lança-t-il.

– Vous ne vous en sortirez pas comme ça, déclara Knox.

– Me sortir de quoi ? Je vous ai tirés d'une situation extrêmement dangereuse. C'est tout ce que j'ai fait. Vous devriez me remercier. Mais maintenant…

– Maintenant ?

– Vous m'avez humilié à Charm, monsieur Knox, chuchota Hassan les tendons du cou tendus à l'extrême. On s'est moqué de moi. De moi, monsieur Knox. De moi ! Je ne peux pas laisser passer ce genre de choses sans obtenir… réparation. Vous en êtes certainement conscient.

Il fit un pas en avant et pencha son visage contre celui de Knox en lui soufflant son haleine fétide dans les narines.

– C'est une simple question de respect, expliqua-t-il.

– De respect ! Vous étiez en train de violer une fille !

Hassan plissa les yeux et se redressa, les poings serrés. Knox se raidit, s'attendant à recevoir un coup, mais Hassan se retint et parvint même à le gratifier d'un sourire crispé.

– J'avais pratiquement perdu tout espoir de vous retrouver. Mais cet après-midi, vous m'avez téléphoné sans crier gare. Au début, j'ai cru que c'était une plaisanterie. J'ai pensé que vous vouliez me faire marcher, car vous ne pouviez pas ignorer le sort qui vous attendait. Puis une nouvelle extraordinaire a été diffusée dans tout le pays. Un homme hospitalisé à Siwa a tout raconté : la découverte de la tombe d'Alexandre le Grand et de tout l'or qu'elle contenait, la conspiration des Grecs et l'intervention d'un dénommé Knox, qui lui avait sauvé la vie. Soudain, votre appel a pris un sens. J'ai compris que ces Grecs et leur butin constituaient la cargaison dont vous m'aviez parlé.

– Quel plaisir j'ai dû vous faire en vous apportant tout cet or clés en main ! Vous n'en avez donc pas encore assez ?

– Un homme n'a jamais assez d'or, monsieur Knox. Mais d'une certaine façon, vous avez raison. L'argent n'a jamais été un problème pour moi. Et j'ai besoin d'autre chose, qu'il m'est beaucoup plus difficile d'acquérir. Or, vous venez de me l'offrir sur un plateau. Cette affaire va me propulser directement là où est ma véritable place.

– En prison ?

Hassan s'esclaffa.

– Vous n'y êtes pas du tout. Je ne suis pas un voleur. Les hommes que vous avez vus font partie des unités parachutistes de l'armée. Ce sont d'anciens camarades de Nessim. Croyez-vous vraiment que je puisse avoir trente tireurs d'élite à ma disposition sur un simple claquement de doigts ? C'était une opération officielle ou, disons, semi-officielle. Voilà pourquoi vous n'avez pas été inquiétés à votre arrivée à Suez. Et voilà pourquoi personne n'a tiré sur le camion, excepté lorsque le chauffeur a essayé de s'enfuir.

– Je ne comprends pas, intervint Gaëlle. Qu'est-ce que vous voulez ?

– Je veux vous offrir un moyen de sortir d'ici vivants, répondit Hassan. Nous avons tout à y gagner.

– On vous écoute, dit Knox.

– La maturité fait naître des ambitions différentes de celles de la jeunesse, monsieur Knox. Vous vous en êtes probablement rendu compte par vous-même. Quand j'étais jeune, je ne pensais qu'à l'argent car, sans argent, on n'a rien. Mais quand on en a…

Il fit un geste de dédain et laissa sa phrase en suspens.

– Alors que voulez-vous ?

– La légitimité. La respectabilité. Une petite place dans le cœur de mon peuple. L'opportunité de servir la nation.

– De servir la nation ! Je n'arrive pas à y croire. Vous voulez vous lancer dans la politique ?

– Notre nation est dirigée par une génération vieillissante. Une génération qui n'est plus en prise avec les préoccupations des Égyptiens. L'Égypte a besoin de sang neuf, d'hommes empreints d'une vision nouvelle, qui aient des idées novatrices et suffisamment d'énergie pour les concrétiser. Je crois que je fais partie de ces hommes. Malheureusement, en Égypte, il n'est pas facile d'entrer en politique, surtout quand on a mon… passé. Le népotisme est de mise et trop de prétendants attendent leur tour. Or, comme vous le savez, la patience n'est pas mon fort.

– C'est donc ça… Vous voulez devenir le héros du jour. Le sauveur du patrimoine de l'Égypte.

– Et vous allez m'y aider, monsieur Knox. Vous allez dire au monde entier que, si vous m'avez contacté aujourd'hui, c'est parce que vous saviez que j'étais la seule personne susceptible de sauvegarder ces grands trésors égyptiens, car j'ai toujours placé le bien de l'Égypte et des Égyptiens avant tout le reste. Puis vous vous réjouirez d'avoir fait le bon choix puisque c'est exactement ce que j'ai fait.

– Et si je refuse ?

Hassan caressa la joue de Gaëlle.

– Nous nageons déjà dans un bain de sang, monsieur Knox. Croyez-vous que deux cadavres de plus attireraient l'attention ?

– Vous bluffez.

– Est-ce que vous me mettez au défi, monsieur Knox ?

Knox regarda Hassan fixement et essaya de lire dans ses pensées, mais celui-ci resta de marbre et ne laissa rien transparaître. Il se tourna alors vers Gaëlle, prête à supporter le pire pour lui. En la voyant, il sut qu'il n'avait pas le choix.

– Très bien, j'accepte.

– Parfait ! se réjouit Hassan.

Il fit un signe de tête en direction de Nessim, qui se tenait encore impassiblement près de la porte.

– Vous pouvez remercier mon chef de la sécurité, reprit-il. C'était son idée. J'étais en colère contre vous, monsieur Knox. Très en colère. Quand vous m'avez appelé, j'avais l'intention de vous faire tuer. Mais Nessim m'a convaincu qu'il était plus sage de parvenir à cet arrangement.

Il se pencha à nouveau vers Knox, comme pour lui confier un secret.

– Mieux vaut ne pas faire partie de mes ennemis, lui souffla-t-il à l'oreille. Vous feriez bien de vous en souvenir, monsieur Knox.

– Je m'en souviendrai. Soyez-en sûr.

Hassan observa Knox, amusé par son air de défi. Ils échangèrent un long regard et comprirent que tout n'était pas terminé entre eux, qu'ils avaient encore des choses à régler. Mais cela attendrait. Pour le moment, ils avaient trop à perdre.

Knox se leva et invita Gaëlle à s'appuyer sur lui en lui passant le bras autour de la taille. Ils marchèrent ensemble vers la sortie et Nessim leur ouvrit la porte. Knox adressa un signe de tête presque imperceptible au chef de la sécurité, qui lui rendit la pareille. Ils étaient quittes et éprouvaient peut-être même un certain respect mutuel. Lorsque les deux archéologues franchirent le seuil, une nouvelle vie s'ouvrit devant eux.

Épilogue

Knox cuisait sous les projecteurs. Il observa, au-delà de la rangée de micros, les photographes accroupis devant les équipes de télévision et les journalistes penchés en avant sur leur chaise, qui prenaient des notes d'une main et levaient l'autre pour essayer d'attirer l'attention, avides de poser des questions, ne serait-ce que pour montrer à leur patron qu'ils faisaient leur travail, sachant déjà qu'ils n'obtiendraient aucune réponse digne de ce nom.

– Je suis désolé, déclara Yusuf Abbas pour la énième fois. Il est beaucoup trop tôt pour déterminer avec exactitude ce que nous avons trouvé. L'archéologie ne fonctionne pas de cette façon. Nous avons besoin de temps pour sécuriser et étudier les sites. Et nous avons besoin de temps pour extraire les artefacts et les analyser. Dans un an ou deux, nous en saurons un peu plus. Bien, nous avons le temps de répondre à deux ou trois autres questions. Qui veut…

– Daniel ! cria une jeune femme rousse. Daniel ! Par ici !

Knox tourna la tête et fut momentanément aveuglé par le flash d'un photographe.

– Comment pouvez-vous être sûr qu'il s'agissait d'Alexandre ? demanda-t-elle.

– Est-ce vrai qu'il y a encore de l'or ? lança un journaliste japonais.

– Gaëlle ! Gaëlle ! cria un homme aux cheveux gris. Avez-vous eu peur de mourir ?

– S'il vous plaît, implora Yusuf en levant les mains devant lui tout en savourant chaque instant. Une personne à la fois.

Knox regarda Gaëlle. Elle lui sourit et leva un sourcil d'un air entendu. Elle savait parfaitement ce à quoi il pensait. Ces dernières vingt-quatre heures avaient été riches en rebondissements. Leur déposition au commissariat de police de Suez s'était d'abord déroulée dans la bonne humeur et les autocongratulations. Tout le monde avait plaisanté en se serrant la main. Ils avaient été reçus en héros. Et pour couronner le tout, ils avaient vu Yusuf Abbas se faire questionner en direct à la télévision au sujet de ses relations avec les Dragoumis. Pourquoi avait-il donné à la Fondation archéologique macédonienne l'autorisation d'effectuer des fouilles dans le Delta et une étude épigraphique à Siwa ? Pourquoi Elena Koloktronis était-elle venue lui rendre visite au Caire ?

Puis tout avait changé. Un nouveau commissaire enquêteur, un dénommé Umar, était arrivé au commissariat. Il avait immédiatement fait enfermer Knox et Gaëlle dans des cellules séparées, avant de les interroger inlassablement. Le regard acéré, le visage strié de longs favoris, il avait mis en doute tout ce que Knox avait déclaré et essayé de le pousser à se contredire, à retourner son témoignage contre lui. Il ne s'était pas du tout intéressé à Nicolas Dragoumis ni à ses hommes, comme si le pillage et les meurtres n'avaient eu aucune importance pour lui. Il s'était concentré sur ce que Knox avait fait lors de cette affaire en lui posant des tas de questions sur les sites du CSA à Alexandrie et dans le Delta.

– Je ne vois pas de quoi vous parlez, lui avait répondu Knox. Je ne connais pas ces chantiers.

– Vraiment ? Alors comment expliquez-vous qu'il y ait des photos de ces sites sur un ordinateur portable et un appareil photo numérique trouvés dans votre jeep ?

Knox fut décontenancé. Il avait complètement oublié ces photos. S'il s'obstinait dans le mensonge ou demandait un avocat, il laisserait entendre qu'il avait quelque chose à cacher. Mentir à un homme comme Umar lui coûterait cher, mais se mettre à table aussi. En outre, il devait tenir compte de la réputation de Rick. Il n'avait pas le droit de la ternir après le sacrifice que celui-ci avait fait.

– Alors ? insista Umar.

– Je n'ai rien fait de mal.

– C'est votre opinion. Mais dans ce pays, entrer par effraction dans un site du CSA est un délit grave. Très grave. Surtout de la part d'un homme déjà connu pour avoir vendu des antiquités au marché noir.

– Ce n'est pas vrai ! Vous savez que ce n'est pas vrai !

– Comment expliquez-vous ces photos, monsieur Knox ?

– Quelles photos ?

Umar ricana.

– Connaissez-vous la peine que vous encourez pour vol d'antiquités ? Même pour tentative de vol, vous pourriez prendre dix ans.

– C'est ridicule. Tout ce que j'ai fait, c'est contribuer à sauvegarder un des plus grands trésors d'Égypte.

– Quand bien même... La sagesse voudrait que vous preniez conscience de la gravité de votre situation. Êtes-vous un homme sage, monsieur Knox ?

– Qu'entendez-vous par là ? demanda Knox en le regardant en biais.

– Il y a une explication à votre présence dans ces sites que j'accepterais volontiers.

– Laquelle ?

– Vous étiez mandaté par le CSA. Par le secrétaire général Yusuf Abbas en personne.

Knox ferma les yeux.

– Je vois... Je déclare au monde entier que je travaillais pour Yusuf et il est aussitôt blanchi de ses relations avec les Dragoumis. Et vous, qu'est-ce que vous y gagnez ?

Umar sourit et regarda sa montre.

– Peut-être devriez-vous revoir votre déposition. Les médias veulent savoir toute l'histoire, comme vous le comprenez certainement. Mais cette fois, commencez par l'appel que vous avez passé à Yusuf Abbas pour lui faire part de vos soupçons concernant les Dragoumis et par le pouvoir dont celui-ci vous a investi pour agir clandestinement en son nom.

– Sinon ?

– Sinon tout le monde sera perdant. Yusuf, vous, la fille.

– La fille ?

– L'Égypte cherche un coupable, monsieur Knox, et tous les Grecs sont morts. Mais elle travaillait pour eux. Elle s'est rendue à Thessalonique à bord d'un jet privé, il y a à peine quelques jours, pour rencontrer Philippe Dragoumis. Elle a été la partenaire d'Elena Koloktronis à Siwa. Croyez-moi, je pourrais l'accuser de tous les maux avec beaucoup moins que ça. Cette petite chose fragile...

combien de temps croyez-vous qu'elle survivrait dans une prison égyptienne ?

– Je n'arrive pas à y croire ! murmura Knox.

Umar se pencha en avant.

– Et songez aussi que, si vous acceptez, vous serez un héros. J'ai été autorisé à vous dire que le CSA vous accueillera de nouveau à bras ouverts et sera favorable à toute demande de fouilles de votre part.

Knox éprouva une envie presque irrésistible de lui renvoyer cette offre à la figure. Cinq ans plus tôt, lorsqu'il était plus jeune et plus têtu, il n'aurait pas hésité à le faire. Mais les épreuves l'avaient assagi.

– Si j'accepte, ce ne sera qu'à une condition.

– Laquelle ?

– La création d'un nouveau prix au sein du CSA : le prix Richard Mitchell, décerné chaque année à un jeune archéologue talentueux par le secrétaire général en personne. Le premier sera attribué à Rick à titre posthume.

Umar s'autorisa un petit sourire.

– Veuillez m'excuser une minute, dit-il.

Une fois Umar sorti, Knox étendit sa jambe. Sa blessure lui faisait mal. La balle n'avait touché que la chair, lui avait-on assuré. Dans une semaine, ce ne serait plus qu'un mauvais souvenir et une vilaine cicatrice.

Umar revint peu de temps après.

– Pas le prix Richard Mitchell, annonça-t-il, juste le prix Mitchell, en signe de reconnaissance envers la contribution de toute la famille. Mon contact m'affirme qu'il ne peut pas faire plus. Et je le crois.

Knox prit acte de cette proposition. À vrai dire, il était même surpris que Yusuf soit allé si loin. C'était incontestablement une façon d'admettre l'innocence de Richard. Or, si celui-ci était innocent, qui d'autre pouvait être coupable, à part Yusuf lui-même ? Le secrétaire général devait vraiment être en mauvaise posture. Sachant cela, Knox eut de nouveau envie de rejeter l'offre. Mais il ne voulait pas que Rick soit considéré comme un vulgaire pilleur de tombe.

– Très bien. Mais il vous faut également l'accord de Gaëlle.

– Je l'ai déjà. Apparemment, elle ne souhaite pas non plus vous voir croupir en prison.

– Puis-je la voir ?

– Pas encore. Lorsque nous aurons réécrit vos dépositions, vous participerez tous deux à une conférence de presse en compagnie de Yusuf. Vous expliquerez aux médias que le secrétaire général et vous avez travaillé en étroite collaboration pour contrecarrer les plans de ces abominables Grecs. Ensuite, vous aurez tout le loisir de bavarder ensemble.

– Une fois que nous serons irrémédiablement compromis, vous voulez dire.

Umar s'était contenté de sourire.

Yusuf Abbas mit un terme à la conférence de presse. Il remercia les journalistes et les pria de le contacter directement s'ils avaient d'autres questions, sans passer par Knox ou Gaëlle. Puis il posa les mains à plat sur la table, serra les dents, rassembla ses forces et se propulsa hors de sa chaise. Une fois debout, il sourit en balayant la salle du regard dans l'espoir d'être applaudi. Face à l'absence de réaction de son public, il demanda à Gaëlle et à Knox de s'approcher de lui pour une dernière photo de groupe et les prit par les épaules, comme s'ils étaient les meilleurs amis du monde. Les flashs jaillirent de toutes parts, puis on éteignit les projecteurs. Les journalistes sortirent leur portable pour téléphoner à leur bureau en se rassemblant dans le calme en direction de la sortie. L'attention du monde était déjà ailleurs. Knox éprouva un étrange sentiment d'abandon. Il n'avait jamais cherché à se mettre en avant mais la célébrité avait quelque chose d'indéniablement enivrant.

Yusuf garda les bras autour des épaules de Knox et Gaëlle et les conduisit vers la porte arrière de la salle de conférences sans manquer de s'enquérir avec sollicitude de leurs projets. Mais dès que la porte se referma derrière eux, il se renfrogna, recula d'un pas et secoua les mains avec dégoût, comme si Knox et Gaëlle étaient atteints d'une maladie contagieuse.

– Ne vous avisez pas de parler à la presse sans mon autorisation, maugréa-t-il.

– Nous avons donné notre parole, lui rappela Knox.

Yusuf hocha la tête d'un air suspicieux pour montrer le peu de valeur qu'il attachait à cette parole. Puis il tourna les talons sans plus attendre et s'éloigna d'un pas lourd.

Knox respira profondément en regardant Gaëlle.

– On se tire d'ici ? demanda-t-il. J'ai réservé un taxi.

– Alors qu'est-ce qu'on attend ? répondit-elle.

Ils s'engagèrent dans un dédale de couloirs.

– Je n'arrive pas à croire que Yusuf s'en soit sorti cette fois encore ! s'écria Knox.

– Nous n'avions pas le choix, le rassura Gaëlle. Nous n'avons aucune preuve contre lui. Et lui, il en a contre nous. De plus, ce n'est pas de notre faute s'il a été nommé secrétaire général.

– Ton père n'aurait jamais accepté.

– Bien sûr que si. Il a passé un accord avec Dragoumis, non ?

Elle sourit et lui prit le bras.

– Ce qui est fait est fait, lança-t-elle. N'y pensons plus, d'accord ?

– D'accord.

– Bien, alors qu'est-ce que tu vas faire maintenant ?

Il eut une pensée pour Rick.

– Je dois aller à un enterrement.

– Oh… oui, bien sûr.

Elle baissa la tête un instant.

– Et ensuite ? demanda-t-elle.

– Je n'y ai pas encore réfléchi, répondit-il en haussant les épaules.

Mais ce n'était pas tout à fait vrai. Depuis qu'Umar lui avait annoncé qu'il allait pouvoir reprendre les fouilles, les idées ne manquaient pas.

– Et toi ? reprit-il.

– Je retourne à Paris.

– Ah bon ? s'exclama-t-il en retirant son bras. Vraiment ?

– J'ai décidé de quitter la Sorbonne. Je me dois de donner ma démission en personne. J'ai été très bien traitée là-bas.

Knox ne put retenir le sourire qui éclaira son visage.

– Et ensuite ?

– Je vais revenir ici et essayer de trouver un chantier. Pour apprendre les bases, tu vois ? D'après ce que j'ai compris, Augustin est toujours à la recherche de nouvelles assistantes. Peut-être que…

– Augustin ! Ce vieux bouc ! Tu plaisantes ?

– Je croyais que c'était ton ami.

– Justement, c'est pour ça que je ne veux pas que tu travailles avec lui.

– Il faut bien que je travaille. Tu as une meilleure idée ?

Ils atteignirent la porte de derrière, franchirent le seuil et descendirent les escaliers pour se diriger vers le taxi qui les attendait. Knox ouvrit la portière, invita Gaëlle à monter et entra à son tour en indiquant une adresse au chauffeur. Lorsque le taxi démarra, il baissa sa vitre pour laisser entrer le parfum de l'Égypte, celui des épices, des fumées d'usine et de la sueur. Loin de la politique, de l'ambition, de la corruption et de l'escroquerie, il allait renouer avec sa quête de la simple vérité. Il se tourna à nouveau vers Gaëlle.

– Moi aussi, je vais avoir besoin d'une partenaire, avoua-t-il, dès que tout ça sera fini.

– Ah bon ?

– Quelqu'un qui travaille pour une misère, juste pour la gloire, et dont les compétences complètent les miennes. Spécialiste des langues anciennes, de préférence. Le genre qui sait prendre une photo à peu près correctement. Deux employées pour le prix d'une, tu vois ? Je suis plutôt rat.

Gaëlle éclata de rire, les yeux pétillants.

– Et puis-je savoir ce que vous allez faire ?

Il lui sourit.

– Ce que nous allons faire, tu veux dire !

– Oui, c'est exactement ce que je veux dire.

CET OUVRAGE
A ÉTÉ ACHEVÉ D'IMPRIMER
SUR ROTO-PAGE
PAR L'IMPRIMERIE FLOCH
À MAYENNE EN MAI 2007

N° d'impr. 68264.
D.L. : mai 2007.
(Imprimé en France)